香港浸會大學孫少文伉儷人文中國研究所叢書

觀念的輪廓：

中國文學之新詮釋青年學者會議論文集

龔宗傑 主編

臺灣 學生書局 印行

觀念的輪廓：
中國文學之新詮釋青年學者
會議論文集

目　次

前　言………………………………………………………… 1

詩想與史思

歷史闡釋的背面：
　中國古代詠史詩的「翻案」現象……………… 馬　昕　7
從貴族儀軌到布衣文本：
　晚周《詩》學功能演變考論……………………… 程蘇東　37
文史之間：
　《搜神秘覽》的筆記世界與宋代筆記寫作…… 趙惠俊　73
援史學入詩學：胡應麟《詩藪》的詩學歷史化… 許建業　117
景象與想像：
　清代詩人結社與園林傳統的多重呈現………… 胡媚媚　151

律動的詞學

時流暗湧——清初詞壇尊體策略的張力及
　《詞律》定位蠡測……………………… 李日康　183
晚清「花間傳統」的重建與令詞的隱喻書寫……… 郭文儀　215
閨秀・名媛・學者——
　民國女性詩詞的多元書寫………………… 彭敏哲　245

文士與書事

「污名」之下：
　王世貞的「文人」認同及其意義……………… 熊　湘　275
一件南明烈士遺物的流轉——
　考訂詩對抒情、節義的收編………………… 葉倬瑋　311
版本改易與時局新變：
　《藏園詩鈔》朝鮮活字本割補改易實物研究‥ 羅　琴　347
論吳昌綬、張祖廉之生平交誼及詩詞唱和——
　以《松鄰書札》《城東唱和詞》為中心……… 佘筠珺　373

前　言

　　香港浸會大學孫少文伉儷人文中國研究所於 2018 年和 2019 年先後舉辦第四屆、第五屆青年學者國際學術研討會，兩次會議圍繞中國文學研究，分別以「知識、觀念和時代性：近世以降的中國文學與文化」「方法、理論與視野：中國古典文學之新詮釋」為主題，廣邀海內外青年學者分享研究體會，探討學術問題，取得了令人滿意的成果。本書便是兩次會議的論文選集。

　　此次選錄的十二篇論文儘管涉及的時段早自先秦、晚至民國，跨度甚大，但在話題和視角上則較為集中，大體聚焦於「傳統」「書寫」「史」「物」等關鍵字眼，是通過古典新詮、書籍批評、文本分析等路徑對中國文學觀念的一次探查。

　　傳統與典範是中國文學研究中的重要命題，本書即有多篇論文探討文學傳統、文本典範及其文學史之意義。馬昕〈歷史闡釋的背面：中國古代詠史詩的「翻案」現象〉關注的是古代詠史詩「翻案」寫作的傳統，總結出實現詠史詩思維翻案的方法，即跳出原始文獻的預設前提、突破原始文獻的價值選擇、跨越原始文獻的史實聯想、繞開原始文獻的虛構想像、依據原始文獻的合理推測。同時指出這種展示「歷史闡釋的背面」的做法，也暗藏著思維套路與邏輯漏洞兩重風險，藉此可探查文

學思維與實證思維之間複雜而緊張的關係。程蘇東〈從貴族儀軌到布衣文本：晚周《詩》學功能演變考論〉分析了晚周《詩》學的新變：從作為各種禮典儀軌的貴族資源，演變成為布衣之士獲取知識人身分、躋身士人階層的重要倚賴，《詩》之傳習方式、文本形態、闡釋向度亦相應地隨士人傳習、論學之需而發生轉變。透過這些變化，實可進一步觀察《詩》文本權威性來源之轉移及晚周社會結構的變化。趙惠俊〈文史之間：《搜神秘覽》的筆記世界與宋代筆記寫作〉以筆記的敘史傳統為視角，從故事情節、人物形象、敘事方式三個層次討論北宋後期的筆記《搜神秘覽》，探索其中所展現的士大夫與庶民兩種社會圖景，在此基礎上，從北宋筆記寫作的特點，梳理出筆記文本形態經歷的庶民敘史與士大夫敘史兩種方式混溶到分離的過程。許建業〈援史學入詩學：胡應麟《詩藪》的詩學歷史化〉以明代胡應麟的詩學論著《詩藪》為討論對象，指出胡應麟以史學之方法和眼光研治詩歌，秉承「會通」的史學精神，圍繞「氣運」這一關鍵要素，建構起宏大的詩歌通史，展示出正閏盛衰的循環軌跡，《詩藪》所體現的「詩學歷史化」，是明代中後期詩話體系化、學術化的一大特色。胡媚媚〈景象與想像：清代詩人結社與園林傳統的多重呈現〉聚焦在園林與文學活動所形成的雅集傳統，通過分析清代詩人結社，揭示出園林傳統的三重形態：實體空間、文化符號與圖像再現。此種介於實與虛、具象與抽象之間的園林傳統，豐富了清代詩人結社方式的多樣性，也體現出結社實踐對提升園林內涵的作用。上述五篇文章有著相近的興趣點，即「詩」與「史」，或圍繞詩作、詩學、詩社展開討論，或藉史學眼光進

行關照,故以「詩想與史思」作為欄目名稱。

除詩學研究外,詞學、詞體、詞作亦為本集收錄論文的研究主旨之一。就近年詞學研究的總體趨勢而言,清詞及近代詞學無疑是愈發受重視的領域。以下三篇文章皆對此領域產生興趣,且都關注盛衰演變、傳統重建、新舊交織等「動態」的詞學命題,故以「律動的詞學」為欄目名,亦藉此表示此領域富有學術生命力。李日康〈時流暗湧——清初詞壇尊體策略的張力及《詞律》定位蠡測〉關注「尊體」這一清代詞學的核心命題,圍繞尊體策略中的破體說與辨體說,描繪出清初詞壇的「極盛」局面及其中暗藏的由極盛而「愈衰」之隱憂。盛衰二端所形成的張力,影響了萬樹《詞律》在內的諸多詞學文獻,也為清代詞學的發展提供了生命力。郭文儀〈晚清「花間傳統」的重建與令詞的隱喻書寫〉同樣以「尊體」觀念為關注點,探討了晚清詞人推尊《花間》的詞體品性,將溫庭筠、韋莊等創造的「花間抒情範式」重建為「花間寄託傳統」的現象,並指出晚清詞壇「花間傳統」的重建,為令詞的隱喻書寫提供了理論指導,拓展了詞體所能表達的意義容量。彭敏哲〈閨秀・名媛・學者——民國女性詩詞的多元書寫〉探討的是女性文學傳統在民國時期所呈現的新舊交融的動態面貌,關注以丁寧為代表的「新閨秀」詩人、以中國女子書畫會成員為代表的名媛詩群以及女學者詩群,考察她們的文學觀念與詩詞創作,及其所體現的舊體文學內部場域的激烈變革和女性詩詞的演進趨勢。

如果說上述兩組論文因觸及傳統、文本、書寫等關鍵詞,而使其研究重心多落在文學內部的話,那麼以下以「文士與書

事」為欄目名的四篇論文，無論是探討士人心態，抑或是研究書籍與物，無疑更強調文學與其週邊的關聯互動。熊湘〈「污名」之下：王世貞的「文人」認同及其意義〉從明代王世貞的「文人」觀念來剖析其心態之變化。作者認為面對「文人無用」這一話題，王世貞通過強調「才情」，以之為文人身分的內在標準，有效地維護了文人邊界。其中所體現的「文人」身分認同觀念和群體意識，是明代嘉靖至萬曆時期文學、理學、心學等因素交織與衝突促成的，展現出明代文學思想史上「重文」的思想脈絡。葉倬瑋的〈一件南明烈士遺物的流轉——考訂詩對抒情、節義的收編〉，討論的是清代乾嘉時期以考訂為詩的風氣及其中的特殊現象：南明殉節文人鄺露的遺物「天風吹夜泉」硯在清詩及文人圈子中的流傳。在鄺露詩集遭到禁燬的時代，圍繞「鄺硯」的考訂詩，將「人」化成「物」，改變了鄺露作為節義符號的結構，實現了「以詩存人」的理念。文中指出，研究考訂詩重在進入詩歌撰寫的歷史語境，這能引發我們對文學功能的更多思考。羅琴的〈版本改易與時局新變：《藏園詩鈔》朝鮮活字本割補改易實物研究〉，運用近年頗受關注的實物版本學方法，詳細考證了清末游智開《藏園詩鈔》的改易始末，認為該詩集光緒九年朝鮮活字本的各部印本，展示出對同一批印本的不同修改，藉此可窺探清末政治、經濟、外交、社會各方面的變遷。書札研究是近年文學研究的新趨勢之一，佘筠珺的〈論吳昌綬、張祖廉之生平交誼及詩詞唱和——以《松鄰書札》《城東唱和詞》為中心〉，以近代學人吳昌綬交遊書札為材料，考訂生平行實、詩詞唱和。更進一步將《松鄰書札》作為文本之外的被觀賞之「物」，關注其中的花

箋、鈐印及其石印本的出版物性質等，藉此展現吳昌綬、張祖廉二人的生活實感與共同關懷。

通過以上簡要介紹，可以看出，本書輯選的論文儘管選題多樣、視角不一，但總體上呈現出相近的研究特點：不滿足於對文學表象的簡單描繪，而是注重回到文獻與文本的歷史現場，嘗試探尋其中所蘊藏的文學觀念，豐富我們對中國文學的認識和理解。觀念本身往往較難把捉，需要我們藉助實證研究，如書中論文採取的文獻考訂、書籍批評、文本分析的方法，勾勒出「觀念的輪廓」。

本書的出版，可算是兩屆青年學者國際學術研究研討會的一次總結，對我個人來說，則是在香港浸會大學孫少文伉儷人文中國研究所兩年工作的一份記錄。我於 2017 年秋來到研究所工作，一直得到所長張宏生先生的關心和幫助。如今，這本論集得以面世，又蒙研究所的資助和張先生的支持，藉此機會，表達我深摯的謝意。會議的召開與本書的印行，有賴於與會青年學者的鼎力支持及會議籌辦人員、出版社編輯的辛勤付出，謹此一併致謝！

龔宗傑
甲辰年夏至日，於復旦大學光華樓

歷史闡釋的背面：
中國古代詠史詩的「翻案」現象

馬　昕

　　中國古代史學有著悠久的歷史闡釋傳統。古人對歷史人物與事件進行闡釋與評價，可以借由史評專書、史論文章等多種形式，但能夠成為社會主流意見的形式主要還是史書中的原始記載與早期論贊。史家在編纂史書的過程中，借助體系性的筆法與義例，對材料有傾向性的剪裁與選取，以及書中所附載的論贊評語，來承載其評價意見。這些意見，多數有著務實的政治目的，傳達了具有正統色彩的主流價值觀，其中一部分還代表著官方意志。它們通常以中正平和為基本取向，因此在根本的價值立場上難以翻新出奇，使歷史評價與闡釋逐漸陷入固定僵化、陳陳相因的泥淖。而文人所作的詠史詩卻能突破以上藩籬，因其私人性與靈活性的特點而獲得廣闊的歷史闡釋空間，產生了很多具有翻案特質的作品。如果我們將史書中的正統觀念視作歷史闡釋的正面，那麼詠史詩中的「翻案」現象則可稱為歷史闡釋的背面。史書中的原始記載與早期論贊往往建構起了歷史闡釋的傳統見解，形成一個個「案」；而詠史詩的翻案

構思則會將這些見解翻轉過來，也就是「翻案」。我們知道，宋人吳沆和楊萬里就提出，作詩有「翻案」之法，但這與本文所講的詠史翻案並不相同。本文所說的翻案，基本處於思想內容的層面，而非一般性的修辭技巧。這使得詠史題材中的翻案構思法具有獨立的研究價值，值得古代文學研究者給予特別的注意。

一、詠史詩「翻案」現象的思想根源

　　翻案寫法與詠史詩的寫作傳統並非同時產生，二者之間存在著數百年的時間差。中國最早的詠史詩出于班固之手，其〈詠史〉一詩以賦筆直書的方式鋪敘緹縈救父之始末，開創了詠史詩的「紀事傳統」。西晉的左思和東晉的陶淵明，創作出一系列獨具個人色彩的詠史之作，在史事中包裹詩人的情感，借古人情狀澆今人塊壘，由此開創了詠史詩的「抒情傳統」。「紀事」與「抒情」兩大寫作傳統發展到唐代，皆走向高峰，但同時也面臨困境。紀事類詠史詩發揚了賦體的風格，但過度依附于史書，少有詩人獨特的創造；而抒情類詠史詩往往別含寄託，發揚了比興體的長處，卻總不能脫離世變之嘆、興衰之感這類刻板固定的情感主旨，造成千篇一律的結果。以上兩類作品共同的困境都是缺少創新。而到中晚唐，詩歌創作的議論風氣興盛起來，詩開始融入更多的知識和理趣。與此同時，詠史詩的議論色彩也得以加強，詩人們開始樂于在詠史詩中發表對歷史的看法，形成了詠史詩的「議論傳統」。中晚唐時期的詠史詩除了多摻議論之外，其議論中還多有翻案之見。白居

易、劉禹錫、杜牧、李商隱、羅隱、陸龜蒙、皮日休等詩人在這方面的表現尤其突出，形成了詠史翻案現象的第一次高潮。

人們在討論中晚唐詠史詩這一作法轉向的時候，往往將其歸入唐宋詩歌轉型的洪流之中，當作「以議論為詩」在中晚唐呈現出萌芽狀態的又一例證。但歷史題材是一個非常特殊的領域，它與紀游、宴飲、送別、邊塞、題畫等諸多題材的顯著區別之一，就是它直接關乎「思想」。可以說，對歷史的反思與「以議論為詩」是天然的盟友，在歷史題材中摻入思想表達是一件無比正常的事情。我們要考慮的，應該是中晚唐詠史詩所摻入的議論往往是帶有顛覆性的，甚至對主流歷史認知有所違背。而作為「以議論為詩」的典範形態，宋詩議論的基調仍是剛健中正、質樸務實並且符合主流的儒家價值觀。例如，王安石在〈明妃曲二首〉中提出了極具顛覆性的看法，對儒家所提倡的華夷之辨、君臣之義思想構成挑戰；而歐陽修的〈再和明妃曲〉雖然也很具有批判性，卻只批評君主不能識別賢才，與儒家尚賢思想如出一轍。在當時，歐詩得到一致的贊譽，王詩卻遭到一邊倒的唾棄[1]，可見翻案構思未必就是「以議論為詩」的主流，它應是中晚唐社會土壤中開出的一朵奇葩。我們更進一步認為，詠史翻案在中晚唐的集中出現，應首先歸因於思想領域的解放。

首先，唐代並不是一個儒學昌明的時代，「從盛唐時代以來，知識與思想世界處在普遍的平庸中，思想世界的權威失

---

[1] 參見張勁松：《宋代詠史懷古詩詞傳釋研究——話語還原與傳播細流考察》（貴陽：貴州大學出版社，2015年），頁242-267。

墜、邊界模糊的狀況早已經出現」[2]，這導致唐人的思想世界帶有濃重的實用主義色彩，對經典與權威的質疑成為平常之事。例如中唐以來《春秋》學出現了以啖助、趙匡、陸淳等人為代表的疑經辨偽之風，元結甚至在〈問進士〉的五題中直接問出「三禮何篇可刪」「三傳何者可廢」這樣的問題，這類對儒家經典的質疑與反叛意味著正統政治倫理的失墜，就必然為一些思想的異動保留發展的空間。例如皮日休在〈汴河懷古〉中稱贊隋煬帝修築大運河具有積極的社會意義，「至今千里賴通波」[3]，顯然與儒家正統學者對隋煬帝驕奢淫逸的批判相異，這完全是從功利的角度、以一副實用主義的論調來評價開鑿大運河的是非利弊。

其次，中晚唐士人普遍面臨著理想失墜的尷尬處境，文人風氣開始從豪邁剛健向狂狷放誕的方向轉變。很多著名詩人都有性格放肆的一面，而這與他們在詠史詩中表現出來的翻案傾向是一致的。例如劉禹錫、李商隱、溫庭筠、杜牧、羅隱、陸龜蒙、皮日休等人的性格氣質中都有孤傲、諧謔或放蕩的成分，而他們也恰恰是詠史翻案寫法的代表人物。其中等而上者，借古人古事發泄自我悲憤，對古代的英雄事業與忠貞志節提出懷疑，代表了中晚唐知識分子普遍洋溢的磊落不平之氣。如溫庭筠〈蘇武廟〉尾聯云「茂陵不見封侯印，空向秋波哭逝

---

[2] 葛兆光：《中國思想史》（上海：復旦大學出版社，2013 年），中冊，頁 107。

[3] 陸龜蒙、皮日休、聶夷中、杜荀鶴：《陸龜蒙‧皮日休詩全集》（海口：海南出版社，1992 年），頁 149。

川」⁴，全詩寄托都在于此，紀昀卻批評其「結少意致」⁵，顯然是對溫庭筠這種消極的情緒並不贊賞。至于等而下者，甚至將詠史詩寫出低俗香豔的格調，例如李商隱的〈北齊二首〉（其一）有「小憐玉體橫陳夜，已報周師入晉陽」之句，朱彝尊評曰「故用極褻昵字」⁶。又如杜牧〈赤壁〉詩云「東風不與周郎便，銅雀春深鎖二喬」，評論赤壁之戰，卻只關心美女的命運，宋人許彥周批評道：「社稷存亡、生靈塗炭都不問，只恐捉了二喬，可見措大不識好惡。」⁷清人沈德潛也批評此詩「近輕薄少年語」⁸。皮日休〈館娃宮懷古五絕〉（其一）有「越王大有堪羞處，只把西施賺得吳」之句⁹，大致也屬這一路。

再次，中晚唐社會危機叢生，道德秩序崩塌，稍有正義感的文人都會對朝政弊端或道德墮落加以批評，借古諷今自然在所難免。因對現實有過于極端的憤怒，形之于詩，則往往貫穿著同樣極端化的思維習慣。例如杜牧〈題桃花夫人廟〉云「至

---

4 劉學鍇：《溫庭筠全集校注》（太原：三晉出版社，2016年），第2冊，頁400。
5 陳伯海主編：《唐詩匯評》（增訂本）（上海：上海古籍出版社，2015年），第6冊，頁3994。
6 《唐詩匯評》（增訂本），第5冊，頁3653。
7 《唐詩匯評》（增訂本），第5冊，頁3569。
8 沈德潛：《唐詩別裁集》（北京：中華書局，1975年），卷二〇，頁274。
9 《陸龜蒙・皮日休詩全集》，頁146。

竟息亡緣底事,可憐金谷墜樓人」[10],將息夫人的偷生與綠珠的殉節相比較,破除了前人對息夫人女節的推崇。杜牧的翻案,實質就是極大地提高道德標準,要求息夫人殉節,實在是過于極端的見解。生性風流放蕩的杜牧持有這番見解,並不同于宋代以降理學庸俗化之後的女德規誡,而是有感于當時道德的極端敗壞,遂提出這種極端化的批評。

如果說功利思想與理想失墜相當于中晚唐文人價值世界中「極右」的一面,那麼極端化的道德批評則相當于「極左」的一面。這些看似悖反的思想傾向同時作用于這一批詩人的身上,未必是一件不可思議的事情。在那樣一個充斥著思想異動的極端化的時代,文人的心中也會充滿著相互矛盾的極端化思想,而這些都是翻案作為一種歷史闡釋習慣的社會根基與思想源泉。

若將中晚唐的情況比附于中國歷史上的其他時段,那麼最合適的對象莫過于近代,這也是詠史詩翻案現象的第二次高潮。在近代,隨著乾嘉考據學的衰落,今文經學和西方新學相繼成為時代主潮,而這兩者作為傳統儒學裂變之後的替代物,都多多少少帶有功利實用的色彩,與中晚唐的實用思想與理想失墜有近似之處。思想的異動必定促使人們對歷史中的是非利弊展開重新的反省,甚至出現根本性的逆轉。例如于右任〈漢武帝陵〉詩云「百家罷後無奇士,永為神州種禍胎」[11],感嘆

---

[10] 杜牧:《樊川文集》(上海:上海古籍出版社,1978年),卷四,頁70。

[11] 于右任著,劉永平編:《于右任詩集》(北京:團結出版社,1996年),頁16。

罷黜百家的政策對士人思想的壓制作用，他自己便有志於成為一個沖決這思想牢籠的「奇士」。而所謂「奇士」，就包含了狂狷激烈的極端化性格。此詩作于 1902 年，當時的于右任只有二十四歲。在兩年前的八國聯軍侵華戰爭爆發後，慈禧太后和光緒皇帝出逃西行，駕臨西安。于右任當時正在西安讀書，他懷著對清朝統治者的滿腔怒火，產生了要行刺慈禧太后的想法，幸被朋友攔下[12]。于右任激烈的言行、極端化的思想和這首極具翻案氣質的詠史詩，形成了一種頗具意味的對應關係。

中晚唐與近代，恰好是古代詠史詩翻案寫作的一首一尾。我們用思想領域的異動與解放來解釋文學作品中的思維現象，肯定不能覆蓋到所有個別的作品，也不能具體而精準地解釋每一個詩人的情況。在極端化的時代裏，未必沒有溫和中正的詩人；反之，在並不算極端化的時代裏，也會有一些狂狷之士。但是，一個時代思想格局的整體變遷確乎能影響到最多數的社會成員，因此能為同類作品的集中出現尋求某種解釋。我們才敢于斷言：詠史翻案現象的集中出現主要與思想領域的異動有關。

思想的異動集中地體現在一個「翻」字上，即對長期居于主流地位的傳統價值觀進行顛覆，對符合傳統價值觀的歷史認知與評價進行翻轉，而其所顛覆與翻轉的對象則是歷代傳襲下來的一些「案」。所謂「翻案」，其前提是「案」，或稱「公案」，原意是官府處理的案牘，後專指疑難案件。在唐代，禪

---

[12] 參見陳墨石編著：《于右任年譜》（銀川：寧夏人民出版社，2004年），頁 10-11。

宗在中國佛教眾多流派中脫穎而出，它雖然主張「不落文字」，卻非常注重總結歷代禪宗祖師的言行和內省經驗，並將其記載在各種佛教語錄當中。一些著名的難題和案例就演化成為後人聚訟不休的「公案」。佛教遂以「公案」一詞來表達針對某一焦點問題所展開的反覆辯論。而詠史詩中也存在著一些值得反覆辯論的話題。這些熱點話題實際上就是一種「案」，「因其最早提出或闡述話語的新穎獨特性而常引發學者紛爭，遂不斷為文士學者多方討論和試圖破解謎團的闡釋話題」[13]。例如宋人董弅編纂《嚴陵集》，收錄東晉以來數百首以嚴子陵為主題的詠史詩。為一個題材編纂一部專集，說明嚴子陵已經成為詠史題材中的一個重要公案。詩人們圍繞這些詠史公案，不斷推陳出新，表達具有創新性甚至顛覆性特徵的觀點，就可稱作「翻案」。

　　古人以「翻案」二字論詩法，始於南宋的吳沆（1116-1172）和楊萬里（1127-1206），卻與我們所說的詠史翻案現象並非同一概念，這裏須作辨析，以免出現概念上的混淆。吳沆《環溪詩話》云：

> 「有令可干難閉戶，無人堪訪懶移舟」，上句是袁安雪中閉戶不干人之事，下句是王子猷雪夜行舟訪戴興盡而返事，兩句皆翻案。又如劉改之詩：「功名有分平吳易，貧賤無交訪戴難。」上句是裴度雪夜平吳之事，下

---

[13] 《宋代詠史懷古詩詞傳釋研究——話語還原與傳播細流考察》，頁55。

句即訪戴之事。上句是得時事，下句是失時事。上句事雖難也易，下句事雖易也難，以俗為雅，又是倒翻公案，尤為高妙。[14]

楊萬里《誠齋詩話》云：

詩家用古人語，而不用其意，最為妙法。如山谷〈猩猩毛筆〉是也。猩猩喜著屐，故用阮孚事。其毛作筆，用之鈔書，故用惠施事。二事皆借人事以詠物，初非猩猩毛筆事也。《左傳》云：「深山大澤，實生龍蛇。」而山谷〈中秋月〉詩云：「寒藤老木被光景，深山大澤皆龍蛇。」《周禮・考工記》云：「車人蓋圜以象天，軫方以象地。」而山谷云：「丈夫要宏毅，天地為蓋軫。」《孟子》云：「〈武成〉取二三策。」而山谷稱東坡云：「平生五車書，未吐二三策。」孔子老子相見傾蓋，鄒陽云：「傾蓋如故。」孫俛與東坡不相識，乃以詩寄坡，坡和云：「與君蓋亦不須傾。」劉寬責吏，以蒲為鞭，寬厚至矣。東坡詩云：「有鞭不使安用蒲。」老杜有詩云：「忽憶往時秋井塌，古人白骨生青苔，如何不飲令心哀。」東坡則云：「何須更待秋井塌，見人白骨方銜杯。」此皆翻案法也。[15]

---

[14] 吳沆：《環溪詩話》卷下，《叢書集成初編》（北京：商務印書館，1939 年），第 2548 冊，頁 27-28。

[15] 楊萬里：《誠齋詩話》，丁福保輯：《歷代詩話續編》（北京：中華書局，1983 年），上冊，頁 141。

從以上兩段來看，吳沆和楊萬里所稱的「倒翻公案」或「翻案法」，是將前人典故加以反向化用，屬「點鐵成金」之法，我們姑且稱之為「用典翻案」。二人所舉詩例中，沒有一首屬詠史詩，但它們所翻用的典故卻多涉及史事。這類翻案並非對歷史事件做出新的評價，而是將古人之事與詩人自身之事相比較，構建出富含趣味的反差效應。例如孔子和老子相見傾蓋，一見如故；蘇軾則說他與孫侔雖不得謀面卻也可神交，因此「與君蓋亦不須傾」。蘇軾事實上並未就孔子、老子之事提出新的見解，而只是將其與自身生活中的所遇所感實現一種有趣的對照而已。這類翻案最終的落腳點實在于詩人自身的生活與情感，其目的是抒情而非議論，其本質是文學性的而非思想性的。但我們所討論的詠史翻案並不是這樣。

雖然我們也不能排除有個別以議論為其表而實則深含寄托的作品，但從大體來看，詠史翻案詩作的目的主要是議論史事而非寄托個人情感，其本質主要是思想性的而非文學性的。換句話說，創作這類翻案詩的時候，新銳而驚警的議論才是重中之重，對詩歌意境之美的追求則退居其次，甚至經常為求得思想上的創變，而對文學上的追求有所犧牲。在古人對詠史翻案之作的評論中，持贊成意見者，多是關注其思想層面上的新奇。例如清人吳景旭認為杜牧的〈四皓廟〉和〈題烏江亭〉二詩「俱用翻案法，跌入一層，正意益醒」[16]，《苕溪漁隱叢話》批評這幾首詩「好異而叛于理」，吳景旭卻不以為然。這

---

[16] 吳景旭：《歷代詩話》（北京：中華書局，1958 年），卷五二，下冊，頁 750。

裏所謂的「意」和「理」，都是指詠史翻案詩的思想內涵。持反對意見者，則多是關注其文學層面上的淺露。例如清人吳喬曾專論詠史詩，指出：「詩貴有含蓄不盡之意，尤以不著意見、聲色、故事、議論者為最上。」在他看來，詠史詩著議論就已落入二流，而這類詩又可分為「著議論而不大露圭角者」和「露圭角者」[17]，從其所舉詩例來看，後者就是指翻案之作。吳喬對詠史翻案詩的反對，主要是因為它們缺乏含蓄之美，這主要是從文學角度來考慮的。類似的批評材料還有很多，本文就不贅舉了。這一批評現象也從側面說明：詠史翻案現象的發生與發展，都有其深刻的思想根源。

二、詠史詩「翻案」現象的思維方法

詠史翻案的「案」包括兩個層次：其一是史書中的原始記載，通常還會在其敘事中蘊含著史家對歷史事件的原始闡釋；其二則是歷代詩人在此公案中所留下的經典作品，它們往往與史書中的觀點立場相呼應。而後人所作的翻案便是對史書敘事所作的重新闡釋，以及對前人經典觀點所作的反思與攻駁。

例如，若詩人圍繞項羽烏江自刎這一主題創作詠史詩，並意圖翻案，那麼其顛覆的對象首先就是《史記·項羽本紀》中的原始記載，以及司馬遷在其敘事中所暗示的或在其論贊中所明示的評價立場。〈項羽本紀〉記到這一段時，借項羽對烏江

---

[17] 吳喬：《圍爐詩話》卷一，郭紹虞編選，富壽蓀校點：《清詩話續編》（上海：上海古籍出版社，1983年），第1冊，頁476-477。

亭長的答語，表達了項羽羞于渡江的態度及理由，並且將項羽死前的困獸之鬥寫得充滿英雄氣概。受此敘事筆調的誘導，讀史者會對項羽不渡烏江的行為達成認可，至少也會有一分悲慨之情。因此，唐人于季子〈詠項羽〉詩云：「空歌拔山力，羞作渡江人。」[18]孟郊也有詩云：「新悲徒自起，舊恨空浮江。」[19]而杜牧的〈題烏江亭〉卻一翻前案，認為「包羞忍恥是男兒」，「捲土重來未可知」[20]，顯然並不認可項羽最終的選擇。從司馬遷到孟郊，他們更多地沉浸在對英雄壯舉的緬懷情緒裏，而杜牧則回歸到理性的思考中。杜牧這首詩影響很大，其觀點也逐漸為人們所接受，于是就成為了新的「案」。到宋代，王安石又作了一首〈烏江亭〉，詩云：「江東子弟今雖在，肯與君王卷土來？」顯然又將杜牧的作品視作其翻案的對象了。

而如果史書的原始記載過于簡略，或者並沒有傳達出史家的態度或立場，那就只能靠前代詩人的經典作品來確立「案」的基本內涵了。例如，《漢書·元帝紀》和〈匈奴傳〉中對昭君出塞作了極其簡略的記載，對昭君形象毫無刻畫之功，對昭君本人的遭遇也並未表現出或同情或敬佩或批判的立場。靠這零星的文字，根本無法建立起一個包含著豐富意蘊與討論空間的公案。這就需要借助歷代詩人所留下的一些最早的經典作

---

[18] 中華書局編輯部點校：《全唐詩》（增訂本）（北京：中華書局，1999 年），卷八〇，第 2 冊，頁 870。
[19] 孟郊著，韓泉欣校注：《孟郊集校注》（杭州：浙江古籍出版社，2012 年），下冊，頁 395。
[20] 《樊川文集》卷四，頁 72。

品，例如石崇的〈王明君辭〉、鮑照的〈王明君〉、陳後主的〈昭君怨〉、庾信的〈昭君辭應詔〉、李白的〈王昭君〉和杜甫的〈詠懷古迹〉（其三），「這些詩歌，所寫內容，大體是昭君出塞道路風霜之苦，遠嫁身世之悲，異地的鄉國之思，當然也寄寓著對幽閉漢宮的怨恨」[21]。正如宋人費袞所說：「古今人作〈明妃曲〉多矣，皆道其思歸之意。」[22]這些經典作品趨于雷同的主題情感，便構成了昭君公案的原始含義。宋人王安石作〈明妃曲〉二首，則一反前人奠定下來的悲怨情調，反而羨慕昭君能夠「樂在相知」[23]，得到異族君主的眷顧。王詩的翻案對象並不是《漢書》的記載，而是石崇、鮑照等人的經典詩篇。

對于詠史公案原始文獻的以上這兩個類型，宋人便早有清醒的認知。例如，南宋人費袞說：「詩人詠史最難，須要在作史者不到處別生眼目。」[24]所謂「別生眼目」，就蘊含著翻新出奇的意思；而所謂「作史者」，便是指史書中的原始記載。費氏能認識到史書的作用，將史籍的記載與詠史詩創作聯繫起來，其實是十分難得的見識。因為，宋人在論及詠史詩翻案問題的時候，多數還是將前輩詩人的經典作品視作翻案的對象。

---

[21] 魯歌選注：《歷代歌詠昭君詩詞選注》（武漢：長江文藝出版社，1982年），頁11。

[22] 費袞：《梁溪漫志》（上海：上海古籍出版社，1985年），卷七，頁80。

[23] 北京大學古文獻研究所編：《全宋詩》（北京：北京大學出版社，1992年），第10冊，頁6503。

[24] 《梁溪漫志》卷七，頁75。

例如范溫稱贊蘇軾〈和貧士詩〉「工于命意，必超然獨立于眾人之上」[25]；嚴有翼稱贊李商隱〈賈生〉詩將賈誼之事「反其意而用之」，「超越尋常拘攣之見，不規規然蹈襲前人陳迹」[26]；陳岩肖稱贊汪藻〈桃源行〉「思深語妙，又得諸人所未道者」[27]；胡仔評價杜牧的詠史翻案詩「好異于人」，「反說其事」[28]；吳沆稱贊王安石〈明妃曲〉「不隨古人言語走」[29]；劉克莊稱贊曾鞏〈明妃曲〉為「諸家之所未發」，張耒〈詠淮陰侯〉為「前人所未發」，劉子翬〈明妃出塞〉「語意不與前人相犯」，朱翌〈題元英舊隱〉「語意甚新，不犯前人」[30]；謝枋得說李商隱〈過楚宮〉的立意「前人未道破」[31]。以上這些評語中的「眾人」「諸人」「諸家」因涉及多人，必定不局限于史家一人，肯定是指眾多的前輩詩人；「前人」「古人」等語則是在作詩的語境內提出的，「語意相犯」「語意甚新」等表述也是就詩藝而言，因此不是指史家，而是指前代詩家。

---

[25] 郭紹虞輯：《宋詩話輯佚》（北京：中華書局，1980 年），上冊，頁 316。

[26] 胡仔纂集，廖德明校點：《苕溪漁隱叢話・後集》（北京：人民文學出版社，1962 年），卷一九，頁 134。

[27] 陳岩肖：《庚溪詩話》卷下，《叢書集成初編》，第 2552 冊，頁 14。

[28] 《苕溪漁隱叢話・後集》卷一五，頁 108。

[29] 《環溪詩話》卷下，《叢書集成初編》，第 2548 冊，頁 28。

[30] 劉克莊著，王秀梅點校：《後村詩話》（北京：中華書局，1983 年），前集卷二，頁 35；後集卷一，頁 53；後集卷二，頁 69-70；續集卷一，頁 84。

[31] 阮元輯：《注解章泉澗泉二先生選唐詩》（南京：江蘇古籍出版社，1988 年），頁 53。

如果我們要對詠史公案的原始文獻進行更加準確的界定，就還必須體察古人作詩的一些基本情況。我們知道，古代很少有對詠史主題作分類彙編的詩歌總集，大型類書查閱起來也多有不便，因此古人作詩時恐怕很難去提前遍查資料，對前輩詩人的創作了如指掌後才去做創新性的表達。尤其是那些行旅途中登臨古跡所寫的詠史詩，也多有翻案之作（如杜牧〈題烏江亭〉），詩人在舟車勞頓之餘並沒有條件去查閱資料，便只能依據記憶中有限的資源來完成構思。因此，更有可能的情況是，詩人對史書中的原始記載與原始闡釋提出翻案意見。即便他們心中有幾首比較經典的前人詩歌當作「靶子」，也並不能涵蓋前人作品的總體格局。所以我們經常看到，古人評價一首詠史翻案作品的創意多麼新奇，但如果把這首詩放在該主題的完整序列中觀察，其所謂的創意其實早已為前人所道盡。詩人們多數情況下是在針對史書中的同一個原始闡釋，或少數幾首經典作品中的基本觀點，不斷地進行翻案。

當我們試圖去總結詠史翻案作品所運用的思維方法時，也最好將以上所辨析的這兩類原始文獻視作突破口。據此，筆者將詠史翻案的思維方法歸納為以下五個方面：

（一）跳出原始文獻的預設前提

史書中的原始文獻首先表現為史家對歷史人物生平與事件始末的「客觀」記錄，但這種記錄往往因史家先入為主的情感與立場，而暗藏著某些誘導性，使讀史者陷入到某種預設的前提之中。而一旦退回到問題的前提層面，對史書中看似不言自明的邏輯前提提出質疑，就可以實現翻案。

例如《史記‧屈原賈生列傳》就是賈誼事跡的原始記載，司馬遷在其敘事中幾次強調賈誼的才華與學識，包括吳廷尉因聽聞賈誼懷有「秀才」而召其入于門下；賈誼入朝擔任博士時，諸生皆「以為能」；多年後，文帝召賈誼入宣室問對，感嘆「吾久不見賈生，自以為過之，今不及也」[32]。司馬遷本人並沒有直接對賈誼的才學予以肯定，卻借助吳廷尉、諸生和漢文帝的態度向讀者暗示了這一點，使讀史者將賈誼的才學視為理解其人生悲劇的基本前提，這就構成了一種相當牢固的思維定勢。歷代詩人對賈誼的歌詠始終不絕，詩人們多以抒情化的筆調，對其表達同情的態度，甚至從對賈誼的同情轉而聯想到自身，自怨自艾，自憐自惜。在抒情和自況之餘，也有詩人展開議論，探討賈誼人生悲劇的根源。從《史記》的原始記載來看，司馬遷將此歸因於周勃、灌嬰等老臣的讒毀，這在後世幾為定論。但若對文人弊病抱有足夠清醒的自省自覺，就會產生截然不同的觀點。北宋的王令和孔平仲將賈誼的悲劇歸結到他自身的問題，質疑其是否真有才學。王令〈讀西漢〉詩云：「漢得孤秦萬弊時，當年丞相要無為。洛陽年少空流涕，誰謂書生果有知。」[33]孔平仲〈賈誼〉詩云：「措置由來有後先，運行無迹盡觀天。色黃數五疑非急，此事知君正少年。」[34]兩位詩人認為，漢初承秦朝苛政之弊，當與民休息，行黃老無為

---

[32] 司馬遷：《史記》卷八四〈屈原賈生列傳〉（北京：中華書局，1959年），第8冊，頁2491、2492、2503。

[33] 《全宋詩》，第12冊，頁8179。

[34] 孔文仲、孔武仲、孔平仲著，孫永遠校點：《清江三孔集‧孔平仲集》（濟南：齊魯書社，2002年），頁420。

之政。賈誼那一套「改正朔,易服色,法制度,定官名,興禮樂」的政治主張根本就不適應當時的社會形勢[35],屬書生大言,華而不實。因此,賈誼也談不上真有才學。這就如釜底抽薪一般,將「懷才不遇」的「才」抽掉,因其無才,故而不遇,實現了顛覆性的翻案。

(二) 突破原始文獻的價值選擇

曾有門生問朱熹如何讀史,朱熹答道:「只是以自家義理斷之。」[36]這句話揭示了史書原始文獻背後的價值立場問題。我們知道,倫理的世界其實充斥著價值的混戰。每個人立足于自己所堅持的價值觀,就會得出完全不同的結論。對于詠史詩來講也是如此,詩人基于不同的價值追求,對歷史人物和事件的評價就有可能完全不同。史書往往或明或暗地潛藏著某種價值立場,若能就此提出疑問,選擇與之相異的價值觀,重新建構歷史闡釋,便能收穫到翻案的效果。

價值觀問題分為淺與深兩個層次。淺層指的是詩人評價歷史的具體標準或參照系,它未必代表著詩人心中穩定而堅實的價值觀底色,而只是詩人在做出具體評論時偶一為之的思維技巧。例如項羽和劉邦哪一位更顯英雄氣概,是歷代詩人爭論不休的問題。《史記》的原始記載對此莫衷一是,將二人都列入本紀,在史書體例上儼有並駕齊驅之意;而在兩篇本紀的各自行文中,司馬遷對二人英雄氣概的刻畫僅僅是各有側重,寫劉

---

35 《史記》卷八四〈屈原賈生列傳〉,第 8 冊,頁 2492。
36 黎靖德編,王星賢點校:《朱子語類》(北京:中華書局,1988年),卷一一,第 1 冊,頁 197。

邦則突出長者之智,寫項羽則突出霸王之勇,卻無意決出雌雄。在相關主題的經典詩作中,最有代表性的應屬李白的〈登廣武古戰場懷古〉,該詩將劉、項各自的雄姿都作了濃墨重彩的描繪。由于劉、項的氣質都與儒家士人所希求的明君賢主有一定距離,因此李白將二人捆綁在一起,稱「撥亂屬豪聖,俗儒安可通」[37],讓二人一同與俗儒觀念相抗衡,卻不打算在二人之間分出高下。到了明末,思想異動再一次成為時代主潮,詩人王象春作〈書項王廟壁〉一詩,末幾句云:「垓下美人泣楚歌,定陶美人泣楚舞,真龍亦鼠虎亦鼠。」[38]王象春既反對復古派,又不屑與公安派為同道,其為人「雅負性氣,剛腸疾惡」[39],作詩則主張「重開詩世界,一洗俗肝腸」,他將詩的境界分為禪、道、儒、俠四種,認為「禪為上,俠次之,道又次之,儒反居最下」[40],足見其思維富有奇譎古怪的色彩。錢謙益《列朝詩集》選其詩三首,其中〈古意〉〈昭君〉兩首都屬詠史詩,且都具有翻案意味。可以說,翻案求變是王象春的一種思維習慣。他在評價劉邦、項羽時,將兩位英雄一概否定,因為他們都不能保護自己愛的女子,所以都是鼠輩。有人以對社會造成的深遠影響為標準,便會認為劉邦強于項羽;有

---

[37] 瞿蛻園、朱金城校注:《李白集校注》(上海:上海古籍出版社,1980 年),卷二一,第 3 冊,頁 1259。

[38] 沈德潛、周准編:《明詩別裁集》(北京:中華書局,1975 年),卷一〇,頁 112。

[39] 錢謙益:《列朝詩集小傳》(上海:上海古籍出版社,1983 年),丁集下,頁 653。

[40] 公鼐:《浮來先生詩集》,《四庫禁毀書叢刊》(北京:北京出版社,1997 年),集部第 160 冊,頁 504-505。

人以個人的英雄魅力為尺度,便會認為項羽強于劉邦;但王象春卻以愛情為標準,以對女子的態度來衡量一個男性的英雄氣概,這一參照標準著實令人耳目一新。

當評判是非優劣的價值標準逐漸固化,形成更加堅實而穩定的觀念底色時,價值選擇便走向了深刻的層次。但這一層次的認知難以用個別的作品來論證,通常要放在群體性的創作行為或大時段的創作潮流當中來觀察。我們以清代詩人對平原君殺姬的評價問題為例,來說明這一問題。戰國時期平原君的一名侍妾,因嘲笑跛腳門客而被平原君殺害,藉以邀買人心。這在《史記》中被司馬遷視作「相傾以待士」的正面典型[41],唐代司馬貞《史記索隱》也稱贊平原君「笑姬從戮」的行為,帶來了「義士增氣」的正面效果[42]。到了宋代,歌詠平原君的詩歌中也鮮少對此事展開反思。徐鈞《史詠詩集》卷上有〈平原君〉一首,仍說「謝躄」之舉是「禮意恭」[43]。元代楊維楨作〈平原君〉詩,以春秋時期齊國蕭夫人笑郤克而招致五國大戰之事,來比附平原君殺美人是值得的[44]。明初高啟作〈平原君〉詩:「朝歌長夜館娃春,總為妖姬戮諫臣。何事邯鄲貴公子,能因躄者殺佳人。」[45]高啟以妲己、西施之事為比,對平

---

41 《史記》卷七六〈平原君虞卿列傳〉,第 7 冊,頁 2366。

42 《史記》卷七六〈平原君虞卿列傳〉,第 7 冊,頁 2376。

43 《全宋詩》,第 68 冊,頁 42831。

44 參見鄔志方點校:《楊維楨詩集‧鐵崖樂府》(杭州:浙江古籍出版社,1994 年),卷一,頁 13。

45 高啟著,金檀輯注,徐澄宇、沈北宗校點:《高青丘集》(上海:上海古籍出版社,1985 年),卷一七,頁 748。

原君殺美人之舉表示贊許。明代中期的李賢有〈平原君〉詩，仍在稱許平原君「好士能誅笑躄人」[46]。但到清代女性詩人筆下，這一歷史事件終于得到了反思。吳綃〈懷古〉（其一）云：「不知賓客成何事，枉向樓前斬美人。」[47]錢惠尊〈平原君傳書後〉云：「美人一笑何大罪，特借卿頭為士賄。」[48]劉萌〈讀史有感平原君為門下客殺美人事漫成〉（其一）云：「聞道花殘緣一笑，倘真國士定寒心。」[49]江淑則〈平原君〉云：「脫穎究慚真士相，沽名輕斬美人頭。」[50]幾位女詩人從不同角度切入了同一問題：美人何辜，為何枉死？這個女人的生命，不過是平原君展現其明主形象的工具。在史書的記述中，竟從未有人關心過這位無名女子的死是否合理。陳文述仿效袁枚，廣收女弟子，對女性命運多有同情之意，因此其〈華陽臺詠古〉亦云：「彼躄亦何好，要結意殊詐。笑彼平原君，乃以美人謝。」[51]通觀這些詩作，會發現女性意識在清代的萌芽，促成了對女性歷史人物的同情，更從根本上抬高了女性的

---

[46] 李賢：《古穰集》卷二二，《景印文淵閣四庫全書》（臺北：臺灣商務印書館，2008年），第1244冊，頁721。

[47] 李雷主編：《清代閨閣詩集萃編》（北京：中華書局，2015年），第1冊，頁196。

[48] 胡曉明、彭國忠主編：《江南女性別集‧二編》（合肥：黃山書社，2010年），上冊，頁290。

[49] 《江南女性別集‧初編》（合肥：黃山書社，2008年），下冊，頁841。

[50] 《江南女性別集‧二編》，下冊，頁1225。

[51] 陳文述：《頤道堂詩選》卷六，《清代詩文集彙編》（上海：上海古籍出版社，2010年），第504冊，頁98。

生命價值。這不是某篇單一的詩作能夠反映的趨向,而必須從大量作品中找尋規律。

(三) 跨越原始文獻的史實聯想

史書中的原始文獻受制于篇章體制,即便有互見之法,也難以將不同時空背景下的事件和不同人物的事迹排比在一起。但讀史之人卻可以展開聯想,將不同地方的記載相比較,發現事件之間的矛盾性,從而得出新穎的觀點。具體而言,又分為兩類,即同類聯想與異類聯想。

所謂同類聯想,就是指進行比較的歷史事件具有相似的性質,我們以吳、越亡國之事為例加以說明。《吳越春秋》和《越絕書》中都記載了越人獻西施給吳王夫差的故事,伍子胥認為美女為「國之咎」,將西施比作妲己、褒姒。吳國滅亡後,吳人也歸咎于西施。不過,羅隱〈西施〉一詩卻說:「家國興亡自有時,吳人何苦怨西施。西施若解傾吳國,越國亡來又是誰?」[52]即便吳國的滅亡,尚可歸罪于西施;但越國日後的滅亡,顯然不能再作此推演。越國的滅亡,是因為末代越王窮兵黷武、侵犯大國,最終自食惡果。這反倒使我們在對吳、越歷史的比較中,在聯想思維的帶領下產生警覺:吳國滅亡的主要原因是吳王輕率伐齊,與女人無關。不過,吳國和越國滅亡畢竟屬同類事件,在二者之間產生聯想,難度不大。

所謂異類聯想,並不是簡單地將同類事件進行比較,而是在評價甲事件的時候,透過其中細節,聯想到與此並不相似但

---

[52] 雍文華校輯:《羅隱集》(北京:中華書局,1983年),頁45。

卻暗含關聯的乙事件，揭示甲、乙事件之間的矛盾，從而得出對甲事件的新認識。例如章碣〈焚書坑〉在評價秦朝焚書一事（甲事件）時說「坑灰未冷山東亂，劉項元來不讀書」[53]，聯想到劉邦、項羽皆非儒生（乙事件）；袁宏道〈經下邳〉則說「枉把六經灰火底，橋邊猶有未燒書」[54]，聯想到黃石公贈〈太公兵法〉給張良（同樣屬乙事件）；清人陸次雲〈詠史〉則說「尚有陸生坑不盡，留他馬上說詩書」[55]，聯想到陸賈以《詩》《書》勸諫劉邦（也屬乙事件）。如果靠焚書就能鞏固統治，那麼劉、項之輩的崛起反而成了巨大的諷刺；如果焚書真能焚得盡，自然也就不會有黃石公贈兵書與陸賈談論《詩》《書》的事情了。借由以上這些矛盾，讀詩的人自然會得出這樣的見解：秦始皇焚書不可能取得成效，靠焚書來鉗制思想、加強專制是沒有用的。由於這三個乙事件潛藏于史籍的其他位置，與〈秦本紀〉和〈李斯列傳〉並不在一起，且它們與甲事件之間也並不具有直接的近似性，因此這樣的聯想顯然具備更大的難度，而其所收穫到的議論的新意與啟發的快感則要強得多。

---

[53] 中華書局編輯部點校：《全唐詩》（增訂本）卷六六九，第 10 冊，頁 7716。

[54] 袁宏道著，錢伯城箋校：《袁宏道集箋校》（上海：上海古籍出版社，2008 年），卷一三，中冊，頁 571。

[55] 沈德潛選編，吳雪濤、陳旭霞點校：《清詩別裁集》（石家莊：河北人民出版社，1997 年），卷一五，頁 290。

（四）繞開原始文獻的虛構想像

史書對歷史事實的記載，有著筆觸的邊界。首先，有些邊緣人物的作為，容易隱沒在事件主幹的背後，難以進入史家的關注視野，例如西施、王昭君這樣的女性人物，即便參與了重大歷史事件，也很難成為史家重點刻畫的形象；或是普通百姓、下層吏員這樣的底層人物，也因其人數眾多、缺乏個性的面孔，而埋沒在歷史的人潮之中。其次，歷史人物那些隱秘的心理活動，也難以為後世史家所察知，例如表面的忠貞之下也許埋藏著猶豫和困惑，膚淺的道義說教壓制不住欲望與苟且的火苗。詠史詩人則能夠借助合理的推測與適度的想像，借助換位式的、體驗式的思維方法，探知當事人的行為與心迹。

例如袁枚對女性歷史人物的悲劇命運常報以深沉的同情，認為她們不過是受男性權力擺佈的受害者。其〈西施〉（其一）云：「吳王亡國為傾城，越女如花受重名。妾自承恩人報怨，捧心常覺不分明。」[56]詩中細緻刻畫了西施的內心矛盾：她一方面是越人，為越國的復興承擔重大使命；另一方面又是女人，面對夫差這個對自己寵愛備至的男人，又感到深深的負罪感。這樣的矛盾使她時常不明白自己真正的情感傾向，在心靈撕扯之下分裂出多重人格，造成其深重的痛苦與掙扎。這首詩一方面走向了史書中並不多加刻畫的女性人物，另一方面直入其內心隱秘的情感。而這番心態的挖掘又建立在對女性心理充分把握的基礎上，也有歷史事實作為推測的依據。

---

[56] 袁枚：《小倉山房詩文集·詩集》（上海：上海古籍出版社，1988年），卷二，第1冊，頁31。

想像,恰恰是詩人所最擅長的技巧,彌補了史家視野的局限與思維的單一。詠史詩中的想像,也恰好維護了詩作為想像藝術的基本底色。

(五)依據原始文獻的合理推測

歷史考證方法,雖然也能推翻一些習以為常的觀點,具有翻案的意味,但終究與詩歌的趣味和體制相去甚遠,不容易在較短的篇幅內,充分展現其考證的材料依據與邏輯脈絡。詩人們找到了兩種解決辦法:

一是將詩寫得更長一些,用古體詩的篇幅充分展開論述,而相比于氣勢更加流暢婉轉的七古,五古的典重與莊嚴與以考據為詩的追求更加契合。例如清代史學家趙翼很擅長歷史考證,用充分的材料來推翻陳言舊說,他也將這種批判性思維方式運用于詠史詩中。如其〈詠史六首〉(其三)云:「古制謁長者,脫屨始造請。見君更不襪,左氏傳可證。蕭何履上殿,殊禮出特命。迨乎唐以來,朝靴始漸盛。及其習用慣,遂乃著為令。設使跣入朝,翻成大不敬。泥古有難通,即事朗可鏡。所以周官書,或貽後世病。」[57]依照古制,拜謁長者當脫屨上堂;如見君王,更連襪子都不可穿。趙翼指出,這一制度在《左傳》當中已有記載,而到漢代仍然沿用,只有蕭何因被評為功臣第一,可以例外。但自唐以後,朝靴開始盛行,若仍舊跣足入朝,反為不敬。趙翼以此來表達:禮儀制度代有更迭,

---

[57] 趙翼著,李學穎、曹光甫校點:《甌北集》卷三〇《詠史》(其三)(上海:上海古籍出版社,1997年),下冊,頁679。

故不可泥于古禮，不知革新變通。

二是在短篇詩作之首加上一篇詩序，來充分解釋考證的邏輯。例如張耒〈韓信祠〉：「千金一飯恩猶報，南面稱孤豈遽忘。何待陳侯乃中起，不思蕭相在咸陽。」[58]詩前則有長達一百多字的小序，詳細闡發了該詩的主要觀點及理由。序文考辨了韓信被族誅時的背景，當時漢高祖精兵在握，蕭何又穩坐京城，韓信並不具備起兵反叛的條件。由此，作者認為韓信不可能愚蠢到在這樣一個時機反叛，甚至他根本就沒有反叛的想法，以此為其洗冤。整首詩的主要靈感都立足于對史實的考辨。

三、詠史詩「翻案」現象的邏輯陷阱

借助詩歌表達思想，固然因其私人性與靈活性的特點而能獲得更廣闊的探索空間，但也正因此而對其思想與邏輯的質量造成損傷。這種損傷有兩個表現形態：一是形成思維套路，二是出現邏輯漏洞。

（一）思維套路

古代詩人雖然以翻案見奇為寫作詠史詩的一種追求，但又經常針對同一原始文獻進行重複性的翻案。那些閱詩不多或思想鑒別能力不足之人，看到這樣的觀點，會誤以為其頗具新意，實則也不過是拾人牙慧的尋常意見。長此以往，所謂的翻

---

[58] 張耒撰，李逸安、孫通海、傅信點校：《張耒集》（北京：中華書局，1990年），卷二八，頁497。

案也會淪為新的套路。尤其是某些翻案性的觀點又具有「萬金油」的特性，該思路能夠適用于諸多同類型的歷史評價之中，如果不能廣泛地閱讀同類型的詠史詩作，就很難意識到其思路的陳腐與思考者的懶惰。

　　例如，很多詠史懷古詩作都是在登臨遺跡之後產生的思考，詩人面對斷壁殘垣，再配合斜陽草樹、落日寒烟，營造出一種凄涼蕭瑟的意境，於是感嘆過往的繁華都化作雲烟，曾經攪動風雲的英雄人物最終也不過化為一座枯冢，可見是非可以不論，成敗可以不講，興亡可以不談。這樣的寫法產生于魏晉六朝時期，在唐人的詠史詩作中尤其多見，最終固定為一種詠史詩的寫作套路，但這背後的邏輯卻不堪一擊，其價值觀也是晦暗、消極的。例如清人龔鼎孳〈烏江懷古〉（其三）云：「蕭蕭碧樹隱紅牆，古廟春沙客斷腸。真霸假王誰勝負？淮陰高冢亦斜陽。」[59]詩人比較韓信與項羽誰勝誰負，看似應是韓信勝、項羽負，詩人卻說韓信最終也死于非命，化為一座墳墓，二人其實無所謂勝負。按此邏輯推演下去，任何勝負都會變得毫無意義，因為所有人最終都會走進墳墓，這簡直就是一種歷史虛無主義的論調。

　　又如，詠史詩人探討一個歷史事件的原因時，經常從內因與外因的維度來思考。雖然中國古代思想家每每強調「自省」的重要性，格外看重個人的主觀能動性，可一旦將個人的命運放到歷史大勢和國族興亡的洪流中來觀望，總會萌生出強烈的

---

[59] 龔鼎孳：《定山堂詩集》卷三六，《清代詩文集彙編》，第 51 冊，頁 48。

無力感和失落感。這時，人們會習慣于將個人的悲劇命運訴諸他人的陷害，將個人的英雄才能視作社會時勢的附屬物。能從歷史人物自身的素質和行為來尋求對歷史的解釋，就變得難能可貴。當眾人都盯住「外因」來立論的時候，有些目光敏銳的詠史詩人卻能看到「內因」的決定作用，就會顯得更有新意。上文所舉王令〈讀西漢〉中對賈誼人生悲劇的分析，就屬這一思維方法。而反過來，對于歷史上的那些成功人物和千秋功業，人們則首先訴諸主人公自身的能力和付出，對于個體所處的社會環境則關注不足。如果能站在更加全域的視角來看這件事，就會發掘出「配角」和「環境」的作用，從而營造出翻案的效果。例如，司馬相如借助為陳皇后撰寫〈長門賦〉的機會聲名鵲起，唐人黃滔〈司馬長卿〉詩云：「漢宮不鎖陳皇后，誰肯量金買賦來。」[60]詩人認為，司馬相如〈長門賦〉的成功不過是後宮爭寵的附帶結果罷了。但是，將司馬相如的成功歸因于後妃爭寵，實在太低估其自身的本領了，司馬相如若無真才實學，又怎能得到陳皇后的充分信任呢？以歷史人物的成與敗為基礎，對外因與內因所作的選擇，逐漸成為詠史詩人實現思維翻案的「終南捷徑」。

　　類似的終南捷徑當然不限于以上兩種，但已足夠使我們警惕：思維捷徑的實質其實是思維質量本身的不足。詩人不通過真正富有獨創性的思考來翻案出新，就容易滑入思維懶惰的陷阱。一旦懶惰，便容易出錯。所以，思維套路的後續結果，往往就是邏輯漏洞。

---

[60] 《全唐詩》（增訂本）卷七〇六，第 11 冊，頁 8205。

(二) 邏輯漏洞

中國人對古典詩歌的欣賞習慣是偏于抒情性的,更強調詩歌所營造的情感意境,這一點毋庸置疑。但古典詩歌的基礎是儒家「詩教」理論,詩歌並不只有緣情之用,也有世教之功。詩歌所傳達的思想雖然不是審美感受的主要來源,卻關乎詩歌的社會功能。詠史詩則一邊聯繫著詩,一邊還聯繫著史。古人以史明智,以古鑒今,對歷史的闡釋也會影響世道人心。而一旦這種闡釋中帶有嚴重的邏輯漏洞,其危害可想而知,它會借助詩歌的傳播能量,帶來更加嚴重的價值觀迷思。

例如,清初詩人沙張白在其〈秦檜〉詩中說:「武穆真聖賢,秦檜亦豪傑。渡江二百年,趙氏綿血食。」[61]詩人將岳飛與秦檜並稱為豪傑,認為南宋國祚得以綿延,秦檜也有其功勞。這無異于掩蓋了歷史的真相:南宋得以頑強生存,靠的是金國幾次南侵時南宋愛國將士的勇于犧牲、奮力抵敵,靠的是很多正直文人或在朝或在野,對投降派形成的制衡。將南宋國祚延續的功勞歸于秦檜,這在邏輯上犯了倒果為因的錯誤。南宋國祚的延續是單一的結果,其原因則是眾多的,詩人將秦檜的投降政策混入其中,當作眾多原因之一,有瞞天過海的嫌疑。更令我們警戒的是,這一翻案觀點因其新穎而抓住了人們的眼球,最終造成政治倫理上的思想混亂,危害不小。

以上,我們對中國古代詠史詩中的翻案思維進行了大致的梳理。筆者用這樣一種較為「邏輯化」的方法來描繪古代文人

---

[61] 徐世昌輯:《晚晴簃詩匯》(北京:中國書店,1988 年),卷三九,第 1 冊,頁 513。

的歷史思維與思想世界，就必然面臨著某些文學研究者的挑戰。因為這樣的分析與傳統的、純粹的文學研究相比，是那麼格格不入。筆者似乎對中國古典詩歌所一再堅持的抒情傾向懷有敵意，實則並非如此。任何的情感抒發，無論有多麼奔放自由、淋漓盡致，恐怕都不同于瘋人的囈語，而有其理性的思想根源。詠史詩的美感既來源于個體在龐大時空面前所展現的卑微感與滄桑感，同樣也源于個體對歷史的理性理解。文學思維與實證思維之間包蘊著複雜而緊張的關係。那些貌似偶然迸發的思想靈感和機智火花，其實也有著深刻的根源與模式；那些看似翻案出新的歷史闡釋和詩歌立意，也許暗藏著嚴重的謬誤與迷思。本文力圖在這方面有所揭示。

（作者為中國社會科學院文學研究所編審）

從貴族儀軌到布衣文本：
晚周《詩》學功能演變考論

程蘇東

　　《漢書‧藝文志‧詩賦略》曾這樣描述春秋後期以來《詩》學傳播範圍的變化：「春秋之後，周道浸壞，聘問歌詠不行於列國，學《詩》之士逸在布衣，而賢人失志之賦作焉。」[1]而與之關係切近的另一段更有名的論述則見於《孟子‧離婁》：「王者之迹熄而《詩》亡，《詩》亡然後《春秋》作。」[2]在這兩段論述中，孟子和班固都指向同一個問題，即隨著宗周王權的衰落，作為周人禮樂文明與王道政治載體的《詩》在傳播層面發生了重要變化。所謂「《詩》亡」「聘問歌詠不行於列國」，蓋指以宮廷貴族為中心的獻詩、歌詩、賦詩傳統漸趨衰亡，而所謂「學《詩》之士逸在布衣」，則是指「布衣之士」這一新興階層成為了學《詩》、用《詩》

---

[1] 班固：《漢書》卷三〇〈藝文志〉（北京：中華書局，1965 年），第 6 冊，頁 1756。

[2] 焦循撰，沈文倬點校：《孟子正義》卷一六〈離婁下〉（北京：中華書局，1987 年），頁 572。

的新主體。這一變化勢將帶來《詩》的文化功能及其演變與闡釋方式的調整，而其發生的時間，正是在政治與學術層面均處于激蕩變化中的春秋後期至戰國，也就是所謂的晚周時期。

事實上，對于整個「六藝」的經典化歷程而言，晚周都是一個關鍵的分化期——在此之前，學在王官，「詩書禮樂」作為「王教」經典[3]，其製作與傳播均有賴于王權的蔭護。而在此期之後，嚴格說是自秦始皇三十四年（前213）挾書律頒定後，包括「六藝」在內的各種知識再次被納入帝國權力的掌控之中，無論是始皇禁學，還是武帝興學，經典的傳習都受到皇權政治的直接干預。只有在晚周時期，傳統王權漸趨崩解、新生帝國尚未建立，這幾乎是整個前現代社會中「六藝」唯一一次擺脫國家權力左右，主要憑藉其自身的文本價值與功能贏得讀者、維繫聲響的時代。也正是經過這一時期的選擇與篩裁，「六藝」的形態發生了極大的變化：作為宗周文明之核心，在規模上一度達到「經禮三百，曲禮三千」的禮書[4]，至漢初僅剩〈士禮〉十七篇得以傳習；樂近乎完全失傳；而百篇《尚書》的傳習顯然也非常有限，以至于當漢文帝求天下能治《書》者時，不過一濟南伏生而已；至于《易》《詩》與《春秋》，則不但文本自身得以留存，在這一時期內還發展出豐富多樣的傳記說解，《易》之十翼、四家《詩》學，以及《春秋》五家之傳，都顯示出晚周時期此三學之發達，而近年來的

---

[3] 《禮記‧王制》：「樂正崇四術，立四教，順先王《詩》《書》禮樂以造士。」《禮記正義》卷一三〈王制〉，阮元校刻：《十三經注疏》（北京：中華書局，2009年），第3冊，頁2905。

[4] 《禮記正義》卷二三〈禮器〉，《十三經注疏》，第3冊，頁3108。

出土文獻，如上博簡、馬王堆帛書中的《易》學文獻，以及與《詩》學關係密切的上博簡〈孔子詩論〉〈民之父母〉、郭店簡〈緇衣〉、郭店簡、馬王堆帛書〈五行〉等，也在一定程度上印證了傳世文獻所見晚周學術的這一特點。

那麼，作為宗周禮樂之附庸的《詩》，何以在晚周時期能夠發展出獨立的文本價值，甚至產生豐富多樣的闡釋體系呢？作為貴族禮樂文明載體的《詩》，與布衣之士所傳習的《詩》，在其使用方式、闡釋向度乃至文化功能方面有何差異呢？這些便是本文將要討論的問題。

一、「詩禮樂」與「《詩》《書》」：《詩》的兩種身分認知

先秦至漢初文本在提及《詩》時，常將其與《書》、禮、樂等並舉，如果排除其中逐一列舉「四教」或「六藝」的個案，可以發現，在述及「《詩》《書》禮樂」的文化功能等問題時，早期文獻存在兩種不同的敘述方式。一種是以「詩禮樂」合稱，三者構成一個相對獨立的知識體系；另一種則是將《詩》《書》並稱，而以「禮樂」與之對應，四者共同構成完整的知識體系。這兩種不同的組合方式，代表了敘述者對于《詩》學身分與功能的不同認知，值得我們加以探究。

關于「詩禮樂」與「《書》」二分的經典結構，拙著《從六藝到十三經》已有論述[5]，相關用例主要見于《論語》和

5　可參程蘇東：《從六藝到十三經——以經目演變為中心》（北京：

《禮記》的〈內則〉〈學記〉〈仲尼燕居〉諸篇。基于「詩禮樂」在周人軍政、外交、祭祀、社交等領域的廣泛運用,這一知識體系成為貴族參與社會生活的基本文化素養,《詩》也由此成為整個貴族階層的公共知識資源。不過,相關文獻在論及「詩禮樂」的內部關係時,一般以「禮」為其核心,如《禮記‧仲尼燕居》:

> 子曰:「禮也者,理也。樂也者,節也。君子無理不動,無節不作。不能詩,于禮繆;不能樂,于禮素;薄于德,于禮虛。」[6]

「詩」「樂」是成禮的必要輔翼,這一點從《儀禮》中關于鄉飲酒禮、鄉射禮、燕禮、大射禮等儀節的描述中可以得到確認,但對于詩、樂的熟習尚不足以真正成禮,只有理解相關儀節背後的「理」,這樣的「禮」才不會淪為形式化的儀式操演,這也是《左傳》所言「禮」「儀」之分的關鍵[7]。所謂「不能詩,于禮繆」,這裏特別強調「詩」在使用上的規範性,顯示在此語境中《詩》的使用需遵循相關儀軌。類似的觀念在《禮記‧禮器》中也有體現:

> 孔子曰:誦《詩》三百,不足以一獻;一獻之禮,不足

北京大學出版社,2018 年),頁 30-34。

[6] 《禮記正義》卷五〇〈仲尼燕居〉,《十三經注疏》,第 3 冊,頁 3502。

[7] 《春秋左傳正義》卷五一,《十三經注疏》,第 4 冊,頁 4576。

以大饗。大饗之禮,不足以大旅,大旅具矣,不足以饗帝。毋輕議禮。[8]

將「誦《詩》三百」與「議禮」並言,顯示出《詩》與「禮」之間似乎具有天然的相關性。但另一方面,無論習禮者對于《詩》文本的掌握如何純熟,仍未必可以完成即便是最簡單的「一獻之禮」,足見作為儀式組成部分的「詩」在整個禮典中的輔助性地位。文本最後以「毋輕議禮」作結,在諄諄告誡禮學之博大精深的同時,也映襯出禮樂系統中的《詩》似乎不過是助成儀節的一種知識儲備而已。馬銀琴在論及《詩》文本的初次編輯時指出,此次編輯已經「確定了詩文本以儀式樂歌為內容的編寫原則」[9]。換言之,在《詩》的早期編輯體例中,施于禮樂正是一首詩得以進入《詩》文本的基本方式和核心功能。

至于「《詩》《書》」並稱,在先秦文獻中則更為常見。從時間分布上看,「詩禮樂」並稱主要集中于《論語》和《禮記》中與西周貴族教育或孔子論學相關的部分;而「《詩》《書》」並稱則從《左傳》一直延續到漢代,是戰國諸子的常用說法。《左傳》的用例始見于〈僖公二十七年〉所載趙衰論郤縠之言:

---

[8] 《禮記正義》卷二四〈禮器〉,《十三經注疏》,第 3 冊,頁 3123-3124。

[9] 馬銀琴:《兩周詩史》(北京:中國社會科學出版社,2006 年),頁 144。

> 說禮、樂而敦《詩》《書》。《詩》《書》，義之府也。禮、樂，德之則也。德、義，利之本也。[10]

　　這裏將《詩》《書》並稱，謂之「義府」，顯然與「詩禮樂」中「詩」的功能定位存在差異：《詩》不僅是助成禮典的儀節，更是承載周人德教理想的經典文本。趙衰認為，只有深入理解這些經典文本的人才堪任元帥。《左傳》中保留了一百多條公卿貴族引《詩》議政的用例，足證趙衰所言不虛。這種對于《詩》「文本」價值的強調在《商君書》中也有體現，但傳習的主體則從郤縠這樣的貴族轉變為民間的布衣「豪傑」：

> 今境內之民皆曰農戰可避而官爵可得也，是故豪傑皆可變業，務學《詩》《書》，隨從外權，上可以得顯，下可以求官爵。[11]

　　商鞅批判性地描述了戰國中期的新興士人試圖通過知識學習擺脫原有社會階層，進入仕途的社會現象。在傳統的宗法社會中，只有貴族才能擁有官爵、參與政治，對于平民而言，《詩》《書》既是他們難以接觸的「王教」經典，也與他們的社會生活缺少關聯。不過，隨著春秋後期宗法制的逐漸崩壞，固化的社會階層開始鬆動，部分士人憑藉自己的知識或技藝參

---

[10] 洪亮吉：《春秋左傳詁》（北京：中華書局，1987 年），卷八，頁 327。

[11] 蔣禮鴻：《商君書錐指》卷一〈農戰〉（北京：中華書局，1986 年），頁 20。

與到各類公共事務中，有的成為依附于貴族的食客，有的甚至加官進爵，「大者為師傅卿相，小者友教士大夫」[12]，至于墨子、孟子等更是「得顯」于天下。《呂氏春秋‧不侵》言：「孔、墨，布衣之士也，萬乘之主、千乘之君不能與之爭士也。」[13]孔子本非布衣，因此這種敘述一方面顯示出「布衣」的範圍在戰國中後期似乎有擴大化的趨向，除了出自農、工、商階層的平民子弟以外，像孔子這樣的沒落貴族也被視為「布衣」；另一方面也顯示出戰國士人對于憑藉知識改變自身命運的「布衣之士」的理想化建構。總之，這類認知進一步帶動整個社會知識風氣的轉移，遂出現商鞅所言原本從事農戰的「豪傑」之士紛紛「變業」「務學」的潮流。由于商鞅對以《詩》《書》為代表的傳統經典最為反感，因此這裏他獨舉「《詩》《書》」，而從《莊子‧天下》的描述可知，戰國布衣實際研習的知識領域是非常多樣和駁雜的，這也造成了戰國知識階層的嚴重分化，大大削弱了一度作為貴族公共知識資源的《詩》《書》所具有的權威性，不過，從商鞅、韓非、李斯等法家士人持續致力于禁止《詩》《書》的民間傳習來看，這一潮流的存在應是基本可信的。對于布衣士人而言，《詩》《書》不僅僅是進德修業的知識資源，更是他們改變自身社會階層的重要倚賴。事實上，孔子已言：「先進于禮樂，野人也；後進于禮

---

[12] 司馬遷：《史記》卷一二一〈儒林列傳〉（北京：中華書局，2013年），第10冊，頁3760。

[13] 許維遹：《呂氏春秋集釋》卷一二〈孟冬紀‧不侵〉（北京：中華書局，2009年），上冊，頁270。

樂，君子也。」[14]沒有尊貴的血統，「布衣」「野人」只有掌握宮廷中的基本儀節，以及《詩》《書》等流行于貴族群體中的經典，才可能以「知識人」的身分打破傳統社會階層，躋身士人行列。值得注意的是，在論及這些新興士人使用《詩》《書》的具體方式時，《商君書》總是將其與言說技巧結合起來：

> 故曰：農戰之民千人，而有《詩》《書》辯慧者一人焉，千人者皆怠于農戰矣。（蔣禮鴻：《商君書錐指》卷一〈農戰〉，頁22）

> 故事《詩》《書》談說之士，則民游而輕其君。（《商君書錐指》卷二〈算地〉，頁46-47）

將《詩》《書》與「辯慧」「談說」相聯繫，顯示這裏的《詩》已完全不具備儀式性功能，而是與《書》一樣純粹的知識性文本。這些說法與《論語》中孔子「誦《詩》三百，授之以政，不達；使于四方，不能專對；雖多，亦奚以為」的說法相呼應（《論語集釋》卷二六〈子路〉，頁900），顯示出布衣《詩》學對于《詩》文本價值的天然看重。

對于晚周《詩》學功能演變的闡述在《荀子》中得到了更明確的呈現。〈勸學〉篇論治學之要義曰：「學惡乎始？惡乎

---

[14] 程樹德：《論語集釋》卷二二〈先進〉（北京：中華書局，1990年），頁735。

終?曰:其數則始乎誦經,終乎讀禮;其義則始乎為士,終乎為聖人。」[15]與〈王制〉〈內則〉〈學記〉等關注貴族學制不同,這裏荀子以「始乎為士」作為治學的基本目標,顯然正是基于當時一批知識人渴望由「布衣」躋身士人的現實需求而言的,而「終乎為聖人」的倡導,恐怕也是針對部分為稻粱謀的布衣之士急于出仕的浮躁風氣而做出的回應。在具體論述中,荀子以「博」作為《詩》《書》的核心特點,同時反對那種拘守故訓,不能切近時用的《詩》《書》傳習方式(《荀子集解》卷一〈勸學〉,上冊,頁 14),而在《荀子》全書對于《詩》的近百次論述、引用中,雖然大量引《詩》以論禮義,卻沒有一處涉及《詩》自身的儀式功能[16]。可以說,在商鞅、荀子等戰國中後期士人的觀念中,《詩》作為貴族儀軌的文化記憶,已經隨著相關禮典的長期廢弛而逐漸淡薄了。

總之,隨著晚周社會流動性的加強,對于《詩》《書》的學習成為布衣「豪傑」躋身士人階層,改變自身命運的一種重要方式。多少受到這一現實利祿的驅使,在宮廷政治「禮廢樂壞」的整體背景中,注重《詩》《書》禮樂之傳習的儒學卻成為戰國時期廣泛傳播的「顯學」。所謂「學《詩》之士逸在布

---

[15] 王先謙:《荀子集解》卷一〈勸學〉(北京:中華書局,1988年),上冊,頁 11。

[16] 王秀臣在討論《孔子詩論》時也指出:「由重『禮儀』到重『禮義』成為這一時期(筆者注:指戰國時期)禮學的最大特點。上博簡《孔子詩論》正是在這種禮學背景下對用詩實踐的理論闡釋。」王秀臣:〈「禮義」的發現與《孔子詩論》的理論來源〉,《江海學刊》2006 年第 6 期,頁 174。

衣」，知識的下行成為晚周社會階層的流動性得以增強的重要助推，而隨著布衣之士學《詩》、用《詩》，《詩》的形態、功能與傳習、闡釋、使用方式，也將不免發生重要的變化。傳播主體與傳播方式之間的互動關係，是早期《詩》學研究中一個值得關注的問題。

二、貴族文化中的《詩》文展演及其文本義的伏見

明確了晚周時期《詩》學傳播主體及其文化認知的變化，我們還是回到春秋、戰國《詩》學史中，嘗試梳理出《詩》與兩周禮樂文明的興廢之間的互動關係。我們知道，作為周室禮樂文明的載體之一，《詩》通常以三種形式進行展演，分別是歌詩、誦詩與賦詩。關于歌詩，其常見形態是由樂師配樂演唱，有時還伴以舞蹈，多用于祭祀、燕饗、射禮等儀式性場合。《儀禮·鄉飲酒》對于鄉人飲酒禮中歌《詩》的篇目與程序有詳細描述，雖然我們已難以盡知其所謂「升歌」「間歌」「笙」「合樂」的具體形態[17]，但從中仍可感受到一種高度程式化的儀式感。簡言之，《詩》首先依據其主題和篇次被納入不同的禮典之中，成為區分禮典功能和等級的重要標志。基于周禮「別尊卑，定等差」的核心訴求，在禮典中奏唱合乎儀制的詩樂，便成為歌詩的關鍵。據《左傳》記載，襄公四年，晉

---

[17] 相關研究可參傅道彬：〈鄉人、鄉樂與「詩可以群」的理論意義〉，《中國社會科學》2006 年第 2 期，頁 173。

侯以「〈文王〉之三」「〈鹿鳴〉之三」等享穆叔[18]，而穆叔則以〈文王〉為「兩君相見之樂」，故舍〈文王〉而拜〈鹿鳴〉。類似之事又見于《左傳·文公四年》：

> 衛寧武子來聘，公與之宴，為賦〈湛露〉及〈彤弓〉。不辭，又不答賦。使行人私焉。對曰：「臣以為肄業及之也。昔諸侯朝正于王，王宴樂之，于是乎賦〈湛露〉，則天子當陽，諸侯用命也。諸侯敵王所愾而獻其功，王于是乎賜之彤弓一，彤矢百，玈弓矢千，以覺報宴。今陪臣來繼舊好，君辱貺之，其敢干大禮以自取戾。」（《春秋左傳正義》卷一八，《十三經注疏》，第 4 冊，頁 3995-3996）

需要說明的是，這裏《左傳》雖然稱文公為「賦」詩，但一般而言，我們所說的「賦詩」是賦詩者自誦其詩，而這裏從寧武子回答「臣以為肄業及之也」的描述看來，文公顯然是命樂師歌詩，故此至少在寧武子看來，這當然不是賦詩，而是歌詩。既然是歌詩，則必然要注意其儀節是否合宜。文公所歌〈湛露〉及〈彤弓〉在儀軌上皆為諸侯朝王所用之樂，故此寧武子既不敢承受拜謝，亦不欲使主人尷尬，遂以「不辭」的方式沉默應對。實際上，這裏魯文公以〈湛露〉及〈彤弓〉享寧武子，顯然是看重其文本內容，〈湛露〉有「厭厭夜飲，不醉無歸」「顯允君子，莫不令德」「豈弟君子，莫不令儀」之句，

18　《春秋左傳正義》卷二九，《十三經注疏》，第 4 冊，頁 4192。

〈彤弓〉有「我有嘉賓，中心貺之。鐘鼓既設，一朝饗之」諸語[19]，就文辭層面看，無疑頗適合宴享外臣的場合，但儀式化的歌詩必須嚴守禮典中既定的等級，使用者不可以依據文本的內容改變其使用場合。可以說，在歌詩儀式化的過程中，《詩》的文本義在某種程度上被虛置了。

關于「誦詩」，即不歌而誦，這顯然是意在呈現《詩》文本義的一種閱讀方式。前引《論語》《禮記》中孔子均有「誦《詩》三百」之說，《禮記·文王世子》稱「春誦，夏弦，大師詔之瞽宗」[20]，顯示誦讀是初學者習《詩》的基本方式，其目的應是實現對于《詩》文本的記憶。不過，除了學習者自行誦讀，周廷中似乎還有一種「矇誦」的展演方式。《國語·周語》載厲王時邵公虎之言：「使公卿至于列士獻詩，瞽獻曲，史獻書，師箴，瞍賦，矇誦，百工諫……」[21]這一說法在《新書·保傅》《大戴禮記·保傅》等漢代文獻中被敷演為所謂「瞽夜（史）誦詩」說[22]。從《國語》的記述看來，「矇誦」

19　《毛詩正義》卷一一，《十三經注疏》，第 1 冊，頁 900、902。
20　《禮記正義》卷二〇〈文王世子〉，《十三經注疏》，第 3 冊，頁 3042。
21　徐元誥：《國語集解》卷一〈周語上〉（北京：中華書局，2002 年），頁 11。
22　《新書·保傅》作「瞽史誦詩」，《大戴禮記》作「鼓夜誦詩」，孔廣森《大戴禮記補注》認為「『夜』非誤字也。《漢書·禮樂志》曰：『立樂府，采詩夜誦。』」王念孫《讀書雜志》以為「上既言『有記過之史』，則此不當更言史，且誦詩乃瞽之事，非史之事。《大戴禮記·保傅》篇作『瞽夜誦詩』，是也。」二說皆有據，但值得注意的是，《國語》中又有「《瞽史記》」一書，顯示「瞽史」之說亦非無據，此處異文仍宜存疑。閻振益、鍾夏：《新

除了鞏固君主對于《詩》的記憶外，也有諷諫的功效，顯示與「歌詩」不同，「誦詩」更強調《詩》文本義的呈現。《左傳・襄公十四年》載衛獻公宴孫蒯，命樂師歌〈巧言〉之卒章，而師曹以私怨于獻公，欲怒孫蒯，故「公使歌之，遂誦之。」杜注認為這是「恐孫蒯不解故」[23]，其說可從，但這一解釋基于師曹對孫文子、孫蒯父子《詩》學素養的懷疑，事實上缺少足夠的文本依據。如果從「歌詩」與「誦詩」表演形式及其文化功能的差異性角度來解釋，則師曹之「誦」也可視為有意改變《詩》的展演方式，從而將孫蒯的注意力完全轉移到對《詩》文本義的關注上。

不過，如果《國語》所載「矇誦」是聽誦的常見形態的話，則師曹「遂誦之」的行為應是其臨時起意的非常規表演形式。從存世文獻來看，宴享中並無「誦詩」之禮，《左傳》中僅有的另外一處宴享「誦詩」見于〈襄公二十八年〉叔孫穆子宴請慶封時，「使工為之誦〈茅鴟〉，亦不知。」[24]但此事又見于《左傳・襄公二十七年》：「叔孫與慶封食，不敬。為賦〈相鼠〉，亦不知也。」[25]兩條材料涉及的人物、事件驚人一致，應是一事而存二說。〈襄二十八年〉言「工為之誦」，但

書校注》（北京：中華書局，2000 年），頁 184；孔廣森：《大戴禮記補注》卷三〈保傅〉（北京：中華書局，2013 年），頁 65；王念孫：《讀書雜志・漢書第九》（南京：江蘇古籍出版社，1985 年），頁 301；《國語集解》，頁 345。

23　《春秋左傳正義》卷三二，《十三經注疏》，第 4 冊，頁 4248。
24　《春秋左傳正義》卷三八，《十三經注疏》，第 4 冊，頁 4343。
25　《春秋左傳正義》卷三八，《十三經注疏》，第 4 冊，頁 4331。

〈襄二十七年〉則言「賦」，未知孰者為信，姑存疑。不過，從「亦不知」的敘述來看，似乎叔孫有意等待慶封的回應而未果，而如果是「誦詩」，聽者不必有現場回應，只有賦詩才強調往復酬答，因此，從這一角度來看，似以作「賦」更為合理。

總之，「矇誦」也是宮廷中《詩》文展演的形式之一，是基于《詩》的韻文形態而出現的一種基于聽覺的特殊閱讀形式。不過，無論是矇、瞽還是樂師，他們都屬宮廷中地位相對較低的知識人，除了師曹這樣偶爾因為個人恩怨而有意改變《詩》的展演形式以外，通常情況下，誦詩者只是扮演將《詩》文有聲化的角色，誦詩者無法、也無權將其對于《詩》的個性化理解呈現于誦讀活動中。因此，誦《詩》雖然意在呈現《詩》的文本義，但這一意義主要是指向詩篇本身的，其闡釋向度在整體上仍圍繞《詩》文自身展開。

關于「賦詩」的形式與功能，學界研究非常充分[26]，簡言之，賦詩一般為貴族本人歌誦，且賓主互有應答，多見于宴享場合。關于「賦詩斷章」，傳統看法強調其對于全詩意義的割裂與破壞，但曹建國和韋春喜最近的研究均指出，至少就《左傳》《國語》所見用例而言，「斷章」不過是對部分章句語義的截取、強化或借用，一般而言並未改變其在原有詩篇中的語

---

[26] 可參馬銀琴：〈春秋時代賦引風氣下《詩》的傳播與特點〉，《中國詩歌研究》2003 年第二輯，頁 151-167；王秀臣：〈燕饗禮儀與春秋時代的賦詩風氣〉，《福建師範大學學報》2005 年第 3 期，頁 67-71；李炳海：〈春秋後期引詩、賦詩、說詩的樣態及走向〉，《社會科學戰線》2011 年第 1 期，頁 142-149。

義表達，賦詩雖然將詩歌的語意單元從「篇」下降為「章」，但並未真正改變《詩》文本的整體含義[27]，這一看法平允可信。關于賦詩的生成機制及其性質，何定生結合燕禮中的「無算樂」，將其視作「『無算樂』的一種轉型活動，或與樂歌兼行，有時也代替了『無算樂』的節次」，曹建國進一步將《左傳》《國語》中記載燕饗賦詩的材料視為「燕饗禮的儀注」[28]；劉麗文和馬銀琴則強調「賦詩」在形式上具有「即興」的特點，劉麗文認為賦詩是禮崩樂壞後歌詩制度走向衰亡的替代物，本質上說是一種「僭禮」，王清珍亦主此說，馬銀琴則認為賦詩是「詩歌儀式功能的一種變相的表現形態」[29]。筆者以為，這些說法均切中了賦詩某一方面的特點，而以何定生之說最為平允。從《左傳》的記載來看，賦詩實兼具隨意性和儀式性兩方面的特徵。就其激發機制來看，賦詩的倡導者既可以是主人，也可以是賓客，這足以顯示賦詩並非禮典，具有隨意性；但一旦開始賦詩，參與者就必須遵循一定的規程，包括雙

---

[27] 韋春喜：〈歌詩・賦詩・引詩・說詩——先秦時期《詩經》接受觀念的演變〉，《青海社會科學》2011年第3期，頁153；曹建國：〈「賦詩斷章」新論〉，《蘭州大學學報》2015年第6期，頁12。

[28] 何定生：〈詩經與樂歌的原始關係〉，《定生論學集》（臺北：幼獅文化事業公司，1978年），頁91；亦可參氏著：《詩經今論》（臺北：臺灣商務印書館，1968年），卷一，頁12；曹建國：〈春秋燕饗賦詩的成因及其傳播功能〉，《長江學術》2006年第2期，頁8。

[29] 劉麗文：〈春秋時期賦詩言志的禮學淵源及形成的機制原理〉，《文學遺產》2004年第1期，頁40-42；王清珍：〈《左傳》賦詩現象分析〉，《國學研究》第15卷（2005年），頁221-222；馬銀琴：《周秦時代《詩》的傳播史》（北京：社會科學文獻出版社，2011年），頁37、46。

方輪流或多人順次賦詩、受賦者應以拜、答、或對辭等方式表示回應等。這種激發機制上的隨意性與其完成形式上的儀式性並存于賦詩活動中,顯示其應被視作一種具有戲仿性的「游戲」行為。

《左傳》中兩次提到賓客提議賦詩時所言之辭:

> 鄭伯享趙孟于垂隴,子展、伯有、子西、子產、子大叔、二子石從。趙孟曰:「七子從君,以寵武也。請皆賦以卒君貺,武亦以觀七子之志。」
>
> 夏四月,鄭六卿餞宣子于郊。宣子曰:「二三君子請皆賦,起亦以知鄭志。」[30]

趙武與韓起均視賦詩為介于「助興」與「言志」之間的行為,這顯示賦詩的功能是模糊的,與強調「別尊卑,定等差」的周禮具有完全不同的文化內涵。同時,值得注意的是,賦詩雖然大多在宴享等相對輕鬆的場合出現,但其牽涉的話題卻往往是頗為緊要的軍政大事,其中最典型的莫過于《左傳·文公十三年》所載鄭伯享魯侯一事,鄭伯與魯侯討論的是關乎鄭國存亡的重大外交問題,卻在宴享中以「賦詩」的形式「暗通款曲」。筆者認為,這一交流效果的實現,正是基于「賦詩」作為「游戲」的功能定位。

《國語·晉語》載優施之言:「我優也,言無郵。」[31]優

---

[30] 《春秋左傳正義》卷三八,《十三經注疏》,第 4 冊,頁 4335;卷四七,第 4 冊,頁 4516。

[31] 《國語集解》卷八〈晉語二〉,頁 276。

施之所以享有言語的豁免權,就在于作為「優」,其言語具有游戲的意味。在游戲中,參與者所言之辭可以被視為一種具有扮演性的「角色話語」,這些話是否當真,完全取決于賓主雙方的需要和默契,而這種「模糊性」正為外交談判提供了最需要的彈性空間,為雙方互相試探、或借機表達一些難以啟齒的訴求提供了絕佳的機會。以上舉文公十三年賦詩事為例,子家賦〈鴻雁〉,取「鴻雁于飛,肅肅其羽。之子于征,劬勞于野。爰及矜人,哀此鰥寡」之意,欲使魯侯為鄭人折返晉國,這裏以「矜人」「鰥寡」自比,皆曲意以求魯侯之同情,若以平常言辭出之,如同乞討,以鄭侯之尊,實難啟齒。但在賦詩中,這些話都是詩人之辭,因此雖曲意逢迎,卻無傷大雅。同樣,季文子為賦〈四月〉作答,取「四月維夏,六月徂暑。先祖匪人,胡寧忍予」之辭,明魯侯不願折返勞頓,這樣的拒絕如果用直言來表達,亦難免傷及賓主雙方顏面,但在賦詩的形式下,雙方心意互曉而言辭無爽,實在是妙不可言。

因此,賦詩首先是一種特別的表演形式,其次才是一種特殊的言說方式。它在形式上模仿歌詩,故其文本義在理論上可以被虛置;但它出自貴族本人之口,且往往斷章截句,其文本表達意圖也是不言而喻的。作為游戲,它一方面規避了禮典中關于《詩》的等級限定,無法用于諸侯宴享的〈彤弓〉在賦詩場合卻被視為「知禮」之行[32];另一方面,因為其畢竟以儀式

---

[32] 《左傳・襄公八年》載襄公享范宣子,「武子賦〈彤弓〉,宣子曰:『城濮之役,我先君文公獻功于衡雍,受彤弓于襄王,以為子孫藏。匄也,先君守官之嗣也,敢不承命。』君子以為知禮。」《春秋左傳正義》卷三〇,《十三經注疏》,第4冊,頁4211。

的形式呈現，文本在理論上是可以被忽略的對象，因此又避免了正常外交對話中因為強調文本表達訴求而導致的緊張氣氛。這是一種考驗參與者知識儲備和現場反應能力的高級游戲，對于對方所賦之詩如何理解、應答，全在參與者的靈活把握之中，而我們也只有將賦詩置于整個貴族文化的背景之中，才能對其形成準確的認識。

而從這一角度，我們也就能對賦詩傳統在春秋末年漸趨衰亡的原因有更深層的理解。《左傳》所載賦詩終于定公四年秦穆公為申包胥賦〈無衣〉，此後再不見賦詩之事，這通常被歸因于所謂的「禮廢樂壞」，但事實上，賦詩原本就不屬正式的禮，它是歌詩儀式的衍生物，是一段時期內流行于貴族群體中的知識游戲，因此，其衰落應歸因于這一游戲維持機制的破壞：一方面是宗周王權及其禮樂文明的衰落，另一方面則是貴族在外交事務中的逐漸邊緣化，以及出身布衣的策士群體在外交領域的崛起。換言之，賦詩的實踐既有賴于其戲仿對象、即常規儀式「歌詩」的存在，也與宗法制度下貴族政治優有餘裕的整體氣氛息息相關，政治參與者對于《詩》文本的普遍熟習，列國外交中貴族對于彼此顏面的尊重，缺少任何一點，賦詩都難以為繼。當歌詩之禮不再演習，《詩》不再是政治參與者共同研習的經典，而取代公卿貴族主導外交事務的戰國策士搖唇鼓舌，以巧勝為能事，賦詩自然也就失去了生存的土壤。

總之，作為禮樂制度的一部分，《詩》在兩周貴族的政治、社會生活中扮演了重要的角色，而在其各類展演過程中，雖然出現斷章取義的方式，但整體上說，其文本意義是穩定而具有公共性的，這種公共性也構成《詩》作為貴族公共記憶所

承載的核心價值，從而使得《詩》具有「可以群」的溝通功能。不過，隨著晚周宗法制度的崩壞，傳統的貴族文化也走向衰落，禮典廢弛，新聲競起，加之諸子私學的興盛，這些因素共同導致了晚周社會精英階層公共知識的分化。在戰國文獻中，我們不再看到歌詩、賦詩的記錄，宮廷議政中《詩》的引用頻次也大大降低，包括儒家士人在內，對于《詩》的批評、質疑之聲不絕于耳，《詩》雖然擁有王教經典的光環，但在王者之迹止熄後，她將如何維持其經典性和實用性，這成為晚周《詩》學轉關中面臨的最大危機。

三、布衣《詩》學與晚周《詩》學的新變

進入晚周時期，「聘問歌詠不行于列國」，作為儀式的詩樂失去了展演的平臺，引《詩》成為《詩》文最主要的呈現方式。將戰國中後期士人的引《詩》方式與以《左傳》為代表的貴族引《詩》相比，會發現兩者之間存在著一些重要的差異：

第一，從言說到著述。在《詩》以歌、賦等形式在宮廷宴享上展演的同時，她也以文本的形態被公卿貴族徵引于朝堂之上，並在《左傳》《國語》中留下了百餘條記載。但從《戰國策》等戰國文本的情況來看，戰國策士引《詩》議政的熱情較春秋有明顯下降[33]。儘管前引《商君書》中描述了部分「豪

---

[33] 據李炳海先生統計，從《左傳》所載的情況看來，公卿引《詩》議政的風氣在襄公時期最為繁盛，到定公、哀公時期已經衰微。關于其具體原因，可參李炳海：〈春秋後期引詩、賦詩、說詩的樣態及走向〉，《社會科學戰線》2011 年第 1 期，頁 144。

傑」憑藉「《詩》《書》談說」躋身士人的社會現象,然而《韓非子‧難言》也指出:「時稱《詩》《書》,道法往古,則見以為誦。」[34]由于戰國社會的政治結構與知識體系較西周、春秋前期已發生深刻變化,《詩》《書》逐漸被公卿大夫視為不切時用的「舊典」。同時,《墨子》《莊子》等文獻中對《詩》也頗有譏刺[35],《莊子‧天下》則稱「其在于《詩》《書》禮樂者,鄒魯之士、搢紳先生多能明之」,顯示《詩》也逐漸由貴族階層的公共經典轉變為儒家士人的精神歸屬,《詩》在公共政治領域內作為「談助」的功能有所下降。除了孟子在梁惠王、齊宣王、滕文公的朝堂之上仍大量引《詩》外,戰國時期的引《詩》文獻主要集中于儒家士人的著述中,尤以《荀子》〈緇衣〉《孝經》〈五行〉〈坊記〉等為代表。對于這些新興士人而言,《詩》的主要展演平臺從開放的宮廷轉向個人化的文本,在此過程中,《詩》的功能與闡釋向度不免發生重要的變化。

宮廷議政強調互動與效率,只有主客雙方對于經典的權威性及其意涵存在基本共識,經典才能發揮「談助」的功能,因此,見于《左傳》《國語》《孟子》的引《詩》雖然有後世所謂「斷章取義」的個案,但大多仍與全詩意旨不悖。孟子在論及對于詩句的理解原則時,更明確強調應結合詩文的整體語

---

[34] 王先慎:《韓非子集解》卷一〈難言〉(北京:中華書局,1998年),頁22。

[35] 可參葉文舉:〈《墨子》《莊子》《韓非子》說詩、引詩之衡鑒——兼論戰國時期非儒家詩學思想〉,《安徽師範大學學報》2004年第1期,頁92。

境，反對「以辭害意」。在回答咸丘蒙對于「率土之濱，莫非王臣」句的質疑時，他強調「是詩也，非是之謂也。勞于王事，而不得養父母也。曰此莫非王事，我獨賢勞也。」[36]這裏的「我獨賢勞」正是出自「莫非王臣」章的末句，顯示孟子強調將整首詩作為理解詩句的語義邊界。但以《荀子》《孝經》為代表的個人著述則不同，由于脫離了現場的互動環境，書寫者可以更大膽、自由地剪裁《詩》文，發揮《詩》義，由此帶來書寫者在對于《詩》的具體徵引形式上也與言說者存在差異，這就是下面的第二點。

第二，從「嵌入式徵引」到「綴合式徵引」。如果將《左傳》《孟子》《荀子》《孝經》〈緇衣〉〈坊記〉〈五行〉等引《詩》較多的文獻進行比較，可以發現，其徵引方式可以分為兩類，第一類以《左傳》和《孟子》為主，言說者一般通過引《詩》提出相關的人物、事件、概念或話題[37]，表現在具體形式上，就是詩句與其上下文之間常常存在文辭上的重合，詩句中的部分字詞往往是其論說中的關鍵詞，如《左傳》中士蔿言：「《詩》云：『懷德惟寧，宗子惟城。』君其修德而固宗子，何城如之？」[38]先通過引《詩》提出「宗子惟城」的話

---

[36] 《孟子正義》卷一八〈萬章上〉，頁637。
[37] 關于春秋時期引《詩》的具體方式和功能，可參李炳海：〈春秋後期引詩、賦詩、說詩的樣態及走向〉，《社會科學戰線》2011年第1期，頁147-149；韋春喜：〈歌詩・賦詩・引詩・說詩——先秦時期《詩經》接受觀念的演變〉，《青海社會科學》2011年第3期，頁154。
[38] 《春秋左傳正義》卷一二，《十三經注疏》，第4冊，頁3895。

題,進而再勸諫國君當固宗子而非築城,其說辭中的「宗子」「城」均直接襲用《詩》文。又如富辰:「請召大叔。《詩》曰:『協比其鄰,昏姻孔云。』吾兄弟之不協,焉能怨諸侯之不睦?」[39]其說辭中的「不協」亦係反用《詩》文。《孟子》載其說齊宣王:「以大事小者,樂天者也。以小事大者,畏天者也。樂天者保天下,畏天者保其國,《詩》云:『畏天之威,于時保之』」[40]。孟子雖然到最後才引《詩》作結,但其說辭中的「畏天」「保其國」等均已暗用《詩》文,故引《詩》與其說辭融會無間。有些引《詩》雖然沒有直接的文辭重合,但這些引《詩》與其上下文之間都有密切的邏輯關係,是構成言說者話語體系不可分割的一部分,如《左傳》載鄭公子忽:「人各有耦,齊大,非吾耦也。《詩》云:『自求多福。』在我而已,大國何為?」[41]這裏「在我而已」正是接著「自求多福」而言,陳桓子:「《詩》云:『陳錫載周』,能施也,桓公是以霸。」[42]這裏的「能施」顯然也是就詩文而言。總之,這些《詩》文或為「話頭」,或為援據,她們深入地參與了言說者話語體系的建構,我們稱之為「嵌入式徵引」。據筆者統計,在《左傳》所見 111 處公卿大夫引《詩》用例中(除「君子曰」),完全以《詩》句作答,或《詩》文與其上下文明確存在字詞重合者有 88 處;雖無字詞重合,但深入話語邏輯、無法從言辭中刪去者 20 處;與上下文之間關

---

[39] 《春秋左傳正義》卷一五,《十三經注疏》,第 4 冊,頁 3937。
[40] 《孟子正義》卷四〈梁惠王章句下〉,頁 112。
[41] 《春秋左傳正義》卷六,《十三經注疏》,第 4 冊,頁 3801。
[42] 《春秋左傳正義》卷四五,《十三經注疏》,第 4 冊,頁 4471。

係相對獨立者僅有3處；在《國語》中，這一數據分別為18、1和1；在《左傳》「君子曰」部分，這一數據分別為20、7和3；在《孟子》中[43]，則分別為20、5和2。可以說，「嵌入式徵引」是春秋貴族引《詩》議政的基本方式，而孟子則是這一傳統在戰國時期為數不多的繼承者之一[44]。

但以《荀子》《孝經》〈緇衣〉〈五行〉為代表的戰國後期著述則有所不同，除了部分延續《左傳》《孟子》中的徵引方式以外，《荀子》等文獻更多采用一種「綴合式徵引」的方式。具體而言，就是將《詩》文與說理、敘事性短章相綴合，二者在意義上具有相關性，但在形式上則相對獨立，《詩》文不介入說理或敘事短章自身的話語體系構建。同時，與《左傳》《孟子》中言說者引《詩》具有一定的隨機性不同，這類徵引往往以「《詩》云」「《詩》云……此之謂也」等相對固定的形式在一篇之中反復出現，顯然是一種自覺的、體例化的書寫方式。據筆者統計，除〈大略〉以下疑晚出的六篇，在《荀子》所見 63 處引《詩》用例中，《詩》文與上下文存在字詞重合者有 13 處，雖無重合但深入話語邏輯、無法從言辭中刪去者3處，而與前文關係相對獨立的則達到47處。在《孝經》和〈緇衣〉中，幾乎所有的引《詩》均與說理部分相對獨

---

[43] 這裏對于《左傳》《國語》引《詩》的統計均不包含賦《詩》，對于《孟子》的統計不包含專門說《詩》者。

[44] 《孟子》與《左傳》在引《詩》方式上的相似性，與上文所言二者在形式上均為現場言說而引《詩》具有相關性，也顯示孟子「不以辭害志」的《詩》學觀念應主要源于春秋以來的貴族《詩》學傳統，與戰國儒士大膽截取、挪用《詩》文的風氣表現出差異。

立。至于郭店簡〈五行〉的七處引《詩》,其中「淑人君子,其儀一也」與「□□□□,泣涕如雨」兩條顯係「嵌入式徵引」,「上帝賢汝,勿貳爾心」條顯係「綴合式徵引」,唯其餘四處需要討論,以「明明在下」條為例:

> 見而知之,智也。聞而知之,聖也。明明,智也。虩虩,聖也。「明明在下,虩虩在上」,此之謂也。[45]

此章認為,只有在生理感受的基礎上形成一定的理性認知,才堪稱「智」與「聖」。這與前章「未嘗聞君子道,未謂之不聰。未嘗見賢人,謂之不明。聞君子道而不知其君子道也,謂之不聖。見賢人而不知其有德也,謂之不智」的論述相承緒,通過「不明」與「不智」、「不聰」與「不聖」之差異的離析,揭示出「智」與「聖」二行的內涵。可以說,這裏的「智」「聖」「明」「聰」都是具有特定內涵的專有名詞,體現了戰國後期儒者試圖通過對「仁」「義」「禮」「智」「聖」五者關係的重構而建立其儒學思想體系的一種努力,本身並不具有《詩經》學的學理淵源。但從〈五行〉篇的整體說理方式可知,這位儒者顯然具有一定的《詩》學背景,因此,儘管「見而知之,智也。聞而知之,聖也」兩句已經將此章要義清楚揭示出來,但作者仍在其後引入《詩》學視域,嘗試從《詩經》中擷取合適的文句,使其與理論闡述形成呼應之勢,由此出現了對于「明明在下」二句的徵引。這裏尤其值得注意

---

[45] 荊門市博物館編:《郭店楚墓竹簡》(北京:文物出版社,1998年),頁150。

的是「明明，智也。虩虩，聖也」句的功能。這句話看起來屬說理部分，由此引出後面的引《詩》，故這處徵引看起來似應屬「嵌入式徵引」；但細繹章文可知，此句在形式上似乎是用「智也」「聖也」來解釋「明明」「虩虩」，但後者在前文的論述中完全沒有出現，反倒是「智」「聖」才是前文反復闡述的核心概念，因此，這句話事實上的邏輯應當是「智者，明明也。聖者，虩虩也」，而這樣看來這句話的功能就非常清楚了——它並不是為了對此章所論「智」「聖」的內涵做出進一步的闡釋，而是為了更自然地引出後面的兩句《詩》文。它就像一座橋，在形式上將說理部分和引《詩》部分連接了起來，但從功能上說，它顯然是服務于引《詩》而非說理的。這種極具個性的引《詩》方式又見於〈五行〉篇引詩的其它四處，應視為「綴合式徵引」的一種變例。這樣看來，〈五行〉篇「綴合式徵引」的總數也達到了五處，占全部引《詩》用例的七成以上。此外，「綴合式徵引」還見于上述文獻對《書》《易》等經典的徵引中，並在《韓詩外傳》《說苑》《列女傳》等部分西漢文獻中得到延續，形成一種持續而獨具風格的引《詩》體式。

「綴合式」引《詩》雖然在邏輯層面上未必參與本章說理或敘事部分的話語建構，但在語篇層面上卻成為「連章」「成篇」的重要方式[46]，對于戰國秦漢時期論說文體的形成具有重

---

[46] 柯馬丁較早注意到這一點，他在〈引據與中國古代寫本文獻中的儒家經典〈緇衣〉研究〉一文中指出：「引據作為一種構成工具，既為每一章節提供整體性和穩定性，也賦予章節系列整體的一致性。」卜憲群、楊振紅主編：《簡帛研究・二〇〇五》（桂林：廣西師範大學出版社，2008 年），頁 12。

要影響。當然,與「嵌入式徵引」相比,由于這種徵引並非在論述過程中根據實際需要引《詩》以助言說,而是在說理、敘事體系之外通過引《詩》來強化文義,因此,《詩》文與其附綴的說理、敘事短章之間的關係較「嵌入式徵引」相對較弱,有的難免牽強、迂曲,甚至偶有割裂、矛盾之例。關于這一問題筆者將有專文論述,這裏僅舉《荀子・儒效》中的一例:

> 故積土而為山,積水而為海,旦暮積謂之歲。至高謂之天,至下謂之地,宇中六指謂之極;塗之人百姓,積善而全盡謂之聖人。彼求之而後得,為之而後成,積之而後高,盡之而後聖。故聖人也者,人之所積也。人積耨耕而為農夫,積斫削而為工匠,積反貨而為商賈,積禮義而為君子。工匠之子莫不繼事,而都國之民安習其服。居楚而楚,居越而越,居夏而夏,是非天性也,積靡使然也。故人知謹注錯,慎習俗,大積靡,則為君子矣;縱性情而不足問學,則為小人矣。為君子則常安榮矣,為小人則常危辱矣。凡人莫不欲安榮而惡危辱,故唯君子為能得其所好,小人則日徼其所惡。《詩》曰:「維此良人,弗求弗迪;維彼忍心,是顧是復。民之貪亂,寧為荼毒。」此之謂也。[47]

這段論述旨在強調「積善」,只要旦暮積善,則不僅凡人可臻聖人境界,亦可長享榮華,相反,若縱性情而不積善,則

---

[47] 《荀子集解》卷四〈儒效〉,頁144。

雖日求安榮而不可得。文末徵引《大雅・桑柔》之文，其中「此良人」與「彼忍心」對舉的敘述方式正與論說中「君子」與「小人」對舉的方式相合，顯然荀子有意以此勾連其論說與《詩》文，形成一種引《詩》為證的效果。但與「嵌入式徵引」相比，這種「綴合式」引詩並不在行文中明確揭示詩文與論說之間的邏輯關係，需要讀者通過其個人理解來完成二者之間的最終連綴。楊倞在對于這類詩文的注釋中已經注意到隨文釋義，有「與《詩》義小異」之例[48]，但此條則依全依詩旨：「言厲王有此善人，不求而進用之，忍害為惡之人，反顧念而重複之，故天下之民貪亂，安然為荼毒之行，由王使之然也。」其說取自鄭箋，梁啟雄、張覺等均用楊說[49]。然而這一解釋與正文所論關係甚遠，強行將二者勾連，實在失于迂曲。馬其昶《詩毛氏學》不從鄭箋，以為荀子用《詩》之意方合詩旨：「君子不求利而得安榮，小人求利而反得禍。荀子之言與詩愊合，非如後之解者，泛以用人為說也。」[50]我們且不論此說是否符合〈桑柔〉詩旨，即便就這兩句而言，馬說表面上實現了《詩》文與前文論述之間的勾連，但細審文意，荀子強調「凡人莫不欲安榮而惡危辱」，則君子、小人皆有此欲求也，唯君子能「積靡」而小人「不足問學」，故君子能「得其所好」，小人則「僥其所惡」，顯然，這裏君子與小人的核心差

---

[48] 《荀子集解》卷六〈富國〉楊倞注，頁180。
[49] 《荀子集解》卷四〈儒效〉，頁144-145；梁啟雄：《荀子簡釋》（北京：中華書局，1983年），頁96。
[50] 馬其昶：《詩毛氏學》卷二五〈大雅三〉，民國七年（1918）鉛印本。

異並不在于是否「求」,而在于是否「積」,故馬其昶之說實際上並不能彌縫論述與《詩》文之間的裂痕。據筆者管見,有效的解釋應當是「君子積善,故雖不求利而得安榮;小人不積善,故求利而反得禍。」也就是以「積善」與否作為衡量「良人」和「忍心」的標準,這樣《詩》文與論說才能真正契合。

基于這樣一種迂曲的閱讀體驗,這種「綴合式徵引」歷來受到學者的批評,王世貞論《韓詩外傳》,以為「大抵引《詩》以證事,而非引事以明《詩》,故多浮泛不切、牽合可笑之語。」《四庫全書總目提要》以為「其說至確」,洪湛侯論荀子引《詩》,則認為「所引之詩,與所論之事,有時並不完全相關,有時僅僅取它字面的意思,加以引用;更次一類的,所引之詩與所論之事,幾乎沒有聯繫,這樣的引詩,詩句就成為套語,成為濫調了。」[51]但筆者認為,《荀子》《韓詩外傳》等文本中出現的這類引《詩》確實頗多未周之處,但其在戰國中後期至西漢一度盛行,自然有其自身的形成機制,只有理解了這一機制,才可能對于這類文本做出公允的評價。回到〈儒效〉篇的用例,與賦詩中的「斷章」只是對《詩》文加以截取與挪用不同,關于「積善」與否的信息在《詩》文中是完全沒有的,這種引《詩》實際上是將論述中的部分信息納入《詩》文的闡釋依據中,通過「增字為訓」的方式為《詩》文

---

[51] 王世貞:《弇州四部稿》卷一二〇〈文部·讀《韓詩外傳》〉,明萬曆刻本;洪湛侯:《詩經學史》(北京:中華書局,2002 年),上冊,頁 96。對于《荀子》引《詩》迂曲牽合之例的個案分析,亦可參郝明朝:〈《荀子》引《詩》說〉,《聊城大學學報》2002 年第 4 期,頁 87-90。

增加了表達意涵。從閱讀的步驟來看,讀者不是借助《詩》文來理解論說,而是相反要借助論說來理解《詩》文[52]。與「嵌入式徵引」以《詩》為「談助」不同,這種引《詩》固然也有助于文意的表達,並為其論述提高權威性,但「引《詩》」本身似乎才是其更為重要的表達意圖。換言之,「引《詩》」不再是公卿貴族臨場機智的言辭技巧,而成為儒士著述中一種重要的格套,背後多少體現出以荀子為代表的戰國中後期士人對于《詩》《書》脫離時用、「故而不切」的擔憂以及激發其時用價值的努力,更涉及晚周時期經典權威性來源的轉移這一深層問題,這就是下面所論的第三點。

第三,從「王者之迹」到聖人之「歸」。揚‧阿斯曼在討論猶太書寫文化的形成時提出過從「儀式一致性」到「文本一致性」的問題[53],這一理論模型對于我們理解晚周《詩》學的功能轉變具有一定的啟發性。前文已言,早期《詩》學理論將「詩」視作先王制禮作樂的產物,或是君主觀風望俗的依據,故《禮記‧王制》言:「順先王詩、書、禮、樂以造士」,《國語‧周語》則言:「故天子聽政,使公卿至于列士獻詩」[54],實際上是賦予詩、禮、樂以「儀式一致性」的文化

---

[52] 這一點我們與王世貞論《韓詩外傳》「大抵引《詩》以證事,而非引事以明《詩》」的看法並不相同。對于這一問題,筆者將有專文論述。

[53] 揚‧阿斯曼著,金壽富、黃曉晨譯:《文化記憶:早期高級文化中的文字、回憶和政治身份》(北京:北京大學出版社,2015 年),頁 85-96。

[54] 《國語集解》卷一〈周語上〉,頁 11。

功能，借助其塑造宗周貴族以宗法制為核心的共同價值取向。但進入晚周社會，隨著宗法制的崩壞，以及隨之帶來的貴族公共知識體系的瓦解、禮樂儀軌的僭越與混亂，詩、禮、樂已無法再承擔其「儀式一致性」的功能。而借助于儒家士人對于《詩》《書》文本的創造性運用與塑造，他們在著述中將富于時代性的儒學義理附著于以聖人和經典為中心的言說體系中，一方面使這些單篇流傳的文本具有了相互關聯的紐帶，同時也進一步強化了《詩》《書》作為孔門聖典的權威性地位[55]，使得他們至少在儒家內部承擔了「文本一致性」的功能。上博簡《民之父母》中一段引《詩》的材料值得注意：

> 子夏曰：「『五至』既聞之矣，敢問何謂『三無』？」孔子曰：「『三無』乎，無聲之樂，無體之禮，無服之喪，君子以此橫于天下……」子夏曰：「無聲之樂、無體之禮、無服之喪，何《詩》是迡？」孔子曰：「善哉！商也，將可孝《詩》矣！『成王不敢康，夙夜基命宥密』，無聲之樂。『威儀遲遲，不可選也』，無體之禮也。『凡民有喪，匍匐救之』，無服之喪也。」[56]

類似的敘述又見于《論語‧學而》：

---

[55] 關于「引《詩》」作為一種「修辭」方式的討論，可參柯馬丁：〈引據與中國古代寫本文獻中的儒家經典〈緇衣〉研究〉，卜憲群、楊振紅主編：《簡帛研究‧二〇〇五》，頁28。

[56] 馬承源主編：《上海博物館藏戰國楚竹書（二）》（上海：上海古籍出版社，2002年），頁161-167。

> 子貢曰:「貧而無諂,富而無驕,何如?」子曰:「可也;未若貧而樂,富而好禮者也。」子貢曰:「《詩》云:『如切如磋,如琢如磨』,其斯之謂與?」子曰:「賜也,始可與言《詩》已矣,告諸往而知來者。」[57]

在這兩段材料中,孔子、子夏和子貢都不是從《詩》文出發來探究其義理,相反是在已經闡明「三無」「富而好禮」等思想後,反過來試圖從《詩》文中找到與之契合的詩句。在子貢的話中,「其斯之謂與?」似乎《詩》文中本來就蘊含了「貧而樂,富而好禮」的思想,但顯然,這裏的《詩》文是被刻意「塑造」為一種知識資源的,她並非思想的起點,反而是思想的落點。這與《左傳》《孟子》中以引《詩》觸發某一話題的思維方式完全不同,卻與《荀子》等著述中的「綴合式徵引」頗為相合,事實上恰好印證了前文所言這類引《詩》方式的生成機制。在這裏,不是《詩》持續為新生的儒學義理提供思想資源,而是《詩》通過不斷擴張自身的闡釋向度,從而與新生的儒學義理形成關聯,並在整個儒學發展的過程中始終扮演經典文本的角色。在這一機制中,《詩》以「經典」的身分為新生的儒學義理提供權威性支持,而新生的儒學義理也為《詩》注入合乎時用的闡釋方式。這看起來是一種「雙贏」的互惠方式,但為了迎合這些新生的義理,《詩》文一方面需要盡量激活自身的多義性可能,另一方面則要放棄以「篇」為單

---

[57] 劉寶楠:《論語正義》卷一〈學而〉(北京:中華書局,1990年),頁32-33。

位的傳統意義單元,通過對于《詩》文意義單元的重組來擴大《詩》的闡釋向度。由此,《詩》在成為孔門聖典的同時,也不免走向破碎化、多義化和個人化的發展方向。

但值得注意的是,這些新興的《詩》解雖然相對于其本義是破碎化、多義化的,但他們卻與晚周儒家的價值理念取得了更為契合的關聯。《荀子·儒效》稱:「聖人也者,道之管也。天下之道管是矣,百王之道一是矣,故《詩》《書》、禮、樂之歸是矣。……故《風》之所以為不逐者,取是以節之也;《小雅》之所以為小雅者,取是而文之也;《大雅》之所以為大雅者,取是而光之也;《頌》之所以為至者,取是而通之也。」[58]這裏「《風》之所以為不逐」一句尤其值得注意,它顯示作為文本的《風》事實上是存在「逐」的向度的,作為文本的《風》本身不是盡善盡美的,只有通過聖人的節制,她才變得盡善盡美而臻于至道,以《詩序》、上博簡《孔子詩論》為代表的各種試圖在整體上重建「《詩》三百」闡釋體系的說《詩》文本,顯然正是這類觀念影響下的產物。因此,由儒家士人主導的晚周《詩》學在具體的詩說層面是開放、駁雜的,但在意旨層面卻是單一、固化的;在漢代儒學官學化的影響下,隨著經典闡釋體系的確立,這種表面上多樣化的聖人《詩》學最終必將重新走向秩序化、穩定化、單一化的道路。

除了在引《詩》層面展現出的重要差異外,布衣之士對于《詩》的傳習也許還影響了《詩》文本傳習方式的根本性變化。海外漢學界近年來頗為關注先秦時期《詩》的文本形態與

---

[58] 《荀子集解》卷四〈儒效〉,上冊,頁133-134。

傳習方式，並形成了兩種不同意見。柯馬丁認為《詩》在早期主要依托口耳、記憶相傳，書面文本是稀見且具有流動性、個人化色彩的；夏含夷則認為《詩》很早就確立了書面文本的形態，並具有一定的穩定性[59]。這一分歧也許可以通過傳播主體的身分轉變這一視角得到一定程度的調和。前文已言，在《論語》《禮記》等涉及早期《詩》文本傳習的文獻中，貴族習《詩》的基本方式是「誦」，而司職誦《詩》者常常是具有視力障礙的「矇」「瞽」，足見宮廷中《詩》的傳習基本上是脫離書本、依靠口耳相傳的，這也為後來《詩》文本書面化過程中出現大量音近的異文埋下了伏筆[60]。但《韓非子‧和氏》在言及商君變法的具體措施時，有「燔《詩》《書》」之律[61]，顯示至晚到戰國中期，民間已出現相當數量的書面化《詩》本。那麼，這些書面文本是如何產生的呢？結合《商君書》所言布衣豪傑「務學《詩》《書》」的社會風氣，它們的主要功能恐怕正是為了滿足布衣之士學《詩》的需要。《論語》中孔子問伯禽「學《詩》乎？」鯉「退而學詩」，這裏「退而學詩」的說法值得注意，除非孔子的「私學」中也設有類似貴族學宮中專司誦詩的傳習者，則孔鯉這裏的「學詩」只能是自我

---

[59] 相關學術史分析可參張萬民：〈《詩經》早期書寫與口頭傳播——近期歐美漢學界的論爭及其背景〉，《北京大學學報》2017年第6期，頁80-93。

[60] 可參柯馬丁：〈方法論反思：早期中國文本異文之分析和寫本文獻之產生模式〉，陳致主編：《當代西方漢學研究集萃‧上古史卷》（上海：上海古籍出版社，2012年），頁369-370。

[61] 《韓非子集解》卷四〈和氏〉，頁97。

誦讀而非跟誦。〈維天之命〉首句「維天之命，于穆不已」，《毛詩正義》引《詩譜》云：「子思論《詩》『於穆不已』，仲子曰：『於穆不似』。」[62]這是傳世文獻中關於《詩》本異文的最早記載，〈斯干〉篇《正義》在分析這條異文的產生原因時指出：「古者似、巳字同。『於穆不巳』，師徒異讀，是字同之驗也。」[63]由于「巳」「已」形近，故子思論《詩》言「不已」，而弟子孟仲子指出應為「不巳（似）」。「已」「巳」的異讀顯然是由于書本的差異，或對于同一書本的不同辨識而造成的，由此可知子思師徒之間並不以口耳相傳的形式傳誦《詩》文，書本在子思或孟仲子習《詩》的過程中應扮演了重要的角色。事實上，可以想見，在沒有書本的情況下，學《詩》需要師、生始終同時在場，師者通過持續、反復地朗誦幫助弟子形成初步的記憶，而在整個學習的過程中，師者還需不斷地重複朗誦，才能使弟子最終形成牢固的記憶。這種教學方式需要較高的時間、空間成本和人力成本，尤其需要系統、穩定的教學制度加以維繫，這在貴族學宮中自不成問題，但在私學中能否得以實現，恐怕是值得懷疑的。相反，依托于書面文本，誦讀成為一種純粹的私人性行為，成本更低[64]，效率卻

---

[62] 《毛詩正義》卷十九之一〈維天之命〉，《十三經注疏》，第1冊，頁1258。

[63] 《毛詩正義》卷十一之二〈斯干〉，《十三經注疏》，第1冊，頁935。

[64] 《漢書·兒寬傳》稱寬「貧無資用，嘗為弟子都養。時行賃作，帶經而鉏，休息輒讀誦，其精如此。」《漢書·朱買臣傳》則稱其「家貧，好讀書……」，可知早期書籍雖難得，但貧寒之士亦有機會獲取而持誦。《漢書》卷五八〈兒寬傳〉，第9冊，頁2628；卷六四上〈朱買臣傳〉，第9冊，頁2791。

更高。戰國中後期《詩》文本的書面化趨勢，也許正與《詩》的傳習由宮廷走向民間有一定的關係。

總之，作為禮樂文明的載體，《詩》是宗周貴族文化的產物，她可歌、可誦、可賦、可言，展演方式非常多樣化，特別是作為「游戲」的賦詩，更以其對于儀式的戲仿而成為外交宴享中極為重要的溝通方式。不過，無論是意在彰顯儀式規格的歌詩，有助諷諫的誦詩，還是娛賓而兼益溝通的賦詩，《詩》的文本義整體上保持穩定，《詩》也由此建立起其公共經典的文化地位。隨著周人宗法制的崩壞，《詩》的儀式功能逐漸湮沒，其古言、古事也一度被視作不切時用的迂闊之學，《詩》的經典地位一度面臨危機。繼貴族而起的布衣士人在對于《詩》的傳習中，開始深入發掘《詩》文與儒學義理之間的相關性，並將這種相關性落實到他們的文本書寫之中，建立起一種「綴合式徵引」的書寫傳統。在持續而廣泛的徵引之中，《詩》的闡釋向度不斷得以擴充與革新，而其作為孔門聖典的地位也得以確立。在後世《詩》學史的視域中，這種引《詩》方式破壞了《詩》文本意義的整體性與穩定性，常為後世學者所詬病[65]，但如果在晚周社會知識分化與轉型的視域中觀察，則正是這種趨合時義的用《詩》方式維持了《詩》的活躍度，並由此建立起一系列新的《詩》學闡釋體系。

值得注意的是，上述變化並非就此徹底改變了《詩》的傳

---

[65] 洪湛侯《詩經學史》評論荀子引《詩》，亦認為「《荀子》書中引《詩》雖多，闡述詩義的卻很少，所以從《詩經》研究的角度看，這些引《詩》，實在談不到有什麼學術價值。」《詩經學史》，上冊，頁96。

播方式和形態，隨著漢武帝將包括《詩》在內的孔門聖典頒定為帝國法典，《詩》的功能和傳播形態再次發生了重要的變化。他重新成為皇權主導下整個社會的精英階層共享的知識資源，也重新活躍于公卿大夫的宮廷議政之中，在戰國文本中一度稀見的「嵌入式徵引」大量出現于漢廷的詔令、奏議之中，甚至最終取代戰國文本中非常普遍的「綴合式徵引」，成為後世文人引《詩》的主要方式。這些都與帝國經學制度下《詩》文本權威性的重新塑造關係密切，由于已經溢出本文的討論範圍，這裏就不再贅述了。

（作者為北京大學中國語言文學系教授）

文史之間：
《搜神秘覽》的筆記世界與
宋代筆記寫作

趙惠俊

　　《搜神秘覽》三卷，北宋章炳文著。是書模擬干寶《搜神記》而作，收錄了大量神怪故事，故有此名，近代以來多因此將之視為志怪小說集。是書篇幅與藝術成就在宋代並不突出，章炳文其人更是名跡不顯，故而並沒有得到後世太多重視。由於宋代志怪小說早已被魯迅「宋一代文人之為志怪，既平實而乏文采，其傳奇，又多托往事而避近聞，擬古且遠不逮，更無獨創之可言矣。」[1]的大判斷定性，故而作為宋代志怪小說次流的《搜神秘覽》當然更加不受關注。然而此書雖多記靈異因果事件，然主要仍以人間事為主，妖魔鬼怪較少現身，更包括大量的本朝人事，故將其定性為志怪小說，或有幾分牽強。實際上《搜神秘覽》就是一部含有較多志怪故事的北宋筆記，這

---

[1] 魯迅：《中國小說史略》，《魯迅全集》（北京：人民文學出版社，2005年），第9冊，頁115。

也是宋代筆記的通例。隨著宋代社會出現士大夫與庶民的階層分流，二者逐漸成為相對獨立的社會群體，生活狀態與文化風尚均有不同。這兩個世界的分立可以在宋代筆記中被明顯地察覺到，只是作者會緣於不同的自我身分，在表現二者時各有側重。身處士大夫社會下層的章炳文，一生穿梭往來於兩個世界間，因此《搜神秘覽》的筆記世界對兩者的反映相對等量，較為全面地體現了士大夫和庶民階層的不同生活狀態、生活趣味和價值取向，這是在高級士大夫筆記中看不到的內容。同時，《搜神秘覽》的文本形態也體現著北宋筆記作者的創作心態，由之可以重新審視筆記與小說之關係，以及二者觀念在北宋時代的承變，從而為小說史的論述框架提供一些補充。

一、人書概略：章炳文其人與《搜神秘覽》其書

章炳文，生平無傳，陳振孫《直齋書錄解題》卷十一著錄《搜神秘覽》，題為「京兆章炳文叔虎撰」[2]，知其字叔虎，京兆人。據《宋史‧地理志三》「陝西路」所載，知京兆府為永興軍路治所，即今日陝西西安。[3]《全宋筆記》第三編第三冊所撰《搜神秘覽》題解云其為開封人[4]，誤。《搜神秘覽》

---

[2] 陳振孫撰，陳小蠻、顧美華點校：《直齋書錄解題》（上海：上海古籍出版社，1987年），頁332。

[3] 脫脫等：《宋史》（北京：中華書局，1985年），卷八十七，頁2144。

[4] 章炳文撰，儲玲玲整理：《搜神秘覽》，朱易安、傅璇琮等主編：《全宋筆記》（第三編）（鄭州：大象出版社，2008年），第3冊，頁105。本文所引《搜神秘覽》文本皆據此本，故不再另為出注。

中有一些條目涉及章炳文家世，可資考訂生平。卷中「郇公」條云其先祖之事，提到其族「至叔祖郇公而始盛」。此叔祖郇公乃章得象，字希言，宋仁宗朝在相位八年，後封郇國公，宋祁為其撰寫墓誌〈文獻章公墓誌銘〉。[5]據墓誌所言，章得象曾祖仁嵩，仕南唐李昇，為駕部郎中；祖仕廉，汀州寧化縣令；考奐志，耿介以儒術發聞，不樂進取，試禮部一不中，即謝去。章炳文既稱章得象為叔祖，故章仕廉即其曾曾祖父。又《搜神秘覽》卷中「預兆」條有「家府寶文未第時」云云，知本條所載為其父之事，內容為其父中狀元前的種種徵兆。兩下相較，可知其父為章衡，嘉祐二年狀元，官至寶文閣待制，《宋史》有傳[6]。宋祁所撰墓誌云章得象生於浦城，《宋史》章衡本傳亦云章衡乃浦城人，可知章炳文祖籍實為福建浦城。然而章炳文所撰〈陝府芮城縣題名序〉文末云：「七年四月十三日，右承事郎、鼎湖令京兆章炳文序。」[7]，可知章炳文任陝西鼎湖令時即以京兆人自稱，陳振孫所云或即本此。然章氏遷居陝西的具體緣故，則渺茫難知，或是章衡葬於京兆，故章炳文即以父親墓地所在言己名籍。另嘉靖《建寧府志》章衡傳記有云：「章衡，字子平，浦城人，父訢，潤州長史。」[8]據此可知章炳文祖父名章訢。《搜神秘覽》「預兆」條有云其父

---

[5] 曾棗莊、劉琳主編：《全宋文》（上海：上海辭書出版社、合肥：安徽教育出版社，2006 年），第 25 冊，頁 127-131。

[6] 《宋史》卷三四七，頁 11007-11008。

[7] 《全宋文》，第 125 冊，頁 279。

[8] 夏玉麟、汪佃修纂：（嘉靖）《建寧府志》卷一八，《天一閣藏明代方志叢刊》（上海：上海古籍書店，1981 年），第 28 冊，頁 50。

「自吳門扶護先祖歸閩中,於浦城昭文鄉上相里卜地以葬」,又云其父嘉祐中「寓姑蘇外祖張氏之園齋思古堂」,均可與曾訢於江南為官相照應,故《建寧府志》所載應可信。[9]由於章訢與章得象為同輩,但名姓差別甚異,故更可能是同族兄弟而非同胞兄弟。至此,章炳文家世譜系已大致釐清:高祖章仕廉,曾祖章奐志(或是章奐志的兄弟),祖父章訢,父親章衡。其家族出過宰相、狀元,是一個文教傳家的大族。[10]

雖然父親貴為狀元,但章炳文本人則岑寂許多,其以狀元之子身分蔭補入官,初任鼎湖令[11],後任虞城令[12],崇寧年間

---

[9] 楊慎《丹鉛總錄》卷十二有云:「宋章衡,得象之孫,嘉祐大魁。」然章炳文自稱章得象為叔祖,章衡為父,故章衡乃章得象之侄,應更為可信。又宋祁所撰墓志云章得象有五子:釋之、約之、介之、延之、修之,並未提到章訢,故《丹鉛總錄》所言不確。

[10] 王明清《揮麈前錄》云:「浦城章氏盡有諸元。子平為廷試魁,而表民望之制科第一,子厚犢封府元,正夫核廳元,正夫子援為國學元,子厚子援為省元,次子持為別試元。其後自閩徙居吳中,族屬既殷,簪裳益茂,至今放榜,必有居上列者。章氏自有登科題名石刻,在建陽。」可證章氏為閩中文教傳家之大族。而後徙居吳中云云亦可與《搜神秘覽》所記相互印證。見王明清撰,燕永成整理《揮麈前錄》卷二,上海師範大學古籍整理研究所:《全宋筆記》(第六編)(鄭州:大象出版社,2013年),第1冊,頁30。

[11] 據上文所引〈陝府芮城縣題名序〉語可知章炳文時官右承事郎,其官名前加「右」,故其非科舉入仕。又承事郎在元豐改制後為狀元及第與宰相任子之初官,為文官第二十九階,因此右承事或當是章炳文的初官。而序文言此題名碑乃縣令褚端於元祐六年所立,故此序文所寫當在元祐六年之後。而宋哲宗之後,北宋年號能符合章炳文所言之七年四月者,惟元祐(共9年)、政和(共8年)、重和(共7年)。徽宗年間,章炳文已至通判,故結合其初官情況,知此

任興化軍通判[13]。交遊情況更是寥寥,惟《閩中金石志》「葉彥成等於山金粟臺題名」條有云:「葉彥成,喬叔彥,章叔虎,朱知菽同遊,崇寧五年人日正書在閩縣。」[14]清代學者郭伯蒼輯錄之《竹間十日話》「九仙山宋人刻石」條有這幾位同遊者的大致介紹:「葉彥成、喬叔彥、章叔虎、朱知菽同遊。崇寧五年人日。行書,四寸。葉棣,字彥成,浦城人,崇寧四年知福州。喬世材,字叔彥,崇寧四年提點刑獄。朱英,字知菽,提舉學事。」[15]介紹中唯獨少了章炳文,可見其生平材料早已零散。除了《搜神秘覽》,章炳文還著有《壑源茶錄》一

文應寫於元祐七年,乃立碑後一年,故章炳文初官即差遣於陝西,自云京兆章炳文或與此有關。此年據章衡中狀元之時已過了三十五年,故章炳文應是章衡及第後所生,或因章衡於此年致仕或逝世而蔭補為官。又據《宋史》章衡本傳可知,章衡一生曾任十五個州的知州,足跡歷經南北東西,獲得蔭補的章炳文應一直跟隨左右,故遍覽山川,而見聞頗廣。

[12] 《明一統志》歸德府商丘縣名宦條載:「章炳文。為虞城令。修舉廢墜,盡力於所當為,採事跡可行者,刻石記之,必行而後已。」見李賢等編《明一統志》,卷二七,明萬壽堂刻本。

[13] 《八閩通志》卷十九「地理・章公橋」條云:「宋崇寧二年通判章炳文造,因名。」又卷三十五「秩官・興化府歷官」有載:「通判,章炳文、張祖良,俱崇寧間任。」見黃仲昭修纂:《八閩通志》(福州:福建人民出版社,1990年),頁379、751。

[14] 馮登府:《閩中金石志》(北京:文物出版社,1982年),卷七,第4冊,頁61。

[15] 郭伯蒼:《竹間十日話》(福州:海風出版社,2001年),卷三,頁53。喬世材亦曾官泉州通判,見李復:《潏水集》卷五〈與喬叔彥通判〉。

卷,《宋史·藝文志》等皆有著錄[16]。《全宋文》收錄章氏文章三篇[17],詩作則不見於《全宋詩》。總之,章炳文一生未任官中央,又遍歷山川數十年,使得其本身與庶民階層更為親近,熟知他們口耳相傳的見聞。又由於叔祖章得象官至宰相,父親章衡高中狀元,他本人又是蔭補入官的貴公子,因此對中央事聞一定也不陌生。而且其父是嘉祐二年狀元,是榜由歐陽修主試,所取進士人才薈萃,人們熟知的蘇軾蘇轍兄弟、曾鞏等人皆是章衡的同年。故而章家與北宋中後期的主流文壇關係密切,與主流士大夫的交往應也緊密,至少章炳文幼年一定能夠聽聞許多關於這些士大夫的掌故。因此章炳文可以算作士大夫與庶民階層之間的溝通性人物,所以他的筆記才能夠體現出兩個層面的趣味。諸如章氏這樣的中下層官員,應是宋代士大夫數量龐大的群體,只是他們官跡不顯,生平資料極其匱乏,多是因某一文體的創作才得以留名後世。然而這一群體的創作卻能夠體現出主流士大夫之外的風情,更能反映當時的時代風尚與社會變遷,或該予以相應的重視。

現存最早著錄《搜神秘覽》的書目即陳振孫《直齋書錄解題》,題為三卷,馬端臨《文獻通考》及《宋史·藝文志》因之[18]。然而此書不見於宋元之後的官私目錄,陶宗儀編纂的大型類書《說郛》也僅錄「段化」和「王旻」兩條,後世仍之[19],故頗疑此書在元末市面即難見到,可能已經大體散佚。然

---

[16] 《宋史》卷二〇五,頁5206。
[17] 《全宋文》,第125冊,頁279-281。
[18] 《宋史》卷二〇六,頁5229。
[19] 如清代的《龍威秘書》與民國所編《叢書集成》均只收錄此兩條。

而民國學者發現日本福井氏崇蘭館藏有一種南宋刊印的《搜神秘覽》，共三卷，版記云「臨安府太廟前尹家書籍鋪刊行」，可見為南宋刊本，應基本與原作面貌相同[20]。中華學藝社將此本借照，張元濟在所編《續古逸叢書》中將借照本影印出版。後《叢書集成續編》《續修四庫全書》等所收《搜神秘覽》均影印自《續古逸叢書》本。上海師範大學古籍整理研究所亦以《續古逸叢書》本為底本點校整理，收入《全宋筆記》第三編第三冊。是本共計三卷七十六條，《說郛》所載兩條也在其中。然而《江漢叢談》卷二抄錄了一則故事，作者言其出自《搜神秘覽》，然並不見於今本。其文如下：

> 章叔虎炳文《搜神秘覽》云：「三國魏文帝黃初年，清河宋士宗母閉室浴，久不出。家中子女穿壁隙窺，見浴盤水中有一大黿。士宗暨家眾驚啼。黿忽出外

---

[20] 傅增湘曾著錄此版本的另一個藏本：「搜神秘覽三卷，宋章炳文撰。宋刊本，半葉十行，每行二十字。前有京兆章炳文叔虎自序。目錄後有」臨安府太廟前尹家書籍鋪刊行一行。按：此書吾國久未登著錄。余昔年曾得錄副，今幸獲覯祖本。開版工整而具疏爽之氣，是棚本之佳者。（日本狩野直喜博士藏書，己巳十月二十日覯於西京。）」見傅增湘：《藏園群書經眼錄》（北京：中華書局，1983 年），頁 794。傅增湘對所覯之本的描述與福井氏崇蘭館藏本完全相同，但今之下落則未明。福井氏崇蘭館藏本現即藏於日本天理圖書館，是本為日僧圓爾辨圓於 1241 年從中國攜帶回國者。現已被認定為日本重要文化財。詳見嚴紹璗：《日本藏漢籍珍本追蹤紀實——嚴紹璗海外訪書志》（上海：上海古籍出版社，2005 年），頁 359-360。

> 走,甚迅,追之不及,便入水。後數日,忽還舍,逡巡而去。」[21]

此條述人龜變化之事,《玉芝堂談薈》卷十一亦節錄此條,也云出自《搜神祕覽》。不過此故事亦見於舊本《搜神記》,內容比《江漢叢談》所引詳盡許多:

> 魏黃初中,清河宋士宗母,夏天於浴室裏浴,遣家中大小悉出,獨在室中良久。家人不解其意,於壁穿中窺之,不見人體,見盆水中有一大鱉。遂開戶,大小悉入,了不與人相承。嘗先著銀釵,猶在頭上。相與守之啼泣,無可奈何。意欲求去,永不可留。視之積日,轉懈,自捉出戶外,其去甚駛,逐之不及,遂便入水。後數日,忽還。巡行宅舍,如平生,了無所言而去。時人謂士宗應行喪治服。士宗以母形雖變,而生理尚存,竟不治喪。此與江夏黃母相似。[22]

此條後有文獻出處的注明:「本條見《藝文類聚》九六引作《搜神記》。《法苑珠林》四三、《太平御覽》八八八、《太平廣記》四七一引作《續搜神記》。本事亦見《晉書・五行志》、《宋書・五行志》。」故李劍國《新輯搜神記》據此將

---

[21] 陳士元:《江漢叢談》,《叢書集成初編》(北京:中華書局,1985年),第3110冊,頁19。
[22] 干寶:《搜神記》(北京:中華書局,1979年),頁175-176。

其移出，輯入《新輯搜神後記》卷七。[23]故而此條毫無疑問早已傳世，非《搜神秘覽》原創。然其是否被《搜神秘覽》因襲抄錄呢？觀今三卷本《搜神秘覽》，偶見故事情節因襲前代之例，然除「燕華仙」條外，沒有像這樣直接摘抄前代文本的例子。而且章炳文在「燕華仙」條開篇即明確交代「黃裳為《燕華仙傳》，因書其大略曰：……」所以如果章炳文從前代文獻中摘抄宋士宗母故事，他應該會明確注明出處，而不會令後人誤會這是他自己首次撰錄的。此外，今本《搜神秘覽》所載條目，無論虛實，全部為北宋年間事，此符合章炳文自序中所云「予因暇日，苟目有所見，不忘於心，耳有所聞，必誦於口」的體例。因此，發生於魏文帝年間的事斷不會被章炳文記錄到《搜神秘覽》中。綜此兩條，可以明確認定，此宋士宗母的故事非《搜神秘覽》佚文，而是《江漢叢談》由於書名相類所致的誤記。[24]

今本《搜神秘覽》三卷，大半述因果讖緯之事，強調富貴禍福皆有前兆。其他條目則散見奇人異事、鬼怪靈異及仙界傳說。故歷來的研究，皆將其視為一部志怪小說集而進行評述，並以此視角對其下一整體判斷，基本認為其在北宋志怪小說中屬於上乘，但在中國志怪小說史中則意義不大。[25]但如前所

---

[23] 陶潛撰，李劍國輯校：《新輯搜神後記》（北京：中華書局，2007年版，2012年三印本），頁546。

[24] 此段所辯，李劍國已有大致說明，本文廣而言之。見李劍國：《宋代志怪傳奇敘錄》（天津：南開大學出版社，1997年），頁216。

[25] 如寧稼雨《中國文言小說總目提要》云「本書在北宋志怪小說集中較為出眾。」寧稼雨：《中國文言小說總目提要》（濟南：齊魯書

言，是書內容駁雜，多涉時事，就是一部隨筆而錄的筆記，只不過由於章炳文特定的家世身分，使得《搜神秘覽》的筆記世界充滿了庶民趣味的神幻瑰麗。下面即進入《搜神秘覽》呈現之筆記世界的探討，以看其獨特的文本形態及其背後的寫作心態。

二、口耳相傳：《搜神秘覽》中古今承繼的情節

小說的引人入勝，全在於情節之曲折。人們總會津津樂道絕妙之情節，故口耳相傳一多，往往成為一種套式，被後世小說家不斷采用並注入新意。情節相因是中國小說的重要特點，不過相因的範圍並不局限於小說，而橫亙於凡是有敘事因素的文體之間。典型者莫過於歷朝詩文、戲曲、小說、筆記中不斷出現的唐玄宗與楊貴妃的愛情故事。《搜神秘覽》所記載的故事情節也存在著古今承繼的現象。但需要注意的是，這些情節與後來的小說戲曲不同，章炳文並非有意識地采用前代傳下來的經典情節進行再創作，而只是將聽來的故事隨手記下，尚屬

社，1996年），頁135。李劍國《宋代志怪傳奇敘錄》云其「喜言道人道術——這自然和徽宗感溺道教有關——而又平實乏趣，水平不高」。李劍國：《宋代志怪傳奇敘錄》（天津：南開大學出版社，1997年），頁15-16。程毅中《宋元小說研究》云：「《搜神秘覽》作為一部志怪小說集，在北宋的同類作品中還算比較好的，但很少新鮮的構思，也缺乏細致的描寫，較好的作品是轉錄別人的成果……由此也可以說明北宋的志怪小說，並沒有任何新的發展。」程毅中：《宋元小說研究》（南京：江蘇古籍出版社，1999年），頁49。

於口耳相傳的階段。有賴於章炳文的記錄,一些經典情節得以保留到後世,成為小說戲曲家尋找素材的礦藏,同時又在他們手中得以豐富與發展。這也是宋代筆記之通例。情節的古今承繼涵蓋了三種類型,包括承繼、並存、啟下,三者在《搜神秘覽》所錄志怪故事中均有呈現。從現存文獻來看,有些情節還有賴《搜神秘覽》的最早記錄。下面即分而述之。

1、承繼。所謂承繼,就是指此情節在前代已有類似記錄,章炳文因襲,後世繼續傳承。儘管後世的文本不一定就從《搜神秘覽》而來,但是前後貫通的事實則可以看到情節發展的線索,兩相比照,也可以看出章炳文所記之本質。卷上「王相公」條云:

> 王旦丞相布衣時,將應詔,歷山川之間,曉色未甚分,頃見一童牧羊數百口。公問曰:「此羊安用耶?」曰:「王旦相公食料。」他日,又逢一人牧牛數頭,雜以豬雞。公復問曰:「汝牧牛而又他牧耶?」曰:「非我所有也,乃王旦相公食料耳。」後公遂登第,果至丞相。

此條述科名前定的神秘故事,是《搜神秘覽》中最主要的故事類型。其主要情節就是文本中的主人公偶遇大量財產,並得知這些財產是日後某位富貴之人所有。這位日後的富貴之人可以是他者,也可以是主人公自己。《搜神記》感應篇有一則「張車子」故事,應是這個情節所本:

> 有周擥嘖者,貧而好道。夫婦夜耕困臥,夢天公過而哀

> 之,敕外有以給與。司命案錄籍云:「此人相貧,限不
> 過此。惟有張車子應賜錢千萬。車子未生,請以借
> 之。」天公曰:「善。」曙覺言之。於是夫妻戮力,晝
> 夜以治生,所為輒得,貲至千萬。先時有張嫗者,嘗往
> 擎嘖傭貲墅舍。有身,月滿當孕,便遣出,駐車屋下。
> 產得兒,主人往視,哀其孤寒,作糜粥以食之。問:
> 「當名汝兒作何?」嫗曰:「在車下生,夢天告之,名
> 為車子。」擎嘖乃悟,曰:「吾昔夢從天換錢,外白以
> 張車子錢貸我,必是子也,財當歸之矣。」自是居日衰
> 減。車子長大,富於周家。[26]

《搜神記》的記載顯然較《搜神祕覽》豐富許多,它將前因後果全部交代清楚了。《搜神祕覽》只是保留了前定的某人財產這一情節,而將前因後果的敘述刪去。如此看來,章炳文的注意點似乎不在情節,而在科名前定。這個情節並非為了故事生動曲折而記錄,只是宋人以宰相王旦為話題的閒談,從科名前定的立場隨意說開。如果章炳文是借用此情節來進行重新的文學創作,他斷然不會在前代文本已經首尾俱全的情況下只簡單地保留神秘性情節。如此可見章炳文錄下此條時並非抱著創作的心態。較章炳文時代稍後的施得操,在《北窗炙輠錄》卷下也記錄了一個帶有此情節的故事:

> 平江有富人,謂之姜八郎,後家事大落,索逋者雁行立

---

[26] 《新輯搜神記》卷九,頁 154-155。

門外,勢大窘。謂其妻曰:「無他策,惟有逃耳。」顧難相挈以行,乃偽作一休書遣之,曰:「吾今往投故人某於信州,汝無戚心,事幸諧即返爾。」將逃,乃心念曰:委債而逃,吾負人多矣,使吾事倘諧,他日還鄉,即負錢千緡當償二千緡,多寡進受。遂行。信州道中有逆旅嫗,夜夢有羣羊甚富,有人欲驅之,有一人呵之曰:「此姜八郎羊也,毋得驅逐。」遂恍然而覺。明日,姜適至其處問津,嫗問其姓,曰「姜」,問其第幾,曰「八」。嫗大驚,遂延入其家,所以館遇之甚厚。[27]

此處所引,只不過是這個故事的開端,其主要內容是講述姜八郎是如何東山再起,重新富貴的。這個情節很好地起到了開篇就吸人眼球的作用,與《搜神記》相比不僅首尾因果完全不同,內容上也更為動人,在文學創作性上顯然要比章炳文主動得多。

除了「王相公」條,《搜神秘覽》中另一個重要的承繼情節便是女兒國。女兒國在《山海經·大荒西經》中就已經出現:「大荒之中……。有女子之國。」郭璞注云:「王頎至沃沮國,盡東界,問其耆老,云:『國人嘗乘船捕魚遭風,見吹數十日,東一國,在大海中,純女無男。』即此國也。」[28]女國的故事即源自郭璞注文,雖然這段文字並沒有明說什麼,但

---

27 施得操撰,虞雲國、孫旭整理:《北窗炙輠錄》,《全宋筆記》(第三編),第 8 冊,頁 189。

28 袁珂:《山海經校注》(成都:巴蜀書社,1992 年),頁 457-458。

隨波而逝的經歷卻使得女國帶有點神秘恐怖色彩。《搜神秘覽》也有女國故事，明顯承此而來。卷中「張都綱」條云：

> 柳州張都綱嘗泛大海，風變弊舟，與數十人扶援頂蓋，飄蕩至一國。人皆婦女，形貌裝束特異。稠雜爭競，拍裂人而餤之，獨都綱哀禱而免。相與驅，遂別至一屋，室中見其主亦婦女也。遂扃閉不使他出，經歷歲時。

此處張都綱也是出海遇風而誤入女國，顯然是從《山海經》郭注而來，不過其明言女國的女人吃人，將《山海經》中使人隱約感到的寒意落實。而後來女子把張都綱關到房間中，或許與《西遊記》的西梁女國一樣，欲與其行周公之禮吧。其實仔細想來，唐僧師徒若不答應西梁女國的徵婚要求，他們的後果應該就和這裏一樣，被她們拍裂而餤之。兩相比較，章炳文記錄女國只是出於對於神秘世界的好奇，是將郭璞注文增廣談之，而《西遊記》的西梁女國情節則在此基礎上充滿了作者的二次想像。

　　2、並存。所謂並存，就是指《搜神秘覽》中的故事也在其他北宋人的記載中出現，這最能體現《搜神秘覽》的筆記文本形態，即非有意識的小說創作。同一個故事，甲在江南目睹，乙在四川聽聞，同時感到新奇，故皆在筆記中記下，當時兩人互不相知，所記也是親見之人為詳，然亦相去不遠，沒有情節上的高低之別。或者甲已經記錄了某一事件，其後乙從他人處聞之，再次將其記下，以備後忘。後人看之，發現前後記載大致相同。為何會出現如此情況？這只能是因為筆記所記，

就是一時聞見，為了增廣見聞、以供談資而記下，所以不必加其他的修飾。如卷上「回山人」條：

> 湖州沈偕秀才父，以其晚年自號曰「東老」。好延賓客，多釀美酒以供殽饌。苟有至者，無問貴賤，悉皆納之，盡歡而去。廣置書史、百家傳記，無不韞藏，以此為樂，鄉里素所推重。西鄰雖巨富，鄙吝猥墨，竊比東老，固不足侔。一日，有術者造謁，與東老對飲，高談琅琅，洞達微妙，經史佛老，焜耀言表，夜以繼日，酒屢竭壺。術者神色愈若自得，屢詰姓氏，終不答也。因以石榴皮書於壁曰：「西鄰已富憂不足，東老雖貧樂有餘。白酒釀來因好客，黃金散盡為收書。」又題曰「回山人」。

此條最初見於蘇軾詩題，原云：「回先生過湖州東林沈氏飲醉，以石榴皮書其家東老庵之壁云：『西鄰已富憂不足，東老雖貧樂有餘。白酒釀來因好客，黃金散盡為收書。』西蜀和仲聞而次其韻三首。東老，沈氏之老自謂也，湖人因以名之。其子偕，作詩有可觀者。」[29] 蘇詩流傳之後，趙令畤《侯鯖錄》、葉夢得《避暑錄話》等均有記載，皆本蘇軾詩題，而略為擴展，章炳文所記與此二者無甚差異，可見是各自聽聞，轉相承錄，不添加其他情節，亦未潤飾。三者的來源應是各自聽

---

[29] 蘇軾撰，馮應榴輯注：《蘇軾詩集合注》（上海：上海古籍出版社，2001年），卷一二，頁561。

聞東坡故事而當作趣聞軼事在筆記中記下。

　　卷中「郇公」條更是如此，此條述章得象官至宰相的前緣，主要有兩個故事，其一是其前七代祖母拒絕舊部屠城事，其二是章得象父母於分娩之際夢見神授玉像事。此條記載與宋祁所撰章得象墓志開篇部分全同，沒有任何添加修改成分。宋祁所據自是章家提供的行狀，章炳文所言可能從墓志而來，更可能是從長輩口中聽來。這樣看來，我們可以推測，《搜神秘覽》中其他的條目皆言北宋之事，可能就是當時口耳相傳的趣聞，於酒酣耳熱之間隨意談說。當時或許也有其他人將這些談資記下來，只不過惟有《搜神秘覽》保存至今，我們也就只能見到這一種文本了。但我們並不能以此將《搜神秘覽》的筆記性質置換成自覺創作的小說。

　　3、啟下。所謂啟下，就是指這一情節現在最早只能追溯到《搜神秘覽》，這應該是《搜神秘覽》所記志怪故事在小說史上最重要的意義。由於沒有更早的材料，因此無法對這部分情節進行文本形態的闡釋，只能列舉於此，為小說史提供情節源流的參考。

　　在這些啟下的情節中，對後世影響最大的莫過於卷上的「化蛇」條：

> 杭州雷峰庵廣慈大師，星霜八十有五，戒行清潔，時人所欽重。有孫來章秀才者，其妻素凌虐，積惡左右，鞭棰無虛日。一夕卒。家人旦夕如事生。忽見一蛇有雙眉類婦人，據椅盤屈，若有所歆饗之意，莫不驚懼，遂擲棄他所。孫君因夢其妻告曰：「我以平生不能遵守婦

文史之間：《搜神秘覽》的筆記世界與宋代筆記寫作　89

德，已化為蛇矣，何忍遽見棄耶？今為岐人所役，幸以青銅贖我，仍於雷峰庵廣慈大師處精修佛事，則我可以離此，免諸苦惱。」既醒，如所言，佛事將畢，遂放於雷峰道傍。一夕因夢曰：「我已往生矣。」乃元豐五年之春也。

很明顯，白蛇故事從這裏開始。[30]今天的作家還在不斷改寫與演繹白蛇故事，使得其情節越來越動人淒美，但它最初的樣貌卻是這般質樸，蛇娘子更是凌虐暴戾，不能不令人唏噓。章炳文與後代癡迷於白蛇的文人騷客不同，因為這個故事在他眼裏只不過是一個以供教化說理的反面例子罷了，其間可以滋長出的淒美愛情故事，還有待後來的小說戲曲家去挖掘與演繹。

卷上「王旻」條，記載了一個殺人命案，故事中的郡守通過「一石穀搗得三斗米」的卦辭推斷出殺人凶手為康七。這種類似於拆字組字的謎語遊戲本來就是宋代文人津津樂道的話題，從中可以展現文人的捷智。但是這裏記載的應是廣受庶民階層喜愛的謎語，因此才被後世的公案小說照搬[31]，其中最廣

30　此條所載之孫來章秀才，化蛇之妻，青銅，雷峰庵廣慈大師即與後世白蛇傳故事之許仙，白蛇，青蛇，法海及雷峰塔一一對應。其具體論述詳見陳泳超〈《白蛇傳》故事的形成過程〉，《藝術百家》1997年第2期，頁99-101。

31　洪邁《夷堅甲志》卷二「詩謎」條云：「元祐間。士大夫好事者取達官姓名為詩謎，如『雪天晴色見虹蜺，千里江山遇帝畿。天子手中朝白玉，秀才不肯著麻衣。』謂韓公絳、馮公京、王公珪、曾公布也。又取古人名而傳以今事，如『人人皆戴子瞻帽，君實新來轉

為人知者,莫過於包公案中「斗粟三升米」一則[32]。此外,卷中「高僧志」一條記錄了一位好吃豬頭肉的瘋和尚,在這個豬頭和尚的身上,可以看到一些濟公的影子,可謂大開南宋以降瘋僧故事之法門。綜上可言,無論章炳文記錄這些故事的動機如何,也不論《搜神秘覽》的文本形態與小說有多大的差異,就因為蛇娘子、石穀三斗米和豬頭和尚這三個情節的存在,中國小說史就不得不給《搜神秘覽》留下一席之地。

三、虛實相雜:筆記世界裏的當代士大夫形象

儘管上述古今承繼的情節多神秘虛幻之事,但每件事都涉及明確的時地、真實存在過的歷史人物、甚至當世名人,如蛇娘子一事,更是標明「乃元豐五年之春也」,以求讀者相信此事確曾發生。其實,這是北宋及之前所謂志怪小說的共同特徵,這些文本的編撰者是將這些故事當作史料記錄下來的。不過,宋代筆記很少記載前朝之事,大多主要關注本朝風雲,應該是宋人好言本朝事的體現,這也成為宋代筆記有別前代的重

一官。門狀送還王介甫,潞公身上不曾寒。』謂仲長統、司馬遷、謝安石、溫彥博也。」此詩謎典故豐贍,要解開不僅需要捷智,更得具備一定的政治、歷史、文化等常識。而「王旻」條所載詩謎則完全不用典故,語言亦直白質樸,以生活農事為內容。兩相比照,士大夫的詩謎顯然要文雅許多,他們與市民的不同文化趣味體現得十分明顯。見洪邁撰,何卓點校:《夷堅志》(北京:中華書局,2006年),甲志卷二,頁18。

[32] 安遇時編:《包公案》(北京:北京寶文堂書店,1985年),頁226-227。

要特色。於是我們可以在宋代筆記中看到大量當世名流巨公的言行，但往往貌似虛實相雜，將它們綜合起來看則會出現一個與主流歷史敘述不太一樣的人物面貌。不同的筆記往往會選擇不同的人物形象集中描寫，儘管相關條目散見於書中各處，但依舊引人注目。對於《搜神秘覽》的筆記世界而言，楊億是其集中塑造的一位名公，不過這裏的楊億已經和正史中的楊億有所區別了。

《搜神秘覽》開篇第一條便是「楊文公」，講述楊億的相人之術。條目中記載楊億曾相面四人，他們後來的官運壽考都應驗楊億之言，讀者覽畢後或許也會發出文末「文公之相一何神哉」的感歎。楊億是北宋真宗朝的著名文臣，神童出身，以他為代表的西崑體引領了一代文學潮流。但是正史中完全沒有楊億善相面的記載，其他筆記裏也找不到類似的線索，因此楊億形象中的相術大師成分以現有文獻看，應是章炳文首次記錄的。除了此點，章炳文還關注楊億的早慧，卷中「黃鑒」條云：

> 黃鑒學士，生七歲而不言，其祖愛之，以謂風骨之美，當大吾門，不宜有是也。每遇景物，必道其名，達其理以指教之，然終不言。一日，又謂之曰：「楊文公幼不言，文公之父因告之曰：『後園梨落籬，神童知不知？』文公忽發聲對曰：『不是風搖樹，便是鵲鷟枝。』汝風骨若是，何為不言？」鑒竟不對。他日，又攜於河亭之上，顧謂之曰：「水馬池中走。」凡三告之，鑒忽對曰：「潛龍夢裏驚。」其祖大喜曰：「我知

此兒不同矣。」

這裏轉述了楊億幼時不言的故事，並將之視為風骨奇美，有大聰慧的表徵。但是這個故事已經帶有神奇的色彩，因為小孩子開口說的第一句話便是如此工整的詩句，平人看來，顯然不符合自然常理。但正因為其不符合常理，才能突出楊億的聰慧。而楊億擅長相面，也從另一個側面烘托出其超乎常人的風骨。

楊億也是建州浦城人，是章炳文的鄉先賢。同時，楊億也對章得象有知遇之恩，其不僅接納未第時的章得象為門客，更於章得象及第後積極向公卿大臣推薦。其實，楊億本人與章氏家族更有姻親關係。在楊億為其祖父楊文逸撰寫的〈故信州玉山令府君神道表〉中有言：「府君娶武寧章氏駕部郎中仁嵩之女也」[33]前文已論，這位章仁嵩就是章得象的曾祖，所以楊億的祖母即章得象的姑奶奶，楊章二人則是遠房表兄弟。這樣看來，楊億積極提攜章得象便不足為奇，從而章炳文在《搜神秘覽》中著力渲染楊億的神妙也就很自然，或許這些都是他孩提時代從長輩那裏聽來的故事。於是，另一個問題似乎也可以迎刃而解。「楊文公」條寫道：「既而，文公年八十，終於翰林侍讀學士、兵部侍郎」，這是一句完全不符合史實的記載，因為據《宋史》楊億本傳可知，楊億終於工部侍郎任，更重要的是其享年只有四十七歲。[34]那麼為何會出現這樣的錯誤？如果說把工部侍郎誤記為兵部侍郎尚能理解，但完全沒有理由相信

---

[33] 楊億：《武夷新集》（福州：福建人民出版社，2007年），卷八，頁136。
[34] 《宋史》卷三〇五，頁10083。

誰會把四十七錯記成八十,何況還是鼎鼎大名的楊億。其實,章炳文在這裏講述的是楊億為胡則相面的故事,故事裏的楊億預言胡則的官職壽考將與自己不相上下,故事的結局就是胡則也與楊億一樣終於兵部侍郎,享壽八十三。查證《宋史》胡則本傳,他倒確實是以兵部侍郎致仕,得享高壽。[35]而這則故事中的其他要素其實均與楊、胡二人的生平吻合,楊億的享壽成為了混雜在眾多真實中的一條虛假信息。結合楊億與章氏家族的關係,或許章炳文為了渲染這位遠房外祖的神奇,便順著胡則的履歷編造了這個故事。楊億可能確實曾為胡則相面,也做出過那句預言,可惜最終未能成真。於是章炳文就改動了楊億的官職與享壽,使其符合胡則的生平,此故事便又成為一條成功的相面案例。但結合上文關於《搜神秘覽》情節的分析來看,章炳文在書中更多是直接轉錄聽聞的故事,而不加自己的修飾。因此這條故事更可能是章炳文從長輩那裏聽來的,他只是不加考辨地把聽來的故事記下而已,畢竟他的血緣與楊億隔得太遠了。這樣說來,章家長輩給楊億增壽,而非將胡則減壽,或許是出於這位對其家族大有功的遠房親戚早逝的遺憾吧。但無論如何,這個故事從材料上看是假的,但是它摻雜在其他由真實材料構建的同類故事中間,徽宗朝的中下階層聽者的確難以一下明辨,反而有力地推進了相術大師形象的建立。相術自然是士大夫筆下不言的怪力亂神,但卻是庶民階層津津樂道的話題。對庶民來說,楊億是誰並不重要,只要知道他是一位神童出身的大官就夠了。至於究竟享壽多少則更不是庶民

---

35   《宋史》卷二九九,頁 9942。

會糾纏計較的事情,得享高壽的相術大師倒更符合他們的經驗與閱讀期待。因此高壽名人楊億善相的故事,一定會在庶民世界那裏獲得很多的聽眾,摻雜進一些有益於說圓故事的虛假情節更典型地反映出其間的庶民屬性。

除了善於相面,章炳文塑造的楊億形象另一個特點就是聰慧。作為「神童」出身的楊億,其仕履經歷在科舉入仕的北宋士大夫那裏是非常特別的。這麼一位十一歲便得到太宗賞識,之後便一直位居中央的「神童」,這要羨慕死多少困頓場屋而一生不中的士人舉子。「神童」的異常仕途必須有合理性的解釋,他有什麼過於常人的天賦?這些天賦為何會降於這個人身上?這不僅是士大夫世界的問題,也會勾起庶民的好奇。宋人筆記中時見這些問題的回答。而這些回答也和章炳文所記一樣,是虛實相雜的。真實者或者記錄下楊億應童子試時的詩句,通過這些成人也難以為之的詩句證明他確實年少聰慧;或者記錄下楊億任翰林學士時寫就的佳言妙句,以展現其過人的天賦與敏捷的才思。而虛幻者則多欲描述一些超自然的神秘現象,如章炳文所記之幼時不言、一言驚人,再如說楊億降生時有仙鶴守護等等。[36]虛實兩種答案意味著它們分別來自兩個世界,記錄者的身分左右著色彩的濃淡。身為下層士人的章炳文

---

[36] 何薳《春渚紀聞》云:「楊文公之生也,其胞蔭始脫,則見兩鶴翅交掩塊物而蠕動。其母急令密棄諸溪流,始出戶而祖母迎見,亟啟視之,則兩翅欻開,中有玉嬰轉側而啼。舉家驚異非常器也。余宣和間於其五世孫德裕家,見其八九歲時病起謝郡官一啟,屬對用事如老書生,而筆跡則童稚也。」見何薳,張明華點校:《春渚紀聞》(北京:中華書局,1983年),卷一,頁8-9。

就將士大夫與庶民各自之回答相摻雜，在虛實相生的情節裏構建出了一個全新的楊億，一個與事實有所疏離的楊億。而這也是見於《搜神秘覽》的其他當代人物形象的共有特徵。

四、前定敘事：
相同話語中的宋人心態與不同階層風尚

人物形象之外，《搜神秘覽》的敘事更加明顯地反映了士大夫與庶民的心態異同，尤其在同樣的敘述模式下，士大夫與庶民往往會發出不盡相同的聲音，可以看到兩個世界面對共同空間時的不同回響。

北宋承五代之亂而來，篡位建國的方式與五代差別不大，但是卻沒有重蹈五代王朝短命的覆轍，這在當時就是士大夫特別關注的問題，他們希望能夠解答皇宋與五代有什麼不同。因此在詩文創作中，經常見到將本朝與五代相對比的敘事。史學修養深厚的士大夫就在這些敘事中歸納出了一些經典判斷，特別是對於祖宗朝奠定的立國原則，更是奉為「祖宗家法」而世代相傳。就是到了南宋，朱熹還在對祖宗朝的事情念念不忘。不過，只有具備高度學養的士大夫才會莊重謹嚴地分析本朝與五代的區別，一般士人則沒有這個能力，至於普通庶民更不會計較究竟是什麼造就了當下的太平盛世。當問題超越了智識的思考能力，人們往往就會將之訴諸神秘力量，這也是中下層士人對這個問題的解答。卷下「瑞應」條就是這樣的例子：

> 天佑中原，誕生聖主，妥定四海，安固宗社，必有命世

之才,不羈之器,左右前後,以綏兆民。我五代是也,輔弼大臣,功業顯赫,苟非降神,安若是耶?

章炳文將北宋能妥定四海的原因歸結為聖主和大臣,但是在他的敘述中,似乎大臣更是本朝能夠安定升平五世的決定因素,五代之所以短命,正因為缺少了本朝的名臣。高度強調文臣對治國安邦的重要,當然是身為士大夫的章炳文在北宋的特定時代擁有的群體認同和群體自信。但是他又將這些名臣說成是神星下凡,則又暴露出他與庶民階層的親近性。兩個世界在同一種敘事模式下發生碰撞。高級士大夫的筆記在敘述名臣何以偉大時,往往突出他們的少年苦讀、傑出言行以及道德風範,而神星降世的話語只是帝王的專利。但庶民則往往將神星下凡的權利賦予大臣,畢竟皇帝離他們太遠,大臣才是會與他們直接發生關係的上峰。不過在此敘事中,我們也可以體認到兩個世界的人都對這個時代有著深深的認同感,覺得能生活於此是一件美好而幸運的事。這種情感也常見於北宋詩文,這是屬於北宋人的集體情感,甚至不惜在筆記文學中拉入鬼怪來現身說法。

　　無論神星降世為帝王也好,大臣也罷,這都是一種前定論思想。中國傳統政治倫理本身就認為祥瑞災異,皆有預兆,再加上佛教的傳入,使得前定思想成為中國人的一種思維習慣,筆記小說中也就充斥著前定敘事模式。上述之言其實就是以前定論來解釋為何本朝不會重蹈五代覆轍。不過前定論的敘事話語更多體現在對個人禍福遭際的敘述上,人們也普遍相信禍福成敗早就有預先的注定與安排。《搜神秘覽》主要宣揚的就是

因果宿命,因此關於個人禍福前定的敘事在書中比比皆是。對於士大夫而言,他們重視的人間美事集中於科名,因為有了科名之後,富貴自然隨之而來,於是科名前定成為筆記世界中屬於士大夫的一道獨特而亮麗的風景,當世名公重臣多有屬於自己的前定事件,《搜神秘覽》中就記載了王旦、王隨、陳堯叟陳堯佐兄弟、文彥博、章得象等六位宰相的科名前定故事,可見科名是士人孜孜追求的頭等要事。[37]不過科名終究屬於物質追求,士大夫還有權力財富之外的精神追求,這方面的成就也會在筆記中以前定敘事的方式談說。但是庶民則沒有相似的精神追求,他們追求的往往只是單一的物質財富,於是相關前定敘事話語就與士大夫區別明顯。如卷上「嚴常運」條云:

元豐四年九月,杭州仁和縣湯村鎮百姓嚴常運,葺所居之隙地。治平屢矣,頃方丈尺忽墳起,若小丘垤。疑其有變怪,浚探得一藏,皆白金所成器物數百件。有雕鐫字一行,云:「拾得我藏者,是我後身。嚴子陵記。」因與鄰比競,經官司許歸嚴氏,家遂富有矣。不知常運果後身耶?

這個故事屬於前定敘事中的轉世敘事,是一種非常特別的前定敘事類型。宋人好言前世,乃一代之風氣,其間原因複

---

[37] 關於宋代「科名前定」敘事的詳細論述,參見祝尚書:《宋代科舉與文學》第十七章「宋代科舉制度下的社會心態」(北京:中華書局,2008年,頁492-519)。祝尚書在此章較為全面地勾勒了「科名前定」在宋代文獻中的面貌,並討論了這一思想的歷史成因。

雜,不能簡單說清。[38]但是當士大夫談及前世的時候,往往關注人物於科名之外的精神風貌,一般不用解釋士大夫物質財富的獲得因緣。如蘇軾為五祖師戒轉世、圓照禪師為吳越錢王轉世等故事,就與科名、財富沒有任何關係,而只有士大夫超凡出世的人生姿態,甚至風雅閑散的精神面貌。但這些精神追求在庶民世界完全沒有市場,他們只著眼於當下利益,於是被用作展示士大夫其他追求的轉世敘事在庶民這裏依然是單調的求富。此條中的嚴子陵是士大夫筆下經常出現的人物,但士大夫的關注點都集中在他隱居富春江畔上,反映著士大夫對於高潔人品的向往。我們很難想像這麼一位垂釣山林的人物與錢財會有什麼聯繫,在士大夫的敘事話語中,一位品行高潔、不慕名利的人物是嚴子陵的轉世後身應更為合情。但庶民社會卻不管這些,高潔的人格遠沒有財富來得實在,不管這位名人因何而出名,只要出名就能使他的轉世後身具備天賦之富裕。從而嚴子陵在庶民的敘事話語裏褪去了清高的外衣,成為了與本身形象南轅北轍的財富化身。

不僅庶民單一地追求財富,一些中下層士大夫自知高位無望,也在如此追求財富的積聚,一旦暴富,便從士大夫世界裏投身到庶民中去。卷上「猝患富」條記載殿中丞鄭某因悟得前日瘋僧所語,尋得寶珠,猝然大富,之後便掛冠退休而去。這也是一個富貴前定的敘事,但體現的卻是官員獲得財富之後便不再為官,完全沒有治國平天下的更高追求。這其實正是章炳

---

[38] 參見戴長江、劉金柱:〈「前世為僧」與唐宋佛教因果觀的變遷——以蘇軾為中心〉,《河北師範大學學報》2006年第3期,頁132-138。

文這種中下層士大夫的心態反映，完全可以作為他們為何能在兩層文化間怡然自適的注腳。而上下階層的文化差異也使得兩個世界的身後敘事也有不同。雖然中國人鮮言身後之事，但道教羽化登仙之說也會讓人聯想到死後的面貌。但是，筆記關於這方面的敘事透露出的觀點卻是只有位居高位的人才能獲得登仙入道的資格。卷中「蓬萊」條便很明顯地體現了個中差別：

> 熙寧中，李秀才者，遭迍場屋，乃泛大海，與舶主交易。夕遇暴風，飄至一山下，漸聞鐘磬聲清澈，不省何所。……李詢侍人：「此何所也？」曰：「蓬萊第三島也。」「適紫袍何人也？」曰：「此唐之裴度也。凡人處世功行超具，名繫仙籍，終還於此。」歷數數十人，皆古昔名士，比忘不記。……暨還，僧謂曰：「此非秀才久居，當奉助清風。」一夕，李丐藥種數本，僧曰：「非惜也，但人無行德，可致海神固侍，恐因而為禍耳。」

困頓場屋的李秀才一時際會，得以遊覽蓬萊仙境，但卻得知需要「處世功行超具」才能來此名繫仙籍，這就意味著取得了功名也不一定能成仙，沒有中舉則更是白日做夢。故事最後的情節最是冷酷無情，秀才希望能獲得一些長生藥草，卻被僧人無情拒絕，給出的理由乃是冠冕堂皇的無行德。這對於一生未中的士子來說是絕望的，而不參加科舉考試的庶民階層更是如此。既然這樣，他們為何還要期待於身後的逍遙呢？那就只著眼當下吧，至少此世人間還有富裕的可能。卷下「劉之問」條

記載劉之問與九華仙女聯句的故事，當劉之問以「人間富貴長」對仙女「小路水雲遠」之句時，仙女勃然變色，云：「汝非吾徒，豈得造此。」，便把他趕走了。故事裏說的是人仙之別，其實反映的就是市井之民與士大夫的不同趣味。但士大夫是在已然富足的情況下，才說小路水雲之蕭散閒適，這對市井之民來說實在太不公平了。故而「人間富貴長」一句，看似對此世生活十分自信樂觀，但背後隱藏的卻是多少無奈與感傷。

五、筆記與小說：
《搜神秘覽》的本質與中國小說史的建構框架

　　上文對《搜神秘覽》的筆記世界進行了梳理，試圖強調其文本形態為筆記而非小說。然而為何歷來學者都以小說定義《搜神秘覽》？筆記與小說究竟有怎樣的聯繫與不同？小說在宋人那裏究竟是怎樣的概念？為何其間會交織著士大夫與庶民的聲音？這兩方面的聲音有怎樣的標志和聯繫？這或許是了解《搜神秘覽》的筆記世界後應該繼續探討的話題。

　　今日小說一詞的涵義來源西方，並不符合中國古人的觀念，故而學者不斷從事正本清源的工作。其間羅寧的論斷最為明晰，其認為：「古代小說其實可以分為廣義與狹義兩個概念，所謂廣義的小說是一個作為普通語詞使用的概念，指那些與經義大道相違背、內容淺薄不中義理的東西，即小道不經之說，可以僅僅是言說形態，也可以表現為文字。所謂狹義的小說是指歷代公私書目子部小說家著錄的小說，當然不同時代不同書目的著錄也有一些差別，但都可以歸入一個文類的小說概

念。」³⁹羅寧的二分法予人豁然開朗的通透感，本文借助《搜神秘覽》探討的古代小說就是羅寧所云源於官私書目的狹義小說概念。但是羅寧在論述狹義小說的時候反覆強調其是一種文類概念，也就是說狹義小說始終是一種文學文本，這就與古人觀念並不完全相符。實際上，狹義小說概念是從廣義小說概念發展而來，是一個由經學文本轉變到文學文本的過程，歷史文本便是溝通其間的橋樑，古人不僅不是一開始就將狹義小說視作文學文本，而且在很長的歷史時期都將之視作一種歷史文本。

如羅寧所論，學者習慣從《漢書・藝文志》尋找狹義小說概念源頭，「小說家者流，蓋出於稗官。街談巷語，道聽途說者之所造也。」⁴⁰云云也一再被小說學家提起。這句話非常明顯地在講小說是一種歷史記述，只不過它的記述者不是王朝的正統史官，而是下層社會的人物。因此，小說本來就帶有庶民的色彩，本身就體現了與上層社會不盡相同的面貌。在《漢書・藝文志》著錄的小說類書目中，《虞初周說》應是值得注意的，應劭注云：「其說以《周書》為本」，可見這是一種講史著作，即虞初說周朝事，內容上應該有別於官方文獻《周書》，精神上或與後世講史小說類似，但無論講者還是聽者，勢必認為這是真實發生過的事。顏師古又注云：「《史記》云虞初洛陽人，即張衡〈西京賦〉『小說九百，本自虞初』者

---

39 羅寧：〈中國古代的兩種小說概念〉，載羅寧、武麗霞：《漢唐小說與傳記論考》（成都：巴蜀書社，2016年），頁2。
40 班固撰，顏師古注：《漢書》（北京：中華書局，1962年），頁1745。

也。」[41]可見後世的小說就是《虞初周說》一類的作品，是一種有別於正史敘史傳統的歷史記載，是屬於下層社會的敘史傳統。但既然是歷史記載，為何被歸入諸子略？或許和《漢書》時代尚未有獨立的史部密切相關，抑或小說的作者是通過歷史軼聞的講述來達到宣揚其一家之言的目的。總之，狹義的小說在最初是一種歷史記述，本來就不是有意為之的文學作品，更與今日意義的小說無涉。

到了史部成為四部之一的南北朝時代，今日所認為的大量志怪小說集均被歸入史部雜傳類，諸如《搜神記》《幽明錄》《異苑》等書均在其列。《隋書‧經籍志》的類序明確交代了史部雜傳類的性質：

> 古之史官，必廣其所記，非獨人君之舉。……是以窮居側陋之士，言行必達，皆有史傳。自史官曠絕，其道廢壞。漢初，始有丹書之約，白馬之盟。武帝從董仲舒之言，始舉賢良文學。天下計書，先上太史，善惡之事，靡不畢集。司馬遷、班固，撰而成之，股肱輔弼之臣，扶義俶儻之士，皆有記錄。而操行高潔，不涉於世者，《史記》獨傳夷齊，《漢書》但述楊王孫之儔，其餘皆略而不說。又漢時，阮倉作《列仙圖》，劉向典校經籍，始作《列仙》、《列士》、《列女》之傳，皆因其志尚，率爾而作，不在正史。後漢光武，始詔南陽，撰作風俗，故沛、三輔有耆舊節士之序，魯、廬江有名德

---

[41] 《漢書》，頁1745。

先賢之贊。郡國之書，由是而作。魏文帝又作《列異》，以序鬼物奇怪之事，嵇康作《高士傳》，以敘聖賢之風。因其事類，相繼而作者甚眾，名目轉廣，而又雜以虛誕怪妄之說。推其本源，蓋亦史官之末事也。載筆之士，刪采其要焉。[42]

由之可見，所謂雜傳就是為帝王將相之外的人物立傳，既可補正史之不足，又能詳見王朝的整體風貌，使得有操守高行之人不因為幽處民間而埋沒不顯。此外，這些雜傳也可以給史家提供撰史的材料，在此基礎上刪采其要，而成一代之國史。而帝王將相之外的人物都是些什麼人呢？是郡國賢流、山林隱者、高士奇女與鬼怪列仙。鬼怪列仙之所以能夠與前三者相提並論，正是因為時人認為鬼怪故事就是真實事件，因為正史中沒有它們的位置，所以有必要通過雜傳使之流傳後世。隋志所言還可以作進一步的闡釋：帝王將相都是位居中央的人物，那麼記敘他們事跡的正史反映的是居於中央政治世界的士人歷史。郡國之書記載的是當地名人，在身分性質上與將相類似，因此反映的是地方政治世界的士人歷史。而《高士傳》則記載不合於中央的山林隱逸高士，但他們也是士人，因此這些內容反映的是山林江湖世界的士人歷史。但歷史空間裏並非只有士人，除此之外還有與士人有關的女性以及與士人無關的庶民。既然反映士人世界的女性歷史被《列女傳》等書承擔，那麼剩下的「序鬼神奇怪之事」很可能就是反映庶民世界的歷史，這樣才

---

[42] 魏徵等著：《隋書》（北京：中華書局，1973年），頁981-982。

符合反映帝王將相之外所有社會階層風貌的雜傳定義。胡寶國指出：「魏晉以來小說對正統史學的影響構成了這一時期史學的一大特色。」[43]所謂小說對正統史學的影響就是庶民敘史傳統對正史敘史傳統的影響。當時庶民與士人還未那麼涇渭分明，中央政權更是各地方門閥相互制衡的產物，於是下層社會的風氣自然會影響到上層社會的文化取向。而等到門閥消失，權力重集中央，士大夫和庶民社會逐漸各成系統後，士大夫才會格外強調自己身分的純潔性，敘史傳統的堅守只是純潔性的一個表現方面。不管怎樣，上述材料和分析至少都表明這一時期歸在雜傳的小說還是史學論著、史料匯錄，而非文學創作。那麼《隋書・經籍志》又是怎樣定義子部小說類呢：

> 小說者，街說巷語之說也。《傳》載輿人之誦，《詩》美詢於芻蕘。古者聖人在上，史為書，瞽為詩，工誦箴諫，大夫規誨，士傳言而庶人謗。孟春，徇木鐸以求歌謠，巡省觀人詩，以知風俗。過則正之，失則改之，道聽途說，靡不畢紀。〈周官〉：誦訓「掌道方志以詔觀事，道方慝以詔辟忌，以知地俗」；而訓方氏「掌道四方之政事，與其上下之志，誦四方之傳道而觀衣物」是也。孔子曰：「雖小道，必有可觀者焉，致遠恐泥。」[44]

---

[43] 胡寶國：《漢唐間史學的發展》（北京：商務印書館，2003 年），頁 60。
[44] 《隋書》，頁 1012。

此序與《漢書・藝文志》大體相同,所言即指小說乃下層社會對當下的記述以及他們所認為的歷史,所謂「可觀者」即指從中可以觀下層社會的風貌。將之與雜傳類對比,其實本質上並沒有什麼不同,只不過雜傳類包含了小說類的範圍。因為小說類將歷史記述限定在了下層社會,這與鬼神之史的範圍一致,而與郡國、高士似乎較為疏遠。因此它們完全可以合併在一起。或許兩者唯一的區別在於雜傳側重記事,小說側重記言,畢竟同為劉義慶所作,記言的《世說新語》被歸入小說類,而記事的《幽明錄》被歸入雜傳類,但二者都被時人認作是真實歷史記錄。不過小說類似乎在補正史之不足、供史官采擇之外還有另一層功能。《史通》有云:「昔漢代有修奏記於其府者,遂盜葛龔所作而進之,既具錄他文,不知改易名姓,時人謂之曰:『作奏雖工,宜去葛龔。』及邯鄲氏撰《笑林》,載之以為口實。」[45]劉知幾提到的邯鄲淳《笑林》,即被《隋書・經籍志》歸入小說類[46]。劉氏「載之以為口實」之語意味著在其觀念中諸如《笑林》一類的書可以提供閒談之資,這或許是小說類獨有的特徵。畢竟下層民眾所記載的歷史完全不符合上層士人的敘史傳統,因此在上層士人看來,這些記載不是真實的,只能以供談笑而已。劉知幾儘管在《史通》中批評《笑林》不合著史體例,但反過來說他顯然是將《笑林》視作歷史文本,這也可以證明時人觀念中雜傳類和小說類的區別不大。所以,魏晉志人志怪作者並非以今日小說概念創作作品,

---

[45] 劉知幾撰,浦起龍通釋:《史通》(上海:上海古籍出版社,2008年),內篇卷五「因襲第十八」,頁101。

[46] 《隋書》,頁1011。

而是存史的意識驅使寫作,這些條目只是提筆記下的歷史事件,是為正史服務的歷史材料。

那麼宋人又是如何看待小說呢?我們發現,《舊唐書‧藝文志》的編排與《隋書‧經籍志》完全相同,還是雜傳和小說的分立。這說明小說觀在五代末期尚未明顯改變。但是到了《新唐書‧藝文志》那裏,則發生了重要的變化:鬼神之傳被清除出史部雜傳類,歸併到子部小說類中,同時列女之傳也單列為女訓類,只不過其尚留在史部。[47]但是這一巨大的變化並不意味著宋人就不再認為小說是歷史記載而是文學創作了,小說類與雜傳類的史料本質依舊是宋人的共識,將鬼神之傳移出只不過是因為其間摻雜有太多的虛幻之辭。而這些虛幻之辭反映的不是上層社會的歷史世界,而是下層社會的歷史世界,這有違於日益固定的正史記述傳統。朱弁《曲洧舊聞》卷九就詳細介紹了當時史官修史時所依據的內容:

> 凡史官記事,所因者有四,一曰:《時政記》,則宰相朝夕議政,君臣之間奏對之語也。二曰:《起居注》,則左右史所紀言動也。三曰:《日曆》,則因《時政記》、《起居注》潤色而為之者也。舊屬史館,元豐官制屬秘書省,《國史》案著作郎佐主之。四曰:臣僚《行狀》,則其家之所上也。四者惟《時政記》執政之

---

[47] 《新唐書‧藝文志》實際上繼承《崇文總目》的分類,可見北宋初期,人們對小說的觀念就已經發生了變化。詳見凌郁之:《走向世俗──宋代文言小說的變遷》(北京:中華書局,2007年),頁34-36。

所自錄，於一時政事最為詳備。左、右史雖二員，然輪日侍立，榻前之語既遠不可聞，所賴者臣僚所申，而又多務省事，凡經上殿，止稱別無所得聖語。則可得而記錄者，百司關報而已。《日曆》非二者所有，不敢有所附益。臣僚《行狀》，於士大夫行事為詳，而人多以其出於門生、子弟也，類以為虛辭溢美，不足取信。雖然，其所泛稱德行、功業，不以為信可也。所載事跡，以同時之人考之，自不可誣，亦何可廢。予在館中時，見重修《哲宗實錄》，其舊書於一時名臣行事既多所略，而新書復因之。於時或急欲成書，不復廣加搜訪，有一傳而僅載歷官先後者，讀之不能使人無恨。《新唐書》載事倍於舊，皆取小說，本朝小說尤少，士大夫縱有私所記，多不肯輕出之。予謂欲廣異聞者，當聽人聚錄所聞見，如〈段太尉逸事狀〉之類，上之史官，則庶幾無所遺矣。[48]

從朱弁的記載可知，正史修纂的史料來源主要包括《時政記》《起居注》《日曆》和《行狀》等，這些都是官方記載，是士大夫特別是上層士大夫的敘史傳統。但是一部好的史書需要全方面地反映時代與社會，故而需要廣加搜訪，使得傳記內容更加全面豐富，這就得依靠小說所記了。所以在朱弁的時代，小說的含義沒有發生太大改變，還是指非官方的歷史文本。但值

---

[48] 朱弁撰，張劍光整理：《曲洧舊聞》，《全宋筆記》（第三編），第 7 冊，頁 81-82。

得注意的是，朱弁明確指出所采用的小說是士大夫私所記，這與《漢書》以來的街說巷語已然不同，他的心中一定有著士大夫所記和庶民所記的區別，在采擇小說入正史的時候，一定要加以甄擇與明辨，由庶民主導的小說肯定不在他搜羅的範圍。

如此再來看《搜神秘覽》的筆記世界，上文論述過的種種士庶世界混雜也就能夠得到解釋。因為北宋時期小說還只是一種歷史文本，是以備史官采擇的材料，那麼它當然不會進行文學加工或現代意義上的小說改寫。那些歷代相傳的情節在筆記作者看來只是一件件新奇有趣的故事，根本沒想過可以用來演繹成一篇精美的敘事文字，所以這些故事情節只是簡單從前代繼承下來。至於內容的虛實相雜，則更是史料記錄的基本特點。筆記作者在寫作的時候多是將以後的史官作為潛在讀者的，因此他只需要將所聞所見的事情記下來就可以了，而考辨真偽是史官的任務，即隋志所言的「載筆之士，刪采其要焉。」因此，我們可以想像，編撰有宋正史的史官就把有關楊億的神秘記載基本刪掉了。

上文已經提到，宋代社會士大夫與庶民產生分立，持中央敘史傳統的史官在取擇小說時越來越審慎，越來越重視士大夫和庶民的不同，因此宋代越來越不可能出現六朝那樣的小說影響正統史學的現象。正如傅璇琮先生指出的那樣：「宋人筆記，小說的成分有所減少，歷史瑣聞與考據辨證相對加重，這也是宋代筆記的特色與歷史成就。」[49]寫作筆記的士大夫也已

---

[49] 傅璇琮：〈《全宋筆記》序〉，《全宋筆記》（第一編），第1冊，頁6。

經意識到了兩種敘史傳統的日益分離,因此有意識地將自己的筆記內容吻合於正史敘史傳統,因此出現小說成分減少的情況。但是宋代士大夫又不忍完全割捨掉語涉奇幻的內容,雖然它們日後不會被史官采入正史,卻畢竟是閒談宴席中的絕妙談資,故而此時作者心目中的潛在讀者已經悄悄地開始變化,而筆記也在存史之外被增添了新的意義。歐陽修就在〈歸田錄序〉中明言:「《歸田錄》者,朝廷之遺事,史官之所不記,與士大夫笑談之餘而可錄者,錄之以備閒居之覽也。」[50]這裏歐陽修明確提出筆記寫作的兩個來源,一個是史官漏記的朝廷遺事,一個是士大夫笑談所言,而筆記的目的是備閒居之覽。因此,筆記的潛在讀者除了史官外還添上了自己與親友,記筆記除了可以補正史之不足,還可供笑談之資。這正是將雜傳的史料傳統和劉知幾認為的供口實傳統相結合。這種態度轉變在諸如《搜神秘覽》這樣的以志怪故事為主的筆記作者那裏更為明顯。曾慥〈類說序〉云:「可以資治體,助名教,供談笑,廣見聞。如嗜常珍,不廢異饌,下箸之處,水陸俱陳矣。」[51]曾慥所言數條,較為全面地體現著宋代士大夫的小說(筆記)創作心態,從中亦可觀他們對志怪內容的態度。所謂廣見聞,正是由士大夫尚博的心理所致。歐陽修曾云:「夫君子之博取於人者,雖滑稽鄙俚猶或不遺。」[52]所謂的滑稽鄙俚正是指庶

---

[50] 歐陽修:《居士集》卷四四〈歸田錄序〉,洪本健校箋:《歐陽修詩文集校箋》(上海:上海古籍出版社,2009 年),頁 1119。

[51] 曾慥編纂,王汝濤等校注:《類說校注》(福州:福建人民出版社,1996 年),頁 1。

[52] 《居士集》卷四三〈禮部唱和詩序〉,頁 1107。

民社會的文化內容,而宋代士大夫以通過記錄志怪來增廣見聞,顯然就是將這些內容視作庶民滑稽鄙俚的一種。所謂「資治體」者,當然是傳統的小說創作目的,即希望史官采擇入史,以供後世帝王資治需要。但是後面增加的「助名教」,則是對志怪內容即庶民之史不能入正史的清醒認識,因此他們將資帝王轉變為名教,通俗說來就是懲惡揚善。如范鎮《東齋記事》序云:「至若鬼神夢卜率收錄而不遺之者,蓋取其有戒於人耳。」[53]又如張邦基《墨莊漫錄》跋云:「稗官小說雖曰無關治亂,然所書者必勸善懲惡之事,亦不為無補於世也。」[54]但士大夫的關注點還在他們自身,他們雖然承認這些無法進入國史的庶民敘史內容可以有戒於人,但是他們的教化還是在士大夫的範圍內說的,是用庶民故事來說士大夫的道理。所以我們可以從《搜神秘覽》的筆記世界中發現庶民的生活與心態,也可以發現章炳文的士大夫立場。他並不會在意「蓬萊」條中體現的不公,而只會對被九華仙女趕走的劉之問投以嘲笑。他會在筆記中時時刻刻表明自己是宰相後代、狀元之子,會在故事末尾不忘說教,但不會對這些情節加以潤澤修飾。畢竟,他在自序中也明確表示「類以意推派別之流,旁行合道,則造詭怪之理者,亦屬於勸懲之旨焉,予復何愧。」可見他對於志怪故事的看法與宋代士大夫主流還是一致的。所以,宋代士大夫並不能接受全部志怪內容的筆記,因為這樣就拋棄了士大夫的

---

[53] 范鎮撰,汝沛點校:《東齋記事》(北京:中華書局,1980 年),「自序」,頁 1。
[54] 張邦基撰,孔凡禮點校:《墨莊漫錄》(北京:中華書局,2002 年),頁 281。

立場，而全以庶民敘史傳統來言說歷史了。劉知幾在《史通》中就已經強調這種堅持：「語魑魅之途，則福善禍淫，可以懲惡勸善，斯則可矣。及謬者為之，則苟談怪異，務述妖邪，求諸弘益，其義無取。」[55]張邦基在肯定志怪情節的同時亦堅決抨擊全部志怪內容的作品：「唐人所著小說家流，不啻數百家，後史官採摭者甚眾；然復有一種，皆神怪茫昧，肆為詭誕，如《玄怪錄》《河東記》《會昌解頤錄》《纂異》之類，蓋才士寓言以逞辭，皆亡是公、烏有先生之比，無足取焉。」[56]在這樣的認識下，高級士大夫所著筆記中的志怪情節還是很少的，但這種道德情感束縛對章炳文這樣的中下層官員要弱很多，因此他才能記錄下帶有大量志怪情節、庶民色彩的《搜神秘覽》。其實，通觀宋代以志怪情節為主為長的筆記，如徐鉉《稽神錄》、劉斧《青瑣高議》、洪邁《夷堅志》等，它們的作者要不是沉淪下僚的文人，要不就有史官身分的掩護，這正同時說明了志怪故事的庶民性與史料性。儘管如此，通篇志怪故事的作品還是要到士大夫與庶民社會完全分離的宋元之後才能大行其道。因為它們的聽眾讀者是庶民，作者也是庶民，秉持的是庶民敘史傳統，講述的是庶民的歷史和庶民認為的歷史，是完全的從庶民到庶民的發生機制，構成了一個毫無束縛的發生空間。其實，庶民在聽聞三國、水滸、說唐、包公案等故事的時候，有誰不認為這就是真實發生過的歷史呢？小說的歷史性質就是到了話本、章回時代，還是那麼根深蒂固。

---

55 《史通》內篇卷一〇「雜述第三十四」，頁 195。
56 《墨莊漫錄》，頁 281。

綜上所述，狹義的小說概念從始至終都是以歷史文本主導，儘管宋元之後文學色彩漸濃，但真正被增添入文學義項還是要等到近代西方文學觀傳入之後。因此，本文認為宋元之前的作品，只要不是專門記鬼怪之事的，都應稱作筆記。而其間收錄的志怪情節內容，只能是志怪故事，而非志怪小說。就連被認作魏晉志怪小說高峰的《搜神記》亦是如此。據李劍國《新輯搜神記》所輯，現存《搜神記》文本共 343 條，其中真正的鬼怪故事不足三分之一。特別是《妖怪篇》六卷 89 條，全部為怪異之事兆，干寶皆將其視為日後某亂事的前驗。這是基於陰陽五行思想的災異說，完全可以采擇入正史之五行志。除此之外，《搜神記》中還多見典章制度的考訂，亦有許多涉及前代名人的事件，更偶見述某詩文本事的詩話體條目，這些都使得《搜神記》的性質更接近於宋代筆記而非唐宋傳奇。干寶於〈搜神記序〉中也很明確地說道：「今粗取足以演八略之旨，成其微說而已。幸將來好事之士，錄其根體，有以遊心寓目而無尤焉。」[57]

不過，文學研究還是得強調文學藝術性，既然要追尋中國文學的小說史脈絡，筆記中的志怪故事當然是基本研究對象。從這個角度來看，《搜神秘覽》為代表的北宋筆記中的志怪情節確實藝術性較低，魯迅關於它們的判斷也是基於此點而下。但是魯迅下此判斷後即將宋代筆記從小說史的發展脈絡中刪去，描畫出六朝志怪—唐傳奇—宋話本—話本小說—章回小說的小說史架構。這種架構忽略了小說（筆記）史家立場的創作

---

[57]《新輯搜神記》卷九，頁 19。

心態和文本形態。所謂的六朝志怪和唐傳奇性質大為不同,將二者相繫聯略顯牽強,與唐宋傳奇直接相聯的應該是《穆天子傳》《漢武故事》《趙飛燕外傳》這類被李劍國定義為雜傳小說的單篇語怪作品。[58]因此中國小說史的發展線索或為兩條,一條為六朝志怪集─唐人志怪集─宋元筆記─文言小說集;一條為雜傳小說─唐宋傳奇─話本小說─章回小說。第一條線索中的作品都是短篇故事合集,但是六朝志怪和宋元筆記是帶有志怪故事的歷史記錄,本身沒有主動的文學創造性;而後來的文言小說集則是專門收錄志怪故事的合集,可能也有存史的心態,可能也有以鬼怪故事說教,但小說發展到此時,文學創造的主動性已經很強,和現代意義的小說更加接近了。第二條線

---

58 「史氏流變,形成雜傳的小說化。從文體上看,其類傳一體,在漢代形成了雜傳體志怪小說,即《列仙傳》;其單傳一體,繼《穆天子傳》《燕丹子》後又先後出現了《漢武故事》《蜀王本紀》《徐偃王志異》《漢武內傳》等雜傳小說。」見李劍國:《唐前志怪小說史》(北京:人民文學出版社,2011 年),頁 203。李劍國所言之雜傳小說,即通篇志怪而不涉他事者,以雜傳名之,或受《隋書・經籍志》影響。然此類小說在產生之時依舊被視為史書,即與《虞初周說》類似的某人說漢武、某人說穆天子等等。又同書頁 86 有云:「由志怪故事到志怪小說的進化過程,表現為史乘分流過程,也就是志怪小說與史乘的分離過程。當志怪故事完全脫離史書,取得獨立地位的時候,志怪小說便產生了。」此判斷不誤,然志怪故事並非在魏晉即與史乘分流,其在宋代依舊與史乘關係密切,零星的諸如《玄怪錄》之類的專收志怪故事作品並不能說明全局。惟有宋代之後,士大夫與庶民社會分離使得庶民開始大規模書寫自己眼中的歷史,才使得志怪故事完全脫離於史書,取得獨立地位。但需要注意的是,志怪故事脫離的是士大夫傳統中的史書,在庶民那裏,他們依舊是歷史。

索則是單獨成篇的故事，或集中演繹某位帝王之事，或首尾俱全地講一個故事，或借用故事言說道德、宗教義理，篇幅上較合集所載各條目要長得多，文學藝術性也更強，但它們的庶民敘史色彩同樣也很明顯。

　　兩條線索之間又有什麼聯繫呢？這需要回到述史傳統的角度來理解。筆記作者都和干寶一樣，希望有好事之士錄其根體，此好事之士當然是正史的執筆者。在干寶的時代，庶民還未形成與士大夫分立的文化力量，故而史官很有可能將反映庶民世界的志怪故事采擇入史。但隨著歷史變遷，士大夫越來越強調自己的述史傳統，故而這些志怪故事越來越不可能被采擇入正史。甚至高級士大夫也不願意在自己的筆記中記載這些故事，這樣做似乎有失身分，因而斥其為俗。只有像章炳文這樣的中下層士大夫才會對庶民世界故事津津樂道，因此我們才會在《搜神秘覽》中看到那麼多的志怪故事，我們也很難想像司馬光會把這些故事記入他的《涑水記聞》[59]。可是，士大夫史官拒絕這些材料，庶民卻自有史官，他們是小說家，是說話人，他們成為了前來錄其根體的好事之士。他們將這些筆記中的某些條目演繹鋪陳，創作出一篇篇傳奇，編唱成一個個話

---

[59] 如歐陽修《歸田錄》、王曾《筆錄》、趙令畤《侯鯖錄》、宋敏求《春明退朝錄》等被後世書目歸入小說類的筆記，《宋史・藝文志》還將它們列在史部傳記類中。可見在宋人眼中，高級士大夫的筆記與多涉鬼怪的筆記儼然有別。這應該是由於這些筆記作者為高級士大夫，所述內容又皆中央人事，因此屬於正史敘史傳統，故需要與涉及庶民敘史傳統的筆記區別對待，體現出宋人對於兩種敘史傳統有著很鮮明的區分。見《宋史》卷二〇三，頁5120-5122。

本。《搜神秘覽》中的蛇娘子、「石米三斗粟」、豬頭和尚就這樣被采擇去，或鋪陳出前後完整的小說，或充作某篇小說的重要情節。但是庶民的史官對士大夫的論道不感興趣，這些並非他們自己的敘史傳統。於是我們看到他們只保留了楊億的神奇靈異故事，而不管士大夫言楊億背後的士風取向。庶民的史官也有自己認識社會的方式，故而他們用同樣的敘事方式發出了與士大夫史官不一樣的聲音，給出了他們自己對於皇宋有別于五代的回答。因此，這兩條線的關係就是今日所言之史料筆記與正史的關係。在庶民看來，小說就是歷史；而在士大夫眼中，這些根本不是歷史，只能是文、是小道、是茶餘飯後以供一笑的談資。而今天的我們，正是以士大夫的敘史傳統來看待歷史，看待這些小說（筆記），因此它們的文學性質得以凸顯，而史學本質則湮沒不聞。在今日的視角下，筆記本身就是文史相雜的，而《搜神秘覽》所處的北宋末年，又是兩種敘史傳統開始劇烈分離的時候，也是今日所謂文史分途的關鍵時期。因此，由士大夫寫就的多記庶民世界內容的《搜神秘覽》，正位於文史之間的分岔口上，不知道會被哪一條路上過來的好事之士采擇而去。

（作者為復旦大學中國語言文學系副教授）

援史學入詩學：
胡應麟《詩藪》的詩學歷史化

許建業

　　明代復古派詩論家為了省察詩歌傳統，其詩論主要是對歷代詩歌的審音辨格，追源溯流。亦因如此，明代中葉以後復古派詩論對詩歌的辨析和思考便更趨細緻完備，甚至不斷強化建構文學史（或詩歌史）的意識。這種對文學傳統的省察與架設，不單沒有停留在對詩歌正變的勾勒或對觀念框架的簡單構擬上，還由此擴展、輻射至詩學論著的編寫[1]。近年來，明代詩話的體類和編寫特色引起學界關注，其不同時期的變化也得到重新審視[2]。尤其明代自中晚期開始，詩學著述明顯有著體

1　王明輝指出胡應麟《詩藪》的編寫已合乎文學史的體例（見王明輝：〈試論《詩藪》體例對文學史寫作的意義〉，《陰山學刊》2004 年第 6 期）。陳國球則認為許學夷的《詩源辯體》已具「文學史的編撰意識」（見陳國球：《明代復古派唐詩論研究》（北京：北京大學出版社，2007 年，頁 297-301）。

2　參見左東嶺：〈「話內」與「話外」——明代詩話範圍的界定與研究路徑〉，《文學遺產》2016 年第 3 期；侯榮川：〈明代詩話的分期與特徵再認識〉，《南京師大學報》2016 年第 3 期；陳廣宏、侯

系化和學術化的趨向。詩學的片言評賞或單篇論述,已擴大至整部詩話的編纂安排,如胡應麟(1551-1602)《詩藪》、許學夷(1563-1633)《詩源辯體》、趙宧光(1559-1625)《彈雅》、胡震亨(1569-1645)《唐音癸籤》等詩話已甚具體系規模,頗能反映其學問關懷和研治理念。過去討論中晚明復古派詩話這種講求博識與體系的傾向,多集中在復古派內部的傳承發展,如《藝苑卮言》和《詩藪》以至後來的《詩源辯體》,便有顯著的承續關係[3]。本文則認為,詩學內部固然有其發展趨勢,但它由閒談逸話或創作技巧之資,上升成為一種需要認真整理、追源溯流及考證思辨的知識體系,當中詩論家看待詩學的學術心態與追求尤為重要。

　　陳廣宏在討論許學夷編撰「詩論史」時,特闢一節縷述晚明「詩學體系化」的現象和原因,大致為:詩史意識與辨識論述的加強與累積;詩學知識的分類辨析越發精細;借鑒取資於史學;對性靈派論說的抗衡;對學問知識的追求。此課題有極

榮川等編校:《明人詩話要籍彙編》(上海:復旦大學出版社,2017年),「前言」,第1冊,頁7-10。

[3] 陳國球曾概括道:「復古派詩論要復古,目的是希望通過向古代傳統學習,以求達到與古代盛世詩歌同樣的水平。所以由李夢陽、何景明開始,就爭論如何向古代詩歌傳統學習,對個人與傳統的關係作多方面的探索。向著這個方向發展,楊慎、謝榛、王世貞等詩論家更要求對古代詩歌傳統有更深更廣的認識,於是討論範圍便愈來愈開闊,而且注意到不同時期風格變化的現象,並試圖作出解釋。後期的胡應麟和許學夷刻意地繼承了這種工作,將過去的詩歌發展源流的脈絡和規律整理出來。而許學夷更是有意識地作詩史的企劃,《詩源辯體》就是他所設想的文學史(詩史)的實踐。」(《明代復古派唐詩論研究》,頁300。)

大的詮釋空間,對明代詩學及文學思想的研究而言相當重要。不過誠如陳氏所言,要詳細剖析這個現象的形成過程,還需要在更加宏大的背景下,思考復古思潮與「智識主義」的關係問題[4]。此後,夏咸淳雖以專章「古學與文學」綜述二者的關係,其中有不少深刻的見解,但其論述僅限於明代中葉,萬曆以後的情況則沒有觸及,因此也沒有探討晚明詩話趨於體系化的問題[5]。因此,本文嘗試聚焦於胡應麟《詩藪》一書,仔細辨析其論述體系與編纂結撰所反映的學術意識,以凸顯晚明詩論體系化、學術化之一斑。

在明代詩學中,胡應麟《詩藪》是一部總結復古派詩論的著作,其內容宏博,又具有比較周密的體例與系統。本文嘗試進一步指出,《詩藪》的詩歌史建構與近於文學史體例的學術編撰,其實滲透了中國傳統史學的理論觀念與研究方法。筆者擬提出幾個考察焦點:第一,《詩藪》體例安排和編纂方法反映了怎樣的傳統史學編纂理念,從而處理龐雜的文學知識,並梳理出譜系?第二,胡應麟在審察詩歌盛衰發展時,如何挪用傳統史學中的「循環」觀念來詮釋及建構詩歌史?第三,胡應麟又如何以「會通」的史學精神和治學方法,建立邊界廣闊的「文學」知識體系,並在此體系框架內為《詩藪》的學術文化價值進行重新定位?

由上述問題切入,本文試圖探討《詩藪》所展現的「詩學

---

[4] 參見陳廣宏:〈詩論史的出現——《詩源辯體》關於「言詩」傳統之省察〉,《文學遺產》2018 年第 4 期。

[5] 參見夏咸淳:《明代學術思潮與文學流變》(上海:上海社會科學院出版社,2019 年),頁 116-145。

歷史化」（Historicizing Poetics）的面貌。淺見洋二曾提出「文學的歷史學（Historiography of Literature）」，這是一種「參照歷史以及歷史學理論體系而形成的文學研究，或者說圍繞著文學所進行的歷史學思考、面向文學的歷史學眼光」。他認為，這是以「『文學的歷史化（Historicizing Literature）』為目標的思考方法、研究方法」[6]。本文提出的「詩學歷史化」參考了淺見洋二的說法。不過，淺見洋二著眼於文人如何透過書籍編撰（包括編年詩文集、年譜等）呈現文學作品與文學家的生命照應；本文則重在分析詩論家怎樣運用史學意識與方法來審視詩歌傳統、整理詩學知識，使詩學論述或編寫具有歷史編纂學（Historiography）的色彩。前者依憑歷史重現個體的文學歷程，後者組織知識用以建構宏大的詩歌通史，這正是本文與淺見氏對所謂「歷史化」的不同詮釋。

---

[6] 淺見洋二：〈文學的歷史學——論宋代的詩人年譜、編年史詩文集及「詩史」說〉，《距離與想像：中國詩學的唐宋轉型》（上海：上海古籍出版社，2013年），頁281。值得一提的是，淺見洋二在文章開首引用文學理論家諾思羅普・弗萊（Northrop Frye）《批評的解剖》（*Anatomy of Criticism*）「導言」中的說法，指出一般而言文學必須挪用歷史研究的體系，方可建立研究系統。弗萊確實描述過這種情況，但事實上其觀點的重點是，文學研究可以自我建立體系，不用借鑒其他學術範疇。參見諾思羅普・弗萊著，陳慧、袁憲軍、吳偉仁譯，吳持哲校譯：《批評的解剖》（天津：百花文藝出版社，2008年），頁14-27。

一、史纂：詩話體之歷史編撰

若按照明代《澹生堂書目》以至現在《明人詩話要籍彙編》對於詩話體類的判分，《詩藪》屬於「詩評」一類。雖然如《明人詩話要籍彙編》前言所述，「詩法、詩評、詩話確實是作為詩學文獻的主要形式而存在，在相互融合之外，能夠較為獨立地保持各自的文體特徵」[7]。但是，這不代表詩話體類已沒有細加考辨的需要，尤其是編寫方式或體例安排等與詩論家的文學眼光和學術素養等應有不少聯繫。例如，屬於「詩評」類的《詩藪》，其撰述便具有歷史編纂的色彩，這可從其「分期意識」和「表志編寫」來觀察。

（一）分期意識

《詩藪》的編撰有明顯的分期意識，而詩話體出現分期序次的編纂考慮，應是從宋代幾部大型詩話彙編（依出版先後為：阮閱《詩話總龜》、胡仔《苕溪漁隱叢話》、魏慶之《詩人玉屑》）開始的。這些編纂者甚為講求體例，譬如胡仔（1110-1170）便申明其《苕溪漁隱叢話》「以年代人物之先後次第」，與阮閱《詩話總龜》分門別類的纂集方式有所不

---

[7] 陳廣宏、侯榮川編校《明人詩話要籍彙編》為明代詩話劃分體類，主要參考了祁承㸁《澹生堂藏書目》「詩文評」下「文式文評」「詩式」「詩評」「詩話」四目，而略去「文式文評」，最後斟酌定「詩話」「詩法」「詩評」三種。這似乎有意回應左東嶺的提法，既吸收詩話「辨體」的觀念，但又將其納入更廣闊的「詩話」義界之中。參見《明人詩話要籍彙編》「前言」，第1冊，頁7-10。

同[8]；至於《詩人玉屑》則依論詩言說的實際內容歸納排列。概言之，宋代詩話彙編的編纂體例大體分「事類」「人物」和「時期」三種。這一情況與宋代詩文集開始流行「分類」或「編年」的編纂方式相近[9]。就「編年」和「分期」而言，兩者都與時間先後有關，是對考察對象作歷時地（Diachronic）審視和順序地敘述編排。這實際出於梳理發展源流、力求還原歷史圖像的考慮，反映了傳統史學的「編年」（Chronicle）意識。

事實上，詩論家重視審察和考辨詩歌之源流發展，因而採取偏於歷時性的敘述和編排方式，本是合理之舉。例如周敘（1392-1452）的《詩學梯航》，其「敘詩」和「述作上」是通論詩歌和詩體發展的長文，「述作中·專論五言古詩」和「述作下·專論唐律」則專門論述個別詩體的流變[10]。朱奠培（1418-1491）《松石軒詩評》和徐獻忠（1469-1545）《唐詩品》則大體按詩人的年代先後排列相關評論。又如譚浚（萬曆間人）《說詩》卷下，主要分「世代」「編集」「人物」「附

---

[8] 參見胡仔：〈序漁隱詩評論前集〉，胡仔纂集，廖德明校點：《苕溪漁隱叢話·前集》（北京：人民文學出版社，1962年），頁1。

[9] 淺見洋二概括道：「宋代詩文集的編纂，呈現的是一種『編年』與『分類』交雜的複雜狀況。」（《距離與想像：中國詩學的唐宋轉型》，頁298）。其實，所謂「編年」與「分類」也不是絕對分開的，淺見洋二曾舉宋代一些詩文集如王洙編《杜工部集》、郭知達編《九家集注杜詩》等，都是先分古律體，再在此基礎上以編年為次（頁294-297）。

[10] 參見周敘編：《詩學梯航》，《明人詩話要籍彙編》，第4冊，頁1469-1471、1480-1490。

說」四個部分，比較明確地論列不同世代的詩歌、詩人的情況，可惜比較疏簡，很少比照詩風之變易。至於胡應麟推尊的王世貞（1526-1590），曾自述編撰《藝苑巵言》的經歷：先是「有得輒筆之，投籠箱中」，後「稍為之次而錄之，合六卷」，再經數次增益而成八卷。是書兼論詩文而以詩為主，起首屬總論性質，然後分述諸詩體，再敘歷代詩歌發展，已頗為清晰地呈現出詩歌流變的脈絡，不過在體例上並沒有明確以分體或分期為綱目。胡應麟自言要「羽翼《巵言》」，其《詩藪》受到《藝苑巵言》的影響自不待言。但《詩藪》更進一步，不僅在論述上比復古派諸賢更為宏富贍博，還著意於詩話體例的編排。《詩藪》通共二十卷，每卷各領一個主題。內編六卷辨體（雜言、五古、七古、五律、七律、絕句），縷述各種詩體之源流正變、作法要點及典範特色等。其後外編六卷（周漢、六朝、唐上、唐下、宋、元）、雜編六卷（首三卷「遺逸」：篇章、載籍、三國；後三卷「閏餘」：五代、南渡、中州）、續編二卷（國朝：洪永、成弘），除篇章和載籍外，大抵按朝代順次分卷，篇幅超過全書的三分之二，已屬於詩歌通史的格局規模。同時代人馮時可（隆慶五年〔1571〕進士）《藝海泂酌》雜論歷代詩文，分漢乘、魏乘、晉乘、宋乘、唐乘，明顯地具有分期意識，只是其內容較《詩藪》而言稍嫌粗疏，欠缺層次感，議論不算具體深刻。相較來說，《詩藪》的綱目和分卷甚為簡單而明晰。

從《詩藪》四編的內容來看：「內編」，分體之格調以通正變；「外編」，序世之正閏以察詩風；「雜編」，補之遺逸以盡博觀；「續編」，歸諸明詩以頌昭代。大體而言，《詩

藪》一書可以從兩個論述框架來加以考察,即辨體和論世。內編用以辨體,外、雜、續三編則用以論世,先辨體而後論世,可為全書架設規模。各卷再按其題敘述源流,在歷時的發展推演中適時地帶出共時性的詩學話題,即以史帶論。例如「內編五」專談七言律,開卷首二則便作概說,然後從第三則開始,以「七言律祖」帶起七律詩體發展史的話題。但述史期間,胡氏會就不同課題與其他相關詩體作比較對照,如第二十四至三十一則專談七律的起結妙句,緊接的第三十二至三十五則則論及五言律的起結妙句,而談五言律的「內編四」則沒有相關討論,可見其以五七律起結句法並照參看的用心。又如「內編四」第二十五至三十二則談用事,基本上已備說其要點,因此其他各卷亦不贅論。又如「外編四‧唐下」論唐詩,卻在開首以「大家」「名家」為話題縱論六朝以至唐代的詩歌,比較曹植、陶潛、李白、杜甫,乃至王維、孟浩然等詩人的才氣,既承先啟後,又為論列唐代諸公定下比較明晰的方向[11]。凡此可見,胡應麟不會機械地定下審察的格套,再放進各個詩體的論述,反而是以通盤的歷史眼光,既從追源溯流的線索觀察詩歌的特點,同時又為各種詩學主題作細密的比較與討論。胡應麟透過這種編寫心思來「全舉宇宙之詩」[12],由貫通其史以至會合其論,從而構成了甚為圓足的詩歌通史。

至於外編六卷,不但涵蓋了詩歌發展史的數個重要時期,更大體呈現出兩組盛衰過程,即「周漢」「六朝」兩卷為一

---

[11] 參見胡應麟:《詩藪》內編五、內編四、雜編四,《明人詩話要籍彙編》,第7冊,頁3177-3181、3155-3156;第8冊,頁3289-3290。

[12] 《詩藪》雜編六,《明人詩話要籍彙編》,第8冊,頁3445。

組,「唐上」「唐下」「宋」「元」四卷為一組。前者以漢代古詩為基準,衡諸六朝,則見古體變衰而律體漸起;後者以唐人律體為典範,視之宋、元,則知宋調甚駁而元材局促,甚有借鑒歷史興衰正閏的意味。外編的詩史盛衰,加上內編的詩體正變,可以視作續編關於國朝詩風的論述基礎。《詩藪》開首便申述了明代之於詩歌史的意義:「明不致工於作,而致工於述,不求多於專門,而求多於具體,所以度越元、宋,苞綜漢、唐。」[13]綜覽全書,內編之齊製作、明人才可以「求於具體」;外編之備鑑戒,可使明詩「苞綜漢、唐」。這些皆可見胡應麟以分期敘寫詩歌史,既注意各期之流風,也體察易代之嬗變;在總結前人經驗的同時,也對當世投以殷切的目光和期盼。至於雜編之遺逸和閏餘,則屬詩家博識備覽之資了。

　　胡應麟曾自述其撰寫《詩藪》外編時「漫應徵索」[14],吳國倫(1524-1593)也認為其「可謂博採精求,去取嚴正,其中尚小半可芟」[15]。即認為《詩藪》過於蕪雜,應去蕪存菁。不過,撇開編寫稍顯蕪雜這個問題,從《詩藪》以朝代名義分期定卷來說,實可看到富有歷史視野的通盤考慮。

---

[13] 《詩藪》內編一、續編一,《明人詩話要籍彙編》,第 7 冊,頁 3087;第 8 冊,頁 3462、3471。

[14] 胡應麟〈與王長公第三書〉道:「《詩藪》小復益之,外編卷帙略與內等,漫應徵索,大為側理氏災,尚數板剞劂未完。」(胡應麟:《少室山房類稿》卷一一,《叢書集成續編》,臺北:新文豐出版公司,1988 年,第 146 冊,頁 620)

[15] 吳國倫:《甔甀洞續稿》卷一五〈報王元美書〉,《四庫全書存目叢書》(濟南:齊魯書社,1997 年),第 123 冊,頁 716-717。

（二）表志編寫

除了歷史分期的體例安排外，《詩藪》「唐上」和「載籍」兩個部分的處理實際上也近於史籍中的表志編寫。具體來說，本文之言表志是指「表譜」和「書志」。「表譜」即以按年或分類方式將所記之人物或事物再行歸納編排，以簡馭繁，一目了然。「書志」則是對典籍存佚流衍情況的記錄和考辨，胡應麟對此尤為在意。其實就史學價值而言，胡應麟認為紀傳比表志更重要，如他曾說：「史之所重紀傳，而表志若其閏餘故耳。」[16]不過，他又覺得表志（尤其是關於載籍的書志）在史學中是不可或缺的，故而他在《經籍會通》中說：「經籍，朝廷之大典，累朝人主無不究心，豈容無志？」[17]其〈讀《隋書》〉又道：「且史之所重紀傳，而表志若其閏餘故耳。……惟隋志一編，古今卓絕。……故班氏《藝文》後，獨賴是編之存，得以考究古今載籍，離合盛衰，其關涉非眇淺也。」這或許可以解釋，何以《詩藪》在敘寫詩歌發展之餘，還加入了表志的元素。不過，亦因表志只是史之「閏餘」，屬補遺備參之資，並非撰史的重心，故胡應麟對《詩藪》的相關整理亦不算謹嚴。

胡應麟自稱：「余夙嗜藝文，至於拮据唐業，頗極苦

---

[16] 胡應麟：《少室山房筆叢》（上海：上海書店出版社，2001 年），頁 46。

[17] 《少室山房類稿》卷一〇一，《叢書集成續編》，第 146 冊，頁 584-585。

心。」[18]可見唐詩是其苦心經營之事,由是外編分為「唐上」「唐下」兩冊。但細究之,「唐上」的編寫又有別於「唐下」以及其他卷目,實際上充滿著表志之意味。「唐上」第二則述說計有功《唐詩紀事》的優缺點,並表達心中的期望:

> 余嘗欲遍搜唐三百年史傳、文集、小說、冗談,以及碑誌、箴銘,雜出宋、元之後者,本計氏書,稍益其未詳而盡補其所闕,足成百卷,庶無遺恨,而力未遑,姑識其端於此。[19]

胡應麟希望能遍搜唐代詩人相關資料以補《唐詩紀事》之遺,但力未能及,只好先撰識語。此識語置於《詩藪》「唐上」的開首部分,亦可謂本卷之定義。接下一則胡氏又提到「凡著述貴博而尤貴精」。然則廣搜資料之餘,還須有精要的把握。博而能精,首先要避免俗濫訛漏,然後思考如何條貫整理材料。

於是,胡應麟率先想到的是與唐詩傳承關係密切的書籍問題,這也源自他一直以來對書志的重視。所以接下來數則的內容均為對唐詩文獻的臚列,如唐人自選詩集、唐人詩話、唐人詩句圖、其他類別或倡導和寄贈的詩歌編集等[20]。這數則後來在《詩藪》雜編二「載籍」一冊中重出[21]。顧名思義,「載籍」一卷就是詩歌典籍的整理,類似書志。所以胡應麟在該卷

18　《詩藪》雜編二,《明人詩話要籍彙編》,第 8 冊,頁 3376。
19　《詩藪》外編三,《明人詩話要籍彙編》,第 8 冊,頁 3264-3265。
20　《詩藪》外編三,《明人詩話要籍彙編》,第 8 冊,頁 3266-3269。
21　《詩藪》雜編二,《明人詩話要籍彙編》,第 8 冊,頁 3383-3386。

開首引用了《文獻通考‧經籍考》的文字，申明載錄歷代文集的重要性，並指出古今別集的流衍是「談藝之士」所「不可不知者」[22]。儘管如此，胡應麟在一卷篇幅之內，也只能簡單列舉自漢至唐五代詩歌文獻的書名和卷數，並在各朝詩文集的前後，概述其存佚衍變，以及比照歷來重要書志的記錄情況。比如他準備列舉唐詩書籍之前，便說道：「因據三史《藝文》，五家《經籍》，以及列傳野記之中，凡遇編名，輒加捃拾，芟除複雜，融會有無，具列兼收，以貽同好。」[23]所謂「三史《藝文》，五家《經籍》」，據胡氏後文所述，前者應為《舊唐書‧經籍志》《新唐書‧藝文志》和《宋史‧藝文志》，後者則是尤袤《遂初堂書目》、晁公武《郡齋讀書志》、陳振孫《直齋書錄解題》、鄭樵《通志‧藝文略》和馬端臨《文獻通考‧經籍考》。凡此皆可見《詩藪》如何運用史學中的書誌著錄，來組織和整理詩歌載籍的相關知識。

回到「唐上」卷，胡應麟除了稍稍整理唐人詩歌典籍之外，還為唐代詩人分門別類，透出一點表譜的意味。歸類辨析、旁徵博引，是胡氏處理文獻史料的慣常做法，也可算是其「博也而精」的其中一種表現方式[24]。在「唐上」卷內，胡應

---

[22] 胡應麟《詩藪》雜編二：「『今錄漢迄唐，附以五代、本朝作者，其數亦甚眾。其間格言偉論，可扶持世教者，為益固多。至於虛辭濫說，如上所陳，知其終當泯泯無聞，猶可以自警，則其無用亦有用也，是以不加銓擇焉。』右見《文獻通考》。」（《明人詩話要籍彙編》，第 8 冊，頁 3372）。

[23] 《詩藪》雜編二，《明人詩話要籍彙編》第 8 冊，頁 3377。

[24] 此如《史書佔畢》雜篇中便列舉歷來諸種類同者，並加以分辨，如「字號之同者」「婦人事酷類者」「古今事酷類者」「著書名姓相

麟將唐代詩人重新整理與分類,以簡化綜合的方式,讓讀者有較全面的掌握。如排列家族內同以文學稱譽者,包括「父子」(第十四則)、「兄弟」(第十五至十八則)、「祖孫」(第十九則)、「父子兄弟三人」(第二十則)、「父子祖孫三世」(第二十一則)、「夫婦」(第二十二則)、「五人兄弟齊名」(第二十三則)等類型,展示了較為粗略的文學家譜。他也立各類名目,依序為:詩人身分(第二十六至二十七則)、帝王文學(第二十八至三十二則)、家勢顯赫者(第三十三則)、詩人之窮達(第三十四至四十三則)、詩人舉業(第四十四至四十七則)、越地詩人(第四十八至四十九則)等。凡此,可謂製成了比較疏簡的「唐詩人表」[25]。當然,這些分類排次並無精細的架構和嚴謹的組織,如其所屢言,「漫疏其略於後……姑識此為博雅前驅云」,「試舉其略,供好事者一噱」,「輒據唐人雜說,類次數條,以見其概云」,「今稍識數條,以自警省,非曰指摘前人也」等[26]。雖然胡應麟敘寫得比較隨意,但也不應抹殺其整理詩學知識的各種嘗試與考慮。換句話說,「唐上」卷既可視為《唐詩紀事》的補充,也是與「唐下」卷比照唐代名家的參考依據。

《詩藪》論詩集復古派之大成,實際其編寫中的分期意識和表志性質也或多或少影響到後來的詩話撰作。譬如許學夷《詩源辯體》、胡維霖(活躍於 17 世紀)《墨池浪語》和毛

類者」「姓名之同者」等(參見《少室山房筆叢》,頁 177-189)。
[25] 《詩藪》外編三,《明人詩話要籍彙編》,第 8 冊,頁 3269-3288。
[26] 《詩藪》外編三,《明人詩話要籍彙編》,第 8 冊,頁 3269、3274、3278、3287。

先舒（1620-1688）《詩辯坻》等書便主要以分期為綱，其中《詩源辯體》的編寫比《詩藪》更為成熟完備[27]。至於胡震亨《唐音癸籤》中闢有「談叢」和「集錄」兩部分，明顯是以《詩藪》「唐上」和「載籍」二卷為基礎並加以增訂的[28]。這些在很大程度上源自詩話體對於歷史編纂方法的吸收，是「詩學歷史化」的不同痕跡。

二、史觀：詩歌歷史的循環

歷史書寫不是純然大範圍或編年史的史料排列與堆疊，其中最重要的是能消化史料，融會貫通，從而「通古今之變」。同樣，胡應麟省察詩歌傳統，會通歷史，除了細緻辨析詩體格調與詩人才致外，還須掌握其發展的脈絡與轉折的關鍵之處。要表現這種歷史通變的面貌，杜維運認為不出「歷史敘事」和「歷史解釋」這兩種書寫內容[29]。前者近於純粹的史事敘述與史料鋪陳，後者則嘗試解釋歷史變易的種種原因，甚至挪用或發展出一套關於歷史演變的哲學理論或觀念框架。他認為，敘

---

[27] 這三本書與《詩藪》的分期安排都有不同，可另文作深入的比對探考，此不贅言。

[28] 胡震亨《唐音癸籤・談叢》明言：「胡元瑞嘗考唐人父子兄弟文學並稱，及諸家安平遘遇窮達之不同，載《詩藪》外編。讀者觀其人而論其世，家之盛者，固可慕；遇之窮者，猶可引而自慰也。爰稍增訂，錄左方。」（胡震亨：《唐音癸籤》卷二八，《明人詩話要籍彙編》，第 10 冊，頁 4603）

[29] 杜維運：《史學方法論》（臺北：三民書局，1983 年），頁 211-213。

事與詮釋或許各有所偏,但兩者相兼才是更應追求的著史理想。過去不少論者均認為,胡應麟利用「氣運」來解釋詩歌的進程與周折[30]。事實上,氣運之說(《詩藪》中有時稱作「世運」或「運數」)既可用以觀察詩歌史現象,從而總結詩歌發展的軌跡,同時又可以此來解釋詩歌史中的種種問題,充滿「詮釋循環」的意味。而胡應麟透過「詮釋循環」所展現出來的詩歌史軌跡,又是傳統史學觀念中的「盛衰循環」。若將「詮釋循環」和「盛衰循環」放在杜維運的歷史書寫歸納裡,前者應屬「歷史解釋」,是論證方法;後者則近於「歷史敘事」,是述史框架。但其實這兩個層面的「循環」觀念或模式是緊密結合,一而二、二而一的。

(一)文章與氣運的詮釋循環

胡應麟《詩藪》對於詩體格調或歷代詩人才致等都有精微的思辨,而且能綜合前賢眾說再提出見解,故能號稱復古派詩論之「集大成」。但當他將視野擴展到更寬廣的、屬於文學外部的因素時,便大多歸因於「氣運使然」「文章關氣運」等說,並形成互證的關係。

胡應麟觀察文學與氣運變化的因素,政事習尚與君主才質

---

[30] 王明輝則認為胡氏利用「氣運」觀念,從「文體」和「文風」兩個層面辨析「文隨世變」的現象(王明輝:《胡應麟詩學研究》,北京:學苑出版社,2006 年,頁 227-237)。李思涯則認為「氣運」與「時」同為「詩歌發展的外部因素」,並結合而論(李思涯:《胡應麟文學思想研究》,北京:中國社會科學出版社,2012 年,頁 109-119)。

皆非常關鍵。此二者實際在氣運變遷的籠罩之下，甚具神秘色彩。就政事習尚而言，胡應麟在《詩藪》開首部分做出概括：

> 優柔敦厚，周也；樸茂雄深，漢也；風華秀發，唐也。三代政事俗習，亦略如之。魏繼漢後，故漢風猶存；六代居唐前，故唐風先兆。文章關世運，詎謂不然。[31]

周、漢、唐三代不論在詩歌發展或國家運祚方面均十分隆盛，胡應麟注意到其詩風與政風可以相互比擬，可算是將《禮記‧樂記》「治世之音安以樂，其政和；亂世之音怨以怒，其政乖；亡國之音哀以思，其民困」之語放到具體朝代的一種考察[32]。這實際上根源於自先秦以來「聲音之道與政通」的觀念。後來《文心雕龍‧時序》所言「文變染乎世情，興廢繫乎時序」[33]，更是對這觀念的進一步發揮。這種觀念在明朝仍十分流行，亦近於李東陽的「文章固關氣運，亦繫於習尚」等語[34]。胡應麟在〈弇州先生四部稿序〉中便直接說：「文章之在宇宙，其猶元氣乎！經兩儀，緯萬象，隆則世與隆，而污則世與污，若是乎厥繫重也。」[35]然而，文章和時代世道俱在元氣

---

[31] 《詩藪》內編一，《明人詩話要籍彙編》，第 7 冊，頁 3088。
[32] 孔穎達疏，阮元校勘：《十三經注疏‧禮記‧樂記》（臺北：藝文印書館，1965 年），頁 663。
[33] 劉勰著，范文瀾注：《文心雕龍注》（北京：人民文學出版社，1998 年），卷九，下冊，頁 675。
[34] 李東陽：《麓堂詩話》，《明人詩話要籍彙編》，第 1 冊，頁 91。
[35] 胡應麟：《少室山房類稿》卷八一〈弇州先生四部稿序〉，《叢書集成續編》，第 146 冊，頁 503。

（亦即氣運）之下緊密相隨。胡應麟甚至舉出一些具體個案加以分析，譬如：

> 初唐七言律縟靡，多謂應制使然，非也，時為之耳。此後若〈早朝〉及王、岑、杜諸作，往往言宮掖事，而氣象神韻，迥自不同。
>
> 舉六代、江左之音，率〈子夜〉〈前溪〉之類，了無一語丈夫風骨，惡能衡抗北人！陵夷至陳，卒並隋世。隋文稍知尚質，而取不以道，故煬復為〈春江〉〈玉樹〉等曲。蓋至是南風漸漬於北，而六代淫靡之音極矣。於是唐文挺出，一掃而汛空之，而三百年之詩，遂駸駸上埒漢、魏。文章關係氣運，昭灼如此。今人率以一歌之微，忽而不省，余故詳著其說，俟審昔者評焉。[36]

他指出，初唐七律風格「縟靡」，並非應制體的興起所造成的，而是時運所趨，所以盛唐時〈早朝〉詩及王維、岑參、杜甫等人的應制詩便「氣象神韻，迥自不同」。至於六朝時南北地域迥異的民風，也反映在詩歌風格中。到後來南風北漸，終又為唐代所掃除，上追漢、魏，諸種變易都說明了不論詩歌題材抑或南北詩風之變化，乃至整體文運等，皆屬時勢之所趨，氣運之所鍾。

至於君主氣質方面，胡應麟特別注意到開國君主對一代文

---

[36] 《詩藪》內編五、雜編三，《明人詩話要籍彙編》，第7冊、第8冊，頁3174、3393。

運或詩風的影響力：

> 詩文固繫世運，然大概自其創業之君。漢祖〈大風〉雄麗閎遠，〈黃鵠〉惻愴悲哀，魏武沉深古樸，骨力難侔；唐文綺繪精工，風神獨暢。故漢、魏、唐詩，冠絕古今。宋、元二祖，詞組無聞，宜其不競乃爾。

> 唐初惟文皇〈帝京篇〉，藻贍精華，最為傑作。視梁、陳神韻少減，而富麗過之。無論大略，即雄才自當驅走一世。然使三百年中，律有餘，古不足，已兆端矣。[37]

此不單從世運推及君主之能，還點出開國君主的詩歌風格可影響一朝文風的整體趨向，決定一代文運的成就高下，甚至可以將其視為詩體衍變之「兆端」。胡應麟亦指出人主對朝代文教的偏向和發展，如云：「高之輕士也，武之雜霸也，西漢之事功釀於此乎？光之禮賢也，明之養老也，東京之節義釀於此乎？唐文藝，故唐一代鳴詩歌；宋藝仁，故宋一代言理學。」（《少室山房筆叢·史書佔畢》，頁 138）過往不少文論都曾提及君主之雅好對整體文化風尚的影響，如《文心雕龍·時序》以三曹父子之好文來說明漢末魏初「俊才雲蒸」的原因。但像胡應麟所論，不但稍嫌誇大了君主的影響力，更將世道、君主、文運之間刻劃成一種兩兩對應的關係，而三者同時又為氣運大道所驅動。

---

[37] 《詩藪》內編二，《明人詩話要籍彙編》，第7冊，頁3111、3126。

整體而言,政風影響文運,詩風又反映世情,兩者實可互相觀照。若再上推至文章與氣運的關係,則儼如彼此附會成說的循環論證,胡應麟正是從這種宏觀的角度和視野來解釋詩歌史中的問題。

(二)詩歌發展的盛衰循環

除對詩體基準和衍變的辨析梳理外,胡應麟還從宏觀角度考察詩歌歷時性的變化,總結出循環往復的規律,其《詩藪》外編第一則便云:

> 中古享國之悠遠,莫過於夏、商、周;近古享國之悠遠,莫過於漢、唐、宋。中古之文,始開於夏,至商積久而盛徵,至於周而極其盛;近古之文,大盛於漢,至唐盛極而衰兆,至於宋而極其衰。秦,周之餘也,泰極而否,故有焚書之禍;元,宋之閏也,剝極而坤,遂為陽復之機。此古今文運盛衰之大較也。[38]

這段文字勾勒了歷代詩風的盛衰變化,將此內容置於體察時變的「外編」亦具綱領意義。更突出的是,這段描述應該是參考了《周易》「十二消息卦」的盛衰循環觀念,其中「泰」「否」「剝」「坤」「復」正是卦中的重要環節[39]。《周易》

---

[38] 「十二消息卦」,又稱「十二闢卦」,理論基礎由西漢孟喜的卦氣說而來。十二卦由一陽「復」至六陰「坤」,依序為:復、臨、泰、大壯、夬、乾、姤、遯、否、觀、剝、坤。

[39] 《詩藪》外編一,《明人詩話要籍彙編》,第 7 冊,頁 3221。

的「通變」思維對中國古代的歷史哲學影響深遠[40]。簡單來說，歷史哲學是從宏觀角度思考和掌握歷史的發生原因和發展規律，屬於史學和哲學相交疊的學科。古代史學家或思想家大多嫻熟於《易》，並以此為基礎體察或模塑歷史的演化。蔡懷祺《易學與史學》便舉朱熹為例道：「朱熹接受卦氣說用來論史，十二消息卦中〈剝〉盡為〈坤〉，〈復〉則一陽生。這種陰陽變化消長，對他是一種啟發，認為這裡面有盛衰治亂的道理。」[41]「十二消息卦」是陰陽消長循環的演化過程，如「泰」為三陽，「否」為三陰，「剝」為上餘一陽，「復」則下生一陽，由「泰」至「否」，自「剝」而「復」，都是陰陽盛衰的轉化過程。故將全陰之「坤」置於「剝」與「復」之間，便展現了由陰衰轉為陽盛的過程。胡應麟雖然不是以史學和哲學名家，沒有特別推衍關於歷史哲學的學說，但很有可能吸收了《周易》「十二辟卦」的這套陰陽消長的循環觀念，並用來比擬詩歌發展之規律。事實上這也是當時的普遍觀念，如王世貞曾說：「吾故曰：『衰中有盛，盛中有衰，各含機藏隙。盛者得衰而變之，功在創始；衰者自盛而沿之，弊繇趨下。』又曰：『勝國之敗材，乃興邦之隆幹；熙朝之佚事，即

---

[40] 蔡懷祺：《易學與史學》（合肥：黃山書社，1992 年），頁 1-30；章偉文：《易學歷史哲學研究》（北京：中國社會科學出版社，2012 年），頁 1-26。

[41] 《易學與史學》，頁 172-173。朱熹《太極天地上》又曾說：「氣運從來一盛了又一衰，一衰了又一盛。只管恁地循環去，無有衰而不盛者。」黎靖德編：《朱子語類》卷一（北京：中華書局，1994 年），頁 5。

衰世之危端。此雖人力,自是天地間陰陽剝復之妙。』」此論調與胡應麟相似,胡應麟有可能受其影響[42]。

那麼,依照胡應麟的觀察與推演,詩之道經歷自夏、商而至宋、元的各種盛衰循環之後,比及明代便應處於陽盛遞升的階段。若結合下面兩則,便可得其大概:

> 裂周而王者,七國也;閏漢而統者,六朝也;竊唐而君者,五代也。七國所以兆漢,六朝所以開唐,五代所以基宋。然七國、六朝,變亂斯極,而文人學士,挺育實繁。屈、宋、唐、景,鵲起於先。故一變為漢,而古詩千秋獨擅;曹、劉、陸、謝,蟬連於後,故一變為唐,而近體百世攸宗。五季亂不加於戰國,變不數於南朝,而上靡好文,下曠學古,故自宋至元,歷年三百,莫能自拔,非天開明德,宇宙其無詩哉?
>
> 自《三百篇》以迄於今,詩歌之道,無慮三變。一盛於漢,再盛於唐,又再盛於明。典午創變,至於梁陳極矣,唐人出而聲律大宏,大曆積衰,至於元、宋極矣,明風啟而製作大備。[43]

大體而言,「三百篇」出現的周朝是詩歌史上第一個盛世,戰國時期開始轉衰,至秦極弱;及至漢代轉盛,而魏晉六朝又為

---

42 王世貞:《藝苑卮言》卷四,《明人詩話要籍彙編》,第 6 冊,頁 2471。

43 《詩藪》內編一、續編一,《明人詩話要籍彙編》,第 7 冊,頁 3088;第 8 冊,頁 3462。

卑弱；再到唐代臨極盛之期，可惜中唐以後漸衰，宋、元更無以復振；直到胡應麟身處的明世，才漸臻盛境。此種論調雖然神秘，但正好為明詩之「復盛」下了註腳。

其實，在胡應麟「盛衰循環」的歷史觀中，還包括了「正閏」的觀念。司馬光《資治通鑑》卷六九便提及：「漢興，學者始推五德生、勝，以秦為閏位，在木火之間，霸而不王，於是正閏之論興矣。」[44]所謂「正閏之論」，便是皇朝孰為正統或非正統（偽僭）的爭議。事實上，「正統」之論自《春秋》已開始出現，司馬光則以「正閏」提出國號承續的問題，尤其是三國時期魏、蜀二國誰為正統的問題。「正閏」之論在兩宋引起極大的迴響和討論，朱熹的《資治通鑑綱目》便是針對司馬光之「正閏」判斷而提出批駁和修正。此外，「正閏」中的「閏」字與「正」相對，亦有偏、副的意思，故常被用來對事物的價值高下做出評鑑，如錢謙益（1582-1664）《列朝詩集》便有附於正集之末的「閏集」，收錄僧道、香奩之詩等。

胡應麟雖然沒有專談「正閏」之於詩學的問題，但曾用「閏」「閏餘」等字眼來評估、概括某代詩風。最明顯的是《詩藪》雜編中的三卷「閏餘」，分別指「五代」「南渡」（即南宋）及「中州」（即金代）這三個時空。這三卷之篇首，均可見胡應麟對這三個世代的整體觀感，如云：「獨自梁迄周、五代，戎馬劻勷，文章否極。」「宋人詩最善入人，而最善誤人，故習詩之士，目中無得容易著宋人一字，此不易之

---

[44] 司馬光編著，胡三省音註：《資治通鑑》（北京：中華書局，1997年），卷六九，上冊，頁689。

論也。……度南而後,世所厭薄,此特詳焉。」「語詩於宋元,卑卑甚矣,即以亡詩,夫孰曰不然?完顏氏國宋、元間,夷而閏者也。」[45]可見胡應麟對這三個時代的詩風是充滿貶抑的,但他又為何要特闢數卷以申述之?為此他解釋道:「然博物君子,一物不知,以為己愧,矧二百年間聲名文物,其人才往往有瑰瑋絕特者錯列其中,今以習詩故,概捐高閣,則詩又學之大病也。」又言:「要以全舉宇宙之詩,則言兩漢不得捨六朝,言三唐不得捨五代,言宋元不得置遼金。」[46]胡氏以「博物君子」自許,主張博雅泛覽,而《詩藪》有「全舉宇宙之詩」的宏圖,故亦具論以備存。

前文曾提到「外編」六卷實可分為兩組:「周漢」「六朝」兩卷為一組,「唐上」「唐下」「宋」「元」四卷為一組,兩組各見證古體和律體的盛衰,實際上也代表了詩道與世運之正閏。就世運而言,六朝乃「閏漢而統者」,而宋元則值「盛極而衰,理勢必至」,故均為詩之「閏」世。就詩道而言,胡應麟曾指出:「聲詩之道,始於周、盛於漢、極於唐。」[47]周、漢、唐皆為詩道盛世,故謂之「正」。就詩體而言,胡氏在內編開首即明言「詩之體以代變」、「詩之格以代降」。若以盛衰正閏的運作論之,詩歌體格日卑雖是必然,但與世運和詩道的單線軌跡不同,當體格自正轉閏、盛極而衰

---

[45] 《詩藪》雜編四、雜編五、雜編六,《明人詩話要籍彙編》第 8 冊,頁 3407、3425、3445。

[46] 《詩藪》雜編五、雜編六,《明人詩話要籍彙編》,第 8 冊,頁 3425、3445。

[47] 《詩藪》外編五,《明人詩話要籍彙編》,第 8 冊,頁 3312。

時，便不得不別為創變，因此四言屢變至絕句，漢、唐之音則繼三代而出，諸體不斷疊加並行，「至於唐而格備，至於絕而體窮，故宋人不得不變而之詞，元人不得不變而之曲」，胡氏將此歸納為「致工於作」。而在這體格日卑而迭變的過程中，古體以周漢為典範，律體以李唐為目標，可堪「正」體；然古之正體消亡於六朝，律之格調錯亂於宋元，皆偏離典則，因之曰「閏」。明代繼宋元之閏而趨於正，但詩歌體格既然已變化窮絕，於是明人之要務便當以復古為重，胡氏概之為「致工於述」[48]。

由上可見，「正閏」之循環交替，既言文學，亦及世風；既可反映詩道之盛衰，又能呈現詩體之正變。這種盛衰轉化的詩史過程可視為「循環的圓周」，而在圓周上的每一個盛世和衰世，其實各有不同的「歷史地位」和「歷史任務」[49]。比方說，就前面的引文而言，代表盛世的周漢古詩、唐人近體，各為詩體之基準，明風之所起，亦是因為製作之大備；至於七國、六朝、五代這三個亂世，則為此後的朝代帶來了不同的影響。我們在「盛衰循環」的歷史觀之中，可看到其貫穿著各種複雜交織的脈絡與遞變，這正是胡應麟在書寫詩歌發展史時所具有的圓融風格。統此氣運之緒，體察「詮釋循環」與「盛衰循環」的觀念與框架，才可理解《詩藪》如何以歷史眼光觀照詩歌傳統，從而建構和編寫詩歌之歷史。

---

[48] 《詩藪》內編一，《明人詩話要籍彙編》，第 7 冊，頁 3087-3089。
[49] 陳國球：《胡應麟詩論研究》（香港：華風書局，1986 年），頁 28-29。

三、史學：「文學」科之會通

不少學者已注意到，明代學術並非只有程朱理學和陽明心學的互軋，亦非「束書不觀，遊談無根」所能概括，實則自明中葉開始形成了一股尚古務博、講究考證的風氣，主要人物有楊慎（1488-1559）、黃省曾（1496-1546）、王世貞、胡應麟等[50]。明代之復古思潮不是純然的文學現象，當中包括了面對宋代學術和詩文的抗衡意識，甚至滲透到物質生活的諸種層面。明代學術知識的不同思考和生成方式，與文學論述的發展關係非淺。若從學術史的角度來看，可以發現這些身兼學問家和詩論家的文士的學術興趣各異，然而其文學論著既深具學術意味，也有不同的問題意識和編撰考慮[51]。

學界普遍認為，胡應麟的學術觀念深受楊慎和王世貞的影

---

[50] 林慶彰：《明代考據學研究》（上海：華東師範大學出版社，2015年）；呂斌：〈明代博學思潮發生論〉，《中國文化研究》2008年夏之卷；胡琦：《文學、知識與秩序：清前中期古文的文化史研究》（香港中文大學博士學位論文，2015年）。

[51] 簡錦松點出吳中文人的博學素養與文學關係（參見簡錦松：《明代文學批評研究》，臺北：臺灣學生書局，1989年，頁142-156）；朱易安概括楊慎詩學為「考證詩學」（參見朱易安：《中國詩學史：明代卷》，廈門：鷺江出版社，2002年，頁112-120）；呂斌指出楊慎的文論深受當時博學思潮的影響（參見呂斌：〈明代博學思潮與文論——以楊慎為例的考察〉，《文學評論》2010年第1期）；李思涯也從博學觀念探討胡應麟的文學思想（參見李思涯：《胡應麟文學思想研究》，頁30-57）；鄭利華則爬抉楊慎詩學論述透露的詩史意識，及詩歌知識化的問題（參見鄭利華：〈楊慎詩學中的詩史意識與知識觀念〉，《復旦學報》2019年第3期）。

響,但其實他所推尊的是孔子,譽之為「萬代博識之宗」。若以「尊德性」與「道問學」劃分學術偏向,胡氏明顯專注於後者,所以他尊奉孔子,不在於道德義理的言說與思辨,而在於其究心於六經四部等文獻典籍的會通和整理。他曾在《華陽博議》中說:「學問之途千歧萬軌,約其大旨四部盡之,曰經、曰史、曰子、曰集四者。」而能夠「一以貫之」者,「古今仲尼而已」(《少室山房筆叢》,頁 381-383)。對胡應麟來說,關於四部之學術就是歷代百家之文獻典籍的整理,亦即是孔門四科中之「文學」。他曾提到「周公、仲尼開『文學』之端」,並說:「謂二聖之道盡於文與學乎,固不可。謂文與學而無與於二聖人之道乎,則尤不可。」[52] 此中標舉之「文」即文章,「學」即學問,在聖門之中都是不可忽略的重要部分。《詩藪》內編一也曾間接提到「文」與「文學」:

> 世謂三代無文人,六經無文法。吾以為文人無出三代,文法無大六經。〈彖〉〈象〉〈大傳〉,一何幽也;〈謨〉〈頌〉〈典〉〈謨〉,一何雅也。《春秋》高古簡嚴,《禮》《樂》宏肆浩博。謂聖人無意於文乎?胡不示人以璞也?夫周之所尚,孔之所修,四教所先,四科所列,何物哉?[53]

這裡上溯周、孔,祭出「四教」(文、行、忠、信)和「四

---

[52] 《少室山房類稿》卷一〇〇〈策〉,《叢書集成續編》,第 146 冊,頁 581。

[53] 《詩藪》內編一,《明人詩話要籍彙編》,第 7 冊,頁 3089。

科」（德行、言語、政事、文學），用以證明聖人對「文」和「文學」的重視。因此，我們有必要辨析「文」與「文學」的關係和層級。

相較於楊慎之考辨故實、訓訂字音與王世貞的致功史學、留心說部，胡應麟則更進一步，不但將孔子理解成「博識之宗」，更認真地從文獻典籍出發，重整四部、更定九流，著意於梳理和建立「文學」知識的源流和體系，這是從最寬泛的古代學術的意義和層面來理解「文學」[54]。至於上段引文因要回顧「文」（文章）之始源，故所謂「文人」「文法」者，實兼及詩文，也就是從比較狹窄的現代文藝書寫的角度所理解之「文學」。我們以此回看《詩藪》，其作為關於詩歌的知識整理和歷史書寫，就現代意義而言，即文學研究或文學史書寫；就古代學術來說，即屬於四部之中集部方面「詩學」的理論總結與體系建構。

胡應麟的學術意識以文獻典籍的探究和梳理為基礎，因此其學術筆記著作《少室山房筆叢》，即置深具書籍史意味的《經籍會通》於端首，以為綱領，在此之後的其他諸作正是各種文獻典籍相關問題的延伸與深化[55]。至於胡氏在《經籍會通

---

[54] 參見許建業：〈「文學」與「『文』學」——晚明胡應麟對金華詩文學術傳統的重省〉，《漢學研究》2021 年第 2 期。

[55] 胡應麟治學務為淹博，故其所謂「經籍」籠括了經史子集四部及九流百氏諸說。《經籍會通引》：「夫其淵源六籍，藪澤九流，紬繹百家，溯洄千古，固文明之盛集，鴻碩之大觀也。」（《少室山房筆叢》，頁 1）《經籍會通》卷二開篇又言明：「經、史、子、集區分為四，九流、百氏咸類附焉，一定之體也。」（《少室山房筆叢》，頁 16）

引》中特標「會通」一語,則可理解為其治學精神與方法:
「輒不自揆,掇拾補苴,間以管窺,加之梲藻,稍銓梗概,命
曰『會通』。匪直寄大方之顰笑,抑以為博雅之前驅云。」
(《經籍會通引》,《少室山房筆叢》,頁 1)「會通」觀念
首見於《易‧繫辭》「聖人有以見天下之動,而觀其會通,以
行其典禮」一語,意即觀察世間事物的會合變通[56]。杜維運曾
為「會通」簡單定義道:「『會』是網羅天下所有的資料於一
書,『通』是貫穿古今,極天下之變,而成一家之言。」[57]胡
應麟提到的「補苴」「管窺」「梲藻」「梗概」,用詞雖甚謙
遜,但若充而廣之,實即搜材、發議、撰著紀述等著史方法。
這亦可與胡應麟對於史著編纂及治學之道的討論相對照,比方
說:「甚矣!史之不易也。寸管之搜羅,宇宙備焉,非以萬人
之識為一人之識不可也;只詞之褒貶,天壤流焉,非以萬人之
衷為一人之衷不可也。」「舉其全、挈其大、齊其本、揣其
末,可與言古人矣。」「才、學、識三長足盡史乎?未也。有
公心焉、直筆焉,五者兼之,仲尼是也。」(《少室山房筆
叢‧史書佔畢》,頁 127-130)這些對寫史、治史的素養與要
求,正是胡應麟研治學術之道。以「萬人之識」「萬人之衷」
之統緒,「全」「大」「本」「末」之備舉,敘源流、通古
今,極天下之變,發公心、秉直筆,成一家之言,處處都體現

---

[56] 孔穎達《周易正義》云:「觀看其物之會合變通。」(《十三經注疏‧周易‧繫辭》,頁150)

[57] 杜維運:《中國史學與世界史學》(北京:商務印書館,2010年),頁 154。亦可參見瞿林東:〈會通思想與歷史編纂——論中國古代史學的一個特點與優點〉,《史學月刊》2010 年第 11 期。

了以「會通」思想作為研治學問、梳理歷代經籍發展的史學精神和方法[58]。

《筆叢》諸作在十年間先後完成，《詩藪》四編也在此期間隨寫隨刻，兩者反映的學術態度和編撰方法大體一致。而後者更見胡應麟之苦心孤詣，其自謂「生平精力畢殫此矣」[59]，直將詩學視為一門需要認真研治的學問。相比之前眾多詩學論著，《詩藪》堪稱內容富贍，條貫分明，體例完備，胡氏也在本書開首簡括編撰理念與自信：「兼裒總挈，集厥大成；詣絕窮微，超乎彼岸。軌筏具存，在人而已。」[60]他認為學詩者應掌握詩歌歷代眾體的特質，才能真正體悟詩道，舍筏登岸，而所循之詩道軌筏是客觀存在的，只待學詩者之體悟，或譚藝家之論列，這其實就是指他自己。

事實上，上引數句亦可理解為「會通」精神之反映。「兼裒總挈，集厥大成」之語，即「會」也。胡應麟自言「余束髮治詩，上距成周，下迄蒙古，備矣」，「要以全舉宇宙之詩」。他分別從體格、時代這兩個角度敘寫詩道之流，即便是評價極低的五代、南宋、金人之詩，也不肯遺漏，要使「異時博雅君子，上下千秋，於斯無憾」[61]。後學胡震亨便稱賞道：

---

58 胡氏友人陳文燭為《筆叢》撰序，稱許其為「今之良史」（《少室山房筆叢》，頁1）。
59 《少室山房類稿》卷一二〈雜啟長公小牘九通〉（其二），《叢書集成續編》，第146冊，頁625。
60 《詩藪》內編一，《明人詩話要籍彙編》，第7冊，頁3087。
61 《詩藪》雜編六、雜編四，《明人詩話要籍彙編》，第8冊，頁3445、3407。

「胡《詩藪》自《騷》《雅》、漢、魏、六朝、三唐、宋、元以迄今代，其體無不程，其人無不騭，亦無弗衷……吾嘗謂近代談詩，集大成者，無如胡元瑞。」[62]所謂「集大成」，即指《詩藪》能兼總詩體、詳論詩人。

至於「詣絕窮微，超乎彼岸」之言，即「通」也。這裡可從兩個層面來理解。首先是貫通古今，全面而有系統地掌握詩歌發展史。唯其如此，才能向上一路，對詩歌流變與詩藝境界有通達透徹的體悟與見解，出入眾說，發前人所未發，以成一家之言。他曾與友人自詡道：

> 所為《詩藪》一書，悉是肝腹剖露，隻字毋敢襲前人。前人藻鑑有當於衷，必標著本書，使之自見。其有不合，即名世巨公，不復雷同。汪司馬作序，謂僕于鱗、元美抗論醇疵，時有出入，無偏聽、無成心，數言真知僕者。[63]

由此可見，他是以一份嚴謹、誠敬的學術態度撰寫《詩藪》的，會通詩歌歷史，於持論、下筆之處亦會作充分的準備和考慮，力求不偏不倚。王世貞甚至以司馬遷《史記》比擬《詩藪》，云：「至勒成一家之言，若所謂《詩藪》者，則不啻遷史之上下千載，而周密無漏勝之。」[64]司馬遷在〈太史公自序〉

---

[62] 《唐音癸籤》卷三二，《明人詩話要籍彙編》，第 10 冊，頁 4645。
[63] 《少室山房類稿》卷一六〈報王承父山人〉，《叢書集成續編》，第 146 冊，頁 639。
[64] 王世貞：〈石羊生傳〉，《少室山房類稿》，《叢書集成續編》，第 146 冊，頁 154。

中立志要「究天人之際，通古今之變，成一家之言」，而《史記》正是其會通思想的展現，於史學貢獻巨大，影響深遠。王世貞指《詩藪》之縱論歷代堪比《史記》，而其「周密無漏」更勝一籌，這是對竭力會通詩歌歷史的《詩藪》的極大肯定。

綜上所述，從文獻典籍之「文學」至其中集部之「詩學」，皆可見胡應麟的研治精神和方法貫穿著史學的「會通」思想。《詩藪》之撰作，正是胡氏致力重整的「文學」知識譜系的重要組成部分。

結　語

注重詩歌傳統的省察，培養文學史的意識，是明代復古派詩論家的重要特色。不過不可忽略的是，關於詩論家是如何將他們心中詩歌的發展圖像具體呈現在著述之中的，許學夷曾明言：「今人讀史傳必明於治亂，讀古詩則昧於興衰者，實以未嘗講究故也。故予編《三百篇》、楚《騷》、漢魏、六朝、唐人詩，類溫公《通鑑》；論《三百篇》、楚《騷》、漢魏、六朝、唐人詩，類溫公《歷年圖論》。學者苟能熟讀而深究之，則詩道之興衰見矣。」[65]許學夷認為讀歷代詩歌而不知興衰變

---

[65] 許學夷：《詩源辯體》卷三四，《明人詩話要籍彙編》，第9冊，頁3918。〈歷年圖論〉即《歷年圖》的序文，故又稱〈歷年圖序〉。《歷年圖》乃司馬光在編撰《資治通鑑》之前呈獻君主的書稿，編年起自周威烈王至後周太祖，後附序論。參見司馬光著，王亦令點校：〈歷年圖序〉，《稽古錄點校本》（北京：中國友誼出版公司，1987年），頁649-656。

遷,是因為沒有以「講究」的態度來看待詩學。所謂講究,即將詩道作為一門學問,而其論述編寫方法就如史著一樣,這正是「詩學歷史化」的明證。事實上,自從嚴羽《滄浪詩話》提出「詩道」概念及辨識詩歌傳統開始,詩學發展已踏上梳理詩歌歷史的道路。張健便指出,「詩道」可分為「普遍的」和「歷史的」兩種。大體來說,前者是共時的、普遍意義的詩學標準,後者是歷時的、不同年代的詩人作品所體現的時代特徵。兩者是可以結合的,故所謂「歷史的詩道」,即「普遍的詩道在歷史當中的呈現」[66]。明代復古派不斷對詩歌發展的縱深加以觀察,亦為胡應麟、許學夷等後學積累了大量理論資源。當胡應麟、許學夷等詩論家將貫通詩道作為畢生之學術志業時,強調歷史建構、講求編纂體例的史學便成為了重要的借鑒之資。胡應麟《詩藪》在體例上雖然不及《詩源辯體》圓熟周密,卻是一部較早運用歷史眼光審視詩歌傳統,並且吸收史學觀念和歷史編纂方式的詩歌通史,因此許學夷提出了「繼元瑞而起者,合古今而一貫之,當必有在也」的自我期許[67]。《詩藪》的體系化和學術化,以及其文學史的編纂方式,均在詩話體撰作以至詩學發展上具有標誌意義。

誠然,「詩學歷史化」僅為探討明代詩話學術化、體系化的其中一個切入角度,要檢視明代詩話的整體特色,尤其是其學術特質,還需要有更為宏大的視野和論述框架,本文則屬進入此討論場域的嘗試之作。這也讓我們重新思考,若在復古與

---

[66] 嚴羽著,張健校箋:《滄浪詩話校箋》(上海:上海古籍出版社,2012年),「前言」,頁12-13。

[67] 《詩源辯體》卷三五,《明人詩話要籍彙編》第9冊,頁3934。

性靈的升沉、格調到性情的轉化等這些固有的明代詩學研究框架之外,細緻檢視和辨析詩論與學術發展的關係,或許能梳理出更具詮釋力和概括力的詩學脈絡。

此外我們還可以換個角度,思考晚明之「詩學歷史化」對於文學史書寫相關研究的意義。現代人文學科的建構幾乎離不開統合理論、回顧傳統、梳理源流及建立體系等基本要素。我們唯有掌握相關歷史,才能總結經驗,為發展奠定基石,知所進退。因此,人文學科特別重視文學史、哲學史、繪畫史、音樂史等的書寫和整理,也很大程度涉及對歷史觀念或史學方法的吸收和選取。若將《詩藪》與現代的文學史書寫觀念加以比照的話,其以漢、唐為基準的美學原則,以氣運為詩學發展的重要因素及札記體的條列編寫方式等特點,很可能引來失諸偏頗或不成體統之類的詬病。但當我們在辨析現代意義的文學史如何借鑒西方或日本的文學史著述時[68],其實也可觀照晚明時期的文學研究者如胡應麟和許學夷等,怎樣取資於傳統史學,以建構文學發展的框架,從而確立富有中國特色的文學史編撰方式。這對於中國文學史研究來說,應能添補不少可以深入考察的視點。

(作者為香港樹仁大學中國語言文學系助理教授)

---

[68] 戴燕:《文學史之權力》(北京:北京大學出版社,2002 年),頁 1-45;陳國球:《文學史書寫形態與文化政治》(北京:北京大學出版社,2004 年),頁 45-66;陳廣宏:《中國文學史之成立》(上海:上海古籍出版社,2016 年),頁 1-65。

景象與想像：
清代詩人結社與園林傳統的多重呈現

胡媚媚

　　清代詩社盛行，詩人結社集會的現象趨於日常化。除了唱和即文學創作，集會及地址也是詩社的重要方面。而園林，自有社事始，便常作集會之地。園林和文學的密切關係可追溯到西漢梁園，梁孝王劉武營造梁園並招攬天下文士，對漢代作家群體的形成和辭賦的發展產生重要的影響。魏晉時期也有諸多譽稱當時、名垂後世的集會，如山陰蘭亭之會、石崇金谷之宴、鄴下文人南皮之遊和西園之集，或宴飲或賦詩，往往也寄情於園林。宋代最著名的園林集會當屬元祐元年丙寅（1086）「西園雅集」，因於駙馬王詵的府第西園舉行而得名。此次雅集並非嚴格意義上的結社，但「西園」之於後世園林結社的意義重大，正如「蘭亭」之於山水集會。清代園林結社沿襲先輩傳統而呈現欣欣向榮的態勢。「或集名流於園林，或拈題而懸之通衢」[1]，與拈題徵詩一樣，園林集會已成詩人群體固定的

---

[1] 潘正衡：《常蔭軒詩社萃雅》劉彬華序，嘉慶十八年癸酉（1813）

結社方式。園林的興廢和地方的盛衰息息相關,北宋李格非曾說「園囿之廢興,洛陽盛衰之候也」[2],清代詩人劉毓崧又說:「園囿之興廢,揚州盛衰之候也。且揚州園囿之興廢,視虹橋喧寂為轉移,而虹橋喧寂之端倪,視修禊盛衰為趨嚮。」[3]園林為禊事提供自然空間,而禊事使園林成為文化中心,共同展現了城市的發展程度。近年,園林與文學的關係及其非物質形態受到學者的重視[4]。園林傳統以什麼方式激發和影響清代詩人結社,詩人結社如何推動園林多重形態的建構,社作又如何再現園林美學和復原結社場景,是本文關注的重點。

一、修園與結社:園林的實體空間及其情感投射

結社主體的數量、集會活動的層次和文學創作的即時即場要求,決定了空間對詩社的重要性。除了寓所及書齋,園林是古代詩人結社頻繁涉足的空間。清代,純文學社團隨文教而興,園林在其中也扮演了重要角色。清初以政治活動為主的遺民詩社,結社環境相對開放。如甬上「西湖七子社」有「語

古藤書屋刻本,頁 1a。

[2] 李格非:《洛陽名園記》,《叢書集成初編》(上海:商務印書館,1936 年),第 1508 冊,頁 18。

[3] 劉毓崧:《通義堂文集》卷七,《續修四庫全書》(上海:上海古籍出版社,2002 年),第 1546 冊,頁 428。

[4] 文韜:〈從「以文存園」到「紙上造園」——明清園林的特殊文學形態〉,《文學遺產》2019 年第 4 期,頁 118-128;王志剛:〈紙上園林:明清文人詩意棲居的空間想像〉,《蘇州大學學報》2020 年第 6 期,頁 143-153。

者,默者,流觀典冊者,狂飲作白眼者,痛哭呼天不置者」,「以扁舟共游湖上,或孺子泣,或放歌相和,或瞠目視,岸上人多怪之」[5]。隨著清朝統治的逐步鞏固,遺民群體的集會活動從軍事謀劃轉向詩文唱和、學術探討等。此後,文學社團湧起,結社場景漸趨封閉,康熙時期「蕉園詩社」訂盟即顯著的標誌之一。當然,閨秀結社的活動範圍本身囿於閨閣及園林,但遺民冒襄從桃葉渡集會到水繪園修禊卻足以說明這一點[6]。至於園林的新建與重修,相關的慶祝活動和紀念文字需要詩人群體共同完成,也刺激了詩社雛形的誕生。不同於其他建築,園林的落成同時提供結社契機和集會空間。清代大部分詩社都有具體的集會時間和活動內容,園林實體是舉行集會的基底和依託,是園林傳統以物質形態支撐詩社發展的必要條件。

清代江南社事繁榮,和園林數量眾多亦不無關係。江蘇太倉「南園」,便是典型的江南園林兼社集之地。與該園相關的兩個詩社是:道光十七年丁酉(1837)秋季,徐元潤、沈端、盛大士等人結「南園秋社」;光緒三十四年戊申(1908)夏季至宣統元年己酉(1909)秋季,「南園賡社」接續前社進行唱和,成員有徐敦穆、繆朝荃、劉炳照、吳清庠、沈焜、汪元文、潘履祥、聞福圻、聞錫奎和錢溯耆十人。南園原是明人王錫爵的別墅,常有名流觴詠於此。王寶仁〈南園秋社詩跋〉記載如下:

---

[5] 朱鑄禹:《全祖望集彙校集注》(上海:上海古籍出版社,2018年),中冊,頁974、858。

[6] 康熙四年乙巳(1665)上巳,冒襄招同王士禎、邵潛、陳維崧在水繪園修禊,同遊各有詩作。

> 近則漸就荒蕪，而文肅手植之鶴梅、華亭尚書之「話雨」遺墨、先司農麓臺公之畫壁，至今尚在。曾有客作牽蘿之計，未竟所事。余昔與友人過此，輒為心愧。秋士家居時，錢方伯伯瑜、陸大令子範寄貲佐葺，遂得招攜故侶，徜徉歌嘯其中。夫以先人釣游之地，子孫弗能自理，而徒藉諸君子留心舊蹟、從事修除，得不愧益加愧乎？此則余之所感視秋士而尤深者也。[7]

道光年間，南園幾近荒廢，但王錫爵手植的鶴梅、董其昌的題字和王原祁的畫壁卻保存下來。徐元潤（秋士其號）對南園加以修葺，並在此結社。跋文提到，由於錢、陸二人「寄貲佐葺」，徐元潤得以在園中「招攜故侶，徜徉歌嘯」。顯然，此次結社得益於結社空間的完善。相較於一般的文學創作，結社唱和對物質條件的要求更高。「秋社三老」選擇集會之地的緣由主要在於地理和文化，南園是故里勝跡。明人留下的景觀增加了南園的看點，而結社所得詩作也將園林傳統延續下去。清代詩人之間相互交遊，並和前人隔代對話，都有賴於這座園林所提供的天然屏障。南園的興廢，正與當地社事和文學的盛衰步調一致。

結社集會配合園林的修建而興起的例子，蘇州還有滄浪亭一處。滄浪亭在清代是一座官署園林，官員寓居期間賓僚唱和之地。北宋蘇舜欽修築滄浪亭，感於屈原〈漁父〉「滄浪之水

---

[7] 王寶仁：《舊香居文稿》，道光二十一年辛丑（1841）六安學舍刻本，頁 33b。

清兮,可以濯我纓;滄浪之水濁兮,可以濯我足」,取以名之。王士禛〈西堂全集序〉曾敘及滄浪亭的歷史:「吳郡名勝,有滄浪亭焉。《圖經》以為吳越時廣陵王之池館也。宋慶曆間,蘇校理子美得之,始構亭北碕,自為之記,以為崇阜廣水不類乎城中。歐陽子為賦詩曰:『清風明月本無價,可惜祇賣四萬錢。』於是滄浪亭之勝甲吳中矣。夫滄浪衣帶水,視三江五湖,不啻蹏涔,吳中號多名山水,卒亡有出其右者,豈非以人重歟?」[8]滄浪亭一帶環境清幽,在清代經由詩壇名家提唱,遂成極具標誌性的結社中心,社事不斷。根據《社事始末》記載,順治初年,杜登春與宋實穎、徐乾學、徐元文等人在滄浪亭結社,稱「滄浪會」(又作「滄浪合局」)[9]。此後,滄浪亭的幾次翻修,都有不同詩人群體的社集活動發生。

一是康熙三十四年乙亥(1695),宋犖任江蘇巡撫期間重修滄浪亭,在此舉行集會唱和,編有《滄浪小志》。志書包括上卷和下卷,上卷是前代詩文、傳志、筆記等,下卷則是宋犖和友人的詩文創作。編者本人撰有《重修滄浪亭記》,尤侗、陳廷敬、王士禛、朱彝尊、范承勳、邵長蘅、顧貞觀、朱載震、顧圖河、梅庚、洪昇等人都有唱和詩歌[10]。朱彝尊《曝書亭集》卷十七有〈九月八日,滄浪亭懷古二十四韻〉〈九日,

---

[8] 王士禛:《王士禛全集》(濟南:齊魯書社,2007 年),第 3 冊,頁 1778。

[9] 杜登春:《社事始末》,《叢書集成初編》(北京:中華書局,2011 年),第 764 冊,頁 13-14。

[10] 宋犖:《滄浪小志》卷下,《四庫全書存目叢書》(濟南:齊魯書社,1997 年),史部第 245 冊,頁 201-215。

宋中丞招集滄浪亭觀韓（滉）《五牛圖》，復成二十四韻〉兩首詩作[11]，《滄浪小志》錄其第一首。可見，康熙三十五年丙子（1696）九月九日，宋犖曾在滄浪亭招集諸友進行唱和，陳廷敬、王士禎和潘耒的詩文集中都有相關作品[12]。

二是道光七年丁亥（1827），梁章鉅和陶澍所倡修的滄浪亭落成，出現了以陶澍為核心的兩個詩人群體。江蘇巡撫陶澍舉「滄浪五老會」，其〈滄浪五老圖詠〉詩序記載：「滄浪亭既成，與蘇城諸老觴於亭上，林木掩映，水石回環，好事者遂摹繪為《五老圖》。」[13]「滄浪五老」指潘奕雋、韓崶、石韞玉、吳雲和陶澍，都是蘇州有名望的詩人。道光八年戊子（1828）、九年己丑（1829），陶澍與同年顧蓴、朱珔、朱士彥、吳廷琛、梁章鉅、卓秉恬在滄浪亭舉行集會，稱「滄浪七友會」，繪有《滄浪七友圖》。此外，「問梅詩社」也曾在滄浪亭舉行集會。道光七年丁亥（1827），朱珔加入「問梅詩社」，其〈十一月廿九日，初入「問梅詩社」，分韻得「舒」字〉詩序記載：「吳門詩社之興，蓋五載矣，至此已六十集。

---

[11] 朱彝尊：《曝書亭全集・曝書亭集》（長春：吉林文史出版社，2009 年），頁 225。

[12] 陳廷敬：〈滄浪亭，次歐陽公韻〉、〈長水道中重題滄浪亭，懷宋牧仲中丞〉，《午亭文編》卷七，《景印文淵閣四庫全書》（臺北：臺灣商務印書館，1986 年），第 1316 冊，頁 94；王士禎：〈滄浪亭詩二首，寄牧仲中丞〉，《王士禎全集》，第 2 冊，頁 1336；潘耒：〈滄浪亭賦〉，《遂初堂集・文集》卷一，《續修四庫全書》，第 1417 冊，頁 389-390。

[13] 陶澍：《陶文毅公全集》卷五四，《續修四庫全書》，第 1503 冊，頁 677。

輪值張蒔塘大令（吉安）借前輩石竹堂廉訪（韞玉）五柳園會飲。韓桂舲司寇（對）以次日即臘而少陵詩有『岸容待臘將舒柳』句，因稱為『待臘會』，即用七字分韻。」[14]次年，滄浪亭重修落成之後，「問梅詩社」在此補禊，朱珔〈四月八日，約社友集滄浪亭補修禊，竹堂前輩詩先成，即次其韻〉即詩證[15]。朱珔所謂「吳門詩社之興，蓋五載矣」，是從「問梅詩社」第一集即道光三年癸未（1823）開始算起。而滄浪亭重修又迎來新一輪的吳社之興。另，「問梅詩社」集會多達百次以上，也得益於蘇州的造園修園活動。「問梅詩社開吳趣，良朋勝地相招呼。園林昔傳靜甯慕，今見重葺虞山吳。」[16]吳嶔曾重修逸園並招集同社。

寓居官員和地方詩人之間的互動通過觴詠得以維繫，園林也起到媒介的作用。詩人群體代有不同，但物質形態的園林傳統卻不會在短期內消失。梁章鉅〈滄浪主客圖詩〉其詩序曾探討園林和詩人之間的主客關係。主客圖中包括陶澍、梁章鉅、朱珔、卓秉恬、吳廷琛和程邦憲六人，和「滄浪七友」稍有差異。詩序如下：

余於道光丁亥春仲自山左移藩來吳，撫吳者為安化陶雲

---

[14] 朱珔：《小萬卷齋詩稿》卷三〇，《清代詩文集彙編》（上海：上海古籍出版社，2010年），第494冊，頁796。

[15] 《小萬卷齋詩稿》卷三一，《清代詩文集彙編》，第494冊，頁806。

[16] 彭蘊章：《松風閣詩鈔》卷三，《續修四庫全書》，第1518冊，頁357。

汀宮保，偶以公餘葺城南滄浪亭，為賓僚觴詠地。時涇縣朱蘭坡侍講主正誼講席，華陽卓海帆京兆主雲間講席。次年元和吳棣華廉訪、吳江程竹广鴻臚先後自京師歸，游跡多以亭為主。無何，海帆先以覲次去，又二年，宮保晉督兩江，移節金陵，惟余尚與蘭坡、竹广、棣華諸君徘徊茂林清流之間。每感勝集之不易得而聚散之靡有恆也，思合作一圖以紀之。時余之涖吳四年矣，其甫至也，宮保暨余同修此亭，宜為主者也。而棣華、竹广皆郡人，蘭坡、海帆所居皆與亭一水隔，是皆宜為主者也。然海帆別此亭去最早，宮保繼之，竹广居吳江，遠郡城四十里，不能時至亭，蘭坡本寓公，余以官繫，其去留遲速皆非所自操，棣華亦如泰山之雲將出雨天下，是則宜為此亭主者，又皆此亭客也。惟念通籍垂三十年，同榜二百數十人中，離合蹤跡無歲無之，獨此六人者久與此亭習，互為主客。人以亭重乎，抑亭以人重乎？是不可以無述也。[17]

人與亭相合便是亭主，與亭相離便是亭客。勝集不易，聚散無恆，這些詩人們都在主、客身分之間轉換。滄浪亭茂林清流，容易激發賦詩之興，而詩人遊跡常至又增加園林之名氣。即使唱和活動結束，園林仍牽動詩人的思舊之情。實際上，在宋犖和梁章鉅兩次修園之間，還有其他社事，如道光三年癸未

---

[17] 梁章鉅：《退庵詩存》卷一九，《續修四庫全書》，第 1499 冊，頁 607-608。

（1823），王賡言陳梟吳門，寓居滄浪亭，在蘇州紫陽書院聚集諸生結課賦詩，也稱「吳會聯吟社」，以滄浪亭作為唱和主題之一；也有其他修葺工作，如「亭自宋牧仲先生修後，復經許長洲及吳、雅兩中丞三次修葺」[18]，許遇、吳存禮和雅爾哈善都曾修繕此亭，只是鮮有人知而已。而梁章鉅、陶澍諸人，既修復園林，又舉行社集，二者相得益彰，因此名噪一時，連吳中名媛都各有獻詩。只要園林實體不廢，園林傳統就有可能以結社集會等方式逐代傳遞。

園林之所以能夠成為獨樹一幟的類型空間，在於它的物質景象及其精神指向。進則廟堂，退則江湖，園林象徵著仕進追求和田園理想的衝突在現實中的消解，在廟堂和江湖之間給詩人們提供了一種生活方式。清代詩社的根本性質、結社宗旨、詩人群體和創作體裁等，與結社環境存在一定關聯。官學、書院結社，詩人群體創作試帖詩，以此作為通往仕途的手段和策略，展露一定的功利性。例如，光緒年間「日餘吟社」是正白旗官學子弟在舉業之餘所結，主要進行試帖詩創作[19]；同治六年丁卯（1867），薛時雨主講崇文書院並開「湖舫詩社」，姚燮又結「湖舫文社」，兩社並著，也都包含試帖詩創作。相

---

[18] 《退庵詩存》卷一四，《續修四庫全書》，第 1499 冊，頁 556。
[19] 試帖詩，又稱試律，是科舉考試的項目。作為一種詩體，試帖詩創作在八旗詩人之中也頗為流行。題前常冠以「賦得」二字，因此也叫「賦得體」。起源於唐代，受到「帖經」「試帖」的影響，後因王安石變法而被取消。清代乾隆時期開始恢復律以用於考試。試帖詩一般採用五言六韻或八韻，講求對仗、用典，結構形成八股式。

反，清代耆老會的主體通常是退休官員或布衣詩人，結社怡老的目的決定他們不可能創作帖體詩。而園林結社，既不具備學院培養人才的實用需求，也不偏重怡老放跡山水的消閒功能，多是以詩歌唱和寄託人生懷抱的純文學社團。

康熙年間，金侃、潘鏐、曹基、黃玢、金貢、蔡元翼和顧嗣協並稱「依園七子」，因集會之地而並稱。《依園七子詩選》徐行序記載：「依園者何？顧子逸圃讀書之所也。園介闤闠間而蕭閒澹遠，無塵囂湫隘之累。高柳蔭門，疏籬繞徑，有長林豐草之思焉。顧子既雅抱微尚，不慕榮利，枕經藉史，日焚香嘯歌其中。一時名流勝侶及四方之士假道吳門者，無不願交顧子，戶屨恆滿。顧子必為之設茗布席，上下千古，酬對終日，了無倦意。暇則拉二三知己以詩文相淬礪。」[20]依園坐落於街市卻「蕭閒澹遠」，顧嗣協「不慕榮利」但廣交文士，展現了避世而不絕世的態度。徐行又感嘆說「大雅不作，詩道榛蕪，身都通顯者輒高自矜許，而窮巷繩樞之子往往卑靡齷齪，鮮克樹立」，而七子都是有學問、有性情、有志節的詩人，「既無紈袴裘馬之習，復不作山林寒瘦之態」[21]。可見，「依園七子」不汲汲於富貴，也不戚戚於貧賤，在進退之間找到了人生的平衡點。雍正初年，許起昆和許昌禔、許褉、許起易等人在檀干園舉行詩會，方學成亦參與唱和，稱：「今則吾友許子玉載，以少孤力學，屢困場屋，同其叔氏眉庵、履凝與弟在魯諸子，於其家之檀園，文行鏃礪，自相師友，聲稱籍籍，播

---

[20] 徐行、曾燦：《依園七子詩選》徐行序，康熙十九年庚申（1680）刻本，第 1a-1b 頁。

[21] 《依園七子詩選》徐行序，頁 3a-3b。

於逶邐。自是遊屐之過歙者，無不就檀園通款洽焉。」[22]檀園諸友「貴交遊，不事結納；尚切磋，不爭異同」，和「依園七子」異曲同工。清初，朝廷禁社之舉在革除時弊、淳化士風的同時，也抑制了結社交遊活動，在一定程度上促使政治社團向文學社團過渡[23]。與前文的結論一致，園林所包含的精神內涵和美學意蘊使之在這場過渡中成為重要載體。園林的構造和景象是投射理想和情感的造園策略的具體實踐，借由實體空間向我們傳達文化符號的隱喻信息。「高柳蔭門，疏籬繞徑」是依園真實景象，「長林豐草之思」則借嵇康〈與山巨源絕交書〉之語表達顧氏的隱逸意願，體現了主、客體之間的高度契合。發生在園林這類實體空間當中的文學活動發揮了景致的象徵意義和興觸作用，是詩人追尋和反思自己與環境與他人的關係的良機。

二、想像與虛構：
結社的統緒相接及園林的符號化

當園林實體不復存在或遭到破壞，其園林傳統是否有可能

---

[22] 方學成：《松華館合集・檀園雅音》自序，乾隆松華堂刻本，頁 1a-1b。

[23] 順治九年壬辰（1652）禮部頒天下學校臥碑有「禁立盟結社」的內容，十六年己亥（1659）例則也有黜革結社訂盟者的規定，十七年庚子（1660）楊雍建上言禁社。康熙二十五年丙寅（1686）「查革社學」，雍正三年乙巳（1725）「定例拿究」，都假借社俗之敝以否定社事。

獲得保存和延續？園林由於詩壇領袖提唱風雅而備受矚目，或經過歷代詩人聯吟疊唱而頗享盛譽，在清代和當地詩人群體的關係依舊親密。詩人結社通常遵循定時定點的集會規律，但因變制宜的結社方式讓我們瞭解到，詩社對於結社空間的依賴程度沒有我們預想的那麼高，或者說，空間以非物質的形式影響社事的發展。而純文學社團回歸文學創作的宗旨，也讓具體集會空間在結社中的重要性下降，取而代之的是一脈相承的地方文化精神。清代園林結社也衍變出了基於時空卻超乎時空的類型。

前文提及的江蘇太倉南園在晚清還有「南園賡社」一例。劉炳照序《南園賡社詩存》云：「南園風雅，有『秋社三老』繼起，墜緒復振。予生也晚，不獲攬繡雪堂、香濤閣諸勝，及王文肅公手植鶴梅、華亭尚書『話雨』題字、麓臺司農山水畫壁遺蹟。僅於披讀『南園秋社』詩集，想像及之。錢君聽邠，文字神交，郵示與蘭、菊二老追和『秋社』疊韻詩，再接再厲，可稱後勁。予亦賈勇，唱酬贈答，積久成帙，共得若干首。視沈、盛、徐三先生原作，有過之無不及也。前、後『三老』，天然對待，彼蒼若有意生此詩人，為南園生色。爰命鈔胥最錄清本，題曰《南園賡社詩存》，授諸剞劂氏，以詒來者。」[24]清代光緒、宣統之際，南園的繡雪堂、香濤閣以及鶴梅、題字和畫壁已經不存，詩人們只能通過閱讀《南園秋社詩》加以想像和構建。因此，「南園賡社」沒有實際集會於南

---

[24] 錢溯耆：《南園賡社詩存》劉炳照序，宣統元年己酉（1909）聽邠館刻本，頁 1a。

園,社員追和「秋社」作品而積詩成帙。從「秋社」到「賡社」,南園走過七十餘年而不復原貌,但歷經時間的洗禮和積澱而成為蘇州的文化符號。「南園賡社」的起結初衷是「慨念名區,追惟舊德」[25],以園林結社賦詩的形式接續當地幾近斷裂的文化傳統。這種文化傳統不止道光時期「秋社三老」在南園唱和所建立的文學傳統,還要追溯至王錫爵、董其昌、王原祁等人建立的藝術傳統,涵蓋建築、書法和繪畫等。走出南園,放眼而望,弇山園也是太倉園林傳統不可缺失的一環,王世貞的造園藝術亦堪稱舊德。晚清沿用「南園」舊名而踵事增華的做法,展現了詩人群體對當地歷史文化的強烈認同及其所引發的結社動機。因此,詩人結社也擺脫了具體集會空間的限制,憑藉「神交」「郵示」而實現自由的精神交流。臺榭興廢和壇坫盛衰並非同步,園林的符號化和精神化讓殘園在詩中得到完整呈現。

　　透過「南園賡社」,我們看到清代園林符號化的原因,也看到這個過程的實現需要幾代詩人的普遍認識和共同努力。結合清代園林結社現象可知,園林符號化的實現方式主要有兩種途徑:一是疊加,二是替代。前者通過同地詩社的舉行而加強園林符號的內涵,後者通過異地詩社的舉行而擴大園林符號的影響。清代,廣州「南園」作為嶺南文化符號被普遍接受的過程,正包含了這兩種途徑。

　　明初,孫蕡和王佐、黃哲、李德、趙介並稱「南園五先生」,結社南園抗風軒,是嶺南社事的開端。嘉靖時期,歐大

25　《南園賡社詩存》劉炳照序,頁 1b。

任、梁有譽、黎民表、李時行和吳旦亦結社南園,稱「後五先生」。孫蕡《西庵集》卷四歌行〈南園歌,贈王給事彥舉〉有句云:「昔在越江曲,南園抗風軒。群英結詩社,盡是詞林仙。南園二月千花明,當門綠柳啼春鶯。群英組絡照江水,與余共結滄洲盟。」[26]南園在廣州城南,中有抗風軒,後廢為總鎮府花園,嘉靖間改為大忠祠。清代於大忠祠東復建抗風軒,祭祀前、後五先生。唐代廣東曲江詩人張九齡以後,嶺南風雅中衰,但南園十位先生以結社的方式改變了這種局面。此後,嶺南詩社多以「南園」為宗。發生於南園或仿照南園結社的每一次集會唱和活動,都意味著嶺南風雅的再度振興。

　　所謂「疊加」,是指承接明代社事而舉行同名詩社,形成累積重疊的效果,其代表有道光「南園詩社」和宣統「後南園詩課」。馮詢《子良詩存》卷十一〈補錄水仙花詩〉題注記載:「此詩與第一卷《玉山樓望春》,同為少時『西園詩社』作也。吾粵自前明以來疊開詩社。道光初年,『南園』『西園』兩社最盛,詩至萬卷,送鉅公甲乙,予《玉山樓》作拔置冠軍,此作取列第三名,距今三十年矣。同社諸公風流雲散,故園韻事老更難忘,偶憶及之,補錄於此。」[27]這裡提到的道光初年「南園詩社」,是馮詢年少時所獵之社。「道光初年,南園詩社大開,每會詩逾萬卷,送鉅公評閱,冠軍者,社長以

---

[26] 孫蕡:《西庵集》卷四,《北京圖書館古籍珍本叢刊》(北京:北京圖書館出版社,2000 年),第 100 冊,頁 26。

[27] 馮詢:《子良詩存》卷一一,《續修四庫全書》,第 1526 冊,頁 184。

詩幟鼓樂，送潤筆諸珍品無算」[28]，盛況空前。廣東大型集會通常包括命題、徵詩、甲乙、列最、謝教、繼興等步驟，「南園詩社」也是如此。這些活動在振興廣東文教、弘揚嶺南文化等方面起到切實的作用。伍崇曜〈月泉吟社跋〉也提到該社：「以余所及見，道光癸未、甲申『西園』『南園』兩詩社。……『南園』第一集，題〈羊城燈市〉，葉廣文星曹擅場；第二集，題〈菩提紗〉，鐵孫擅場。」[29]當時廣州燈市有製作精巧的菩提紗燈，因以命題。

於對文教的重視，廣東詩人傾向於舉行徵詩大會，也常結社以課詩，提高創作技巧。宣統初年，黃映奎（字日坡）等開創「南園詩社」（或作「後南園詩社」「後南園詩課」），輯有社詩總集《後南園詩課》[30]。該社第一課請姚筠評定；第二課則請梁鼎芬（號節庵）擔任裁判，仿照《摘句圖》的形式，採其佳句。梁序如下：

> 後南園詩社，泰泉詩孫黃日坡與同人所開，事雅而意美。第一次請姚嶧雪十九丈評定，至為公允，社論尊之，此次以屬鼎芬。名章雋句，紛紜絡繹，深恐過眼不能追尋，因仿昔人《摘句圖》例，錄為一冊，同社傳觀。（「又次取」「備取」亦有佳者，不但前列也。）

---

[28] 許應鑅：《南園寄社詩草》馮詢序，同治八年己巳（1869）刻本，頁 2a。

[29] 吳渭：《月泉吟社》卷末伍崇曜跋，道光、光緒南海伍氏粵雅堂刻本，頁 2a。

[30] 梁鼎芬：《後南園詩課》，宣統三年辛亥（1911）羊城刻本。

> 竊惟詩於風教關繫不細，思往傷今，意中所有。諸君抗心古人、蒿目當世，可謂有哀窈窕、思賢才之懷矣。所願研精典冊，發寫襟情，于北宋王（禹偁）、歐陽（脩）、梅（堯臣）、王（安石）、蘇（軾）、黃（庭堅）、韓（駒）、王（令）、陳（師道）諸家詩集（有不易得者，求之《宋詩鈔》），其所性近，實致苦功，既可收斂神思，必能挽回風氣。淺論如此，大雅之詞，吾不能免矣。[31]

「南園後五子」均師事明代著名學者黃佐（泰泉其號），並受其詩風的影響。而黃映奎是黃佐後人，因此所開詩課必定有意追步明社。「後南園詩社」很有可能是清代最後一個南園詩社，足見明代社事之深遠影響。該社成員「抗心古人、蒿目當世」，以發起同名詩課的方式追賢思古。社名相同，意味著結社精神相通，詩學思想相近。不管詩人足跡是否踏入南園，以「南園」名社便是強化園林符號所承載的嶺南文化內涵的舉動。陳恩維〈空間、記憶與地域詩學傳承——以廣州南園和嶺南詩歌的互動為例〉一文也指出：「清代以來，嶺南後學以文人雅集和創作有關南園的詩歌這兩種方式不斷延伸有關南園的記憶鏈，從而使南園成為不斷疊合的嶺南詩歌『記憶之場』。」[32]可見，除了起結同名詩社，諸多與南園相關的雅集、祭祀或創作活動，對形成和延續嶺南文學傳統也具有重要

---

[31] 《後南園詩課》卷首，頁 2a-2b。
[32] 陳恩維：〈空間、記憶與地域詩學傳承——以廣州南園和嶺南詩歌的互動為例〉，《文學遺產》2019 年第 3 期，頁 109。

作用。

　　所謂「替代」，是指詩人在他鄉舉行詩社以寄託故園之思，其代表有「南園寄社」。同治八年己巳（1869），許應鑅在江西結社，同鄉諸君與會，取名「南園寄社」，輯有《南園寄社詩草》，請馮詢評定甲乙並撰序。社詩總集收錄了許應鑅、許炳傑、黃焌光、許炳泉、黎原超、蔡召鏞、吳邦瑞、吳邦祺、馮永年和鄒紹嶧等人的詩歌作品。馮詢序文如下：

> 有明一代，以社盛，以社衰。社以詩盛，以詩衰。名公鉅卿、山人墨客，始而互相標榜，繼而互相傾軋。七子提倡壇坫，詩社日興，詩學亦日壞，至鍾、譚遂為亡國之音。此朱竹垞先生之論也。雖然，竹垞先生極詆明季詩學之衰，而獨推重吾粵「南園五先生」，謂能自樹立，不囿風氣，則詩社不又賴吾粵為維持哉？我朝文教覃敷，詩學超越前古。國初「嶺南三大家」屈、梁、陳，名噪海內，詠古諸題，三集互見，蓋當時詩社作也。繼起而特出者，黎二樵先生「桐心竹詩社」，首冠一軍，至今稱盛。自是，吾粵詩社大小不一，總以南園為宗。蓋曲江後，南園接統緒矣。……同治己巳，同邑許和軒詞丈隨其令兄星臺觀察遊宦江右。觀察固風雅，幕中親友多才，和軒集同鄉諸君子命題聯吟，名曰「南園寄社」，示不忘鄉學淵源也。以詩卷屬予甲乙，彙前列，將付梓，復屬予一言。予於社中諸君為同鄉，而皆十年以長，不獲辭。統讀社卷，清潤勻圓，可樹南園一幟矣。予既重諸君子學有本原，客中猶惓惓鄉先賢不

置,有足嘉者。又念予老矣,故園吟侶雲散風流,撫是卷,不禁動思鄉懷舊之感,更安能已於言哉?是為序。[33]

這篇序文介紹了「南園寄社」的基本情況,也回顧了明清嶺南詩社的發展歷史。清代廣東一帶的詩社,始於「嶺南三大家」即屈大均、梁佩蘭和陳恭尹,三人結社唱和的詩歌在各自的詩集中都有保留。清代中期,黎簡(二樵其號)「桐心竹詩社」最為突出[34]。道光初年,南園詩社盛行,活動形式豐富,後因戰事而有所停頓。雖然「南園寄社」的集會地點不在廣東,但詩人群體都是同鄉,從結社宗旨、詩學淵源等角度出發,它和明代「南園詩社」一脈相承。許應鑅還輯有《寄南園二子詩鈔》[35],是黎原超、馮永年二人的詩歌總集。黎、馮都是廣東人寓居江西,因此稱「寄南園二子」。以許應鑅為核心的詩人群體將嶺南文化移植至江西,以結社的方式構建虛擬南園。根據《南園寄社詩草》所錄作品,該社主要圍繞江西的實景進行集會唱和,如東湖泛月、西山看雨、南浦歸帆、北營校射、琵琶亭懷古、牡丹亭題壁等題,還對廣東的山川形勝和風俗物產進行回憶性創作,如珠江消夏詞、百花塚、粵鄉七夕詞等題。可見,除了集會地點遷移,詩歌創作也不止就地取材,「南園」跨越了一時一地的限制而具有符號的普遍意義。

歷史上既有廣東詩社舉於異地,又有異地詩社續於廣東。

---

[33] 《南園寄社詩草》馮詢序,頁 1a-3b。
[34] 陳永正:《嶺南詩歌研究》(廣州:中山大學出版社,2008 年),頁 72-73。黎簡與張如芝、謝蘭生、羅天池並稱「粵東四大家」。
[35] 許應鑅:《寄南園二子詩鈔》,同治十三年甲戌(1874)刻本。

這種結社土壤發生改變但園林傳統不變的事例，在明末清初就已出現。明末崇禎十六年癸未（1643），江蘇揚州鄭元勳（字超宗）影園作「黃牡丹會」。黎遂球賦成律詩十首，被錢謙益評為第一。在此之前，黎遂球曾結「南園詩社」。自揚州歸粵後，同社陳子壯、曾道唯、高賚明、黎邦瑊、謝長文、區懷年、蘇興裔、梁祐逵爭和黃牡丹詩，選成《南園花信詩》一卷。黎序部分如下：

> 南園為國初五先生觴詠處，其後以祀宋大忠三公。項直指葛公來按粵，鳩工飾之。遂球因與吾師陳秋濤宗伯公邀諸公復為「南園詩社」。遂球北行踰歲，還至揚州，憩鄭子超宗影園，為「黃牡丹會」，謬辱揚州諸名公，有夜珠明月之賞。偶以所賦十律歸，質之同社，於是陳宗伯師忻然為和如數，題曰《南園花信》。既而粵詩人和章日眾，爰錄諸公之成十首者。宗伯師先成，為首；次則方伯曾先生息庵，侍御高先生見庵，家明府叔洞石，廣文謝子伯子，同人區子叔永、蘇子裕宗、梁子漸子，附以遂球原詩，凡九人，為一卷，付之剞劂，且報超宗。[36]

一方面，《南園花信詩》都是廣東詩人的作品，又冠以「南園」二字，可視作黎遂球「南園詩社」的總集。另一方面，

---

[36] 黎遂球：〈南園花信詩附刻小引〉，陳文藻：《南園後五先生詩》，《四庫全書存目叢書補編》（濟南：齊魯書社，2001年），第38冊，頁617。

《南園花信詩》沿用黃牡丹題材,並報與鄭元勳,可附作影園詩會的作品。「南園無牡丹而有牡丹,黃牡丹無南園而有南園,影園無粵社詩而有粵社詩,均快事也」[37],說的便是南園社和影園會之間的聯繫。陳子壯、黎遂球所創「南園詩社」共有十二名成員,除了上述九人,還有區懷瑞、黃聖年和陳子升,是清代南園結社之先聲。「黃牡丹會」設有廣泛徵詩、糊名易書、評定甲乙等流程,很有可能借助此次南園花信唱和而影響後來如道光初年南園詩社的結社方式。花信唱和活動不一定需要集會,「南園」在明末就有符號化的跡象。詩社以此符號和外界進行互動,有利於促進地域之間的文化交流,豐富本土結社方式的多樣性,並推動社詩創作在紀實之外的文學想像和虛構敘事。

　　前引馮詢序文提及清代廣東詩社始於「嶺南三大家」。順治年間,屈大均與同里諸子結「西園詩社」[38],抒發故國之思。道光三年、四年和五年,廣州都有「西園」詩社,主人和詩題各不相同,規模大小也有差異,但存在部分共同社員。「西園」和「南園」一樣,都有詩人並稱群體結社作為先例,從園林實址變成文化標籤,在道光時期將嶺南詩學推向高潮。大致在康熙末年至雍正初年,以商盤為代表的「西園十子」在紹興龍山詩巢結社唱和,還得到袁枚的推崇[39]。此前,已有

---

[37] 〈南園花信詩附刻小引〉,《南園後五先生詩》,《四庫全書存目叢書補編》,第 38 冊,頁 617。

[38] 屈大均:《廣東新語》(北京:中華書局,1985 年),下冊,頁 357。

[39] 商盤交遊頗廣,同畢沅、程晉芳、陳兆崙、彭啟豐、王昶、王鳴

「龍山詩巢十二子」在該地舉行社集。「西園」未能成為紹興的文化符號，主要是在「西園十子」之後缺乏其他詩人群體秉承這一園林傳統而結社。

三、圖像與文本：
集會場景和園林景象的藝術再現

詩人結社和園林空間及其傳統相互依存和襯托，詩社唱和詩與集會圖以文藝手段再現園林傳統，重塑園林意境。陳衍詩云「人間結社無時無，其流傳者詩與圖」[40]，社圖描繪詩人群像或集會場景，和社詩作品一樣記錄社事。社圖或會圖製作的歷史，亦可追溯到北宋「西園雅集」。李公麟作有《西園雅集圖》，根據米芾〈西園雅集圖記〉可知，與會詩人十六人包括蘇軾、王詵、蔡肇、李之儀、蘇轍、黃庭堅、李公麟、晁補之、張耒、鄭嘉會、秦觀、陳景元、米芾、王欽臣、釋圓通和劉涇，現場還有侍奉的女奴、童僕等。後代畫家如馬遠、趙孟頫、唐寅、仇英等都有同題畫作，各有想像和佈局。清代園林結社常以《西園雅集圖》為參照，對園林景觀和結社主體進行生動刻畫。這類雅集圖是宋代士大夫雅文化的集中還原，又更加豐富細緻，幾乎覆蓋清代文人精神生活的全部。

盛、王文治、吳省欽、袁枚和厲鶚等都有過唱和。周長發《賜書堂詩鈔》袁枚序曰「龍山高會，誚元子之聲雌；鄴下清流，恨仲宣之體弱」（《四庫全書存目叢書》，集部第 274 冊，頁 696）。

[40] 陳衍：《陳石遺集》（福州：福建人民出版社，2001 年），上冊，頁 176。

嘉道時期，屠倬在杭州結「潛園吟社」，其社詩總集《潛園吟社集》收錄大量關於《潛園吟社圖》的題詠詩歌。陳來泰詩云「圖中十二人，一一可覆按」[41]，可見《潛園吟社圖》繪有十二人，都是社中骨幹。潘眉題圖詩記載：「班劍趨陳孫（樹齋軍門及古雲襲伯間來同集），靈光仰秦馬（小峴、秋藥兩先生）。齊名重三許（青士、玉年、滇生），耆碩見二雅（應叔雅、張仲雅）。陳郎極超邁，英鶩未可惹（小雲）。彭君自吳來（甘亭），朱鄭溯淮下（鐵門、瘦山）。」[42]可見，社員陳大用、孫均、秦瀛、馬履泰、許乃濟、許乃穀、許乃普、應澧、張雲璈、陳裴之、彭兆蓀、朱春生和鄭璜，很有可能出現在社圖上面。道光初年，潛園已售予他人，但吳振棫還見過《潛園吟社圖》。吳慶坻《蕉廊脞錄》卷三「杭州諸詩社」條記載「《潛園圖》則不可得見」[43]，說明此圖在清末民初已亡佚不存，但還能通過題圖詩略窺一二。潛園兼具山林、城市之美，張雲璈詩云：「園中景物正清美，山林城市得兩兼。一重春樹一重綠，濃陰如幄垂虛檐。花疏有時亞離戶，莎嫩未肯除銀鐮。尋香游蜂闖入座，學飛乳燕微窺簾。」[44]園景這種「兼美」與前文所說可進可退的人生境界齊同。白居易詩云「大隱住朝市，小隱入丘樊」，投跡園林是不至於太過囂喧或冷寂的「中隱」。歐陽修曾提出審美享受包括「山林者之

---

[41] 屠倬：《是程堂倡和投贈集》卷二〇，道光五年乙酉（1825）刻本，頁 19a。
[42] 《是程堂倡和投贈集》卷二〇，頁 17a。
[43] 吳慶坻：《蕉廊脞錄》（北京：中華書局，1990 年），頁 96。
[44] 屠倬：《是程堂倡和投贈集》卷二〇，頁 13b。

樂」與「富貴者之樂」[45]，分別藉由「放心於物外」與「娛意於繁華」的途徑而獲得[46]，二者的觀察與欣賞對象存在明顯的界線。清人將宋代鴻儒所倡導的這種二元美學付諸造園實踐。蘇州、揚州這些地方的園林數量及雅集頻率，也說明比屋豪奢之都、聲色貨利之區其實是雅道存續的一種前提，不論基於雅俗兼收還是以雅抗俗的態度，都客觀上推促園林文學藝術的發展。

與「潛園吟社」齊名的「東軒吟社」，雖以「東軒」名之，但集會也多在園林。詩社起於道光四年甲申（1824），迄於十三年癸巳（1833）。汪遠孫輯有社詩總集《清尊集》[47]，費丹旭繪有《東軒吟社圖》。光緒初年，汪曾唯又輯有《東軒吟社畫像》[48]，包含關於社員的像、記、小傳、題詞和跋語等。社圖作於道光十一年壬辰（1831），社員吳振棫《養吉齋叢錄》記載：「〔汪遠孫〕嘗結吟社凡十年，得一百集，擇存所為酬唱詩若干首為《清尊集》。又屬費曉樓丹旭貌社中人，仿西園雅集之意，為《東軒吟社圖》，余亦廁焉。」[49]張應昌「東軒雅集比西園，諸老鬚眉照眼前」[50]，王柏心「東軒會比

---

[45] 歐陽修：〈浮槎山水記〉，《歐陽修全集》（北京：中華書局，2001年），第2冊，頁583-584。
[46] 歐陽修：〈有美堂記〉，《歐陽修全集》第2冊，頁584-586。
[47] 汪遠孫：《清尊集》，道光十九年己亥（1839）振綺堂刻本。
[48] 汪曾唯：《東軒吟社畫像》，光緒二年丙子（1876）汪氏振綺堂刻本。
[49] 吳振棫：《養吉齋叢錄》（北京：中華書局，2005年），頁443。
[50] 張應昌：《彝壽軒詩鈔》卷一二，《續修四庫全書》，第1517冊，頁200。

西園集,主客圖中如相呼」[51],都道出社圖是效仿《西園雅集圖》而作。〈東軒吟社圖記〉一文還原了園林格局和集會場景,相關文字如下:

> 灌木依岩,略彴橫水,隨負花童子度而來者,汪劍秋鉽也。一童子埽花徑,穿岩背出老樹下,倚石闌執葵扇者,秀水莊芝階仲方。背侍女郎,指荷池與語者,黃薌泉士珣。池旁石壁插天,曲闌盡處,童子滌硯,坐石上填詞者,項蓮生鴻祚。水檻半露,二人對坐其中,女郎執拂侍者,為餘杭嚴鷗盟杰及小米,小米執卷,若問難狀。小閣相連,據案作吟社圖者,曉樓自貌也;其倚案觀者,高爽泉塏;以手指圖,若有所商榷者,諸秋士嘉樂。閣前柳陰覆地,置壺焉,坐槃石上觀童子拾矢者,吳仲雲振棫;持扇聯坐者,夏松如之盛。童子捧壺,坐梧桐樹下浮大白者,汪覺所阜。據石几撚吟髭者,胡書農敬;其弟子鄥粟園志初,執詩箋立於後。展箋朗誦者,趙雩門鉽;童子捧杖,坐而聽者,龔閭齋麗正。小童遞詩筒至,二人對展詩卷者,左為陽湖趙季由學轍,右為歸安張仲甫應昌。古松蟠拏,下蔭怪石,坐而琴者,武進湯雨生貽汾;並坐者,陳扶雅善;側聽者,錢蕙窗師曾;倚松根撫膝而坐者,汪又村适孫。松旁有石壁焉,童子捧硯,執筆就題者,嘉興張叔未廷濟也。茂林修竹,別成境界,二人自水石間來,持白團扇者,汪

---

[51] 《東軒吟社畫像・題詞》,頁 5a。

少洪邁孫；奚童捧詩卷於旁者，汪小逸秉健。飛流急湍，石梁間之，童子烹茶侍坐而執拂談經者，南屏釋了義，旁坐則子律遺貌也。[52]

除了侍者，圖中有汪鋠、莊仲方、黃士珣、項鴻祚、嚴杰、汪遠孫、費丹旭等等，凡二十七人，在規模上已經超越西園雅集。集會之時，或賦詩填詞，或撫琴作畫，或飲酒品茗，極具林下風味。灌木、略彴、花徑、老樹、石闌、荷池、石壁、水檻、小閣、柳陰、梧桐、石几、古松、怪石、茂林、修竹、飛流、石梁等，勾勒出園林的優美景致。費丹旭善畫人物，又注重人物與環境之間的關係，以靈活的取景技巧表現文人雅集活動的豐富層次。《東軒吟社畫像》卷首收錄了十三葉人像寫真，對社員的神態和動作也有細部描摹。繪畫和文學創作一樣，是生活真實和藝術虛構的結合體。費氏塑造的園林全景，既表達了對前人雅集的神往之感，也包含了對園林傳統的認識和想像。「東軒吟社」的具體集會地點包括靜寄東軒、半潭秋水一房山、水北樓等，胡敬詩云「看山看水懶出郭，借君園林臥游足」[53]，可以想見汪氏園林之規模。透過《清尊集》所收設祀紀念厲鶚的作品，以及「白頭諸老吟懷健，杭厲而還有替人」等題詞[54]，可知這個詩人群體尊崇浙派詩人杭世駿、厲鶚並效法二人結社。因此，「東軒吟社」分別從遠近呼應園

---

[52] 《東軒吟社畫像・記》，頁 1a-2a。
[53] 汪遠孫：《清尊集》卷一，道光十九年己亥（1839）振綺堂刻本，頁 1a。
[54] 《東軒吟社畫像・題詞》，頁 1a。

林集會和地方結社兩種傳統。

　　葉廷琯〈清華園圖記〉曾說:「韜齋作此圖記,謂園林之興廢無常,賴有名人圖詠,則歷久如新,此言誠然。顧圖詠亦不能無散失,又賴賢子孫蒐羅而表顯之,則圖詠藉人以留,而園林即與長留也。」[55]「東軒吟社」的情況正與此說吻合。咸豐庚申十年(1860),太平軍由安徽寧國攻入浙江杭州,湖山和書籍等慘遭兵火之災。汪曾唯作為汪邁孫之子、汪遠孫之侄,是《東軒吟社圖》的收藏者。他任職楚北,將社圖隨身攜帶,使其免於杭州兵燹的損害。汪曾唯廣泛徵集社圖題詞的經過,相當於《東軒吟社圖》的流傳過程。根據《蕉廊脞錄》記載,光緒三年丁丑(1877),吳慶坻在湖北武昌見過汪曾唯所藏《東軒吟社圖》;三十年後,汪曾唯已離世,吳慶坻回鄉,再次得見社圖;宣統三年辛亥(1911)第三次見圖,收藏者已是汪氏第三代,即汪詒年、汪洛年兄弟。根據社圖題詞記載,同治五年丙寅(1866),圖中二十七人僅剩吳振棫、汪秉健、鄒志初和張應昌四人;七年戊辰(1868),僅剩吳、張二人。在詩社結束數十年後,題圖詩真實地展現了集會往事和社員現狀。時空轉移,風流雲散,繪畫與文學卻保留了文人雅士的活動痕跡。

　　以景點標記各次集會及創作,也是園林結社的一種特色。如康熙三十六年丁丑(1697)七月七日,趙吉士招輩下同人雅集寄園,限韻集字,以堂額「相賞有松石間意」為韻分賦,刻

---

[55] 葉廷琯:《鷗陂漁話》卷三,《續修四庫全書》,第1163冊,頁139。

有《寄園七夕集字詩》[56]。雅集的具體景點包括嚴乎齋、面南城百、岩澤之隅、綠陰深處、見心軒、水鑒山房和拄笏軒，分別對應七個韻部。園林結社的唱和活動，同題共詠或分題而賦，往往就地取材、即景生情，用韻也受此影響。又如前文提及的檀干園詩會，方學成編有《檀園雅音》，「或月夕花晨，或晦明風雨，憑高遠引，以至一草一木，皆分題角韻，不一而足」[57]，園中草木皆是創作題材。根據《檀園品梅小紀》可知，檀干園有和古堂，南有荷池，西南有梅須閣，東南有碧琅亭，北有蚓影軒。亭西南臨池，池西即梅須閣。園林的構造佈局躍然紙上，作者對各處命名的由來都有所交代。方學成作有《品梅歌》，眾詩人也曾宴集梅須閣，限韻分賦紅梅綠蒂、鴛鴦梅、映水梅、綠萼梅等多個品種。另有〈題檀干圖〉，分賦春臺曉霽、南屏疊翠、松壑風濤、沙堤煙雨、雙溪匯漲、石岡秋月、楓亭晚照、前峰積雪和橫塘梅影九題。方學成評語說：「圖為吳田生筆，凡圖中景，皆園所能有，蒼深隱秀，致為精絕。諸什又皆格高韻勝，體備眾妙，特鈔入壓卷。」[58]雖然《檀干圖》未能傳世，但後人可以憑借園景題詠對檀園有所瞭解。檀園原是模擬西湖景致而修築，故有檀園九景。咸豐、同治年間，浙江海鹽「小桃源吟社」也曾「編十景而拈題，餞三

---

[56] 趙吉士：《寄園七夕集字詩》，康熙三十六年丁丑（1697）刻本。清人的「詩社」概念比較寬泛，很多詩會、詩課都在社事的範疇之內。趙吉士寄園七夕一會，視為詩會、詩社均可。

[57] 方學成：《松華館合集・檀園雅音》自序，乾隆松華堂刻本，頁1b。

[58] 方學成：《松華館合集・檀園雅音》卷二，頁3b-4a。

春而分韻」[59]，《小桃源室十景詩》包括沈山塔影、汪堰漁火、梅園夜讀、仙壇晚鐘、鸝湖新月、虎墳殘雪、祝橋垂釣、文溪喚渡、蕉窗聽雨和竹院烹茶等四時風光，顯然也是仿照西湖十景而取名。詩人結社檀干園或小桃源室具有一定的避世之意，檀園主人科考失利，小桃源則是亂世避難的場所。集會場地看似封閉，但唱和詩歌在題材上卻有向外拓展的傾向。園林是人工建築與自然山水的並存體，蘊含著既相對又互補的衝突美學。園林及其建築容易遭到摧毀，而文本不僅具有場景寫實的功能，又提供了廣闊的想像空間。不同方位的景點，在變化的季節、天氣、光線之中，意境紛呈，成為文學濾鏡下的焦點。

前文提及的道光四年「西園吟社」，邱肇廣輯有社詩總集《西園吟社詩》，集中只有「唐荔園」和「擘荔亭」二題，是廣州荔枝灣的兩個景點。吳仰賢《小匏庵詩話》記載：「粵東詩社最盛，與會者往往千餘人。予所見僅『西園吟社』刊本一集，為題二，曰『唐荔園』，曰『擘荔亭』，詩各體俱備，主評選者為四明童萼君先生槐。」[60]童槐〈西園吟社詩序〉記載：

> 既而遊覽荔灣，得《西園吟社詩》，知南海邱氏實主斯社。其為題二：曰「唐荔園」，阮公子賜卿所名而記之

---

[59] 徐元章：《小桃源室聯吟詩存》朱泰修序，同治五年丙寅（1866）徐氏刻本，頁 1a。

[60] 吳仰賢：《小匏庵詩話》卷七，《續修四庫全書》，第 1707 冊，頁 58。

者也；曰「擘荔亭」，園中之亭，以杜工部詩命名者也。初，康熙戊戌，沈氏為「白燕堂社」，嘗以「荔枝灣」命題。灣之由來，皆目為南漢昌華宮故址。邱君於此構園，復得唐蹟以唱于社，蓋非復白燕堂意也。諸君子以清才逸興各抒性情，荊璧靈珠，不名一體，皆有意於牡丹品藻者也。雖然，獨如是手哉？斯社有三善焉：自唐徵荔貢，民吏苦擾，故東坡猶嘅然發瘡痏之喻，今幸際盛朝，嶺海清晏，年豐果熟，游處者不知有前代事，而太平風景繪於詠歌，一善也；曹、鄭已往，名園久堙，今以表章之力，使千載遺韻不墜烟蘿，後之續志乘者資之，二善也；南漢僭迹，奚翅虌紫，耳濡心嚮，哲士所慎，屏奢放、親風雅，此邦之人將由咸通而溯曲江以前，三善也。李西涯謂東南士人皆重詩會，余生平足跡所至，未睹如粵東之盛者。[61]

阮元《唐荔園》句云：「曹詩巋然見文苑，古園不泯因詩存。喜從新構得陳迹，社詩千首題園門。」作者自注說：「近日民間詩社有《唐荔園》詩，累至千餘首。」[62]邱肇廣於荔枝灣構園而有詩社，結社唱和又使園林不至泯滅。廣東詩社採取命題徵詩的方式，動輒千首萬卷，童槐因稱尤勝東南。他提到「西園吟社」有「三善」：一是歌詠盛世風景，二是彰顯園林韻

---

[61] 邱肇廣：《西園吟社詩》童槐序，道光四年甲申（1824）刻本，頁1a-2a。
[62] 阮元：《研經室集》（北京：中華書局，1993年），下冊，頁1098。

事,三是追溯風雅傳統。又,邱熺識云:「唐荔園在羊城西荔枝灣中,面北,四圍臨水,繚垣五尺,皆以瓦片結作梅花格,可以望外。入門數武,即為擘荔亭,旁一亭相接,皆朱欄圍繞。」[63]卷首題識和阮福〈唐荔園記〉,將唐荔園及擘荔亭的地理、淵源和景致都一一道來。吳仰賢曾列舉社作:「集中《唐荔園》詩,推張繩前作為絕唱,曰:『千年勝跡賴尋搜,不負珠江載酒游。從此荔園添故事,曹舒州後阮揚州。』此不過切合當日情事耳。《擘荔亭》詩,則推徐仁廣作,曰:『萬樹炙江天,孤亭一角偏。偶移青翰舫,來挹絳襦仙。佳節當重五,清尊醉十千。不須勤秉燭,自有夜珠懸。』又,徐良琛作曰:『半醉憑欄拍掌呼,欲揮如意擊珊瑚。酣來喚起鵝潭月,映徹仙人白玉膚。』」[64]張繩前、徐仁廣和徐良琛都在社員名榜上面,他們的詩作被收入總集和詩話而廣泛傳播。園林亭樹經文學渲染而極具意趣,嶺南名物荔枝成了詩人筆下冰肌玉骨的「絳襦仙」。嶺南園林及其相關文本,在當地文學傳承與發展的過程中發揮著重要作用。園林是凝聚地域情感的空間,詩歌是擴大文化影響的載體。

製作社圖或編纂社詩總集,意在通過文藝作品將結社風雅和園林傳統加以保存。園林常因歲久而廢弛,又具有空間固定性,而圖文卻能突破時空的束縛得到廣泛傳播。相關文學作品讓我們對園林有了具象的認識,對園林符號的精神內涵也有更

---

[63] 邱肇廣:《西園吟社詩》卷首,道光四年甲申(1824)刻本,頁1a。

[64] 吳仰賢:《小匏庵詩話》卷七,《續修四庫全書》,第1707冊,頁58-59。

深刻的領會。

四、結語

　　園林、繪畫和文學三者關係緊密，具有藝術共通性，陳從周先生也曾提出造園之理如繪畫、綴文之理等觀點[65]。清代詩人結社又將三者置於同一話語平臺。造園與結社相互促進，園林傳統主要通過三種形態貫穿於社事：一是園林的實體空間，二是園林符號的虛構空間，三是園林的文藝呈現。園林兼具實體空間和文化符號的功能，園林傳統介於具象與抽象之間，是清代結社實踐提升園林內涵的結果。文藝作品運用紀實和虛構的手法，還原了園林景象和集會場面，展現了園林美學的層次與內涵。值得注意的是，園林景象對詩人而言是一種興象，觸發他們的創作興致和人生思考。黎庶昌〈夷牢亭圖記〉開篇談到：「士大夫之有園林者眾矣。或處鄉，或處城，莫不欲極山水之趣。然率舍自然之一境，而以意匠巧為營度。本無是山也，累土疊石以為高，曰某峰、某岡、某岮；本無是水也，捎溝引泉，劑灰款而渟之，曰某池、某湖；本無是庭堂也，架木結構，雕飾精嚴，曰某亭、某館、某臺、某榭，胥假外物而為之名，凡此皆以求適吾趣而已。若夫君子，因天地自然之用，隨所遇以養神明，其為適不亦更大矣哉！」[66]因地制宜的造園

---

[65] 陳從周：《說園》（上海：同濟大學出版社，2017 年），頁 28、66。

[66] 黎庶昌：《黎庶昌全集》（上海：上海古籍出版社，2015 年），第 1 冊，頁 118-119。

策略與隨遇而安的人生態度相通，而「適吾趣」的追求則充分肯定人在處理與自然之關係中的主導地位。這種自適心態又弱化了園林景象及選址的重要性，如楊芳燦所說：「得泓崢蕭瑟之境遊焉，市廛亦深山也；得清曠超逸之士友焉，區中即物外也。何必買山而始結社，入林而後論隱哉？」[67]結社是園林突破實體空間的形態最終變成群體共享的精神鄉園的過程中不可缺少的環節。

結社常與集會、宴飲、交遊等社會活動相結合，從根本反映了城市經濟的發展程度，但園林內部景象展現的多是遠離城囂的林泉之樂。前文曾提到，園林意味著不同於仕進和隱退的第三種人生態度。然而，即便是純粹的文學社團，也具備社交的功能和優勢。固定詩人群體展開規律集會的一個重要動因就是基於地緣關係和地域文化的共情效應。園林符號的創建也需要這種情感共鳴。公共知識背景如園林的結社故事，激發詩人群體保存地方園林和精神文明的使命感，推進園林符號及其特定語言的產生，並利用約定俗成的結社慣性強化園林符號的文化演繹。園林傳統以多種形態介入詩社，呈現了詩人群體尋索文學脈絡的歷史過程，也再次證明本民族的文化建構由物質空間和精神活動共同推動。

（作者為上海外國語大學中文學院講師）

---

[67] 楊芳燦：《芙蓉山館全集‧文鈔》卷四，《續修四庫全書》，第1477冊，頁197。

時流暗湧——
清初詞壇尊體策略的張力及
《詞律》定位蠡測[*]

李日康

萬樹（字紅友，又字花農，1630-1688）《詞律》共二十卷，成書於康熙二十六年（1687）。全書收六百六十調、一千一百八十餘體，是當時載調最豐、辨體最詳的詞譜類著作，標誌了詞史上體式理論的成熟，是研究詞體的重要經典。

一、問題的提出

學術界討論《詞律》的誕生背景，首先會繫於清詞中興的大背景之下，而討論清詞中興，又往往首先聚焦於國變易代的處境。一方面是如葉恭綽所言的「喪亂之餘，家國文物之感，

---

[*] 基金項目：香港大學教育資助委員會優配研究基金（HKSAR-GRF）項目「清代詞譜與清代詞學建構研究」。

蘊發無端，笑啼非假。」[1]與此同時，清初詞人又巧妙地透過一直被視為「小道」的倚聲填詞來暫逃文網，抒發舊巢既破但新枝難棲的夾縫感慨。另一方面，自三藩亂局開始穩定，清廷便實施一系列文教舉措，一則王者功成作樂，藉此表彰統治的權威和合法性，二則拉攏漢族士子人心，文人士子間接亦從中受惠。而從歷史興亡轉入文學史論述，清詞中興亦源於對明代詞壇的各種不滿及反彈，諸如詞曲混雜、體調錯亂、詞風俚俗低下，全是對明人常見的批評。由是，詞被賦予新的抒情價值，詞的討論和反思愈趨精深，最終匯流成清初詞壇，乃至清代詞史的重要命題：尊體。

推尊詞體使清詞攀上自宋人後的另一高峰，具體體現在以下數方面：一、詞人和詞作數量大增；二、詞人因鄉里、姻親、學脈之誼結成流派，倡和不斷；三、作品和倡和活動頻繁，帶動結集和編務，出版類型包括詞集、詞話、詞選，同樣數量大增；四、大量的詞學出版成為拓展討論的文獻基礎；五、清代詞家又多身兼學人，加之對明代空疏學風的反悖，清代詞論特盛[2]。前人討論萬樹《詞律》，較多聯繫到以上第

---

[1] 葉恭綽：《遐庵詞話》，張璋：《歷代詞話續編》（鄭州：大象出版社，2005年），頁608。

[2] 清詞復興的背景和具體現象，歷來學者已積累了不少豐碩的成果，諸說各有側重，大體而言，可參考嚴迪昌及謝桃坊兩家。嚴迪昌《清詞史》討論清詞流變主要是按照政治史發展的順序而展開，嚴著鋪展了晚明至清人入關的社會政治環境，描述了南明小朝廷、東南義師、奏銷案、反詩案等大事，並認為「滿族統治集團原是個漢化程度較高的少數民族的貴族集團，入關前特別是入關初起用了大批漢族官吏，因而在鉗制輿論、謹防異端的逆反有足夠豐富的經

三、第四、第五點發揮。新近研究者的論著基本上也不出以上的論點[3]。但是,除了以上外緣因素,萬樹《詞律》內部,尤其〈自敘〉、〈發凡〉兩文亦補充了不少《詞律》內部的編撰

驗。他們四出偵訊遺民行迹的同時,始終警惕著詩文結社之舉和注視文字的反叛痕迹。順治初的『反詩案』以及嚴禁社集活動都充分表明了這一事實。詩文,特別是詩所構成的文字獄,歷來就多,血的現實和令人心怵的史實,使詩人文士們愈益謹慎從事……被人們視為『小道末技』的詞卻正好在清廷統治集團尚未及關注之際應運而起,雕紅琢翠、軟柔溫馨的習傳觀念恰恰成為一種掩體,詞在清初被廣泛地充分地作為吟寫心聲的抒情詩之一體而日趨繁榮了。」(嚴迪昌:《清詞史》,南京:江蘇古籍出版社,2001年,頁7-10);又,嚴迪昌分別於〈以累積求新創──我對清代詩詞研究的認識〉、〈我讀清詞〉、〈老樹春深更著花──清詞略述〉三文也談及若干研究清詞的基本前提,包括重申對清初時期社會政治環境的重視、以人為綱細讀名家詞人之作以把握清詞總體藍圖、關注清初文獻及編撰特盛之風等(嚴迪昌:《嚴迪昌論文自選集》,北京:中國書店,2005 年,頁 13-17、150-166);謝桃坊《中國詞學史》基本上篇章是按各朝時代順序排列,不過,由於謝氏關注的是「詞學」,即既指詞的創作,也指研究詞體的學問,因此,謝氏在各章內乃按主題和單元再作組織申論,分析性強。有關清詞的部分主要見於第四章〈詞學的復興〉,謝氏認為清初新的文化條件出現,「這是以新的詞體觀念,批評了明人詞的創作傾向」。又指出「清人力圖按新的審美趣味精選前人和時人的作品為創作範本。」而第四章的第二節〈詞學資料的編輯〉、第三節〈劉體仁、王士禛和鄒祗謨的詞話〉、第四節〈金人瑞、先著與許昂霄的詞評〉及第六節〈萬樹與詞體格律的總結〉即論述了清詞中興之中,詞學文獻、詞論、詞話、詞譜的繁榮景象(謝桃坊:《中國詞學史》,成都:巴蜀書社,1993 年,頁 123-202)。

[3] 參見劉少坤:《清代詞律理論批評史》(北京:人民出版社,2015年),頁 88-97。

原由,這亦與本文所論的清初詞壇尊體情況有關,後文將再詳述。

上述是建基於對文學史準確和宏觀的把握,部分觀點更可說已納入詞史的定說。但是,當中似乎有不少細微之處仍可追問補充:今人研究站在後設和宏觀視野審視清初詞壇,肯定復興的正面形勢,但對清代當世詞家而言,持論是否如此一致?如果我們考察大量清初的詞序,則不難發現包括萬樹在內的詞家有清初詞壇「詞風愈盛,詞學愈衰」的批評[4]。我們不應單純將這番說話解讀為憂慮明代歪風的延續,事實並非如此。由是,我們應該如何理解——極盛與愈衰——兩種相反判斷之間的張力?而更重要、應追問下去的是,這兩極的角力與清詞復興的重要命題——推尊詞體——有怎樣的關係?產生甚麼的影響?就此,本文將先就清初詞壇的尊體策略作出檢討,並從中勾勒出前人較少關注但對詮釋萬樹《詞律》誕生甚為重要的異質(heterogeneity)圖景。清詞尊體呈現在多方面,本文以「策略」(strategy)作為尊體的定位,原因在於「策略」能凸顯清初詞家的方向性以及以問題化(problematize)的眼光審察尊體一事,其次,《詞律》本身的文獻性質呈論述的形態

---

[4] 萬樹《詞律・自敘》有言:「乃今汎汎之流,別有超越之論,謂:『詞以琢辭見妙,煉句稱工,但求選豔而披華,可使驚新而嘗異,奚必斤斤于句讀之末,瑣瑣于平仄之微,況世傳《嘯餘》一編,即為鐵板,近更有《圖譜》數卷,尤是金科,凡調之稍有難諧,皆譜所已經駁正,但從順口便可名家。』於是篇牘汗牛,棗梨充棟,至今日而詞風愈盛,詞學愈衰矣。」(萬樹:《詞律・自敘》,康熙二十六年堆絮園刻本,頁2)。

為主,而不是創作的形態,「策略」比其他概念,例如「表現」(perform),更為準確,也與《詞律》的性質相當。由是,本文引論的材料多為清初詞序跋[5],亦旁及詞話,惟有時涉及後來者對清初詞壇的回顧,若干文獻的撰作時代可能離清初較遠。

二、極盛:破體論與辨體論的繁榮

學界多將清詞的尊體策略歸納為破體、辨體兩種,亦有稱為錯位尊體、本位尊體[6],甚至有論者細分近十種尊體的面向[7]。以上種種,無不反映尊體這論述框架具備很強的詮釋能力和豐富的層次,當然,這同時與現象的複雜程度成正比。以破體和辨體來區分推尊詞體的兩種主流論述,是研究者立足於後設視野底下的發明,就清初詞家而言,兩者不一定截然二分,

---

[5] 據嚴迪昌《清詞史》的第一編《清初詞壇與詞風的多元嬗變》及第二編《「陽羨」「浙西」二派先後崛起和清詞「中興」期諸大家》,清初詞壇起於雲間詞派,中歷西泠詞人、柳洲詞派、廣陵詞壇、陽羨詞派、浙西詞派、京華詞苑等,按第二編數位壓卷詞家的生平來看,包括查慎行(1650-1727)、趙執信(1662-1744)、趙吉士(1628-1706)、賀國璘(1632-1696),就詞史來說,「清初」的下限可定於清乾隆十五年(1750)前後,本研究的主角萬樹(1630-1688)及本文大部分引論的文獻材料,也屬於此範圍之內。

[6] 王力堅:〈清初「本位尊體」詞論辨析〉,《文學評論》1998年第4期,頁137-142;王力堅:〈清初「錯位尊體」詞論的困惑〉,《浙江學刊》1998年第1期,頁112-116。

[7] 屈興國:〈清初詞家的尊體說〉,《浙江廣播電視高等專科學校學報》1994年第2期,頁46-53。

下文將就此詳論。不過,為便於討論,還是先從破體一說開始檢討。

破體,即破除文體的界限,將詞溯源於《詩經》《離騷》或樂府這些傳統的上位文類,藉此消除詞體「格卑」的定見,取得地位的提升。

不論是肯定還是否定,破體論的起點往往發端於「詞為詩餘」的定義式評說,這陳述背後隱藏了「詞是甚麼」的本體論疑問,暗示了清初詞家重新界定詞體,不再因襲前朝舊說的意圖,希望為詞的當代價值提出屬於當代人的答案。不少詞集序跋也是從「詩餘」立名開始發揮,如宋徵璧〈倡和詩餘序〉云「詞者,詩之餘乎?予謂非詩之餘,乃《歌》《辯》之變而殊其音節焉者」[8]、朱一是〈梅里詞序〉云「詩餘者,詩之餘旨,與詞之近詩,不可入詩則餘之,自成一體」[9]、尤侗〈延露詞序〉云「詩何以餘哉」[10]、吳綺〈范汝受十山樓詞序〉云「夫詞者,詩之餘也」等等[11]。分析清初詞集序跋,大概可以歸納出三種破體說中詞的攀附對象。第一、將詞溯源於《詩經》。丁澎〈付雪詞二集序〉屬於這種類型:

詩何以餘哉?餘者,詩之變也,三百篇之所餘也。風變為騷,騷變為漢魏樂府,遞降而詩亡矣。詩亡而餘存,

---

[8] 宋徵璧:〈倡和詩餘序〉,《清詞序跋彙編》(南京:鳳凰出版社,2013年),頁11。
[9] 朱一是:〈梅里詞序〉,《清詞序跋彙編》,頁21。
[10] 尤侗:〈延露詞序〉,《清詞序跋彙編》,頁26-27。
[11] 吳綺:〈范汝受十山樓詞序〉,《清詞序跋彙編》,頁42。

> 存其餘,不尤愈於七乎?⋯⋯情兼雅怨,則詞尚纖穠,此《花間》《草堂》能不失風人比興之旨者,實有得於三百篇之餘者矣。[12]

引文所代表的破體思路,嘗試從兩方面連繫《詩經》與詞的關係:就淵源而言,《詩經》是所有廣義「詩」文類的源頭,後代不論變為《騷》、樂府等,追本溯源,無不出於《詩經》,由此,詞亦順理成章被納入《詩經》在文學史流變上的其中一種變體。就審美風格而言,《詩經》不單是中國文學的源頭,而且奠定了雅正與怨刺這兩個重要且具道德意味的文學命題,詞那種辭藻華美豐腴的表現,被詮釋為具有微言大義,可以體現「風人比興之旨」。

也有清代論者就詩教方面發揮,如高怡為曹士勛《翠羽詞》撰序,以為「夫君臣父子,皆情所鍾。曹子之詞,發乎情,止乎禮義,豈特寄遙情於婉孌,結深怨於蹇修也哉?」[13] 高怡稱許曹詞具備了〈詩大序〉中「發乎情,止乎禮義」的詩教精神,認為曹詞中的情與怨符合了儒家審美的規範。在清初,這種詮釋詞中詩教功能的代表論述,莫過於王士禎的〈衍波詞自序〉:

> 夫詩之必有餘,與經之必有騷,騷之必有古詩、樂府,古詩、樂府之必有歌行、近體、絕句,其致一也。凡人

---

[12] 丁澎:〈付雪詞二集序〉,《清詞序跋彙編》,頁55-56。
[13] 高怡:〈翠羽詞序〉,《清詞序跋彙編》,頁24。

有所感於中而不可得達,則思言之,言之不足,則長言之,長言之不足,則反復流連,詠嘆淫佚,以盡其悲鬱愉快之致,亦人情也。[14]

試比較〈詩大序〉:

詩者,志之所之也。在心為志,發言為詩。情動於中,而形於言,言之不足,故嗟歎之,嗟歎之不足,故詠歌之,詠歌之不足,不知手之舞之足之蹈之也。

王士禛巧妙地挪用了〈詩大序〉的文化資源,縮合其中的推演邏輯和論述形式。他首先將詞上溯至《詩經》,提出詩體代變實乃「其致一也」,皆源自感物而動的發興心理過程。他將原典中的「發言為詩」改動為「思言之」,以詞的「長言」代替詩的「嗟歎」,以「反復流連」代替「詠歌」。王士禛的詮釋可算是將詞溯源《詩經》的圓滿示範,他不單有一般常見的系譜式追溯,也嘗試提出詩與詞創作心理的相同性,還透過套用〈詩大序〉將詞中種種本來不登大雅之堂、匹夫匹婦的「悲鬱愉快」,納入合乎儒家文藝觀的「人情」之中,兼顧了本體論、創作論、功能論,從三方面提升詞的格調地位。加之《衍波詞》為一時名作,贈序、倡和者眾,不難推想這種尊體方式在當時具有一定的影響力。

除了如王士禛般專從詩教入手,也有詞家從「言情」著

---

[14] 王士禛:〈衍波詞自序〉,《清詞序跋彙編》,頁 18-19。

眼。清詞中興的開山祖陳子龍在〈三子詩餘序〉便有以下觀點：

> 然亦有不可廢者，夫風騷之旨，皆本言情，言情之作，必托於閨襜之際。代有新聲，而想窮擬議。於是溫厚之篇，含蓄之旨，未足以寫哀而宣志也。思極於追琢，而纖刻之辭來；情深於柔靡，而婉孌之趣合；志溺於燕婧，而妍綺之境出，態趨於蕩逸，而流暢之調生。是以鏤裁至巧，而若出自然；警露已深，而意含未盡。雖曰小道，工之實難。[15]

陳子龍未有定義他所指的「情」為何物，然而據前文後理，陳子龍的「言情」與王士禛的「人情」部分重疊，但不盡相同。陳子龍更傾向於個人的抒情，也觸及到更多有關詞的修辭與風格部分。他認為「風騷之旨」在於「言情」，既屬「言情」，則創作自然會把「情」寄托到閨襜之物。在此，陳子龍與王士禛的不同，就在於陳子龍從根本上為詞擅寫閨情提出一種解答，「托於閨襜」不但合理，更有其必然性。由此陳子龍再推一步，轉向討論詞的表現手法：「言情」與「閨襜」並無於理不合，不過「代有新聲」，《詩經》那種溫柔敦厚的書寫方式已不足以回應當下的時代情緒，於是，琢磨辭藻、風格柔靡、寫女性姿態這些「工之實難」、並非文人末技的詞的表現形式統統有其時代的合理性，惟此方能在當下「寫哀宣志」，詞也

---

[15] 陳子龍：〈三子詩餘序〉，《清詞序跋彙編》，頁 5-6。

因此值得在當下提倡。

另外,以上陳序《詩》《騷》並論,將詞溯源於《離騷》是第二種常見的破體表現。這種將詞與《離騷》扣上關係的尊體論述,和將詞繫於《詩經》苗裔之下的套路很相似,如尤侗〈璧月詞序〉即言「不知貽彤管、贈芍藥,三百篇已開香奩體矣,《離騷》滿堂美人,又何豔也。」[16]不過,比附《離騷》以達至尊體更著眼於詞的內容取材方面,詞常有妝容、華服、嬌花、香草等女性意象,援引《離騷》的「美人香草」作為經典證據,便可為詞的題材內容追本尋源,並由此再詮釋詞作中的閨怨和幽思之情,闡釋為有所寄托,將本來不得雅正的歌兒舞女、兒女情長之事納入忠愛的典範之中,如吳綺〈周屺公澄山堂詞序〉言:「托美人香草之詞,抒其幽憤;用殘月曉風之句,寄彼壯懷」[17],就顯然屬於這種思路。吳綺將本來是情人分別之詞的〈雨霖鈴〉(寒蟬淒切)解讀為「寄彼壯懷」,並將江湖遊子柳永與愛國忠臣屈原並舉,就此,柳永筆下一眾多情妓女便能詮釋為無時無刻思念君上的賢人君子。宋徵璧〈倡和詩餘序〉直言:「詞之旨本於私自憐,而私自憐近於閨房婉孌,斯先之以香草,申之以蹇修,重之以蛾眉曼睩、瑤臺嬋娟。乃為騁其妍心,送其美睇,振其芳藻,激其哀音。」[18]亦無異於直接將詞中常見的主題內容如悲秋嘆逝、羈旅行人,嫁接到《九辯》的「草木搖落而變衰」、「蹇淹留而無成」,從而將詞聯繫到「惆悵兮而私自憐」的「貧士失職」命題,走出

---

[16] 尤侗:〈璧月詞序〉,《清詞序跋彙編》,頁 29-30。
[17] 吳綺:〈周屺公澄山堂詞序〉,《清詞序跋彙編》,頁 41-42。
[18] 宋徵璧:〈倡和詩餘序〉,《清詞序跋彙編》,頁 11。

閨房,與知識分子的生命情態扣連。

第三種,是將詞溯源於樂府。毛甡〈付雪詞二集序〉為這種思想淵源的來歷提供了說法:

> 東海何良俊序《草堂詞》,謂詞為樂府之餘,而不為詩餘,但以郊廟歌辭皆隸樂錄,有近乎大晟所定,而漢魏後五言,即高如蘇、枚,亦不聞領於樂府,故云然耳。[19]

毛氏轉述,何良俊從音樂機制的角度判斷詞近於樂府而於遠詩,何氏明顯聯想到宋代六次修訂樂制且最終設大晟樂府一事。就文學史來說,詞溯源於樂府一說兼顧了詞有詞調、詞著重聲情等音樂文學的特點。不過,就文獻所見,清初詞壇的討論興趣似乎並沒有在此完整展開,更多情況是將樂府歸入與詩大同小異的同質文類。故此,毛甡在同篇序文言:「實則樂府、詩、詞本屬一致」,《詩》不過「以詞限歌」,因此其聲音效果屬於念誦,而詞則「以歌從詞」,效果在於唱嘆。就總體格局而言,並沒有為破體說帶來質變。

破體說在源頭上,主要將詞溯源於《詩經》《離騷》、樂府,透過重新詮釋「情」,聯繫詩教精神、比興寄托,就本體論、創作論、內容題材、寫作手法為詞尋找經典依據,申論詞格非但不卑,且倚聲填詞能反映時代意義,值得推尊。除正面立論,破體說也有破論,反駁填詞折損詩格此一觀點。詞家通常標舉王公名流或詩人正宗作例,如歐陽修、蘇軾,指出其人

---

[19] 毛甡:〈付雪詞二集序〉,《清詞序跋彙編》,頁 54-55。

詩詞並行於世而始終不影響其身段品位。我們不妨稱之為一種從屬於破體說名下的「因人尊體」表現。朱彝尊為《紫雲詞》作序，朱氏言：「自唐以後工詩者，每兼工於詞。宋之元老若韓、范、司馬，理學若朱仲晦、真希元，亦皆為之。由是樂章卷帙，幾於詩爭富。」[20]便有上述標舉名流的傾向，但還不算突出。丁澎〈定山堂詩餘序〉有同類論調：「然則詩餘者，三百篇之遺，而漢樂府之流系也。其源出於詩。詩本文章，文章本乎德業，即所謂詩餘為德業之餘，亦無不可者。……昔歐陽文忠、晏元獻諸公以詞名宋代，立朝正色，卓立不移。以先生德業文章之盛，何其先後若一轍也。」[21]在此就已見端倪。但是，最為明確突出的例子應該是曹爾堪（字子顧，1617-1679）的〈錦瑟詞序〉：

> 歐、蘇兩公，千古之偉人也。其文章事業，炳耀天壤，而此地獨以兩公之詞傳，至今讀〈朝中措〉、〈西江月〉諸什，如見兩公之鬚眉生動，偕遊於千載之上也。世乃目詞學為雕蟲小技者，抑獨何歟？以詞學為小技，謂歐、蘇非偉人乎？[22]

曹爾堪認為歐、蘇兩公是文章、功業俱聞達後世的千古偉人，而兩人同樣有詞傳世，他希望藉此證明偉人亦作詞，因此詞非小道。先不論曹爾堪有否邏輯倒錯之嫌，細讀曹爾堪此番言

---

[20] 朱彝尊：〈紫雲詞序〉，《清詞序跋彙編》，頁240。
[21] 丁澎：〈定山堂詩餘序〉，《清詞序跋彙編》，頁140-142。
[22] 曹爾堪：〈錦瑟詞序〉，《清詞序跋彙編》，頁173-174。

論，其實是意味著他認為詞可否被社會主流認許，一大要素取決於社會對作者本人的評騭肯定。相較於本體論、創作論、功能論等以詮釋文學內部的元素來提升詞的地位，曹爾堪此番言論則指向一種文學元素以外的判斷：作者的社會地位影響文類的社會地位。這種「因人尊體」的論調，在清初詞壇說不上主流，但是，如果配合清初詞壇的背景重新思考，未嘗不能帶來啟發。清人以匡正明詞歪風為尊體立論的前提，詞又因其邊緣性成為少數可以逃避文網、暫寄心曲的文類，即使如此，「詞是甚麼」的定義問題，以及由此牽起的種種定位和價值問題，詞家仍然是不得不面對的，詞家急需為自身倚聲填詞的選擇，找到獲得世俗倫理認許的根據，當中不無存在文體的焦慮，乃至以詞家身分名世的身分焦慮。

如上所論，有詞家透過破體之論來取得文化上的助力，然而，也有詞家遙接李清照「別是一家」之說，提出辨體。所謂辨體，即指出詩詞有別，強調詞這種文類有其自足的價值，不必成為詩的附屬。

不過，在檢討辨體策略之前，需要指出有時破體、辨體可能同時出現於同一組論述之中。對部分詞家來說，推尊詞體是最大目標，破體也好，辨體也好，不過是其中手段，可以並行不悖。尤侗的〈梅村詩餘序〉開篇即云「詞者，詩之餘也」，但又馬上以「詩人與詞人，有不相兼者」接上[23]。是篇上半，尤侗舉李杜、溫李、三蘇、辛棄疾作例，說明作者各有別才，難以相兼，間接帶出作詩與詞需要不同的創作稟賦，但是，序

---

[23] 尤侗：〈梅村詩餘序〉，《清詞序跋彙編》，頁129。

文下半又回歸到「要皆合於《國風》好色,《小雅》怨誹之致」的審美要求。又如徐芳從讀者角度自述讀詞經歷,起初他以為詞皆鄭音,士人誦讀聖賢之書,應當愛惜立言筆墨,但當他讀到歐、蘇二家詞,便有所轉向,體會到「其韻節爽雋,所以感人,又有出於詩文之上者」,甚至一改初衷,認為代有新聲,「雖孔孟復起,不能盡去以復其故」。但是,當他論及文學的價值,徐芳也同樣難免以「詞之有戾於道」與否為衡量標準,肯定詞中的比興寄託作為最重要的文學價值[24]。相比起來,徐士俊的〈蘭思詞序〉雖然於篇末仍出現了「詩三百篇」「漢魏樂府」「心正於懷」「寓言」「拾其芳草」等關鍵字眼,然而,序文主要篇幅筆墨仍落在從風格方面辨體。首先,他沒有將詞繫於詩的名下,他從文學史的發展脈絡指出唐代時詞已經「蹊徑漸與詩殊」,至宋則「浸浸乎勢不得不為詞矣」。其次,他認為詞的主要風格是「清新婉媚者為上」,再申述「非情之近於詞,乃詞之善言情」[25]。比較前引陳子龍的〈三子詩餘序〉,可見陳、徐二人同樣強調詞中「情」的價值,然而,陳子龍之情源出「風騷之旨」,詞屬於「必託於閨襜之際」的客體地位,徐則剛剛相反,強調詞這文類本身的特色便是能善於言情,呈現了詞這文類的主體性(subjectivity)。

總體就清初詞序跋而言,以破體為策略要比辨體的為多。這結果並不使人意外,畢竟詩作為韻文正宗,詩教、比興寄託在文學傳統中有不可動搖的地位,如王士禛般從中提取資源肯

---

[24] 徐芳:〈休園詩餘序〉,《清詞序跋彙編》,頁112。
[25] 徐士俊:〈蘭思詞序〉,《清詞序跋彙編》,頁139。

定是方便法門。然而，爬梳所得，亦有通篇以辨體為務，如王岱〈了庵詩餘自序〉。雖然，王岱認為「詩至於餘而詩亡」，「薄詩之氣者餘也」，「詞則極傷、極怒、極淫而後已」，但正正因為詞的極情盡性，能補詩之不足，「救詩之腐者亦餘也」[26]。王岱認為在唐以後當詩這種文類失去生命力之時，詞體格雖異，但能以同樹異枝之姿，延續詩性（poetic），因此亦言「餘至極妙，而詩復存」。

在清初詞序跋中，辨體理論達到高峰的是陳維崧的〈詞選序〉。張師宏生曾仔細析論及闡發其中思路，歸納為以下洞見：第一、文學的社會和歷史價值不必以文體區分優劣，詩不必然優於詞；第二、代有新聲，前人所論諸體不一定能涵蓋後代人情世變，作者應以哲思、氣魄、變化、融通來推動創作實踐與進步；第三、批判明詞遺風，指出向上一路，推尊詞體。以上三點均指向「選詞所以存詞，其即所以存經存史」的要旨[27]。〈詞選序〉提出「詞史」觀念，當然包含了向宋人「詩史」觀念取經的成分，但是〈詞選序〉又能跳脫出既有的破體框架，當中提出新的詞學創作原則、增添了詞的社會和歷史功能固然是一大助力，更重要的原因還在於陳氏此說標舉出聚焦明遺民心靈史的放射式詞史觀，與向來破體論追本溯源的線性文學史觀分庭抗禮，達到理論的新高度，加之陳維崧為清初海內名家，以豐厚的創作實績來證明「詞史」觀念的合理與可取。

26　王岱：〈了庵詩餘自序〉，《清詞序跋彙編》，頁 31。
27　張宏生：〈清初「詞史」觀念的確立與建構〉，《南京大學學報》2008 年第 1 期，頁 101-107。

宏生師舉出《樂府補題》重出及稼軒風的鼓揚作為承接陳氏觀點、清初詞史觀念確立及建設的實例[28]。此說從群體組織和倡和的角度考察，把握以陳維崧為中心的詞學氛圍，甚為精當。然而，要在清初詞壇舉出另一位理論高度（包括詞史立場）與創作成果能與陳維崧比肩的，恐怕亦甚為難。由是，以下希望從主流解釋外，更進一解，轉向若干清初詞話，從創作指導方面考察清初詞壇的辨體策略。

李漁《窺詞管見》凡二十二則，條目次序並不苟然，具有深意。首三則分別為「詞立乎詩曲二者之間」「詞與詩有別」「詞與曲有別」，可目為總綱；第四、五、六、七、八、九、十、十一、十二則討論詞意，認為詞貴雅、貴新、貴直、貴自然，要避粗、避俗、避晦辟、避書本氣；第十三則至第十七則討論章法；第十八則討論「也」字；第十九至二十二則討論聲律問題。《窺詞管見》是以指導填詞實踐為目的，也即是在回應「詞該怎填」的提問。全書首句即言：「作詞之難，難於上不似詩，下不類曲，不淄不磷，立乎二者之中。」[29]然後他分論空疏者作詞之弊及有學問人作詞之弊，乃至第二則指出詞有詞之腔調，提出「摹腔鍊吻之法」，無不緊扣「作」字發微。其次，書中提出的作法以用字造句為主，如第七則「琢句鍊字須合理」則花費不少篇幅專論「紅杏枝頭春意鬧」之「鬧」

---

[28] 張宏生：〈清初「詞史」觀念的確立與建構〉，《南京大學學報》2008 年第 1 期，頁 101-107。

[29] 李漁：《窺詞管見》，唐圭璋：《詞話叢編》（北京：中華書局，1986 年），頁 549。

字,以之為粗俗[30],又如第十五「結句述景最難」則認為「目前無人,止有此物」的結句作法最見大力雄材,然而初學者不易為之[31]。最尾四條雖然討論聲律,不過事實上還是落實在單獨字詞的平仄及韻部問題居多[32]。

　　這種集中討論作法上鍊字造句作為辨體表徵的現象,不僅見於李漁一家,觀察毛奇齡《西河詞話》、劉體仁《七頌堂詞繹》、沈謙《填詞雜說》幾部詞話,結論也頗統一。王又華《古今詞論》節錄張炎《詞源》,專取「審題」「詞中句法」「字面」「清空質實」「用事」「詠物」「小令」「語句」等原來屬於下篇的內容而不收錄上篇討論律呂的範圍,亦具有指向性。但是,這不代表詞家沒有在意詞的聲律問題,相反,不同詞話也有一定相關的篇幅。《西河詞話》有「音諧絃調」一條,記載崇禎甲申,京師有梨園南遷樂人能絃舊詞,但因其習藝時已「無調而有詞,無宮徵而有音聲」,因此需要座上詞客先「誦詞受之」,才能把握雅詞滋味,音諧絃調[33]。同書又有「和李夫子上元詞」一條,記述宴會上毛奇齡詞為笛僮王生所歌,帶出「善歌者以曲為主,歌出而譜隨以成,不善歌而斅歌者,欲竊其歌聲,則以譜為主,譜立而曲因以定」這種清初詞壇中詞家與歌者、以曲與用譜之間的分工及張力,而該條結語謂「益信李白〈清平調〉曲,白樂天〈桂華曲〉,原不必佳

---

[30] 《窺詞管見》,《詞話叢編》,頁553。
[31] 《窺詞管見》,《詞話叢編》,頁556。
[32] 《窺詞管見》,《詞話叢編》,頁558-560。
[33] 毛奇齡:《西河詞話》,《詞話叢編》,頁565-566。

也」[34]，似乎也一定程度反映了詞人對詞中聲情難以自主的失落。

　　以上種種現象無非源於詞樂失傳，詞失去了非常重要的聲情部分。辨體論者一方面指出詞透過與詩、曲分別來確立自足的價值，但與此同時，也得承認「同一字也，讀是此音，而唱入曲中，全與此音不合者，故不得不為歌兒體貼，寧使讀時礙口，以圖歌時利吻。詞則全為吟誦而設，止求便讀而已」[35]，「古詞佳處全在聲律見之，今止作文字觀，正所謂徐六擔板」的尷尬處境[36]。「聲情」很多情況下已讓道於曲，劃入歌者的專長。因此，若然不屑於「試問其所自度者，曲隸何律，律隸何聲，聲隸何宮何調，而乃捫然妄作」的自度曲之流[37]，那麼辨體時，尤其牽涉到析論詞之律呂，就不得不傾向務實，以字法、詞法、句法代替，如沈謙論「偷聲變律之妙」，論述起來不過是舉出吳激、范仲淹、周邦彥、柳永的詞句作例，言「于此足悟偷聲變律之妙」[38]，頗有避重就輕的意味，他如劉體仁論「詞字字有眼」，也只能舉出詞例讓讀者自行領會[39]。綜觀清初詞話，只有鄒祗謨《遠志齋詞衷》敢於較為深入地談論音節、調名、四聲、用韻等詞的體制聲律問題，在六十三條詞話中保守計算也有近二十條是討論相關內容，其中如「張程二譜

---

[34] 《西河詞話》，《詞話叢編》，頁 583-584。
[35] 《窺詞管見》，《詞話叢編》，頁 559。
[36] 劉體仁：《七頌堂詞繹》，《詞話叢編》，頁 621。
[37] 《西河詞話》，《詞話叢編》，頁 588。
[38] 沈謙：《填詞雜說》，《詞話叢編》，頁 630。
[39] 《七頌堂詞繹》，《詞話叢編》，頁 618。

多舛誤」「詞中同調異體」「詞選須從舊名」等就與萬樹《詞律》所論有不少吻合之處。

總結清初詞壇兩種尊體的主要策略——破體與辨體，宏觀上呈現了眾聲喧嘩的局面，詞家、論詞者人數鼎盛，詞作數量大幅上升，出現了像陳維崧這樣填詞破千的詞史紀錄，自不待言。更重要的還是在於整體格局和理論的拓展，詞家勇於提出形形色色的詞論主張，範圍涵蓋不同光譜的本體論、作者論、創作論、功能論，格局視野也遠比前代開闊。詞序跋、詞話成為尊體論述激烈碰撞的本文空間，詞家撰序時有明確「予之序詞不一」的自覺[40]。與此同時，不論何種論調，在回答「詞是甚麼」這一問題時，最終達到「雅」作為尊體目標顯然是時代的共識。還有一點值得留意，在差千萬別為數眾多的詞論中，破體與辨體兩條路徑隱約見出分工：本體論追本溯源、作者論談詞人稟賦、功能論談詩教和比興寄託，這三者主要由破體論負責，具體的創作指引則主要由辨體論擔當。我們很難發現在有關破體的諸種論述中有提供實在的填詞操作和法門供後學參考，同理，我們也比較難在辨體論中找到大量兼顧從淵源上推尊詞體的思路。這究竟是詞家無意中產生的默契，抑或是透露了兩種策略各有限制？實在值得深思和繼續討論。

三、愈衰：清初詞壇的時流暗湧

詞話、詞序跋是以詞作為論述對象的文獻，尤其後者往往

---

[40] 尤侗：〈南耕詞序〉，《清詞序跋彙編》，頁 248。

具有推薦和引介的作用，為詞集及詞人美言贈慶。理論上，這兩種文獻也是從正面立論，從宏觀角度來看，以推動詞的繁榮進步為最終目的。然而，細讀這些文獻，發現即使有著共同目標，但有時當中會互有衝突。在這裂縫中，或許可以窺探清初詞壇的暗湧起伏。這種含有解構（deconstruct）意味的閱讀方法，有助我們洞察在清詞中興的大論述中，實際上夾藏了「極盛而愈衰」的面向。

以下首先透過一則事例，折射出清初詞壇尊體策略的側面及多樣性。丁煒（字澹汝，號雁水，1627-1697），清初閩中詩家，有時譽，王士禛甚為賞識，列為金台十子之一。丁煒早年有《問山詩集》行世，康熙二十三年（1684）刊刻《紫雲詞》，朱彝尊、丁澎、陳維岳、徐釚為其撰序。丁煒在〈自序〉中，自述了涉足詞壇的經過：

> 自念家處濱海溫陵，宮羽倚聲，鮮有講肆。余早歲習為詩，間從遊覽，下曾效填詞數曲，然弗深知其旨，稿既不留，亦未有以名吾詞。迨歲戊午，於燕亭交陳子其年，其年曰：「吾見子之詩矣，邇者將梓海內佳詞為一集，子之詞未有聞，寧可無以益吾集？」余乃退而肆力《譜》《圖》，上下唐宋元明，所作於辛、蘇、秦、柳、姜、史、高、吳諸名家，尤致專心，慮莫有合。復得朱子錫鬯相為磨劘辨緣，訛證離似，始存一二矣。至出而西，道途所經，驢背舟中，登臨覽眺，又稱是焉。嗣入虔南，方謂自公餘閒，可益求精此道，以報其年、

錫鬯。[41]

丁煒兼攻填詞的事例,透視出清初詞壇巨擘陳維崧、朱彝尊刺激詞學發展,推尊詞體的另一種方法。丁煒本來未諳填詞,「弗深知其旨」,甚至練筆之作也沒有存世、流播,此前的丁煒是純粹以詩人形象見聞於人前。然而,在康熙十七年(1678),丁煒與陳維崧的結交,並得到其鼓勵,使到丁煒致力於倚聲之道,後來又得朱彝尊耳提面命講授詞學。

《紫雲詞》的結集,就丁煒個人角度而言,是以具體創作實踐和出版,「以報其年、錫鬯」的知遇之恩。就詞史角度而言,則見陳、朱二人如何以個人名望、領袖魅力,來壯大詞人行列,也由此可見詞學在學脈、流派之外的異類傳承。不過,有一點我們必須留意,丁煒當初未填詞時,僅以詩名世,陳維崧也只是「吾見子之詩矣」而未見詞。在「子之詞未有聞」的情況下,陳維崧就已經向丁煒索稿,充「海內佳詞」之一員。陳維崧有多大程度出於應酬客套,不得而知,但就這事件的性質及果效而言,陳維崧將壯大詞人隊伍視作當時推動詞壇發展的第一要務,是毋庸置疑的,即使其中存在拉攏其他文類勝手名家的成分。就丁煒的實例而言,詞作質素似乎並不是首要的考慮。

從積極的角度而言,以上情況反映了清初詞壇已注意到蓄積群體文化資本的必要性。詞人數量明顯增長,詞家持論層出不窮,趨向百花齊放,倚聲填詞成為一時潮流所向。然而,這

---

[41] 丁煒:〈紫雲詞自序〉,《清詞序跋彙編》,頁242-243。

種量先於質、速度先於深度的取態,會不會帶來其他副作用?急欲自立新說,抗衡明詞餘風的同時,會不會在無形中瓦解了一些既有的詞學觀念和傳統?

這種時流中夾藏暗湧,以及居安思危的反思和批判並非蠡測,而是的確存在於當時的論述之中。儲國鈞〈小眠齋詞序〉有言:

> 余少喜填詞,竊謂詩歌詞曲,各有體制,風流婉約,情致纏綿,此詞之體制也,則小山、少游、美成諸君子其人矣。降自南宋,雖不乏名家,要以梅溪為最既。得交史子位存,相與上下,其議論意見,悉與余合。夫自《花間》《草堂》之集盛行,而詞之弊已極,明三百年直謂之無詞可也。我朝諸前輩起而振興之,真面目始出。顧或者恐後生復蹈故轍,於是標白石為第一,以刻削峭潔為貴。不善學之,競為澀體,務安難字,卒之抄撮堆砌,其音節頓挫之妙蕩然。欲洗《花》《草》陋習,反墮浙西成派,謂非矯枉之過與?……聲音之道,斷不能廢,物極必反,理有故然,彼浙西之詞,不過一人唱之,三四人和之,浸淫遍及大江南北,人守其說,固結於中而不可解。[42]

史承謙(字位存,1707-1756)是乾隆間的陽羨後進詞人,儲國鈞(字長源,生卒未詳)為史氏《小眠齋詞》撰序,二人年

---

[42] 儲國鈞:〈小眠齋詞序〉,《清詞序跋彙編》,頁444。

輩稍晚,但從後學的眼光檢討前輩功過,也不無嚴厲之處。他批判浙西詞派尊體策略矯枉過正,本來標榜擅聲律的姜白石,結果「不善學之」,落入鍊字造句層面的雕琢堆砌,反而與追求詞體本質的聲音之道越去越遠,失音節頓挫之妙。原本希望矯正尊崇《花》、《草》二著的明代餘風,但浙西之弊端,在儲國鈞眼中,似乎與明人相去不遠。

不過,更尖銳的批評,在於「一人唱之,三四人和之,浸淫遍及大江南北,人守其說,固結於中而不可解」,當中大有圍爐取暖、互相吹噓、名實不符之譏,而「成派」在這種脈絡下,似乎也傾向負面意思居多。《珂雪詞‧四庫總目提要》有提及:「雖友朋推挹之詞,不無溢量,要在近代詞家,亦卓然一作手矣。舊本每調之末,必列王士禎、彭孫遹、張潮、李良年、曹勛、陳維崧等評語,實沿明季文社陋習,最可厭憎,今悉刪除,以清耳目。」[43]就是不滿這種成派結社的實際反應。

配合上文丁煒之例一併分析,可見清初詞壇固然不乏名家巨擘領軍,各有創獲,以作品、詞風、論調,甚至名望各佔山頭。然而,在名家以下的三線詞人,乃至遊離分子,很大可能只能為詞壇提供量的增長,但在質的方面反而帶來負面影響。蔣平階〈空翠集序〉言:

> 近代才人不以詞名而間為詞者,婁東王弇州、吾鄉陳大樽,各以古詩樂府之法為詞,而不以詞為詞,我好之。

---

[43] 永瑢等:《四庫全書總目提要》卷一九九,《清詞序跋彙編》,頁169-170。

其他以詞為詞而稱專家者,間使小奚按拍上口,我聽之二三闋即唾之矣。今日填詞之家何肩摩、趾相錯也。[44]

當中指出了填詞之家學藝不精,填詞不能按拍、不能得聲情之美,使人反胃,這當然是重點之一。與此同時,蔣氏批評「以詞為詞而稱專家者」的論點也不容忽視,蔣氏站於師承陳子龍的立場,雖然陳氏「不以詞為詞」,但遵「古詩樂府之法」,對蔣平階而言,反而源流有本,更符合他的審美追求。究竟是不是蔣氏未能與時並進,投入新潮流,實不得而知,但可以肯定,就蔣平階而言,「今日填詞之家」代表了一種並未成為標準、源流無本的歧見。而謝良琦在〈醉白堂詩餘自序〉則有更進一步的批評:

> 近時作者數千,大約刻意爭勝,求之過高,則不惟詩亡,幾並詩餘而亡之。無他,浸失其意,而好異者之過也。辟之適食然:五穀,人之所同嗜也,珍錯,亦人之所同嗜也,亦有人厭五穀、珍錯之同惟異之求,則將何食?必也,污穢臭腐足厭斯饑乎?凡吾為文章,豈惟自娛樂?亦將以上同於古人,不求人知,不敢立異。[45]

所謂「作者數千」,應包含三線詞人及以下遊離分子。謝良琦上論更深刻的意義在於指出清初詞壇不僅僅是詞人多而不

---

[44] 蔣平階:〈空翠集序〉,《清詞序跋彙編》,頁36。
[45] 謝良琦:〈醉白堂詩餘自序〉,《清詞序跋彙編》,頁121-122。

精，更有甚者是互相「刻意爭勝」，也就是說後學末流詞作未達水平，卻反過來標新立異，自創新說。當然，這種「新」是帶有負面的意思，謝良琦以食事為喻：下至五穀，上至珍錯，各有所愛，乃理之所至，但斷不能盲目求新求異走向極端，將污穢腐臭放入口中。這種原本出於詞風審美相近，繼而合流成派、蓄積文化資本的詞壇時流，演變成詞壇話語權的追逐和刻意爭勝，〈秋蓼亭詞草序〉言：「詞肇於唐而盛於宋，宋詞之自北而南，猶唐詩之由初盛而中晚也。秦、黃、周、柳，溫麗芊綿；蘇、陸、辛、劉，沉雄頓挫，所趨雖別，異曲同工，固不以時代之先後為軒輊也。近世倚聲家，或以玉田、白石為正始之音，若欲超乎諸家之上，亦各從其所好而已。」[46]已隱約流露詞人互相競伐，欲以己見超諸家之上的時風。江闓（生卒未詳）〈岸舫詞序〉則更為直接，指出：「迨我國家騷人輩出，以詞鳴者指不勝屈，亦極盛矣。雖然，學稼軒、放翁之家，往往厭薄三李，謂傷於巧；學耆卿、淮海者，則又病眉山傷於氣。」[47]當中就有互相輕視、鄙棄的情況。而且這種時風並非止於口舌之爭，而是產生實質負面的影響。王應奎（1732-？）〈古照堂詞鈔序〉檢討前人功過：「詞家持論，輒人人殊。尚婉約，則宗秦、柳；主豪放，則禰蘇、辛。派從盍各，彼此交詆。余則以為皆非也。」[48]周而衍（字東會，生卒未詳）〈秋屏詞鈔題辭〉：「長短句濫觴於李唐，至趙宋而

---

46 趙懷玉：〈秋蓼亭詞草序〉，《清詞序跋彙編》，頁777。
47 江闓：〈岸舫詞序〉，《清詞序跋彙編》，頁262-263。
48 王應奎：〈古照堂詞鈔序〉，《柳南文鈔》，《清代詩文集彙編》（上海：上海古籍出版社，2010年），第256冊，頁226。

極盛。近時諸家又各標新領異。然江河日下，狼籍沓拖，貽累詞壇不小。」⁴⁹兩文不滿之意已非常明顯，既批評此前詞壇無一定說，而且所言弊處正在於「新」及「異」，揭示了種種論調急於各徇己見，但求新奇奪目，卻未必有說服力，之後言「狼籍沓拖」，也有草卒、混亂的意味。當時人回顧清初詞壇，有感似盛實衰，言多而不精。同時，王、周二文也將這種互相攻伐的風氣，溯源於「詞家持論，輒人人殊」「各標新領異」這源頭。由此看來，清人以明人為對立面，期望建立屬於當世詞壇的新論述、新典範，繼而從破體、辨體等不同角度努力，乃至於結社分派，蓄積文化勢力。在一定程度上，這種做法充滿彈性與生命力，但同時也是混雜未純，難於控制，為詞壇帶來負面影響。

　　至於負面影響的具體內容，尤侗〈南溪詞序〉指出「予惟近日詞家，烘寫閨襜，易流狎昵，蹈揚湖海，動涉叫囂，二者交病」⁵⁰，尤侗就內容和風格認為各有弊病，實際上他是針對北宋婉約詞與南宋稼軒風的末流後學，前者取材耽於閨閣，後者填詞類同叫囂。不過，尤侗之論停留在技法層面評斷，仍未觸及癥結。徐士俊〈蔭綠軒詞序〉則更進一步指出：

> 詞與詩雖體格不同，其為攄寫性情，標舉景物一也。若夫性情不露，景物不真，而徒然綴枯樹以新花，被偶人以袨服，飾淫靡為周、柳，假豪放為蘇、辛，號曰詩

49　周而衍：〈秋屏詞鈔題辭〉，《清詞序跋彙編》，頁294。
50　尤侗：〈南溪詞序〉，《清詞序跋彙編》，頁70-71。

餘,生趣盡矣,亦何異於詩家之活剝工部、生啟義山也哉?[51]

他將對時流作法的不滿由技法深化至文學價值的層面。「徒然綴枯樹以新花,被偶人以袨服」的批判包含形式主義的指責,形式與性情脫軌,繼而有損「性情之真」,違背了中國文學傳統求真的追求。徐士俊在下文更直接道出「余故謂詞至今日而已臻其盛,正恐自今日而漸底於衰。寧無砥柱中流,蟬聯韻事,合南唐、北宋二人為一家者?」這就與萬樹的「極盛愈衰」之論不謀而合,與此同時也無不感慨,表達詞壇需要有詞家「蟬聯韻事,合南唐、北宋二人為一家」,重新組織宗風和理論建構的渴求。

以上對時流不滿的批評,已足以證成清初詞壇存在著「極盛而愈衰」的暗湧。而以下陳維崧與吳綺的言論,更提醒了我們時流暗湧與主流尊體論述的關係。二人為史雲臣《蝶庵詞》撰序,有非常一致吻合的見解:

> (按:史) 嘗謂余曰:今天下詞亦極盛矣,然其所為盛,正吾所謂衰也。家溫、韋而戶周、秦,抑亦《金荃》、《蘭畹》之大憂也。夫作者非有《國風》美人、《離騷》香草之志意,以優柔而涵濡之,則其入也不微,而其出也不厚。人或者以淫褻之音亂之,以佻巧之

---

[51] 徐士俊:〈蔭綠軒詞序〉,《清詞序跋彙編》,頁116。

習沿之,非俚則誣。[52]

又云:

而余與史子始聯袂、呂之交,盡讀秦、黃之作。相其體製,備有風華,攬厥性情,雅多深至。因嘆今日聲音之盛,實為當年騷雅之衰。用考諸家,良由二弊。一則因本房中之體,務雕楮上之文。量五色之真珠,何關窈窕;披千絲之神錦,祇益妖淫。寶井瓊廚,似入波斯之肆;烟綃霧縠,徒盈織染之坊。寧知人出西家,那用露華遮頰;品高南國,不須黛葉通眉。一則緣寫思婦之情,罔顧風人之旨。夷光自好,而偏學其捧心;孫壽何堪,乃獨憐其齲齒。本是清羸之疾,回身謬作纖腰;原無裊娜之容,曳足陽稱巧步。寧知神如處子,曾何藉於矜持;婢學夫人,祇益形其羞澀。於是俳諧雜進,圖畫靡真。識者欲矯以辛蘇,究至有乖於唐宋。[53]

陳、吳二人未有批評類同叫囂的稼軒末流,相信與陳維崧本人的詞風亦有關係。陳、吳二人的言論大致上與上舉尤侗、徐士俊等的批評,就批評的內容而言是大同小異的,陳、吳同樣不滿時流作詞徒事於雕琢文辭,追逐鋪演名物華服,陷於淫侈,以及推砌典故,俳諧雜進,失性情之真。不過,以上兩則〈蝶

---

[52] 陳維崧:〈蝶庵詞序〉,《清詞序跋彙編》,頁136。
[53] 吳綺:〈史雲臣蝶庵詞序〉,《清詞序跋彙編》,頁137-138。

庵詞序〉最為重要的,還是揭示作法、風格上的弊端,最終會導致悖離「騷雅」和「風人之旨」。以上引文提醒了我們,清初詞壇主要的尊體策略,不論是破體還是辨體,同樣以追求「雅正」為目標,然而,主流詞壇中組織的尚未嚴密以及尊體策略中未出現能定於一尊的論述,使主流的背面衍生暗湧,而這股時流的破壞力最終竟又作用於尊體一方一直冀求的目標,有害「雅正」和「風人之旨」。

萬樹《詞律》的取態與吳綺、陳維崧等也很接近,他同樣體察到時流的暗湧,故此,萬樹《詞律‧自敘》即有「至今日而詞風愈盛詞學愈衰矣」的批評。不過,萬樹專攻體式,他是從審律訂譜的角度作描述。因此,他的批評對象落實為:一、校律粗疏的造譜者和詞譜;二、不肯細讀古名詞佳作的末流詞人;三、自欺欺人的自度曲行為。萬樹《詞律》中,多稱以上為「今人」「時人」,茲舉書內若干例子說明:

> 一、按《草堂新集》《詞統》等書,收入小青詞,通首平仄全然相反,至後段「原不是、鴛鴦一派。休算做、相思一概」兩句,竟作上三下四句法,古來有此〈天仙子〉乎?……沈氏自謂詞中名家,今人亦翕然尊之,古來有不解〈天仙子〉〈南鄉子〉之歐蘇辛否?[54]
> 二、因無今人率意造譜之膽,未敢論定。[55]
> 三、近見時人,有于翠字用平,而「砌成句」,用平平

---

[54] 《詞律》卷二,頁 12-13。
[55] 《詞律》卷三,頁 21。

仄仄，是不深于詞者也。[56]

四、按此詞因首句四字，後人遂名曰〈愁春未醒〉。夢窗稿「東風未起」一篇是也。《圖譜》不知即〈醜奴兒慢〉，故另立一〈愁春未醒〉之調，且斷句差錯殊甚，踵訛襲謬，致時人之喜填新名者，多受其累矣。[57]

五、乃今人將一百三字之〈喜遷鶯〉，亦名曰〈鶴沖天〉。《選聲》更註云：又名〈鶴沖霄〉。似此輾轉訛謬，豈可不加釐厘哉？[58]

六、余嘗謂千里和清真，四聲一字不改，觀竹山亦一字不改，益知用字自有定格，不如今人高見，隨意可填也。[59]

七、《圖譜》以「別來」「別」字為可平，無妨，乃以「東」為可平，則自我作古矣。[60]

八、按《能改齋漫錄》，載無名氏〈玉瓏璁〉一詞，即是此調。其「金樽側」二句云：新相識，舊相識。「清宵寂」二句云：長相憶，空相憶。此本弄巧，複用上韻為句，非有此定格也，《圖譜》喜其名新而收之。[61]

《詞律》中，與「今人」「時人」相對的，便是「古人」

---

[56] 《詞律》卷三，頁 23-24。
[57] 《詞律》卷四，頁 6。
[58] 《詞律》卷四，頁 23。
[59] 《詞律》卷五，頁 28。
[60] 《詞律》卷七，頁 27。
[61] 《詞律》卷八，頁 10-11。

與「古音」，萬樹深信在審律訂譜的工作中，校定和學習「古人」名詞佳作，從中推敲「古音」聲情，最終能達至「至公大雅」的理想境界。他是從另一角度回答「詞是甚麼」的清初詞壇疑問，也同時回應清初詞壇尊體策略的共識——「雅」的命題。

四、總結

清詞中興是毋庸置疑的文學史現象，具體體現為詞人、詞作數量上升，詞集、詞選、詞譜編撰不斷，以及詞論超越前朝的新局面。清初尊體主要有破體及辨體兩種，兩者各有分工，最終朝「雅」的目標邁進，期望求雅來達至尊體。各種詞論紛紜，形成眾聲喧嘩的局面。

本文首先回顧和整理了破體和辨體兩種主要尊體策略的論述脈絡，也旁及其特性和限制，繼而專論清初詞壇的時流暗湧。由此發現，清詞中興雖然是文學史的事實，也是研究者一致認同的取態，然而，在清人的論述中，情況卻更為複雜，並非只有肯定的聲音。我們至少發現了不少詞家同樣有「極盛而愈衰」的擔憂和批評。這種判斷不應單純理解為憂慮明代詞風的延續，而是應該結合清初詞壇的大背景，以及尊體策略的內部矛盾來分析。

尊體的初衷基於理論脈絡尚未完善，破體與辨體存在落差，理論上的尊體如何與務實的填詞操作銜接，成為有待填充的版塊。時流競逐新說，人多口雜，帶有惡性競爭意味的言論出現亦相繼出現，量的提升未能馬上帶動質的並進，反而變成

學藝不精,意欲尊體卻越走越遠。時流勢頭汛急,力道一發不可收拾,但如何繼續穩步前進,也成為了新的難題。

　　本文嘗試以具有解構意味的分析方法,勾勒出一幅清初詞壇的異質圖景。在這圖景中,既有研究者已申論頗多的主流描述,也有較少人能關注並鑲嵌到論述中的暗流一面。主流破體、辨體肯定有其積極意義,推動詞學發展,展示「極盛」的潮流;著眼於「愈衰」的詞家,一邊批評時流,同時以舉世獨醒之人自居,鞭韃著自身作深刻的反省,透過著作來實踐自己的觀點,本文後半的主角萬樹即為其中之一。

　　因此,檢討清初詞壇的尊體策略,可見清詞中興是從主流與暗湧、「極盛」與「愈衰」兩種不同立場的角力中,產生推動詞學前進發展的生命力。因此,我們應該從更多角度來闡釋「尊體」這一詞學概念,開拓研究的維度。

(作者為香港理工大學中國語文教學中心導師)

晚清「花間傳統」的重建與令詞的隱喻書寫

郭文儀

　　《花間集》被視為「倚聲填詞之祖」，其敘言與選作所體現出的詞體觀念、編選標準與整體風格，影響了五代以來文人對詞體體性與詞體品味的認知。由於「花間」在傳統詞學話語中被視為詞之源頭與正宗，學者如何定位《花間集》的品位與風格，直接影響到其對詞體本身的認知與定位，因此，當晚清學者在世變壓力下進行詞學尊體努力的時候，如何解讀與定位「花間傳統」就成為詞統建構中一個亟待解決的問題。

　　王兆鵬先生曾提出「花間範式」概念，指由溫庭筠為代表的花間詞人所創建的一種抒情範式，表現的多是類型化的泛化虛擬的人類情思。[1]為便於區分並論證，本文借用「花間範式」這一概念，指代晚清以前詞學話語中「花間詞風」所體現的詞體書寫傳統與詞體體性認知，而以「花間傳統」指代經過

---

[1] 王兆鵬：《宋南渡詞人群體研究》（南京：鳳凰出版社，2009年），頁132。

晚清詞家誤讀與重建後的以「比興寄託」為基本解讀策略與書寫原則的令詞範式。

一、推尊花間
——詞統重建需要下的詞論振拔策略

由於「宋人奉《花間集》為詞的鼻祖,作詞固多以《花間》為宗,論詞亦常以《花間》為準」[2],然而歐陽炯在〈花間集序〉中承認集中諸作皆「綺筵公子,繡幌佳人……不無清絕之詞,用助妖嬈之態」[3],因此,傳統詞論中的「詩莊詞媚」「詞為豔科」「詞為小道」的觀點是與《花間集》指出的詞體功用與體現出的詞體風格直接相關的。發展到晚清,詞家所面臨的論題之一,就是如何振拔詞的婚戀題材與側豔特徵的價值,論證《花間》的雅潔合道,從詞學統序的源頭上推尊詞體。

(一)「情」的內涵限制與擴充

肯定花間範式的一個方向,就是有明以來的「主情」傳統,明人曾從「主情」「尚俗」的角度對《花間》等「緣情而綺靡」的側豔之作作出肯定。明人大量「主情近俗」的詞論無疑是對宋以來尊雅詞、卑豔詞的一次有力反撥。因此儘管入清

---

[2] 吳熊和:《唐宋詞通論》(杭州:浙江古籍出版社,1989 年),頁 169。

[3] 歐陽炯:〈花間集序〉,張惠民編:《宋代詞學資料彙編》(廣州:汕頭大學出版社,1993 年),頁 189。

後詞論者大多對明代淺俗儇薄的詞風極為不滿,但以婉約為詞之正宗、承認詞當傳情的詞學理念卻產生了極大的影響。

　　「主情」這一價值尺度由於游離于傳統的「詩教」「文以載道」的價值體系外,在清代一度衰微,直到晚清又重新被拾起。丁紹儀「情苟不深,語必不豔」論詞之旨趣[4],雖不專指豔詞,卻代表了清中後期一種「情深語豔」的詞學審美。又如陳廷焯將朱彝尊之豔詞的列為仙品等[5]。但清人的這一系列論斷卻並非對明人的簡單重複,「情深語豔」之「情」所要求的乃是對情之正邪、貞淫、真偽的取捨,已然包含了約情合中的要求,清人據此將「淫」與「豔」分離割裂,惟有符合「情真」「情深」「情正」的豔而不淫的詞作方能得到肯定,所謂「綺語淫,情語不淫也」[6]。

　　以情「真」衡量豔詞價值的另一個意義在於,以情意的深厚來匡正詞句上的儇薄,或者說,作者性情需「正」並將之真實地反映到作品中去,各言其情而各得其真。如沈祥龍《論詞隨筆》曰:「詞之言情,貴得其真,勞人思婦,孝子忠臣,各有其情。」[7]不僅要求感情真實自然,顯然也將「情」的內涵擴大到各種情感。

　　稍後的臨桂詞家亦極重視情真、景真之作,王鵬運重視作

4　丁紹儀:《聽秋聲館詞話》卷九,唐圭璋:《詞話叢編》(北京:中華書局,1986年),頁2689。

5　陳廷焯撰,屈興國輯注:《白雨齋詞話足本校注》(濟南:齊魯書社,1983年),頁308。

6　謝章鋌:《賭棋山莊詞話》,《詞話叢編》,頁3366。

7　沈祥龍:《論詞隨筆》,《詞話叢編》,頁4053。

者性情之真,況周頤亦以性情與涵養襟抱相結合。「情真」是貫穿況周頤詞論的重要評鑒標準,《蕙風詞話》卷一即言:「真字是詞骨。情真,景真,所作必傳,且易脫稿。」[8]其「詞心說」亦由此而來:

> 吾聽風雨,吾覽江山,常覺風雨江山外有萬不得已者在。此萬不得已者,即詞心也。而能以吾言寫吾心,即吾詞也。此萬不得已者,由吾心醞釀而出,即吾詞之真也。[9]

況周頤將「真」作為詞之發生的先決條件,並進一步將之與常州詞論的比興寄託說相結合,提出性靈即寄託。可以說,臨桂詞論中「重、拙、大」之「大」,即是詞作者由於自身襟抱、性情中符合忠恕之意的思想感情自發流露於詞作之中。

將豔詞從「淫」的性質與評價中脫離出來,以「情真」為之標目,並對「情」的內涵作了限制和拓展,此為振拔豔詞價值的一種傳統思路。然而在晚清詞論中,最具有創造性也最為顯豁的一個論證策略,則是抬高詞體的文體源頭,上接樂府、詩教,以騷雅精神「誤讀」花間之作,重建一個符合晚清詞壇尊體需求的「花間傳統」。

---

[8] 況周頤著,屈興國輯注:《蕙風詞話輯注》(南昌:江西人民出版社,2000年),頁14。

[9] 《蕙風詞話輯注》,頁23。

（二）詞體上承風騷的接續嘗試

以男女之情比附於君臣遇合，源出騷雅，施於詞體，這一思路在宋時就有所揭示，潘閬、蘇軾等人均提出詞為詩之苗裔，為樂府之遺：

> 詞曲者，古樂府之末造也。古樂府者，詩之旁流也。詩出於《離騷》《楚辭》，而《離騷》者，變風變雅之怨而迫、哀而傷者也。[10]

胡寅本意主要從文體而論詞體，但此論將詞上比於變風變雅，更揭示了由詞至古樂府至詩教的中間環節──《離騷》《楚辭》，此說至明中後期開始顯豁。湯顯祖點評〈花間集序〉亦以《花間》上承騷賦。陳子龍更以風騷之旨論唐五代北宋詞：

> 詩與樂府同源，而其既也，每迭為盛衰。……詩餘始于唐末，而婉暢穠逸極於北宋。……然亦有不可廢者，夫《風》《騷》之旨皆本言情，言情之作，必托於閨襜之際。[11]

這一以香草美人寄託忠臣之思的比喻系統為清人接過，朱彝尊〈紅鹽詞序〉即言：「善言詞者假閨房兒女子之言，通之於離

---

[10] 胡寅：〈題酒邊詞〉，陳良運編：《中國歷代詞學論著選》（南昌：百花洲文藝出版社，1998年），頁78。

[11] 陳子龍：〈三子詩餘序〉，《中國歷代詞學論著選》，頁345。

騷、變雅之義,此尤不得于時者所宜寄情焉耳。」[12]浙派「寄情」之說在康熙早期產生過一定影響,但很快轉為對詞清空騷雅的風格的關注。直至嘉慶二年(1797),張惠言〈詞選序〉以解經的思路系統論述了這一理念:

> 敘曰:詞者,蓋出於唐之詩人,采樂府之音以製新律,因繫其詞,故曰「詞」。傳曰:意內而言外謂之詞。其緣情造端,興於微言,以相感動,極命風謠里巷男女哀樂,以道賢人君子幽約怨悱不能自言之情,低徊要眇以喻其致。蓋詩之比興、變風之義,騷人之歌則近之矣。然以其文小,其聲哀,放者為之,或跌盪靡麗,雜以昌狂俳優,然要其至者,莫不惻隱盱愉,感物而發,觸類條鬯,各有所歸,非苟為雕琢曼辭而已。[13]

文仿《漢書・藝文志・詩賦略》,提出詞之本義就是「意內言外」,如詩之比興、變風之義。強調作者應該「感物而發,觸類條鬯,各有所歸」,需要將情意的表達納入儒家詩教中,並在作品中表現出身世之感。因此張惠言詞選的目的是「義有幽隱,並為指發。幾以塞其下流,導其淵源,無使風雅之士懲於鄙俗之音,不敢與詩賦之流同類而風誦之也」[14],隱然將詞與

---

[12] 朱彝尊:〈陳緯雲紅鹽詞序〉,馮乾編校:《清詞序跋彙編》(南京:鳳凰出版社,2013 年),頁 233。
[13] 張惠言:〈詞選序〉,孫克強編:《中國歷代分體文論選》(北京:北京交通大學出版社,2006 年),頁 344。
[14] 張惠言:〈詞選序〉,《中國歷代分體文論選》,頁 344。

詩賦之流相提並論。

張惠言以詞附《詩》的思路並不單純是對此前言論的重複，從〈詞選序〉的論證方式，以及《詞選》作品的解讀來看，實際包含了一種經師解經的經典構建本能，如比附〈詩大序〉作〈詞選序〉，以經師的訓詁方式解「詞」，並按照風雅正變的解經思路，推尊詞體之緣起——《花間集》，解讀作家與作品。正如《詩經》第一篇的〈關雎〉的解讀方向關係到詩學的「風雅正變」的解讀統序，張惠言嘗試解讀《花間集》第一篇〈菩薩蠻〉（小山重疊金明滅），以「此感士不遇也」「離騷初服之義」開宗明義，可以看到他比附「詩學」去建構其詞學「合道」之論的策略與深意。常派後勁周濟對張氏以經解詞的創建意義深有會心：「吾郡自皋文、子居兩先生開闢榛莽，以《國風》《離騷》之旨趣，鑄溫、韋、周、辛之面目。」[15]細味「鑄」字之深意，可以看到常州詞派建構詞統與誤讀經典的主觀性與主動性。

溫庭筠所代表的花間範式本身的「類型化」「無我化」所賦予的意象隱喻的「潛能」（葉嘉瑩先生語），也使得這種比附與解讀成為可能。因此，《詞選》盛行後，以寄託解詞的影響極大。如對馮延巳〈鵲踏枝〉的解讀，張惠言以為「忠愛纏綿，宛然騷辨之義」[16]，陳廷焯評為「憂讒畏譏，思深意

---

[15] 周濟：〈味雋齋詞自序〉，孫克強等編：《清人詞話》（天津：南開大學出版社，2012 年），頁 1194。

[16] 張惠言選，姜亮夫箋注：《詞選箋注》（北京：北新書局，1933 年），頁 40。

苦」[17]，馮煦更明確地指明：「翁具才略，不能有所匡救，危苦煩亂之中，鬱不自達者，一於詞發之。」「所懷萬端，謬悠其辭，若顯若晦，揆之六義，比興為多。」[18]可見看到晚清詞統建構思路下的詞學理論的一脈相承。

另一方面，張惠言等人對作品的有意誤讀畢竟背離了詞學傳統中對詞體「主情」的認知，謝章鋌等人對此多有詬病，之後的詞論家因此有許多理論上的匡正與補充，也可以看到此類詞統建構嘗試脫離於詞體本身體性與發展歷史所帶來的理論困境。

（三）花間風格的重新論證

同樣出於提升花間詞品性的需要，在晚清詞論中，花間的詞體風格也呈現出由「側豔綺靡」「婉媚香弱」向「深美閎約」[19]「沉鬱淒豔」的轉變。

明人對花間多持肯定態度，但對花間風格的認識，多如：

> 取絕豔於《花間》，把餘香于《蘭畹》。[20]
>
> 詞須宛轉綿麗，淺至儇俏，挾春月煙花於閨襜內奏之，

---

[17] 王兆鵬主編：《唐宋詞彙評》（杭州：浙江教育出版社，2004年），頁439。

[18] 龍榆生選：《唐宋名家詞選》（上海：上海古籍出版社，2014年），頁56。

[19] 張惠言：〈詞選序〉，《中國歷代分體文論選》，頁344。

[20] 孟稱舜：〈古今詞統序〉，金啟華等編：《唐宋詞集序跋彙編》（南京：江蘇教育出版社，1990年），頁403。

一語之豔,令人魂絕,一字之工,令人色飛,乃為貴耳。[21]

清代浙西詞派是以「一洗明人《花間》《草堂》陋習」的面目登上詞壇的,他們對花間詞風的評價亦集中於柔靡淺俗等方面。《花間詞》在詞學話語中品性的提高,顯然是在常州詞派形成後發生的。常派詞論中的花間風格,設色由「綺靡」轉向「華貴」,論情感由「儇俏」轉向「淒豔」,體現出一種評價尺度上的尊體自覺:

小令如《花間》,中調如北宋,慢聲如南渡,哀感頑豔,淒人心脾。[22]

飛卿詞,大半托詞帷房,極其婉雅,而規模自覺宏遠,周、秦、蘇、辛、姜、史輩,雖姿態百變,亦不能超越其範圍,本原所在,不容以行跡勝也。[23]

詞有穆之一境,靜而兼厚重大也。淡而穆不易,濃而穆更難。知此,可以讀《花間集》。[24]

---

[21] 王世貞:《藝苑卮言》,《詞話叢編》,頁 385。
[22] 王潤題蔣敦復《芬陀利室詞》,《清詞序跋彙編》,頁 1049-1050。
[23] 《白雨齋詞話足本校注》,頁 524。
[24] 況周頤:《蕙風詞話》,屈興國編《詞話叢編二編》(杭州:浙江古籍出版社,2013 年),頁 2126。

> 《花間》高麗精英，情深比興。[25]

張惠言首次在〈詞選序〉中以「深美閎約」論溫庭筠詞，其後的常派詞家大多遵循這一論斷並有所拓展，如陳廷焯在詞論中以「哀感淒豔」規定花間範式的情感模式，又以「沉鬱忠厚」品評花間範式的寄託之作；況周頤則從情感的深度提出「穆」之一境，將《花間》視作詞境的最高境界。

其中，陳廷焯早年詞學浙派，後由浙入常，他對《花間》的詞論轉變，可以看到明顯的常派詞統建構策略在詞學品評方面產生的影響。在早年的《雲韶集》中，陳廷焯對《花間》評價不高：

> 余因不揣譾陋，匯歷朝詞為二十六卷，以竹垞太史《詞綜》為準，一洗《花間》《草堂》之習。[26]

接受常派詞論後，陳廷焯對《花間》的評價有了極為明顯的轉向：

> 詞也者，樂府之變調，風騷之流派也。溫、韋發其端，兩宋名賢暢其緒，風雅正宗，於斯不墜。金元而後，競尚新聲，……後之為詞者，茫乎不知所從。卓哉皋文，

---

[25] 《續修四庫全書·納蘭詞提要》，《清人詞話》，頁676。
[26] 陳廷焯：〈雲韶集序〉，張璋主編：《歷代詞話》（鄭州：大象出版社，2002年），頁1706。

《詞選》一編，宗風賴以不滅，可謂獨具隻眼矣。[27]

　　由上接風雅的詞學統序入手，論證唐五代北宋詞的「風雅正宗」地位。「雅正」這一評價由南宋詞向唐五代詞的整體位移，顯然更多的是出於詞統構建的先置性需要，而非詞體本身體性的認知。陳廷焯對花間評價的轉向與重新論證，是與其詞學統序觀緊密相關的，這種轉變，與其說是對花間詞體性的重新認識，不如說是花間傳統的重建策略。

　　綜上，在常派詞人的詞學話語中，詞學統序是由《花間》開始的：

> 溫、韋創古者也。晏、歐繼溫、韋之後，面目未改，神理全非，異乎溫、韋者也。蘇、辛、周、秦之于溫、韋，貌變而神不變，聲色大開，本原則一。南宋諸名家，大旨亦不悖于溫、韋，而各立門戶、別有千古。元明庸庸碌碌，無所短長，至陳、朱輩出，而古意全失，溫、韋之風，不可復作矣。貞下起元，往而必復，皋文唱於前，蒿庵成于後，風雅正宗，賴以不墜，好古之士，又可得尋端緒焉。[28]

由於建構詞學統序的尊體需要，推尊《花間》的詞體品性，成為晚清詞論的主要振拔策略，就其影響而言，一方面確實提高

---

[27] 陳廷焯：〈詞則總序〉，曾棗莊：《清代文體資料集成》（上海：上海書店出版社，2012年），頁1093。

[28] 陳廷焯：《白雨齋詞話》，《詞話叢編》，頁3965。

了詞的品性,擴展了詞的表達功能,一方面也造成了對唐五代「花間範式」的有意誤讀與解構,在此基礎上形成了新的「花間傳統」。

二、標舉飛卿——誤讀潛能促成的經典選擇

在晚清以前的詞學話語中,溫庭筠與韋莊作為花間的兩個主要詞人,往往並稱,分別代表花間抒情範式的兩個方向。與之同時的南唐二主及馮延巳詞,有時也與溫韋分開論述,成為代表小詞「向上一路」的抒情範式。

在晚清的詞論中,唐五代詞人詞作地位均有一定程度的提升,在這一過程中,溫詞逐漸成為花間的主要經典,其評價往往高出韋莊、二李,體現出一種明顯的經典化傾向。

推舉溫詞的傾向首先體現在張惠言的〈詞選序〉中:「自唐之詞人……而溫庭筠最高,其言深美閎約。」張惠言將溫庭筠放在唐之詞人中,與《花間集》的其他五代作者及南唐詞人區別開來,使之具有一種超然的地位。《詞選》中《花間》錄28首,占了選集比例的近四分之一,可見其推尊《花間》的原則,其中溫庭筠詞18首,為唐宋諸家之冠。其後周濟《詞辨》「一卷起飛卿為正,二卷起南唐後主為變」[29]。飛卿而下,有韋莊、馮延巳等18家,以溫詞為正宗。沈祥龍在《論詞隨筆》中將詞之宗派分為李白、溫庭筠二派。[30]陳廷焯則將

---

[29] 周濟:〈詞辨序〉,《中國歷代分體文論選》,頁354。
[30] 沈祥龍:《論詞隨筆》,《詞話叢編》,頁4049。

唐宋名家分為 14 體,其中溫庭筠等「七家殊途同歸,餘則各樹一幟,而皆不失其正。」[31]均體現出一種樹立詞學經典的嘗試。陳廷焯對具體作品的品評與比較中,標舉溫詞的用意更為明顯,如:

終唐之世,無出飛卿右者,當為《花間集》之冠。

後主詞,淒豔出飛卿之右,而騷意不及。

飛卿詞全祖《離騷》,所以獨絕千古,〈菩薩蠻〉〈更漏子〉諸闋,已臻絕詣,後來無能為繼。

馮正中詞,極沉鬱之致,窮頓挫之妙,纏綿忠厚,與溫韋相伯仲也。[32]

按照陳氏「忠厚」的評詞標準,「全祖《離騷》」的溫庭筠詞在立意上要略勝詞風淒婉的後主詞,而馮正中詞由於義含比興,地位也有所上升。雖然一些重要詞論家如謝章鋌、王國維等,對這一詞人序列並不完全同意,但飛卿詞的地位在晚清有明顯的提升是一個顯豁的現象。吳梅在其《詞學通論》中,以飛卿詞為「萬世不祧之俎豆」[33],可見這一經典化影響及於民國。

---

[31] 陳廷焯:《白雨齋詞話》,孫克強等編:《唐宋人詞話》(天津:南開大學出版社,2012 年),頁 36-37。

[32] 陳廷焯:《白雨齋詞話》,《唐宋人詞話》,頁 36。

[33] 吳梅:《詞學通論》(北京:新世界出版社,2012 年),頁 55。

無論出於何種考慮,晚清詞家將溫庭筠詞置於《花間集》乃至唐五代詞家之首,基本還原了溫詞在詞史發展中的地位,無疑是一種進步。同時,如前所論,就晚清詞家的治詞思路而言,溫庭筠所處的時代及其詞在《花間集》中的排序,都有將其推為詞之一宗的必要。

　　此外,溫詞本身所具備的一些特點,如意象類型的隱喻性、意象的斷片化排列、抒情主人公的淡化、情感的泛化與類型化等,均賦予了晚近詞人以風騷解詞的可能,並為近代作者提供了世變壓力下令詞寫作的某種範本。

　　花間詞的意象選擇多為柔美的女性形象與自然形象,這類意象大多是類型化的、缺少個性,是易於脫離語境而單獨感興的,這類美人香草的典型意象,在長久以來的風騷傳統的籠罩下,確實能夠讓人產生自然而然的托喻想像。張惠言所謂「此感士不遇也……『照花』四句,離騷初服之意」,在提出後之所以有較為廣泛的接受度,是有其解讀傳統的。而當《詞選》成為經典後,當以風騷解詞作為一種普遍存在的先置的評價標準時,花間作家的個體風格差異進一步影響了晚清詞論中「花間傳統」的經典選擇問題。

　　溫韋二家的風格差異,古人多有所申論,如周濟曾以「嚴妝」「淡妝」「粗服亂頭」分別比喻飛卿詞、韋莊詞與後主詞,並言及二家意象的輕重:「飛卿下語鎮紙,端己揭響入雲,可謂極兩者之能事。」王國維以「畫屏金鷓鴣」與「弦上黃鶯語」為比喻[34],也是從二家詞形貌風格而言。與韋莊詞相

---

[34] 《唐宋名家詞選》,頁 17。

比，溫詞意象的密集有助於擴充文本的表達內容。令詞篇幅相對短小，客觀限制了文本表意、表情的容量，而溫詞富密的意象排列，使得相對於其它令詞文本而言，表達容量及意象背後能指場域更為龐大，如「寶函鈿雀金鸂鶒」（〈菩薩蠻〉）、「金鴨小屏山碧」（〈酒泉子〉）意象連用省略連接詞，使得七字句、六字句的表達擴充到極限。又如李冰若以為「置之溫尉集中，可亂楮葉」的和凝〈山花子〉「鶯錦蟬縠馥麝臍」，除鶯錦、蟬縠、麝香三種意象外，又以馥來表達麝香之味覺，在富密上可謂登峰造極。可以看到，使用具有豐富意象群的符號化意象指代作者想要表達的對象與情境，客觀擴充了令詞的表達容量。從寫作模式來看，這顯然也是一種便於操作的令詞寫作策略。

除意象的密集外，與韋莊表達意圖明確的直致之詞相比，溫詞的意象排列方式也賦予瞭解讀者更多的可能。以「小山重疊金明滅」為例，由於小山是作為喻體直接表出，沒有喻詞的連接表達其邏輯指向，而其後的詞句也對小山所指的本體沒有提示，因此各家對「小山」的所指有不同的意見：

> 「小山，蓋指屏山而言」……一說小山，謂髮也，言雲髻高聳，如小山之重疊……二謂枕，其另一首「山枕隱穠妝，綠檀金鳳凰」可證，「金明滅」指枕上金漆；三謂眉額，飛卿〈遐方怨〉云「宿妝眉淺粉山橫」……「金明滅」指額上所傳之蕊黃。[35]

---

[35] 楊景龍：《花間集校注》（北京：中華書局，2014年），頁6。

可以看到，指向性詞語的省略，使得意象的能指是斷裂的，能指背後的所指也自然發生漂移、錯置，作者本身的意圖在某種程度上被遮蔽了，溫詞常與李商隱、吳文英並提，正是出於共同的幽隱深晦、索解不易的風格特徵。喻體指向的漂移、符號的互文作用，使得作者的寫作意圖被有意無意的隱藏，讀者的索解難度與「謬誤」也自然增加。俞平伯曾言及飛卿詞意象排列隨意而少邏輯的特點，並指出由此而導致的溫詞文本闡釋的不確定性與自由性：

> 飛卿之詞，每截取可以調和的諸印象而雜置一處，聽其自然融合。在讀者心眼中，仁者見仁智者見智，不必問其脈絡神理如何，而脈絡神理按之則儼然自在。譬之雙美，異地相逢，一朝綰合，柔情美景，併入毫端，固未易以跡象求也。[36]

孫康宜也討論過溫韋句法導致的修辭策略不同，溫庭筠的句法是「並列的」，句法繁密且無連接詞；而韋莊的句法多為主從結構，充滿暗示邏輯關係的語句，按照象徵主義的理論，無指向性且開放的意象系統，顯然更能賦予讀者解讀的自由。

此外，王兆鵬、葉嘉瑩先生都討論過飛卿詞「客觀」「冷靜」的特點。從闡釋學而言，作者個人情感與個體經驗的淡化或隱藏，有助於讀者從作品中獲取普遍的、人類共通的情感體

---

[36] 俞平伯：《論詩詞曲雜著》（上海：上海古籍出版社，1983 年），頁 504。

驗。例如，韋莊〈菩薩蠻〉（紅樓別夜堪惆悵），與其傳唱度同樣很高的〈女冠子〉（四月十七）相比，顯然後者表達的情感經驗更為個人化，也更難喚起閱讀者共通性的情感共鳴，因此張惠言在選錄《詞選》時，回避了此類更能體現韋莊區別于溫庭筠風格的作品。

　　田安曾經這樣論述飛卿詞的寫作方式和解讀需求：「溫庭筠對愛情詩歌傳統慣例的回應，是將其分解為不相連的要素，丟棄其中最為明白曉暢者，將最為富麗和香豔的部分，重新組成一幅拼貼畫。這些詞作的讀者，必須借助自己有關此寫作傳統的知識，來重構有關此情景的敘述。」[37]作者敘述意圖的深藏，意味著給讀者更大的解讀空間，讀者的誤讀可以是無意的，也可以是有意的，當張惠言等晚清詞家以《花間》與飛卿詞為令詞經典時，顯然看到了這類詞作的誤讀可能。譚獻以「作者之用心未必然，而讀者之用心未必不然」來論證這種創作原則與闡釋的合理性[38]，顯然也是在這種誤讀焦慮下進行的合法性論證。

　　張惠言重建「花間傳統」之後，晚清詞家都先後以「造意而後造言」的方式進行過創作，這不能不說是一種外界世變與詞學內部發展共同影響下的創作策略。常州詞派開創的這種直接訴諸「意義」的解詞法，對詞家創作有積極的指導意義，而這種解詞法也使得「比興寄託」的詞法更能表達詞人的情感。

37　田安：《締造選本：《花間集》的文化語境與詩學實踐》（南京：江蘇人民出版社，2016年），頁151。
38　譚獻：〈復堂詞敘錄〉，《譚獻集》（杭州：浙江古籍出版社，2012年），頁21。

從這個角度觀照晚近馮延巳詞地位的提升、夢窗熱的產生,都可以看到這種訴諸「意義」的解讀與寫作原則,以及詞體本身是如何開拓自身的表達潛能以回應世變的。

三、義有幽隱——世變中的令詞書寫與政治隱喻

晚清詞家以比興寄託解詞為令詞的隱喻書寫提供了理論支援,但從創作史來看,富有風騷之旨的令詞的大量出現,更多的出於世變壓力下的自然情感流露與隱微書寫的寫作策略。

(一)令為衰世之作——世變之下的詞風轉移

從令詞的創作傳統來看,晚近詞人並不是首先以風騷之旨進行寫作的。在此之前,明清之際的遺民詞作,大多包含了極為豐富的寄託內涵,清初詞家對這種創作策略的產生原因進行過論述:「胸中各抱懷思,互相感歎,不托諸詩,而一一寓之於詞,豈非以詩之謹嚴,反多豪放,詞之妍秀,足耐幽尋者乎?」[39]世變之時,將胸中懷抱寄託於長短句,使得預設的小範圍讀者可以正確理解其深意,同時又婉曲其辭,避免直露帶來的危險。這類作品的創作手法多是一種整體性的隱喻:

為問西風因底怨。百轉千回,苦要情絲斷。葉葉飄零都不管。回塘早似天涯遠。　　陣陣寒鴉飛影亂。總趁斜

---

[39] 徐士俊:〈江村倡和詞序〉,轉引自嚴迪昌:《清詞史》(北京:人民文學出版社,2011年),頁49。

陽，誰肯還留戀。夢裡鵝黃拖錦線。春光難借寒蟬喚。
（王夫之〈蝶戀花‧衰柳〉）[40]

以柳絲搖落喻國勢衰亡難以挽回與留戀故國之情，另如同一作者的〈燭影搖紅〉（瑞靄金台）則全篇意象鋪排南明諸政權的建立與衰亡，這類作品一旦脫離了作品的語境與作者身分，作者的意圖就會被遮蔽，這是一種主動的書寫策略的選擇。

入清後，隨著遺民的離世與順康以來馭文政策的影響，這一寫作傳統漸漸失落。至嘉道以還，盛世之後的政治危機與世變氣息，促使以常州詞人為代表的晚清詞家將這一傳統訴諸理論，並有了張氏兄弟、龔自珍、莊棫等人的創作實踐，在太平天國前後達到了一個小高潮。但這類詞作（包括令詞與中長調）大量出現在光緒中葉後，這也正是清人對社會危機認識最為深刻的時期。賀光中討論過世變對比興寄託的詞體創作的影響：

> 晚清國事蜩螗，民生塗炭，學者似不能潛心于文史。然自咸豐以至同治，號稱中興，士學未輟，文風益進。降至光緒中葉，內外交迫，禍亂紛乘，憂時之士，怵於危亡，發為噫歌，以比興抒哀怨，詞體最為適宜。文人爭趨此途，而詞學駸駸有中興之勢焉。[41]

---

[40] 夏承燾、張璋編選：《金元明清詞選》（北京：人民文學出版社，2013年），頁318。
[41] 賀光中：《論清詞》（新加坡東方學會，1958年），頁1。

又如施蟄存先生編成于 1969 年的《清花間集》選本,以風騷之旨選令詞,共錄詞人 61 家,其中選錄 10 首以上的 19 人,清初計 8 家,晚清計 10 家,其中生活在光宣年間的凡 6 家,基本符合賀光中的判斷。選作大多符合比興寄託的標準,可見「花間傳統」的令詞的大量創作,多產生在世變之時。

　　光宣時期的重要詞人多與政局密切相關,他們對世變的發生有一種敏銳的預判與感知,這種感知也體現在詞風的轉移上。光緒十四年(1888),王鵬運選刻馮延巳《陽春集》,馮煦作跋:「翁俯仰身世,所懷萬端,繆悠其辭,若顯若晦,揆之六義,比興為多……其旨隱,其詞微,類勞人思婦,羈臣屏子,鬱抑愴悅之所為。」[42]「繆悠其辭,若顯若晦」,可以看作光宣中葉令詞創作原則的一種預言。光緒甲午(1894)夏,王鵬運與況周頤、張祥齡聯句遍和〈珠玉詞〉,馮煦序曰:

> 或曰:「詞,衰世之作也,令莫盛于唐季,慢莫甚于宋季。」……小令則不然,溫韋之深隱,南唐二主之淒咽,亦云衰矣。然而太白、樂天實其初祖,開天元長,世雖多故,衰猶未也。至宋晏元獻、歐陽永叔則承平公輔也,元獻所際,視永叔彌隆。身丁清時,回翔台省,間有所觸,為小令以自擔,與吾家陽春翁為近。……半塘老人與子苾、夔笙亦身丁清時,回翔台省,略同於元獻。……視元獻不失累黍,儻亦與蒙相符契,蘄以破或

---

[42] 馮煦:〈陽春集序〉,《唐宋名家詞選》,頁 57。

衰世之說耶?[43]

按王鵬運序,〈和珠玉詞〉「閱五日而卒業」(王鵬運〈和珠玉詞序〉,作於甲午六月二十四日荷花生日)[44],則這唱和正在中日開戰(六月二十三日)之前,而馮煦所言三人和〈珠玉詞〉之深意,在希冀以晏殊盛事之音破「小令為衰世之作」之說,表達了甲午戰前士人對盛世的渴望。然而有反諷意味的是,這顯然是同光中興後一個衰世的開始,也正是在甲午之後,文廷式、王鵬運、況周頤、朱祖謀、鄭文焯等人有了大量富有政治隱喻的令詞創作。

(二)令詞的隱微書寫與政治隱喻

光緒中葉以後,王鵬運有和馮正中〈鵲踏枝〉十四闋,朱祖謀、況周頤有效溫庭筠〈菩薩蠻〉組詞,王鵬運另有〈望江南〉〈鷓鴣天〉詠小遊仙,民國後朱祖謀有〈鷓鴣天·廣元裕之宮體〉八首,間有實事,李岳瑞、龍榆生、白敦仁諸家均有所考釋。這類詞情事互見,迷離深致,虛實相參,所用手法正自風騷而來。至於〈庚子秋詞〉(1900)唱和,更全為小令近詞。這種集中的、爆發性的令詞寫作,體現出的或許正是世變之下的幽微之情的寫作需要,施特勞斯(Leo. Strauss)將政治威脅下的隱藏意圖並小範圍呈現的寫作策略稱為「隱微」(Esotericism)書寫,令詞中的某些作品或可以當之。

---

[43] 馮煦:〈和珠玉詞序〉,《清詞序跋彙編》,頁1791。
[44] 王鵬運:〈和珠玉詞序〉,《清詞序跋彙編》,頁1791-1792。

馮延巳〈鵲踏枝〉在晚清成為經典作品，晚清名家多有和作，均有比興之意。以王鵬運和詞為例，光緒丙申（1896）二月十七日，文廷式革職永不敘用。三月十三日，王鵬運因諫駐蹕頤和園事，險遭不測。三月二十八日，王鵬運仿作馮延巳〈鵲踏枝〉十四闋並序：

> 馮正中〈鵲踏枝〉十四闋，郁伊惝怳，義兼比興，蒙嗜誦焉。春日端居，依次屬和。就韻成詞，無關寄託，而章句尤為凌雜。[45]

雖然王鵬運序中有「無關寄託」之句，但顯然是一種寫作策略，時局艱危，意圖不便直言，因此婉約其詞，以饗同志。王鵬運〈鵲踏枝〉今存十首，雖為仿作，然而惜春、賦別之外又有虛實隱約、令人心有所觸者，不能謂其無關寄託。如其六上片：「晝日懨懨驚夜短。片霎歡娛，那惜千金換。燕睍鶯聲春不管。敢辭弦索為君斷。」「片霎歡娛，那惜千金換」，諷喻西后窮奢極欲；「敢辭弦索為君斷」，表達死而後已之意。其十：

> 幾見花飛能上樹。難繫流光，枉費垂楊縷。箏雁斜飛排錦柱。祇伊不解將春去。　漫許心情黏地絮。容易飄揚，那不驚風雨。倚遍闌干誰與語。思量有恨無人處。

---

[45] 王鵬運：《半塘丁稿》，清刻本，頁1。

（其十）[46]

「幾見花飛能上樹」為自嘲力不能有所匡救；「難繫流光，枉費垂楊縷」與其〈祝英台近〉「連袂留春，春去竟如許」、〈點絳唇・餞春〉「拋盡榆錢，依然難買春光駐」出於一意[47]，謂苦心孤詣而不能力挽狂瀾；下闋則言處於危苦煩亂之境。

以春暮之眾芳蕪穢比喻國勢陵夷，是晚清花間範式的典型寫作模式，此類作品在可解可不解之間。另有部分令詞的政治意味較為明確，詞意或者深婉，但詞題或詞注均標明了詞的指向性。如文廷式〈虞美人・乙未四月乞假出都作〉末二句：「銅溝漲膩出宮牆。海便成田容易、莫栽桑。」[48]「銅溝漲膩」喻自己為后黨濁流所迫離開京師，末句化用陶淵明〈擬古〉（種桑長江邊），陶詩詠劉裕挾持晉恭帝，三年後代晉之事，詞用其意。

朱祖謀的令詞在意象富密方面為晚近詞家學飛卿、夢窗最為得髓者，且多深隱其事，難以索解，但也有較為明白曉暢的作品，如〈鷓鴣天・九日豐宜門外過裴村別業〉，作於戊戌重九，為悼劉光第所作，由於詞的指向明確，因此下闋「紅萸白

---

[46] 《半塘丁稿》，頁 2b、3b。
[47] 王鵬運：《味梨集》，清光緒刻本，頁 16a、19b。
[48] 文廷式著，河東萍箋注：《雲起軒詞箋注》（長沙：嶽麓書社，2011 年），頁 77。

菊渾無恙，祇是風前有所思。」[49]語極平淡而意極沉痛。另如〈鷓鴣天・廣元裕之宮體八首〉，張爾田認為全詠宣統出宮之變，白敦仁認為詠宣統入宮承統到被逐出宮的概況，當以白說為是。試解其二：

> 金斗餘薰向夕涼，撲簾真見倒飛霜。竊香鳳子紛成隊，撼局猧兒太作狂。　三歎息，百思量。回腸斷盡也尋常。鏡前新學拋家髻，猶被狂花妒淺妝。

「撲簾倒飛霜」喻隆裕望輕，不能控制朝局，竊香鳳子指親貴大臣跋扈專橫，「撼局猧兒」比喻國勢如棋局為猧兒所翻，則猧兒指袁世凱竊國。「拋家髻」喻退位，「猶被狂花妒淺妝」言退位後仍不能自安[50]。

富含比興寄託之意的令詞寫作在晚清民國的詞家作品中十分常見，篇幅所限，不再贅言。值得注意的是，由於同光時期的特殊政治模式和戊戌之變後的政治氛圍，這些詞作在傳統的隱喻意象外，產生了一些新的隱喻意象。

清末詞人常以小遊仙隱喻朝廷、宮闈事，光緒中後期兩宮不睦，政局多有不可直言處，詞人往往隱約其辭，多諷喻之作。王鵬運有〈望江南〉小遊仙詞 15 首，作於甲午戰後，序言：「暇日冥想，率成十有五闋。東坡所謂想當然者，妄言妄

---

[49] 朱祖謀撰，白敦仁箋注：《彊村語業箋注》（杭州：浙江古籍出版社，2015 年），頁 16。
[50] 《彊村語業箋注》，頁 309-314。

聽，無事周郎之顧誤也。」[51]顯然也是出於隱微書寫的策略，而約略其辭，實皆詠慈禧頤和園故事。光緒十二年（1886），慈禧因將歸政而欲修頤和園頤養，遂於昆明湖建水師學堂，以此為條目挪用海軍軍費大修頤和園。〈望江南〉其一：

> 排雲立，飛觀聳神霄。雙鶴每邀王母馭，六龍時見玉宸朝。阿閣鳳皇巢。[52]

詞中以「西王母」指代西后慈禧，是極為典型且常見的同光時期的政治隱喻。與之相似，類似的「瑤池」「碧城」「仙姥」等意象，也多代指慈禧。如文廷式甲午出都後贈給梁鼎芬的〈賀新涼〉：「黃竹歌成蒼馭杳，悵天荒地老、瑤池宴。」[53]用《八駿圖》典，言甲午戰敗與西后之關係。〈庚子秋詞〉中此類意象更為密集，如劉福姚〈宴瑤池〉其三：

> 瑤池夜酺。仙官聚。樹樹。碧桃花落如雨。觴王母。青虯擊鼓。黃鵠舞。　望星河、沉沉不曙。霓裳譜。依稀廣寒高處。銀沙路。驂鸞此去。愁風露。[54]

更為隱晦的是朱祖謀詞，〈菩薩蠻〉十三首均為庚子拳亂作，

---

[51] 王鵬運著，沈家莊、劉存紅校箋：《王鵬運詞集校箋》（上海：上海古籍出版社，2017年），頁282。
[52] 《王鵬運詞集校箋》，頁282-283。
[53] 《雲起軒詞箋注》，頁93。
[54] 王鵬運等著：《庚子秋詞》卷甲，有正書局石印本，頁127。

其三下闋:

> 錦機無氣力。密緒雙雙織。心事篆煙灰,春羅書字來。

〈菩薩蠻〉諸作是朱祖謀典型的學飛卿的令詞作品。詞上闋言京城蕭條,「錦機」、「密緒」指士人廷諫的深心,「無氣力」則感慨自己人微言輕,廷諫未被採納,因此心字成灰。「春羅書字來」用李賀〈神仙曲〉「春羅書字邀王母」,亦是暗用「王母」意象,白敦仁注曰:「據闕名《悔逸齋筆乘》:『侍郎(謂彊村)又疏請刻日停……甫至家,則樞廷交片已早到,召侍郎詣軍機處,稱奉旨有垂詢事件。』(所謂『書字來』,蓋指此也)。」[55]

又如「屏風」「屏山」「畫屏」「簾幕」等意象,在傳統抒情小令中,這類意象多以空間的阻隔比喻男女之情的阻隔,而晚清詞中的此類意象,不僅借用「阻隔」表示君臣暌離,也借此指代垂簾聽政的慈禧。仍以王鵬運〈望江南·小遊仙〉為例:

> 屏山曲,雲母繞周遭。玉座重重遮錦幄,琪花重重護仙茅。寒重覺天高。[56]

同年四月初九作〈唐多令〉:「簾幕幾重遮,深深燕子家。莫

---

[55] 朱祖謀撰,白敦仁箋注:《彊村語業箋注》,頁34-35。
[56] 《王鵬運詞集校箋》,頁287。

思量、舊日繁華。紙醉金迷誰會得,已春色,一分差。」[57]朱祖謀作於戊戌二月的〈祝英台近〉:「燭花涼,爐穗重,妝面半簾記……願將心事化圓冰,層層摺摺,照伊到,畫屏山底。」此為與康有為晤面之後所作,「妝面半簾」顯是以垂簾喻慈禧幕後秉持國政,卒章「願將心化圓冰」句,圓冰為古鏡名,「畫屏」指慈禧,此合用「一片冰心在玉壺」與明鏡意,表明已決意傾心於光緒。因此半塘得此詞激賞不已,「吟諷不能去口」[58]。另如王鵬運〈海棠春令〉:「繡幕盡低垂,已被流鶯見。」〈玉樓春〉:「春風簾底窺人慣。和月入懷人不見。」[59]詞作中的「簾幕」意象均有所指。

此外,以「葉落金井」「景陽(井)」代指珍妃遇難事,以姮娥、霓裳或后妃相關事典指代慈禧之類的隱喻,可見於部分作品中。另如「白榆」意象,出自〈隴西行〉:「天上何所有,歷歷種白榆。……健婦持門戶,一勝一丈夫。」[60]白榆為西方之星,又以健婦持門戶喻西后,同光詩作中較為常見,詞作所見有王鵬運〈浣溪沙·續擬小遊仙〉其一:

> 離垢天空萬象清。閒雲如笠傍仙扃。白榆人共識春星。　　滄海釣鼇金闕渺,閬風馼馬玉珂輕。五雲東

57　《王鵬運詞集校箋》,頁 209。
58　《彊村語業箋注》,頁 8-9。
59　《王鵬運詞集校箋》,頁 513、585。
60　郭茂倩編:《樂府詩集》(上海:上海古籍出版社,1998 年),頁 426。

望接蓬瀛。[61]

上闋言西后，下闋言甲午之敗。

　　這類隱微書寫是主動且有效的，選用的意象本身具有迷離、隱晦的審美效果，以之為喻體後，更增加了詞作意境跳躍、轉換的藝術效果。入民國後，多數詞家也不再有批評政治、聯絡同志的熱情，這一時期的遺民詞人寄託之作雖多，詞作中直指政事的隱喻明顯減少，其創作又呈現出向花間「美人香草」範式的回歸。

餘　論

　　晚清詞學話語中的「花間傳統」，是一種經過「重置」和概念位移的詞體定位，由經師解經式的「文本誤讀」對原有範式進行解構，經過闡釋策略到經典選擇的重建，最終形成了一種具有寫作指導意義的理論體系。從這個意義上說，常州詞派的詞學演進突破了詞之內部發展脈絡，也可以看到張惠言以經解詞的結構創建與方法論意義。

　　克里斯多夫・伍德（Christopher Wood）曾在《重置的文藝復興》（*Anachronic Renaissance*）以「重置」來體現藝術作品的時間複合性，「花間傳統」的重建體現了某種「重置」性，原始的文本、部分文本的解讀是符合原有範式的（回溯的），但文本解讀的先置原則（比興寄託）來自於另一種文體

---

[61]　《王鵬運詞集校箋》，頁292。

／學科的解讀傳統，而這一傳統與文本最終綰合並指導創作（指向未來的）。晚清「花間傳統」形成後，反過來影響了當時文人對舊有「花間範式」的解讀，如施蟄存編纂《宋花間集》、《清花間集》，就是以「比興寄託」「意存忠厚」為編選原則的。本文在餘論中以「重置」來說明概念的層累與位移，是為了強調部分作品與概念的時間語境對其的規範性，從而在某一時間範圍內還原文本或概念的意義。

　　最後，晚清詞人以比興寄託解讀詞作並指導創作，並不僅止於令詞，詞作中的喻體選擇，大多是互文性的，在漫長的文學傳統中，形成了具有多重隱藏含義的意象場域，這種寫作方式客觀拓展了詞體所能表達的意義容量，也造成了讀者解讀作者意圖的難度。對作者而言，隱喻是一種隱微書寫的寫作策略，對讀者而言，則提供了自由闡釋作品的可能。在傳統詞學的最後時期，詞體以這種方式拓展了自身的表意範圍，可以視作對於晚近世變的一種現代性回應。

（作者為中國人民大學國學院副教授）

閨秀・名媛・學者——
民國女性詩詞的多元書寫

彭敏哲

　　民國時期新舊文學並存,並呈現新文學逐漸壓倒舊文學的態勢。但舊文學不會在一夕之間消亡,新舊文學的關係也不是簡單的「斷裂」。「五四」以後,富於主體意識的女性文學在中國文壇勃然興起。[1]然而,在中國現代的文學語境下,新文學才是「現代女性意識」的代表,人們將目光投注於女性小說、戲劇、政論、翻譯等創作領域[2],舊體詩詞被看作是傳統守舊思想觀念的延續。事實上,在舊文學內部場域中同樣發生著激烈變革,女性詩詞經歷著「閨閣意識」到「現代女性意

---

[1] 馬勤勤:〈閨情・啟蒙・市場・學校——清末民初女作者小說的多元書寫〉,《婦女研究論叢》2017 年第 3 期。
[2] 如盛英、喬以鋼《二十世紀中國女性文學史》(天津:天津人民出版社,1995 年)述及女詩人僅有徐自華、徐蘊華、沈祖棻數位。郭延禮〈20 世紀初葉中國女性文學的轉型及其文學史意義〉(《上海師範大學學報》2009 年第 6 期)將民初女性文學群體分為「女性小說家群」「女性翻譯家的群體」「南社女性作家群」「女性政論文學家群」。

識」的嬗變，呼應著「娜拉」式的出走，呈現出和女性解放相一致的路徑。

民國女性詩人長期被遮蔽，較之於同時期出生的冰心、廬隱、凌叔華等在文學史中成為經典的「五四」女作家而言，她們無疑是「失語」的一群。以往對於 20 世紀中國女性文學進行研究的論著不在少數，但大多數集中在女性新文學的創作上。事實上，女性詩詞作家人數眾多，以詞人為例，知其生平者有近百位，生平不詳者有 70 位，此外還有大量散落於報刊當中的女詞人[3]。但學界對於女性詩詞史的書寫多止於清末民初呂碧城、秋瑾等女傑詩人，其關注點也集中在一些名家。近年來部分民國女詩（詞）人浮出歷史地表[4]，其中有不少女性是舊體與新體兼擅的，如以小說馳名的陳小翠，著有舊體詩集

---

[3] 據王慧敏《民國女性詞研究》（南開大學 2012 年博士論文）統計。

[4] 如李遇春、朱一帆：〈現代中國女性舊體詩詞的歷史沉浮與演變趨勢〉（《天津社會科學》2017 年第 1 期）、曹辛華：〈論民國女性詞的創作〉（《學術研究》2012 年第 5 期）、付優：〈斜陽處・眼前語・舊香色——論民國女性詞人的詞藝拓展和詞學思想〉（《中國韻文學刊》2017 年第 3 期）、徐燕婷：〈民國女性詞集二維研究〉（《華東師範大學學報（哲學社會科學版）》2017 年第 1 期）等對民國女性詩詞作了整體概述；袁志成：〈女性詞人結社與晚清民國女性詞風演變〉（《貴州社會科學》2015 年第 3 期）、徐燕婷：〈民國女性詞文化生態中的「傳統範式」及其新變〉（《福建論壇》2016 年第 3 期）從民國女性結社的角度切入；王慧敏：《民國女性詞研究》（南開大學 2012 年博士論文）、趙郁飛：《近百年女性詞史研究》（吉林大學 2017 年博士論文）對民國女性詞人有較為詳細的介紹。但這些研究多著眼於詩詞本體，較少關涉到性別觀念的新變、其背後性別思想的流變等。

《翠樓吟草》；以詩詞聞名的沈祖棻，也寫作了新詩集《微波辭》、小說《辯才集》；「五四」時期「新小說家」馮沅君，從事古典文學研究，有舊體詩集《四餘詩稿》《四餘詞稿》，其餘如關露、陶秋英、曾蘭、楊令、呂逸等，既能詩詞，又能小說，因此，舊體詩詞和新文學一樣，其性別觀念的新變是研究女性文學和女性史的另一個維度。

本文從閨秀、名媛、學者三個角度切入，以新閨秀詩人丁寧、上海中國女子書畫會、南京中央大學女性詩群為中心，展現民國女性詩詞書寫的多元圖景。之所以選取這些女性作為研究對象，是因為這三大群落在一定程度上代表了其時詩詞的創作風貌和知識女性的生存樣態。以往研究更多關注晚清女性、尤其是活躍於政壇上的女傑詩人（如呂碧城、湯國梨、張默君、秋瑾等）是如何通過文學進行抗爭，而本文則想將目光投注於更晚的時代——出生於世紀之交（1892-1911）、成名於20世紀三四十年代的「新一代」女性，她們得益於前期女性解放運動的成果、不必像前輩女傑一樣站在政治浪尖高歌吶喊；與晚清女性「傳統—現代」的兩極分化相比，民國女性詩詞則演繹出新舊交融的雙重變奏。她們詩詞中所體現的性別意識，呈現出舊體詩詞內部場域的變革與女性解放之間的關係，為詩詞史和女性文學史彌補上長期缺失的一環，豐富了民國女性意識的精神內涵。

一、閨秀的情感書寫

中國古代女性文化中，「閨秀」文化源遠流長，《世說新

語》就專闢「賢媛」一門，記述閨中女子德行，樹立典範，如言「王夫人神情散朗，故有林下風氣；顧家婦清心玉映，自是閨房之秀」[5]，自此以後，「閨秀」就用指世家望族中才藝出眾、有婦德婦容的女子，尤其是那些以才藝擅名者。梁啟超曾總結道：「古之號稱才女者，則批風抹月，拈花弄草，能為傷春惜別之語，成詩詞集數卷」[6]。及至晚清，與女傑詩人相對的傳統閨秀，仍承續著前代才女的身分與命運，以呂鳳、沈韻蘭、姚倚雲、曾懿、屈蕙纕、呂景蕙、楊延年、許禧身、劉鑾、左又宜、李慎溶等人為代表，作為「名父之女」「才士之妻」或「令子之母」流名於世。

民初閨秀雖然幼承庭訓，也是按照傳統閨閣才女模式成長起來，但她們受新的時代風氣影響，形成了故常與新變同在、封閉和開放兼有的「新閨秀」派[7]，如羅振常的女兒羅莊（1896-1941），著有《初日樓稿》及《初日樓正續稿》，詞中頗有「流轉故事，今日猶自不能忘」的遺民情懷[8]；溫倩華（1896-1921），學詩於陳蝶仙，過錫鬯妻，26歲早逝，遺稿由親友輯為《黛吟樓集》；潘靜淑（1892-1939），潘祖年之

---

[5] 劉義慶著，劉孝標注，余嘉錫箋疏：《世說新語箋疏》（北京：中華書局，2007年），頁822。

[6] 梁啟超：《變法通議・論女學》，《飲冰室合集》（北京：中華書局，1989年），第1冊，頁39。

[7] 「新閨秀派」這一名稱最早由毅真在〈幾位當代中國女小說家〉（《婦女雜誌》1930年第7期）中提出，指以凌叔華為代表的現代女作家。王慧敏在《民國女性詞研究》（南開大學2012年博士論文）引入這一概念。

[8] 羅莊：《初日樓稿》（上海：上海辭書出版社，2013年），頁33。

女、吳湖帆之妻，與吳湖帆合著有《梅景書屋詞集》；晚清桐城派大儒吳汝綸之孫、吳北江之女吳君琇（1911-1997），自幼承父訓，髫齡通經史，尤工詩詞，一生筆耕不輟，其父親自為其手抄《舒秀集》。在這一群體中，丁寧取得了較高的藝術成就，受到新舊文學家的一致好評。在其早年，時人就對她推崇備至，夏承燾在 1932 年云「近日女界文學，以予所知，端推此君矣」[9]，1938 年又云「吾溫數百年來女流，無此才也」[10]，龍榆生《詞學季刊》曾刊載丁寧《曇影集》。及後郭沫若親自致信丁寧，給予其詞作「清泠澈骨，俳惻動人」的評價[11]，周延年比之李清照、朱淑真「今君所遭較漱玉、幽棲為尤酷，而其詞之低回百折，淒沁心脾」[12]，施蟄存認為丁寧在閨閣詞流中「即以文采論，亦足以奪幟摩壘」[13]，故本文以丁寧為代表，來透視新閨秀迥異於前代女詩人的生存狀況、情感世界和詩詞風貌。

丁寧出生於 1902 年，原名瑞文，又名懷楓，別號曇影樓主。其父曾就職於裕寧官銀錢局揚州分局，為當地紳士，家境殷實。丁寧生母早逝，由嫡母撫養，嫡母是傳統的大家閨秀，為其教誦詩詞。1910 年她拜入揚州耆宿戴築堯先生門下，開

---

[9] 夏承燾：《天風閣學詞日記》，《夏承燾集》（杭州：浙江教育出版社，1997 年），第 5 冊，頁 305。
[10] 《天風閣學詞日記》，《夏承燾集》，第 6 冊，頁 51。
[11] 郭沫若：〈郭沫若答丁寧書〉，《還軒詞》（合肥：安徽文藝出版社，1985 年），頁 1。
[12] 周延年：〈《還軒詞存》初校跋〉，《還軒詞》，頁 138。
[13] 施蟄存：〈《北山樓抄本》跋〉，《還軒詞》，頁 139。

始系統學習詩詞創作。其〈小梅花·感懷〉云:「春醅綠,秋花馥,年時掌上珍如玉。」[14]童年生活是幸福的。丁寧九歲時由父母包辦和黃姓男子訂親,十七歲時完婚,生育一女。這段婚姻為其一生不幸的肇端。黃氏子好賭成性,浪蕩逍遙,夫妻感情逐漸惡化。女兒四歲時夭折,令丁寧徹底不再留戀這段婚姻,提出離婚。但囿於禮教,迫於世俗,丁寧不得不在族人面前跪在亡父牌位前立誓永不再嫁,才被允許離婚。此後丁寧專力填詞,「每於思深鬱極時又學為小詞,以遣愁寂」。

　　與「五四」時期勇敢反抗的新女性不同,丁寧骨子裏流淌著極為傳統的閨秀氣質,首先體現在她克情守禮的婚姻觀上。她在〈臨江仙·婚姻回憶〉寫道:「聞說扶床初學步,赤繩繫定難更。隨雞隨犬注前生,飄茵誠可喜,墜溷亦何憎。」——順從於父母之命、媒妁之言,嫁雞隨雞、嫁狗隨狗,不論遇到何種情況,都要與丈夫和諧共處,恪守婦道。正因為懷有這樣傳統的婚姻觀念,丁寧只能選擇「從今塵夢不關情,澄心依古佛,力學老青燈」來了卻餘生,即使以後遇到心儀的男子,也只能恪守誓言,忍痛將情感埋葬。離婚是丁寧萬般無奈下的被動選擇,但她的行為實際呼應著「五四」青年爭取戀愛自由、反對專制婚姻的思潮。萬念俱灰後的她以皈依佛道來堅守閨秀氣節:「南華讀罷添香坐,消得芸帷半日閑。」丁寧的老師程善之曾將其與袁枚之妹袁素文相比:「至其身世,頗類袁素文,恨無簡齋為其兄耳」[15],袁素文抱守「從一而終」的貞節

---

[14] 丁寧:《還軒詞》(合肥:安徽文藝出版社,1985 年),頁 67,本節所引丁寧詞均出自此書,不再一一作注。

[15] 《天風閣學詞日記》,《夏承燾集》,第 5 冊,頁 294。

觀念寧死不肯與紈綺子弟高氏之子退婚，婚後極為不幸，最後鬱鬱而終，袁枚作〈祭妹文〉悼之，程善之將她與丁寧相比，感傷其同樣迫於禮教的悲淒命運。

其二，《還軒詞》塑造了一個離異後「伶俜」的獨身女性形象。這位出走後的「娜拉」沒有得到解脫，「數年來受種種之摧折，神經激刺，幾欲成癲。」[16]她反覆敘寫離異生活的淒涼感受，將自己的不幸婚姻歸結為命運的因果：「微雨清宵，斷魂千里，夢隨流水。溯前因，待問浮沉，灑不盡，飄零淚。」她將 1927-1933 年的詞集命名為《疊影集》，寓曇花一現、青春易逝之意。終其一生，丁寧活在失敗婚姻的陰影之下，情感上留下難以平復的傷痕。她的詞集中頻繁出現「伶俜」一詞，表現出離異生活的孤苦：

似慰伶俜，戍樓晨角語。（〈臺城路〉）
淒涼雨，伶俜月，哀蟬怨，啼鵑血。（〈滿江紅〉）
剩伶俜倦影，穿窗度幕，賺愁人淚。（〈水龍吟·楊花和忍寒用東坡韻〉）
落日孤村，伶俜三尺，碧草天涯。（〈一萼紅〉）
伶俜、已無可戀，問當窗柳眼為誰青。（〈木蘭花慢〉）
伶俜簾外三更月，閱遍滄桑圓又缺。（〈小梅花·感懷〉）
又腸斷伶俜窗戶月，似瓊匣，鸞鏡初缺。（〈浪淘沙

---

16 《天風閣學詞日記》，《夏承燾集》，第 5 冊，頁 294。

慢〉）

　　實際上，「伶俜」是傳統棄婦心理的潛在表現，丁寧「毅然與傳統戰鬥，又怕敢毅然與傳統戰鬥，遂不得不復活其『纏綿悱惻』之情」[17]，她雖有離異之舉，但並未在任何公開場合說過丈夫的是非，只是慨歎自身命運的不幸，從這點來說，《還軒詞》顯示出「掙扎出歷史地表的女性將毅然逃出奴隸的死所，又怕毅然踏上新路，遂無形於新舊生死之間的真實寫照」[18]。

　　其三，在與時人的交往和詩詞酬唱中，丁寧也堅守著閨秀身段，孤潔自守。夏承燾於 1931 年 12 月 10 日通過程善之的來信初識丁寧，直到 1932 年 9 月 17 日，丁寧「自揚州雙桂巷四號寄來掛號信，附一長幅及十二小箋，皆精書其所作詞」[19]，二人方才訂交。龍榆生曾想托夏承燾問丁寧全集及其生平，丁寧卻作〈滿江紅·髯公索舊稿，賦此謝之〉婉拒之。夏承燾附上信函與宣紙向丁寧乞詞，又被丁寧拒絕。兩人正式晤面則到 1938 年 9 月 1 日，此後也保持著詞友間的友誼，多以書信往來。通過夏承燾，丁寧與龍榆生訂交，又與林鐵尊、王巨川、任心叔等諸多名流相識，龍所編《詞學季刊》刊登了 29 首丁寧詞作。但她淡然自處，與他人保持著單純的文字之

---

[17] 魯迅：《中國新文學大系　現代小說導論》二，《中國新文學大系導論集》（長沙：岳麓書社，2011 年），頁 112。

[18] 孟悅、戴錦華：《浮出歷史地表：現代婦女文學研究》（北京：北京大學出版社，2018 年），頁 83。

[19] 《天風閣學詞日記》，《夏承燾集》，第 5 冊，頁 305。

交,龍榆生〈鷓鴣天・寄疊影揚州〉有「聞剝啄,對氤氳。驀然相見細論文」描繪二人品味詩詞、探討文學的情景[20]。丁寧與龍榆生的唱和中亦常抒孤潔自守之情志:「南華讀罷填香坐,消得芸帷半日閑」(〈鷓鴣天・感懷和忍寒〉)、「天寒袖薄平生慣,一點冰心抵萬金」(〈鷓鴣天・薄命妾辭和忍寒用遺山韻〉)、「願逐荒煙歸逝水,不因殘照戀高枝」(〈夢江南・落葉和忍寒用翁山韻〉),等等。

丁寧骨子裏保有傳統的閨秀觀念,這與她的成長環境、教育背景和人生經歷密切相關。她生於仕宦書香之家,由嫡母啟蒙,自幼拜塾師,這與同時代進入新式學堂,習得諸如「女國民」「男女平權」「自由結婚」等觀念的「新女性」相比,顯然是守舊的。1964 年郭沫若回信丁寧時就指出:「微嫌囿於個人身世之感,未能自廣。」[21]但與丈夫離婚後,她的視野逐漸開闊,師從南社社員、《新江蘇報》文藝副刊主編程善之學佛和詩文,又從國術家劉聲如學習擊技和劍術,與詩詞界名流唱和交往,後被聘為揚州國學專修學校教授古典詩詞的老師,並收下女弟子。她擺脫了不幸婚姻的束縛,並通過努力掌握了自身的命運,改寫了人生篇章。

值得注意的特點是,政權更替與戰爭使得女性重新開拓與發掘愛國題材的深度與廣度,女性脫離「閨閣化」的生存場景,將筆觸伸向民族國家的命運,在詞作中顯示出截然不同於前代閨秀的心態與心境。1938 年,詞友王叔涵被日寇殺害,

---

[20] 龍榆生:《忍寒詩詞歌詞集》(上海:復旦大學出版社,2012 年),頁 34。

[21] 〈郭沫若答丁寧書〉,《還軒詞》,頁 1。

丁寧作〈鶯啼序〉挽之,「滄桑換劫,生死微塵,看幾人醉舞」之句,將山河破碎的悲涼況味寓於對詞友的哀悼之情中,「但沉恨、煙埋玉軸,露冷琴絲,絕響難招,是誰輕誤」一句詰問流露出對無情敵寇的仇恨和對無能當局的批判,而「何時夢叩青林,喚起悲魂,凱音說與」又表達出對抗戰勝利的渴望。再如〈金縷曲・題鍾馗橫幅〉以激昂文字指點江山,批評汪偽政權為虎作倀、自殘同類:「早知饕餮非常計。悔當年希榮干祿,自殘同類。鬼國縱橫千載久,弱肉渾難勝記。到今日、獨夫群棄。五鬼不來供使役,對蒲殤觴未飲先成醉。掩兩耳,昏昏睡。」施蟄存評其詞「抗日之戰,成就一還軒矣」[22]。同為閨秀詩人的吳君琇,遭逢七七事變的她寫下〈暑假歸寧,北平驟逢七七事變,感甚,寫寄孔章(二首)〉,其二:「時事阽危百感深,湖山無恙客登臨。百年塊壘憑誰數,一醉新亭要有人。」[23]而生於遺老之家、從未接受新式教育的羅莊面對山河破碎的慘狀時也臧否時局,發激厲之語:「果然麗日光重吐。啟中興、舊京豐鎬,金甌初固。收復神州宜指顧,未卜天心可許。奈幾輩、城狐社鼠。」[24]

總的來說,丁寧是民國新閨秀詩人群體的一個縮影,映射出舊文學強大的生命力和延續性。相比於同時代的女性新文學家,舊體詩人對傳統文化有著更深的信服與眷戀,所以她們在抗爭的道路上頻頻回首,步履蹣跚。在她們的身上,處處體現著新思想與舊道德之間的矛盾拉鋸,成就了別具情感張力的詩

---

[22] 〈《北山樓抄本》跋〉,《還軒詞》,頁 139。
[23] 唐世政:《紅羊悲歌》(北京:作家出版社,2006 年),頁 115。
[24] 《初日樓稿》,頁 85。

詞風貌。但每個人因為個人遭際而受到新氣候的影響程度也不同：生於遺老之家、長於亂世之際的羅莊對封建王朝眷戀堅守，更似舊時代走出來的女遺民；作為陳蝶仙弟子的溫倩華，夙慧而早逝，頗有明末才女葉小鸞的影子，其《黛吟樓遺稿》靈氣逼人，也有作「鴛鴦蝴蝶小說家語」的一面：

> 玲瓏心性，纏綿情緒，在地本為連理。綠波相照太分明，看花頰、也含羞意。　蓮儂蕙汝，形偎影倚。不怕蜂狂蝶忌。臨風雙笑傲鴛鴦，似說道、癡情勝你。[25]

由父親吳北江教養的吳君琇身上，則體現出舊道德與新女性共融的時代風貌，她與學者丈夫金孔章琴瑟和諧，共同創作了詩集《琴瑟集》；而作為典型的《還軒詞》，既是個人泣血之作，亦是時代之悲鳴，深刻地反映了觀念變革、戰爭頻仍年代中普通女性的情感與命運，在女性詩詞的演變過程屬於「新中有舊、舊中含新」的過渡階段。這也說明，舊體詩詞這一傳統的文學形式同樣伴隨著時代風潮顯現出「更新」因子，不應被文學史上「新」「舊」對立的固有觀念所遮蔽。

二、名媛詩詞的時尚特質

近代「名媛」是與傳統「閨秀」相對的一個概念。「名

---

[25] 趙郁飛：《近百年女性詞史研究》（吉林大學 2017 年博士論文）認為溫倩華為「鴛鴦蝴蝶詞」傳人，其師陳蝶仙為「鴛鴦蝴蝶派」驍將，溫詞受其影響亦濡染「鴛蝴」味。

媛」的詞義從古代至近代有所變化。在古代是指有名望的美女,《晉書・載記》載王鑒等言:「臣聞王者之立后也,將以上配乾坤之性,象二儀敷育之義,生承宗廟,母臨天下,亡配后土,執饋皇姑,必擇世德名宗,幽閒淑令,副四海之望,稱神祇之心。」[26]到晚清沈善寶編《名媛詩話》,則無論是出身於名門望族,還是普通人家,「有才有德的女子」皆可稱為「名媛」。進入近代,「名媛」一詞具有了某種特殊的指代意義。1928 年《時代》雜誌創始人布里頓・哈頓創造的單詞"socialite" 被翻譯成「名媛」,指家境富有、穿著華麗,流連穿梭於各種社交場合的上流有閑階級女性。「名媛」一詞在民國時大行其道,是對有身分有地位女人的雅稱,名媛出入於社交場合,穿梭於公共空間,有才情和學識。與普通閨秀相比,名媛在當時即具有相當的知名度,出身非富即貴,往往受幾代世家之風熏陶,普遍受教育程度較高,甚至有機會出國留學深造,她們走出家庭,活躍於公眾視野,是上流男性想要結交的對象。

名媛詩詞與閨秀詩詞相比,呈現出更突出的商業氣息與時尚特質。舊上海是名媛輩出之地,成立於 1934 年 4 月的中國女子書畫會是由一群上海名媛自發組建的書畫社團,她們舉辦畫展,開辦專欄,刊印畫冊,參與慈善,是女性團體思想解放的代表與先聲。成員多出身世家,如陳小翠為著名小說家、實業家陳蝶仙之女,顧青瑤為清代名畫家顧若波孫女,陸小曼為

---

[26] 房玄齡等撰:《晉書》(北京:中華書局,1974 年),卷一二〇,頁 2676。

財政部司長陸定之女、李秋君為寧波望族李薇莊之女、馮文鳳為嶺南書法家馮師韓之女，等等。此後還有何香凝、潘玉良等眾多知名女畫家。中國女子書畫會創作群中的代表詩人周煉霞，生於 1906 年，曾從鄭德凝習畫、蔣梅笙學詩。周煉霞身上有典型的名媛氣質，出入於滬上各種文酒之會，傾倒當時才彥，其詞〈浣溪沙〉「海角詩人原善飲，江南詞客慣能文。一時低首盡稱臣」為真實寫照[27]。謝啼紅〈錦心繡口周煉霞〉形容道：「絕豔驚才之周煉霞女士，擅詩畫書三絕。有『女鄭虔』之目。年來每應邀參與文藝界文酒之會，鳳集餐聚，煉霞輒姍姍蒞止，翩然入座，談笑風生，於是集友皆大歡喜。」[28] 剪公〈記周煉霞〉也有類似描述：「歷數上海名閨才媛，我始終以為周煉霞女士，足當『驚才絕豔』四字評……她要在每天用三分之二的時間來作她的應酬。」[29]周煉霞是一個以鬻畫謀生的新女性，並身處「西風」漸濃的繁華都市中，她的詩詞大多發表在《禮拜六》《紫羅蘭》《萬象》《郵聲》等通俗期刊上，迎合著市民階級的審美與趣味，彌散著商業氣息。

在這一群走出家庭而參與社交、自力更生而活力四射的「新女性」筆下，舊體詩詞呈現出時尚特質，主要體現在以下幾個方面：

其一，是對新女性洋派生活方式的描繪、對女性才華的欣賞。名媛的詩詞中常出現當時滬上各色西式的生活情景，周煉

---

[27] 李遇春編選：《現代中國詩詞經典‧詞卷》（武漢：華中師範大學出版社，2014 年），頁 233。
[28] 謝啼紅：〈錦心繡口周煉霞〉，《中外春秋》1947 年第 18 期。
[29] 剪公：〈記周煉霞〉，《戲報》1946 年第 11 期。

霞愛燙髮,寫詞調侃陳小翠「不喜燙髮」:「盛鬏齊眉,輕鬢貼耳。生成光滑油油地。憐她纖薄似秋雲,嫌她波皺如春水。愛好天然,懶趨時世。淡妝不借蘭膏膩。」[30]陳小翠也以〈虞美人・予不喜燙髮,煉霞賦詞調侃,然煉霞固燙髮,戲為俳句報之〉戲答周煉霞:「銀鉗熨皺春雲綠,宛轉情絲縮。文心宜曲不宜平,始信亂頭時節最傾城。」[31]周煉霞曾十分優雅地描寫自己身著睡衣臥床的場景:「習習風來透曉涼,流蘇初卷鬱金床。亂雲猶散隔宵香。一點思量都有夢,十分嬌懶不成狂。睡衣熨損紫鴛鴦。」[32]塑造出一個嬌懶貪睡、生活優渥的名媛形象。陳小翠曾作〈沁園春・新美人髮〉描繪名媛染髮捲髮:「色染金鵝,撩亂情絲,低遮黛蛾。」「花繡籠春,銀箝炙曉,熨帖春雲覆粉渦。」[33]〈沁園春・新美人手〉描寫新女性彈鋼琴的手:「愛琴聲如雨,隨他上下。」塗指甲油:「珍憐甚,更香薰豆蔻,色染芙蓉。」[34]〈沁園春・新美人裙〉詠西式裙:「怕娉婷礙步,莫遮鴉襪;迴旋小舞,逗響鸞鈴。」[35]顧青瑤〈題陳翠娜銀箏集〉讚美陳小翠的才情:「美人文思太玲瓏。絕代聰華曲又工。」「一枝秀出天南筆,三絕風傳海內

---

[30] 煉霞:〈踏莎行〉,《社會日報》1938 年 10 月 12 日。
[31] 小翠:〈虞美人〉,《社會日報》1938 年 10 月 12 日。
[32] 周煉霞:〈浣溪沙〉,《社會日報》1938 年 8 月 11 日。
[33] 陳小翠著,劉夢芙編校:《翠樓吟草》(合肥:黃山書社,2010 年),頁 71。
[34] 《翠樓吟草》,頁 72。
[35] 《翠樓吟草》,頁 71。

名。」[36]，衝破了「女子無才便是德」的藩籬，表現出女性對自身才華的肯定。

其次，對女子私情的袒露和對同性情誼的刻畫。面對情趣不合的婚姻，陳小翠沒有離婚，而以分居作為折中之法，並堅守獨居之志：「譬如昨日死，翱翔恣遠遊。人生豈無情，惟情招眾尤……大道本無我，吾師乃莊周。」[37]她與顧佛影惺惺相惜，「何曾一日能忘汝，已似千年不見君」，有許多難忘的記憶：「長憶法華郊外雨，小樓燈火細論文」「莫忘紅葉思南路，風雪天涯餞別時」，但終究還是克情守禮：「矜持刻意諱情真，哀樂何須遣汝聞」「願為知己共清談，相知何必成姻眷侶」，僅以詩詞來袒露內心情愛之所繫。相比之下，周煉霞就要大膽直白得多，她最為世人傳誦的自度曲〈慶清平·寒夜〉：「幾度聲低語軟。道是寒輕夜猶淺。早些歸去早些眠，夢裏和君相見。丁寧後約毋忘。星眸灩灩生光。但使兩心相照，無燈無月何妨。」[38]情致歡娛，風格迤邐，冒鶴亭評之：「螺川詞一破陳規，務求歡娛，以難好者見好，而有時流於駘蕩。」[39]由於其多豔情之作，時人常捕風捉影將各種佚事與她聯繫起來，包謙六為其辯解說：「紫宜少時頗端麗富文彩，所

---

[36] 顧青瑤：〈題陳翠娜銀箏集〉，《紫羅蘭》第 2 卷第 1 號（1926 年）。

[37] 以下陳小翠詩均出自陳小翠：《翠樓吟草全集》（臺北：三友圖書公司，2001 年），是書原無頁碼，不再一一出注。

[38] 周煉霞：〈慶清平·寒夜〉，劉聰：《無燈無月兩心知——周煉霞其人其詩》（北京：北京出版社，2012 年），頁 224。

[39] 冒鶴亭：〈螺川韻語序〉，徐昱中、徐昭南編：《女畫家周煉霞》（美國私印本，2010 年），頁 33。

作詞語頗大膽……其實跌宕有節，有以自守，只是語業不受羈勒而已。」[40]對女子歡情的大膽展現，正是她對名媛身分的一種認同。同時她也肯定女性的社交行為，專門寫詞紀念社交集會。新雅酒樓是上海著名粵菜館，為當時作家藝人常常聚會之所在，她寫作〈虞美人〉描繪女性社交的情境：「淡黃羅幕深深處。依約聞嬌語。」極有風致。出於對彼此的欣賞，她們也在詩詞中展現出「同性情誼」：陳小翠〈寄顧飛〉「夜雨春燈對讀詩，十年初見已嫌遲。近來苦憶君知否，到處逢人問顧飛」；顧飛過陳小翠故居也同樣惦記著她「蕉不展，花不語，竹淒然。寂寞水禽三兩，雨中眠」[41]。陳小翠視顧青瑤為骨肉：「我視顧君同骨肉，髫年馬帳共傳經。」顧青瑤也還贈以深情：「贏得十年知己感，肝膽文章相示。」[42]這些酬唱頗有古之文人惺惺相惜的情懷，傳遞了女友之間的互憐互愛，更反映出女性在彼此認同後的自我認同軌跡。

再次，中國女子書畫會成員將女性情懷融於題畫詩，有情感歡娛、語言芬馨的特徵。受海派文化和市民審美趣味的影響，儘管身處戰爭時代，名媛詩作仍傾向於表達平和喜樂之情，以女子之眼觀物，呈現獨特的女性特質，如周煉霞〈題畫‧白桃花〉擬白桃花為仙女：「仙子無言情本淡，只應素月

---

[40] 包謙六：〈與施議對論詞書〉，施議對編：《當代詞綜》（福州：海峽文藝出版社，2002年），頁1362。

[41] 裘柱常、顧飛：《梅竹軒詩詞集》（杭州：西泠印社，2006年），頁165。

[42] 陸丹林：〈介紹幾位女書畫家〉，徐建融、劉毅強主編：《海派書畫文獻彙編》（上海：上海辭書出版社，2013年），頁310。

伴黃昏。」[43] 〈菩薩蠻·題落花蝴蝶圖〉將追逐落花的蝴蝶喻為追尋愛侶的女子：「癡魂拚向花心醉。一春幽夢醒耶未。豔影舞翩翩，相憐還自憐。　倦眠芳草路。莫遣封姨妒。宛轉戀殘花，天涯更水涯。」[44] 句句不離蝴蝶，卻又不拘於畫幅，隱含一個淒美的愛情故事。顧青瑤詩〈題山水冊〉：「應愛春光好，登樓望欲迷。薄雲抱紅樹，遠岫隔青溪。煙斂城初出，潮生岸忽低。涼風不識路，芳草自然齊。」[45] 平和淡雅，風懷曠遠。陳小翠〈繪筆自題〉：「闌干九曲是迴腸，欲卷湘簾怯嫩涼。吩咐門前一溪水，替儂流夢到橫塘。」[46] 情思婉轉，顯現出細膩生動的少女情懷。

那麼，她們是如何與市場相互作用的呢？固然，書畫會成員都具有良好的家庭出身和豐富的教育經歷，周煉霞自幼從名家，游刃於新舊文化之間；陳小翠通曉英文、上過新式學堂；馮文鳳、顧青瑤、李秋君等都出身書香世家，有深厚的家學淵源。她們未必需要倚仗詩詞書畫謀生，但上海發達的商品經濟和商業氛圍潛移默化地影響著她們。其時，新興工商業的發展培育了一大批社會新貴，收藏藝術品成為這批人親附風雅、標榜身分的途徑之一，商賈雲集、文人薈萃的上海因具有潛力巨大的書畫藝術市場而吸引大量藝術家前來，張鳴珂《寒松閣談藝瑣錄》云：「自海禁一開，貿易之盛，無過上海一隅，而以

---

[43] 煉霞：〈題畫·白桃花〉，《禮拜六》第 529 期（1933 年）。
[44] 劉聰：《無燈無月兩心知——周煉霞其人其詩》（北京：北京出版社，2012 年），頁 132。
[45] 顧青瑤：〈題山水冊〉，《紫羅蘭》第 2 卷第 1 號（1926 年）。
[46] 《翠樓吟草》，頁 22。

硯田為生者,亦皆于于而來,僑居賣畫。」[47]同時,上海興起「訂潤」風氣,書畫家訂有自己的潤例,「上海為商賈之區,畸人墨客往往萃集於此,書畫家來游求教者每苦戶限欲折,不得不收潤筆。……風氣所趨,莫能相挽,要不失風雅本色云。」[48]《申報》曾發佈顧青瑤的潤格。周煉霞與丈夫徐綠芙出版攝影繪畫書《影畫集》,並在《文華》上發佈廣告[49]。可見,文藝創作作為營利之手段極為常見。前文所述「描繪新女性的時髦生活與才華美貌」「表露女子私情」和進行詩畫創作共同完成了「名媛」形象的塑造,「才」「貌」「情」「藝」作為鮮明的要素建構出「名媛」這一隱藏的符號象徵,創作主體的女性身分、創作過程中的女性特質,既能滿足男性讀者對於才媛的窺探與想像,也容易調動女性讀者的閱讀興趣,從而激發出商業價值。同時,市場也反過來促進和釋放書畫會成員的藝術創造力和潛力。

　　與閨秀相比,名媛活躍於公共空間,雖不以詩詞謀生,卻擁有更廣闊的生活空間和社會舞臺供她們展現才華。她們走出家庭,享受著時尚的西式生活,向世人表露女性的才情與友情,表達出對「兩心相照」理想愛情的渴望與追求。作為婦女解放運動的參與者、推動者和受益者,名媛在才德觀和婚姻觀上比閨秀更進一步,表達出對女性美的欣賞、對自身才華的肯

---

[47] 張鳴珂著,丁羲元校點:《寒松閣談藝瑣錄》(上海:上海人民美術出版社,1988 年),頁 150。

[48] 葛元熙:《滬遊雜記》(上海:上海書店出版社,2009 年),頁 75。

[49] 《文華》1929 年第 1 期。

定、對自由愛情的嚮往。同時,她們強調自身性別屬性,以女子特有的柔媚綺麗的筆觸塑造出個性鮮明的「名媛」形象,顯示出女性作為言說主體對自身性別身分的肯定、追尋與建構。

三、女學者的士人身分認同

女學生的出現使得中國歷史上的現代女性開始誕生,現代意義上的女學生不是私塾先生或名士文人收的女弟子,而是以合法的名義離開家庭進入公共學校讀書的女性。女學生群體中的佼佼者以「學者」的身分躋身文化精英階層。被視為「以反抗的青年女性的姿態登上文壇」的馮沅君為女性解放找到一條路徑[50]:「在書,在畫,在工藝,在史學,在政治,甚至在軍事,她們都曾顯過身手」,「聽到這些女先輩的卓越的成就,我們不該興奮嗎?她們造成了光榮的過去,我們不該造成光榮的現在和未來嗎」?因此「我們呢,實際上雖然不免還有不少障礙,理論上,我們同男性已有同樣發展天賦才能的機會。我希望,甚且是預告,在將來,還許是不遠的將來,文化的各部門都有女專家。我們並不放棄舊有的文學地盤,但決不以此自限」[51]。於她自身來說,「學者」正是實踐女性解放、男女平權的最佳途徑。

與前文中受塾師或者家庭教育的女性不同,女學生經歷過完備的高等教育,她們是真正意義上「走出去」的新女性,如

---

50 孟悅、戴錦華:《浮出歷史地表:現代婦女文學研究》,頁 83。
51 馮沅君:〈婦女與文學〉,《中央日報》1943 年 1 月 19 日。

果說閨秀與名媛的知識習得和創作經歷在不同程度上來自於家庭內部，那麼後者則在學校中接受現代化的知識譜系。民國大學的日常課堂中保留著大量古詩文的訓練[52]，一批女學生寫作詩詞，形成數量可觀的「女學生—女學者詩群」：如張汝釗[53]、王蘭馨[54]、孫蓀荃[55]、冼玉清[56]、馮沅君等[57]。其突出代表是南京中央大學女性詩群：1930 年代前後的南京中央大學文人群體集中表現出「文學的古典主義的復活」[58]，被視為堅守

---

[52] 以南京中央大學為例，20 世紀 30 年代汪東擔任中央大學文學院中國文學系主任兼副教授代理院長，黃侃、王瀣、王易、胡小石、汪辟疆、吳梅擔任中國文學系副教授。這幾位學者，都是雅擅詩詞的行家。查閱當時的課程設置可知，吳梅在本科一至四年級開設詞曲必修和選修課程，一年級開設《詞學概論》課，規定每兩周填詞一首。二年級時，由汪東開設《宋名家詞》課，在課堂上講解詞的作法。除開詞選之外，吳梅還開設《曲選》、《南北詞簡譜》、《詞學通論》等課程。吳梅在 1924 年起與學生組織詞社「潛社」，後印行《潛社詞刊》，凡是選課的同學都可以入社，填詞作曲皆可。

[53] 張汝釗（1900-1970），先後就讀於上海滬江大學、南方大學及國民大學，於 1925 年出版《綠天簃詞集》。

[54] 王蘭馨（1907-1992），畢業於北京師範大學國文系、後任教於西南聯大、南開大學、清華大學、雲南大學，於 1934 年出版《將離集》。

[55] 孫蓀荃（1903-1965），畢業於北京師範大學，於 1936 年刊印《蓀荃詞》。

[56] 冼玉清（1895-1965），任教於嶺南大學、中山大學，在抗戰時期創作了《流離百詠》。

[57] 馮沅君（1900-1974），任教於上海暨南大學、中山大學、東北大學、山東大學等，著有《四餘詩稿》。

[58] 沈衛威：〈文學的古典主義的復活——以中央大學為中心的文人禊集雅聚〉，《文藝爭鳴》2008 年第 5 期。

「舊學」的「東南學派」，這一時期湧現出以陳家慶[59]、沈祖棻[60]、尉素秋[61]、盛靜霞等為代表的女性詩人[62]。她們跨越性別鴻溝，滲透出強烈的現代女性意識，代表了 20 世紀三四十年代「女學生—女學者」的創作風貌：

其一，文士身分的集體認同。學生時代的尉素秋、王嘉懿、曾昭燏、龍芷芬、沈祖棻等人創立梅社[63]，與古代女性結社不同，梅社有汪東、吳梅、汪辟疆等現代大學教授的指導，他們參與雅集，點評作品。梅社人訪古尋幽、雅集宴飲、比照古人結社、仿效文人傳統，展示出對「文士」身分的嚮往。她們各自取筆名來增強這種集體身分認同：沈祖棻是「點絳唇」、尉素秋是「西江月」、曾昭燏是「霜花腴」、龍芷芬是「釵頭鳳」等。梅社作為一個開放的社團，陸續又有許多女性加入，逐漸形成了共同的詩詞理念，從創作中體認各自價值，也增強著自我認同：「曾昭燏學識最淵博，龍芷芬最嫻靜優

---

59 陳家慶（1904-1970），曾就讀於北平女子師範大學，結識凌叔華、許廣平、譚惕吾等，後轉學至南京東南大學，拜吳梅門下。畢業後執教於上海淞江女中、安徽大學、重慶大學、南京中央政治大學等。

60 沈祖棻（1909-1977），字子苾，後任教於南京金陵大學、南京師範學院、武漢大學等，著有《涉江詩詞集》，吳梅得意弟子。

61 尉素秋（1914-2003），筆名江月，1949 年後遷居臺灣，任教於臺灣成功大學、中國文化大學、東海大學等，著有《秋聲集》。

62 盛靜霞（1917-2006），字弢青，後任教於之江大學、浙江師範學院、杭州大學、浙江大學等。

63 梅社的具體介紹可參見彭敏哲：〈梅社女性詩群的形成與承續〉，《中南大學學報》2017 年第 5 期。

雅,沈祖棻才華最富……彼此切磋琢磨,視為益友。」[64]

其二,自我價值的多元實現。如果說 19 世紀末 20 世紀初是女性自我意識萌發階段,是「浮出歷史地表」的初始期,那中央大學女學生所處的 20 世紀 30 年代則是現代女性意識的奠定期與穩固期,她們不僅自由地接受了現代教育,還通過教學、治學的多元途徑實現了自我價值。中央大學女學生畢業後不少以教師為職業,追求經濟和精神的獨立。汪東曾對尉素秋說:「我看重女子教育,認為是改造社會國家的一個根本問題。現在我老病侵尋,要做的事太多。你一直服務教育界,希望勝利復員之後,實踐你的諾言,為我所計畫的教育事業盡力。」[65]所以尉素秋「雖然現在海天遙隔,消息梗阻,但我仍未離開教育崗位,也沒有荒廢其所學」[66]。女學者在教育方面,尤其注重對詩詞藝術的傳授,沈祖棻在金陵大學任教期間開設詞選課,並在學生中倡立「正聲詩詞社」;尉素秋以此為終生之事業:「我自己雖無能,卻一直為了延續詞的命脈,奉獻其餘年。盼望與此中同道,共同努力,莫讓這一脈藝術生命,枯萎在我們這一代人手裏。」[67]此外,她們還通過治學立說來實現自身價值,如沈祖棻著有《唐宋詞賞析》《唐人七絕淺釋》等。

其三,對「志同道合」「文章知己」平等愛情的追求。與

---

[64] 尉素秋:《秋聲集》(臺北:帕米爾書店,1984 年),頁 112。
[65] 《秋聲集》,頁 110。
[66] 《秋聲集》,頁 111。
[67] 尉素秋:〈詞林舊侶〉,《中國國學》1984 年第 11 期。

五四時期反抗包辦婚姻、通過出走追求自由愛情的女性不同，中央大學的女性基本實現了婚姻自主，作為女學者的她們，把擁有共同的理想看作是最重要的擇偶標準。陳家慶、沈祖棻、盛靜霞都嫁給了學者，與丈夫砥礪學問，引為文章知己。陳家慶與丈夫徐英合著《澄碧草堂集》，她曾在詩中寫夫婦共同作詩治學、把酒高談的情境：「如鶼如鰈在長安，消息閒憑曲藝看。記得花陰文宴屢，雄談夜半斗牛寒。」[68]沈祖棻與程千帆相識於校園，彼此欣賞，二人詩詞唱和，曾「學寫鴛鴦，暗瞞鸚鵡，封題猶記。更飄燈隔雨，吟箋小疊，憑商略、遊春意」[69]。他們同樣熱愛古典文學，從事學術研究，後雙雙執教於武漢大學。程千帆寫他們的愛情是「文章知己千秋願，患難夫妻四十年」[70]，沈祖棻自云：「故我二人者，夫婦而兼良友，非僅兒女私情。」[71]沈尹默以「昔時趙李今程沈」將他們比為李清照與趙明誠[72]。盛靜霞的丈夫蔣禮鴻畢業於之江大學，曾以詩詞叩開盛靜霞的心扉：「雲自合，月難盈，人間何地著深

---

[68] 陳家慶：〈與澄宇居北京三年，頗有遺世之思，因集龔定庵詩句以遣興〉，徐英、陳家慶：《澄碧草堂集》（合肥：黃山書社，2012年），頁150。
[69] 沈祖棻：〈水龍吟〉，沈祖棻著，程千帆箋：《涉江詩詞集》（石家莊：河北教育出版社，2000年），頁31。
[70] 程千帆：〈鷓鴣天〉，《涉江詩詞集》，頁7。
[71] 沈祖棻：〈上汪方湖、汪寄庵先生書〉，《微波辭》（石家莊：河北教育出版社，2000年），頁212。
[72] 沈尹默：〈寄庵出示涉江詞稿，囑為題句，因書絕句五首奉正〉，《涉江詩詞集》，頁3。

情?瀟瀟一夕驚秋到,惱亂高樓又雨聲。」[73]結婚當日,蔣禮鴻作〈瑤臺第一層〉贈給妻子:「連理枝頭儂與汝,人天總是雙。瑤華小讁,回頭驀見,只是迷藏。分明相見慣,怯此度燭底輕狂。」[74]盛靜霞次韻酬唱:「明鏡臺前肩並處,笑看恰一雙。羅衾雪粲,寶奩月滿,密幄雲藏。相攜還試問,問者番可許輕狂?」[75]二人合著詩詞集《懷任齋詩詞・頻伽室語業合集》,「頻伽」是佛經中兩隻妙音鳥,比喻夫妻詩詞唱和,後他們一同執教於之江大學、杭州大學、浙江大學等。值得注意的是,沈祖棻曾在白話小說《馬嵬驛》中借唐玄宗之口表達了理想愛情的內涵:「愛你的精神和性格,愛你的聰明和才能。」[76]「沒有目的,沒有條件,是心與心的結合,靈魂與靈魂的擁抱,生命與生命的交融。」[77]男性對於「她」才學的肯定,成為「心靈結合」的重要途徑,「文章知己」也就成為女學者樂於選擇的愛情模式。

其四,現代家國意識的萌蘗。女學者懷抱傳統士大夫經世致用、憂國憂民的情懷,在創作實踐中模糊性別界限,以積極入世的姿態把個人榮辱與家國興亡聯繫起來,體現出為國家(而不只是家庭)分擔責任的願望。陳家慶兄姐皆為同盟會會

---

[73] 蔣禮鴻:〈鷓鴣天・和遺山薄命妾詞三首・其二〉,杭州市政協文史委員會編:《之江大學的神仙眷侶:蔣禮鴻與盛靜霞》(杭州:杭州出版社,2012年),頁19。

[74] 《之江大學的神仙眷侶:蔣禮鴻與盛靜霞》,頁259。

[75] 《之江大學的神仙眷侶:蔣禮鴻與盛靜霞》,頁260。

[76] 沈祖棻:〈馬嵬驛〉,《微波辭》(石家莊:河北教育出版社,2000年),頁176。

[77] 沈祖棻:〈馬嵬驛〉,《微波辭》,頁178。

員與早期南社社員,參加反清革命活動,她自幼受到影響,關心國事,1924 年仿效杜甫〈秋興八首〉,以七律聯章體式作〈甲子秋興〉,以秋日蕭索之景「他鄉黃菊正含英,檢點秋光暗自驚。照水狂花都帶淚,出山小草孰知名」起筆,暗合北洋軍閥統治下多難時局,諸如「不信干戈能救國,似聞狐鼠尚偷生」「中原此日皆荊棘,把酒難銷萬斛憂」「殘照西風來白下,不堪重憶故園情」[78],無不體現出知識分子心憂天下的家國情懷。

沈祖棻跳出傳統閨秀視域,觀照文學之發展、時局之變幻、民生之疾苦,她的詩詞不僅是抒發一己之情的工具,更是民族精神的繫托。她在大學二年級時就寫下憂國憂民的詞作〈浣溪沙〉,末句「有斜陽處有春愁」喻日寇進軍,國難日深,「春愁」乃「家國之愁」,「世人服其工妙,或遂戲稱為沈斜陽」[79]。縱觀沈祖棻之〈涉江詞〉,此類隱喻俯拾即是,〈高陽臺・訪媚香樓遺址〉借桃花扇的亂世背景隱喻時局:「青山幾點胭脂血,做千秋淒怨,一曲嬌嬈。家國飄零,淚痕都化寒潮。美人紈扇歸何處?任桃花、開遍江皋。」[80]作者之恨與香君之悲融為一體,隔代悲涼在詞中交匯,家國情懷被拉到漫長的時空裏,與晚明歷史遙相呼應。沈祖棻曾說:「憶余鼓篋上庠,適值遼海之變,汪師寄庵每諄諄以民族大義相詔諭。卒業而還,天步尤艱,承乏講席,亦莫敢不以此勉勗學

---

[78] 《澄碧草堂集》,頁 133。
[79] 《涉江詩詞集》,頁 5。
[80] 沈祖棻:〈高陽臺・訪媚香樓遺址〉,《涉江詩詞集》,頁 7。

者。」[81]又在《自傳》中說:「在校時受汪東、吳梅兩位老師的影響較深,決定了我以後努力的詞的方向,在創作中寄託國家興亡之感,不寫吟風弄月的東西,及以後在教學中一貫地宣傳民族意識、愛國主義精神。」[82]她甚至表達要親赴沙場保家衛國的意願:「十載偷生,常自恨未能執干戈,衛社稷。」[83]

尉素秋在詞中為抗戰勝利歡呼,展現出女性對戰爭的體驗,對家國的關切和熱愛:「苦戰年年,灑多少,英雄碧血。終換取,河山光復,中興事業。倭寇乞降新俯首,中華重奮舊威烈,看指日,雄師駐東京,仇盡雪。公理振,強暴歇,和平立,紛爭滅。動千家鐘鼓、萬人行列。秋送征鴻來朔漠,心隨江水到蘇浙。倩長風,送我入京華,朝陵闕。」[84]此外,尉素秋積極參與婦女解放運動,發表〈亂世的象徵〉提出以「禁娼」提升婦女地位。

盛靜霞以詩詞為武器,寫下大量保家衛國的戰爭詩,不局限於描寫女性所面對的內部世界,更注目於女性與男性共同面對的外部世界。[85]抗日戰爭爆發後她隨中央大學遷至重慶,畢業時以四十首〈新樂府〉代替畢業論文,揭露日寇的暴行和國民黨的弊政。她激賞朱希祖在敵人的威逼利誘面前寧死不屈,

---

81 《涉江詩詞集》,頁95。
82 徐有富:《程千帆沈祖棻年譜長編》(南京:南京大學出版社,2013年),頁71。
83 《涉江詩詞集》,頁95。
84 尉素秋:〈滿江紅〉,《秋聲集》,頁20-21。
85 李遇春、朱一帆:〈現代中國女性舊體詩詞的歷史沉浮與演變趨勢〉,《天津社會科學》2017年第1期。

作〈天都烈士歌〉:「屢遭名捕更不屈,一朝肢解金軀裂。三載萇弘怨結天,朝朝精衛空銜石。四肢雖解心更堅,血化江河山化骨。嗚呼!烈士之死天下哭,天都之峰天上矗!」[86]像沈祖棻一樣,她對親赴戰場心馳神往:「於國於家心無慚,殺敵致果待奮發。……忠骸入都萬人拜,萬人意氣更慷慨!」[87]

中央大學女性詩詞以女性之筆直觸男權社會君臣父子的儒家精神內核,其詩詞反映重大的歷史事件和對於時局的思考,凝聚強烈的時代使命感,呈現「詩史」「詞史」的特徵。無論是〈涉江詞〉中沉潛含蓄的比興手法,還是《秋聲集》中直白激烈的美刺功用,都是對中國儒家士大夫詩歌精神的深度繼承。沈祖棻說:「受業向愛文學,甚於生命。曩在界石避警,每挾詞稿與俱。一日,偶自問,設人與詞稿分在二地,而二處必有一處遭劫,則寧願人亡乎?詞亡乎?初猶不能決,繼則毅然願人亡而詞留也。此意難與俗人言,而吾師當能知之,故殊不欲留軀殼以損精神。」[88]將文章事業看作比生命更重要的人生寄託。文以載道,「道」正是修身進德、匡世濟國的儒家精神,故而吳宓評價正聲詩詞社是沈祖棻「行道救世、保存國粹」的歷史見證。

那麼,這批獨特的女學者詩群是何以產生的呢?與前述「閨秀」和「名媛」不同,女學者觀念的形成與家庭的關聯較小,而與現代大學的教育密切相關。「五四」以後開放女禁,男女同校,女子和男子享受同等的教育權利,男女平權意識深

---

[86] 《之江大學的神仙眷侶:蔣禮鴻與盛靜霞》,頁272。
[87] 《之江大學的神仙眷侶:蔣禮鴻與盛靜霞》,頁276。
[88] 沈祖棻:〈上汪方湖、汪寄庵先生書〉,《微波辭》,頁211-212。

入人心。其次,大學體制下的技藝傳授,不再是一個老師來教導弟子,而是由許多位不同學術背景、不同思想觀念的大學教授來指導。大學課程的設置與學科體系的建構相生相成,課程體系的完善,使得學生受到不同老師影響,形成豐富多元的思想觀念,從側面促進了現代女性觀念的生成和發展。再次,經濟獨立、社交自由的職業女性擺脫了對男性的依附、家庭的拘囿,具有獨立謀生的能力和一定的社會地位,從而也對個人及社會命運有了更高的關注度和參與度。

有別於閨秀名媛對於自身性別身分的定位,女學者的詩詞書寫淡化了自身的性別屬性,而作「士大夫」之音。學者的社會身分、精神氣質與前代女詩人已大為不同,她們身上流淌著現代氣息,在新舊之間選擇了一種調和,這種調和實質上包含兩極:傳統士人身分的認同和現代女性獨立自主的追求。這一頗近「中庸之道」的調和方式,與「弒君殺父」、激進反抗的現代女作家迥異,是深深浸潤過傳統文化的土壤之後、在自身性別、時代風潮與個人追求之間作出的一種特殊選擇。女學者詩群所展現出對於女性人格獨立、婚姻自由以及國家命運的深沉關注,在前代女性詩詞中是很難見的。可以說,女學者詩群是民國舊體詩詞史上最為特殊的群體,創作中閨秀特質消解,顯現出現代女性的獨立精神與家國情懷。

如上所述,民國舊體詩詞創作並非一成不變、故守舊態地延續古之閨閣女性書寫傳統,而同樣隨著時代氣候革新,展現出現代女性意識的萌發和興盛,呈現新舊交融的面貌。本文所述的三個群體儘管處於同一時期,但在才德觀、婚姻觀和家國觀三個層面上卻呈現出一種的遞進模式,以丁寧為代表的「新

閨秀」詩人繼承古代閨秀詩詞傳統，為其注入新的內容；以中國女子書畫會成員為代表的名媛詩群走出家庭，在融入文化市場的過程中發掘女性自身的美貌與才華，以獨具時尚特質的才藝爭取社會地位、獲取商業價值；女學者詩群則迎來了更大的空間從創作、教育、治學多方面實現自身價值，持志同道合、平等共進的婚姻觀念，強調文學的經世致用，更試圖跨越性別鴻溝，繼承中國千年的文人士大夫精神。三者承上啟下，既有對傳統閨閣詩詞的回顧與守望，也開創出現代女性詩詞的新局面，或言之，三種形態的交錯並存，是綿延承續又遞進更新的三個環節，折射出民國女性詩詞內部的演變趨勢。借此我們可以窺見，儘管舊文學內部場域的演進趨勢並不如新文學那樣具有「轉折」和「衝擊」，但它在與外部環境互相作用的過程中也發生著脈絡清晰的演變，呼應著「她」對現代女性意識由模糊到清晰的探索過程。對於民國女性詩詞的發掘和研究不僅能使舊文學中被遮蔽的、潛隱的現代女性精神浮出歷史地表，更能彌補片面從新文學角度研究性別意識變遷的不足。

（作者為中國海洋大學文學與新聞傳播學院副教授）

「污名」之下：
王世貞的「文人」認同及其意義

熊 湘

　　古人對「文人」一詞的運用極為廣泛，在史家、儒者、官吏的評價中，「文人」逐漸凝結一些負面含義，衍生出一代代論者討論不絕的話題。文人無行、文人無用等言論在古代典籍中屢見不鮮，成為古人對文人的常見認知方式，此可視為文人之「污名」。儒學、德行、世用、際遇是文人「污名」產生的四個主要領域[1]。如果僅把這些污名當作古人對文人的偏見，那為之辯駁也就成了理所當然之事，從中我們並不能挖掘出多

---

[1] 文人在際遇方面的污名主要包括蹇運、命窮等，它是對文人經歷、命運的共性的認定，與儒學、德行、世用等根據主體能力與個性的認定方式有別。嚴格說來，「命窮」本身不一定是污名，因為古人對「文人薄命」之說完全可以站在「理解與欣賞」的角度來認識。（參見吳承學：〈詩人的宿命——中國古代對於詩與詩人的集體認同〉，載《中國古代文體學研究》，北京：人民出版社，2011 年，頁 90-91）本文考慮到蹇運、命窮本身是對「文人」際遇不好的描述，且在古代影響深遠，足以有與前三者相提並論的分量。故仍將其納入污名之中，以方便下文的論述。

大意義。遠比話題是否屬實更重要的是話題傳播的思想動機、輿論效應，及其與當事人處世心態、身分認知、創作主張之間的相互作用。換言之，只有關注到文人直面身分定位時對污名集中反應、辯駁的過程，才能揭示其根植於社會政治土壤的獨特意義，此類文學批評話題的現實效用和內涵才能全面展示。在搜檢材料的過程中，我們將注意力集中於明後七子核心王世貞身上。縱向來看，王世貞及其周圍士子對文人身分認同的表達與書寫，對文人污名的反應與辯駁，無論在密集度上，還是強烈程度上，都是極少見的。[2] 更值得注意的是，王世貞等人的文人身分認同直接關乎其處世心態、文學思想和共同體意識，進而與中晚明政治環境、思想潮流、文壇格局關聯起來，呈現出獨特的文學史、批評史意義。故本文以王世貞為中心，探討其文人身分認同和群體意識，並揭示其意義。

一、「文人無用」觀念下的辯白及心路歷程

嘉靖二十六年（1547），王世貞進士及第。當時聚集在京

---

[2] 對於文人在儒學、德行方面遭受的批評及發展過程，以及相關話題的產生演變，參見党月瑤、熊湘：〈文人與德行：中國古代相關話題的生成與演變〉，《中國人民大學學報》2018 年第 5 期，頁 155-162；熊湘：〈儒者視閾下的「文人」及其批評理念的演進——以唐宋為中心〉，《新疆大學學報》2019 年第 4 期，頁 89-95。經筆者考察，王世貞以前，為文人正名，強調文人正面價值的論者不少，如王充、劉勰等，但他們要麼留下的相關文字不多，要麼論述零散，要麼沒有與個人遭遇相結合。從這個角度來說，王世貞對文人的認同具有前所未有的價值與意義。

師的,大都是像他這樣的新晉進士,傾心於詩文創作,時常結社唱和,「才高氣銳,互相標榜,視當世無人」[3],頗有文人習氣,引人側目。由於初入仕途,在政治上尚未大展身手,這一批已被打上文人烙印的士人不免在吏治、世用等方面遭到質疑。王世貞曾受到「文人少年,不習為吏,第飲酒賦詩為豪舉耳」這樣的評價[4]。即便多年後,能聲著於都下,士人仍有「王弇州文而豪,乃任吏耶?」之歎[5]。我們有理由相信,在仕進早期,王世貞就聽聞了不少關於自己及詩社中人在世用方面的成見與批評。我們首先要考察的,就是他對這些批評的反應。

王世貞考中進士不久,便為將要到新喻任知縣,並有詩文之交的李先芳作序一篇。文中提到:「(有人認為)詩人之累,多高曠,少實,好怪奇而不更事。天下所必無而不可信者,彼以為必有。而至其所自得,以為斷然而必可行者,乃不可施之于舉步。」[6]以詩人疏於吏道,認為李先芳不堪新喻之任。對此,王世貞從兩個方面予以反駁。一是強調《詩經》中

---

[3] 張廷玉等:《明史》卷二八七〈李攀龍傳〉(北京:中華書局,1974年),第24冊,頁7378。

[4] 王錫爵:《王文肅公文集》卷六〈太子少保刑部尚書鳳洲王公神道碑〉,《四庫禁毀書叢刊》(北京:北京出版社,1997年),集部第7冊,頁160。

[5] 陳繼儒:《見聞錄》卷五〈王元美先生墓誌銘〉,《四庫全書存目叢書》(濟南:齊魯書社,1995年),子部第244冊,頁199。

[6] 王世貞:《弇州山人四部稿》卷五五〈送李伯承之新喻令序〉,《四庫提要著錄叢書》(北京:北京出版社,2011年),集部第118冊,頁32。

有大量反映民事、治道的詩歌,足可為吏治之用。他說「是故
豳風,詩也;周公,詩人也」[7],試圖為「詩人」從政尋找強
大來源與後盾。二是指出李先芳既然能以殫精竭力的態度來作
詩,同樣也能以殫精竭力的態度來處理政事。在李先芳赴任之
後,王世貞又聽聞不利於李氏的傳言。說某縣吏在知縣李先芳
案前詢問正事,而李先芳以「亡為敗吾(詩)思」呵斥之[8]。
王世貞不予置信,並在〈送孫元之明府之新淦序〉中重申前
言,批駁「以詩厲政」之說。不管針對李先芳的傳言是否屬
實,都說明詩人不善吏,或作詩影響吏治的輿論在當時有一定
的普遍性。後來王世貞自己也談到:「是時朝士業相戒毋治
詩,治詩即害吏治。」[9]

　　嘉靖三十二年(1553),蔡汝楠在京師與王世貞相見。他
與唐宋派王慎中、唐順之交好,文學主張也相投契。王世貞
在寫給李攀龍的信中,提及蔡汝楠對李、王的責難,以及王
世貞的反駁。他們論爭的核心在於兩點:一是文道觀念上的
對立,蔡汝楠強調文以明道,王世貞認為「今之為辭者,辭不
勝跳而匿諸理」[10]。二則涉及到文與政事的關係。當時李攀龍
剛出守順德,蔡汝楠以李攀龍為文人,「易事自喜,宜不稱為

7　《弇州山人四部稿》卷五五〈送李伯承之新喻令序〉,《四庫提要
　　著錄叢書》,集部第118冊,頁32。
8　《弇州山人四部稿》卷五六〈送孫元之明府之新淦序〉,《四庫提
　　要著錄叢書》,集部第118冊,頁35。
9　王世貞:《弇州山人續稿》卷四三〈山澤吟嘯集序〉,《四庫提要
　　著錄叢書》,集部第120冊,頁582。
10　《弇州山人四部稿》卷五七〈贈李于鱗序〉,《四庫提要著錄叢
　　書》,集部第118冊,頁46。

守」[11]，其中暗含文人不善政治的觀念。王世貞通過《史記》《漢書》在辨風土民俗、敘循吏等方面有益於治理郡國，政事與文章無二，政事屬於一時，而文章乃萬年之業等主張，對蔡汝楠之論予以堅決的辯駁。

這幾次辯駁發生在王世貞中進士後的頭幾年，我們除了能夠看到他對朋友的維護，還能感知到他所堅守的文章本位、文人本位的態度和立場。王世貞受顯赫家庭背景的影響，懷揣仕進、事功之心。由於初入仕途，風華正茂，對文人用世抱有積極的心態和強烈的主觀願望，因而深信文人（詩人）能夠勝任吏治。細細分析論辯的內容，我們會發現王世貞的反駁完全避開了重點。對方立論點是文人因為習性不佳，不能擔當官職。王世貞閉口不說習性的問題，抬出《詩經》《史》《漢》，講了一通「周公詩人」「文章不朽」等高標獨立的話。他對文人不善吏治說法的反駁停留在理論層面，具有些許不切合實際的理想化色彩。這一辯駁思路非王世貞首創，卻是一個入世未深、年輕氣盛的文人的重要表現。

上述理想化的認同方式並沒有維持多久，我們將其與〈少傅喬莊簡公遺集序〉相比較，則會發現一些明顯的變化。該序文約作於嘉靖四十年（1561），其敘述邏輯頗值得玩味。開篇言成化弘治朝重文偃武，喬宇從學於李東陽、楊一清，又與李夢陽、王陽明相切磋，善為古文辭。用簡明的語言勾勒出一個「文人」形象。接著說喬宇任吏部郎中，轉而認為他「有大臣

---

[11]《弇州山人四部稿》卷五七〈贈李于鱗序〉，《四庫提要著錄叢書》，集部第 118 冊，頁 47。

風業,不以文士少年目之矣」[12]。隨後又言喬宇在任職期間喜為詩文,多遊歷題詠之作,於是「稍復疑喬公文士,少實用」[13]。在此疑問之下,作者敘述喬宇的功業,將其與立功西北的楊一清、平定寧王之亂的王陽明相提並論,並言「而後文士之用可知也」[14]。王世貞將對喬宇文章功業的介紹穿插在「文人」身分認同的邏輯理路中,用喬宇的實際行動來證明文章與政事可以兼備,而不再像早期那樣借助經典立豪言壯語。「文人—世用」的敘述套路在古代詩文集序中雖不少見,但王世貞秉持文人立場,以肯定、否定、否定之否定的多重轉折來推出自己的主張,其思路和用心都較為特別。這種有意為之的敘述模式突出了集主在文人與政事(實用)之間的反覆回環,甚或揭示出了涉世多年的王世貞面對「文人無用」的傳統說法時,內心的體認和思考過程。

對文人世用描述的前後不同,折射出王世貞經歷世事之後的心態變化。就在為喬宇集作序的前幾年,王世貞遭遇了不少打擊。嘉靖三十五年(1556)至三十六年,韃靼兵多次入侵,王世貞之父王忬因戰事不利而被停俸、降職。加之王忬、王世貞父子與權相嚴嵩的矛盾加劇,王世貞仕途受挫,心裡惴惴不安,作〈挽歌〉三首,序中說自己「預探所遇,以待叵

---

[12] 《弇州山人四部稿》卷六七〈少傅喬莊簡公遺集序〉,《四庫提要著錄叢書》,集部第118冊,頁153。

[13] 《弇州山人四部稿》卷六七〈少傅喬莊簡公遺集序〉,《四庫提要著錄叢書》,集部第118冊,頁153。

[14] 《弇州山人四部稿》卷六七〈少傅喬莊簡公遺集序〉,《四庫提要著錄叢書》,集部第118冊,頁154。

測」¹⁵，並云：「在昔文章之士多不待年，昆岡一炎，並命玉石。」¹⁶大有借古人之際遇，抒發一己感慨的意味。嘉靖三十八年（1559），王忬論罪下獄。王世貞設法營救卻又無能為力，頓生心灰、挫敗之感，在寫給俞允文的書信中深有感慨地說：「虞炅日之將逮，悵尋槩之無機。歎文人之鮮永，測功業之難終。」¹⁷對文學與功業雙美的強烈渴望，在現實的遭遇面前變成無可奈何的喟歎。王世貞將自己視為文人，他於人生波折、宦海浮沉中的深切體悟和認識，在不同程度上灌注於「文人」這一概念，使文人世用與文人命窮綰結成一對不可分割的話題。他的心態及其對文人的認識也隨之產生變化，由此催生出「文章九命」的話題則是理所當然之事。

王世貞的《文章九命》在當時和後世都造成了不小的影響，所謂「文章九命」，也可以說是「文人九命」。現今能看到的《文章九命》主要有兩種版本：一是《藝苑卮言》本，二是晚明華淑《閒情小品》輯本。《藝苑卮言》本《文章九命》是王世貞自己編定並不斷修改、調整的，最後收入《弇州四部稿》。與《閒情小品》本相比較，《藝苑卮言》本更貼合王世貞的思想和心態。僅從體例和材料編排方面分析，就能發現王世貞的用心之處。首先，整個敘述都籠罩於「詩能窮人」的主

---

15 《弇州山人四部稿》卷一五〈挽歌序〉，《四庫提要著錄叢書》，集部第117冊，頁285。

16 《弇州山人四部稿》卷一五〈挽歌序〉，《四庫提要著錄叢書》，集部第117冊，頁285。

17 《弇州山人四部稿》卷一二七〈俞仲蔚〉，《四庫提要著錄叢書》，集部第119冊，頁157。

題之下,每一則均反映出文人不佳的命運。其次,在材料編排上,每一則幾乎都是選取大量的事例(典故),用排比的方式呈現出來。再次,每一則最末都會列舉明代的事例。可以說,王世貞有意識地在《文章九命》中集中反映文人的悲慘命運,如其所言:「循覽往匠,良少完終,為之愴然以慨,肅然以恐。」[18]如果說「愴然以慨」還是以旁觀者的角度感慨他者的命運,那麼「肅然以恐」則表明文人悲慘的命運會與自己,以及自己的朋友密切相關。因為只有關乎切身命運,才會對「良少完終」的說法感到害怕。《藝苑卮言》本《文章九命》中就提及了友人宗臣、梁有譽的早逝。所以我們說《文章九命》浸透了王世貞對文人悲慘命運的深切體悟和思考。

　　早逝只是一種極端悲慘的命運,圍繞在王世貞周圍,更多的是自己及友人坎坷的經歷,包括仕進途中的挫折。萬曆三年(1575),汪道昆請告歸里。萬曆四年(1576),王世貞被彈劾,罷歸里中。萬曆五年(1577),吳國倫因中讒言,自大梁罷歸。自己及友人仕途的遭遇使王世貞深有所感,他在寫給徐中行的書信中說到:「造物者頗汲汲我輩,第文士尚未脫陽九,若登匡廬頂,上有朗照而蒙氣下蔽,所可怪也。」[19]寫給林近夫的書信中說到:「公亦知文士運否,猶在陽九,蒙氣未滌。伯玉請急,遂成高臥。明卿憎口,頓爾削籍。家弟與李本

---

[18] 羅仲鼎:《藝苑卮言校注》(濟南:齊魯書社,1992 年),卷八,頁 389。

[19] 《弇州山人四部稿》卷一〇八〈徐子與〉,《四庫提要著錄叢書》,集部第 119 冊,頁 67。

寧俱妬,金馬三尺地,僅一子與碩果耳。」[20]寫給范欽的書信中也說到:「念徐生(徐中行)之碩果,悵文士之百六。」[21]在他的文集中,時常能找到陽九、百六、蒙氣等字眼。即便到了晚年,也仍有類似的感慨。這也印證了我們剛才的說法,王世貞是以傳統文人的命運來映照自己,又以自己及友人的命運來體悟文人。

　　自始至終,王世貞對文人無用之說耿耿於懷。儘管時不時還會說一些文章不朽之類的話,但經歷仕途坎坷,甚至無意仕進後,在對待文人世用問題上,不再像初入仕途那樣高標獨立。他似乎在一定程度上承認了文人不善吏事的說法,卻又心中不平,於是將世用之眼光投射到周圍,通過觀察友人的仕進來建立文人世用的自信。萬曆二年(1574),王世貞為汪道昆作五十壽序,其中說到:「吾雖孱弱不自立,然不敢信文士無用於天下,則於汪伯子征焉。」[22]這句話頗能反映王世貞自己不行,則求於諸友的心態。所以他才會對徐中行說:「文人無用,須足下洗之。」[23]評價宗臣「差為文士吐氣」[24],晚年對

---

[20] 《弇州山人續稿》卷一八三〈林近夫〉,《四庫提要著錄叢書》,集部第122冊,頁535。

[21] 《弇州山人續稿》卷一七五〈答范司馬〉,《四庫提要著錄叢書》,集部第122冊,頁455。

[22] 《弇州山人四部稿》卷六二〈少司馬公汪伯子五十序〉,《四庫提要著錄叢書》,集部第118冊,頁108。

[23] 《弇州山人四部稿》卷一〇八〈徐子與〉,《四庫提要著錄叢書》,集部第119冊,頁65。

[24] 《弇州山人四部稿》卷八六〈明中憲大夫福建提刑按察司提學副使方城宗君墓誌銘〉,《四庫提要著錄叢書》,集部第118冊,頁364。

屠隆也說到:「僕生平愧文人無用一言,今日賴公吐氣。」[25]此類例子甚多,不再贅舉。儘管王世貞在晚年醉心佛道,欲謝筆硯,自悔雕蟲,但他對文學與文人的態度並無太大變化。總之,通過王世貞對文人世用、命運的書寫,可以探知其在仕宦之中的心路歷程,也得見王世貞對文人的深切體悟和認同。

二、德・才・情:
王世貞對文人身分的內部認同及價值取向

「文人無行」是一個囊括力極強的話題,文人相輕、輕薄、自大、不務實、虛言浮詞等等,都是其中應有之意。再推而廣之,文人不推尊儒家之道,違背儒者之義,也可視作「文人無行」。王世貞對文人的德行有深刻的認識。浚縣人盧柟性格狂放,使酒罵坐。他論罪下獄,當與其不可一世的言行有關。王世貞在給盧柟文集所作的序中說到:「夫文人業自好負氣,殆其常耳。」[26]言語之間沒有刻意的貶抑色彩,他只是把盧柟的行為當作一般文人的習性來理解。萬曆元年(1573),王世貞除湖廣按察使,期間作《湖廣策問》,其中一篇問及事功、文章、節義、理學四者孰益孰損。他自己的策文詳細分析了該問題,認為:「文士類多沾沾自喜,上者厭薄一切,而下者相傾為競也。自喜則途分而不為黨,厭薄一切則多避而無所

---

[25]《弇州山人續稿》卷二〇〇〈屠長卿〉,《四庫提要著錄叢書》,集部第122冊,頁705。

[26]《弇州山人四部稿》卷六四〈盧次楩集序〉,《四庫提要著錄叢書》,集部第118冊,頁125。

營，相傾為競則各露其短而不能掩。故其為損淺也。」[27]這完全是一段為文人辯護的話，辯護的方式是在一定程度上承認文人性格、言行上的缺陷，然後再指出這樣的性格使得文人坦白直率、不結黨營私。且不說他的論證邏輯是否經得住推敲，其以退為進的辯護方式完全揭示了他的身分立場。該文中，王世貞對文士「少伸而多抑」不以為然，這除了他念念不忘的文人世用之外，應當還有其他原因。

對此，我們能從《文章九命》中看到更多的信息。第三則「玷缺」集中討論文人無行的問題，起首引用《顏氏家訓・文章篇》對文人輕薄的敘述。顏之推完全是站在旁觀者的角度，列舉大量的事例，批判文人之無行。在顏氏之前，劉勰《文心雕龍・程器》列舉「文士之疵」，並從兩個方面對文人無行予以反駁：一、言行上的瑕疵不是文人才有，武人、將相都有無行輕薄的一面；二、不是每個文人都有缺點，像屈原、賈誼就是德行兼備的文人。劉勰靠打破文人與污名的必然關聯來提升文人的身分地位，從而加強自己對文人的認同。相較而言，王世貞的立場與顏之推相反，認同方式又與劉勰有別。他對文人輕薄予以承認，在引用《顏氏家訓・文章篇》的敘述之後，又增加了一大段文人無行的事例。最後卻說到：「寧為有瑕璧，勿作無瑕石。」[28]這與王世貞在策問中的論辯路徑相似，先承認文人之污名，然後以退為進，在別處尋找文人的價值根基。大致而言，「有瑕」與「無瑕」是德行層面的問題，「璧」與

---

[27] 《弇州山人四部稿》卷一一六〈（湖廣）第四問〉，《四庫提要著錄叢書》，集部第 119 冊，頁 46。

[28] 《藝苑卮言校注》卷八，頁 397。

「石」是才性（包括文才）層面的問題。這句話等於是將文才視為體現文人價值的主要標準，以突破傳統以德衡人的價值判斷方式。對於文人來說，「文才」比「德行」重要，這是以王世貞為代表的文人在尋找自我認同標準時的典型表現。再如第五則「流貶」云：「窮則窮矣，然山川之勝，與精神有相發者。」[29]第七則「夭折」云：「蘭摧玉折，信哉！」[30]這都是在文人蹇運主題下突出作者對文才的重視與憐惜。

王世貞不諱言文人德行上的玷缺，但「有瑕璧」「無瑕石」之說不免含有意氣之言的成分。首先，重視文才，不代表輕視德行。在〈（湖廣）第四問〉中，王世貞對節義之士評價甚高。其次，文才解決不了社會交際和道德評價中出現的問題，以文人自任的王世貞，不可能不對「文人無行」產生辯白的心態。「無瑕璧」（即有德行之文人）成為一種潛在的渴望和追求。所以他才會說「文人無行，賴于鱗一吐氣」[31]。萬曆十二年（1584）九月，宋世恩大宴賓客，屠隆與之，宴上酒酣作樂。刑部主事俞顯卿劾其淫縱，屠隆因此被罷官。王世貞致信魏允中，提及此事，為之歎息：「才之為人害也，即盡明州東湖水，何能洗文人無行四字，為之悵然。」[32]在朋友的仕途

---

[29] 《藝苑卮言校注》卷八，頁 404。
[30] 《藝苑卮言校注》卷八，頁 409。
[31] 《弇州山人四部稿》卷一一八〈徐子與〉，《四庫提要著錄叢書》，集部第 119 冊，頁 65。
[32] 《弇州山人續稿》卷二〇三〈魏司勳懋權〉，《四庫提要著錄叢書》，集部第 122 冊，頁 732。

遭遇面前,王世貞沒有鼓吹「有瑕璧」[33]。是以文才只能在面對文學作品,以作為文人的角度來看時,才具有超越「德」的可能性。現實世界中,德行的玷缺時時影響著人們對文人的認識和判斷,這與王世貞對文人文才的重視產生了難以調和的矛盾。萬曆十四年(1586),王世貞在寫給王錫爵的信中說到:「文人落魄,弟故憐之;文人無行,卻不能諱。奈何奈何。」[34]這句話雖然由他事而發,但確實能夠照見王世貞對此矛盾的無可奈何。

關於王世貞及後七子重視修辭、才情的問題,已有研究者予以闡發[35]。這裡需要補充的是,王世貞等人多以「才」「情」並稱,從內涵上講,前者偏向文章的創作能力,後者指

---

[33] 針對屠隆罷官一事,王世貞有「相如勝井丹」一語(《弇州山人續稿》卷二四〈寄屠長卿〉,《四庫提要著錄叢書》,集部第120冊,頁386)。該典故出自《世說新語》:「王子猷、子敬兄弟共賞高士傳人及贊,子敬賞井丹高潔。子猷云:『未若長卿慢世。』」從文意上看,有輕視德行的傾向。但王世貞以此語贈屠隆,不乏寬慰之意。也有學者認為,在寬慰對方的表像下,實蘊含諷刺、貶低屠隆之意圖(參見徐兆安:〈十六世紀文壇中的宗教修養——屠隆與王世貞的來往(1577-1590)〉,《漢學研究》第30卷第1期,2012年,頁223-226),不論如何,「相如勝井丹」並不著意於強調「才可掩德」,鼓吹「有瑕璧」。結合王世貞《讀書後》卷二〈書司馬相如傳後〉中的論述,我們對這一點當有更清楚的認識。

[34] 《弇州山人續稿》卷一七六〈與元馭閣老〉,《四庫提要著錄叢書》,集部第122冊,頁466。

[35] 參見鄭利華:〈論王世貞的文學批評〉,《復旦學報》1989年第1期,頁34-35;鄭利華:《前後七子研究》(上海:上海古籍出版社,2015年),頁447-458、473-476。

涉文章的情感內容。王世貞又將「才」「法」並舉，他評價宗臣：「（其詩）足無憾於法，乃往往屈法而伸其才；其文足盡於才，乃往往屈才而就法。」[36]這裡的「才」之含義應為創作主體融合學識、主觀體悟、文辭表達後得心應手的創作能力，傾向於無意和自然的表達。「法」則是指「才」之外的詩文創作法度，傾向於刻意地追尋創作規則。質言之，「情」代表內容，「才」與「法」偏向形式，文辭理所當然屬於「才」與「法」的範疇。重文辭確實被王世貞視為文才的核心內容。王世貞文以明道的觀念比較淡薄，在修辭與明道之間，他多強調前者的作用。〈贈李于鱗序〉中探討「辭」與「理」之關係，反對唐宋派「辭不勝跳而匿諸理」的創作風尚[37]，就是典型的一例。他說揚雄自悔雕蟲，乃是因作賦不及司馬相如而發出的「謗言欺人」的藏拙之語[38]。說作詞「寧為大雅罪人，勿儒冠而胡服」[39]。這都突出了他對文學本位的重視。「文以明道」已成極為強勢的批評話語，在理學家口中，大有以儒家之道（理學）覆蓋所有詩文創作之勢。對於王世貞這類文人，所創作的很多作品無關乎儒家之道。有友人就批評王世貞「弊精神

---

[36] 《弇州山人四部稿》卷六五〈宗子相集序〉，《四庫提要著錄叢書》，集部第118冊，頁134。

[37] 《弇州山人四部稿》卷五七〈贈李于鱗序〉，《四庫提要著錄叢書》，集部第118冊，頁46。

[38] 《藝苑卮言校注》卷二，頁89-90。

[39] 《弇州山人四部稿》卷一五二〈藝苑卮言附錄〉，《四庫提要著錄叢書》，集部第119冊，頁411。

於小技」[40]，王世貞說到：「孔子稱詩可以興，可以群，可以怨，邇之事父，遠之事君。若僅以忠孝二言，或粗征其實以示天下，後世安能使之感動，而得其所謂興與群與怨也。……非其（孟子）文之瑰偉雄暢，安能灼然為萬世標，藉令深山一田父偶創此語，又孰聽而孰傳之也。」[41]王世貞借聖人之言為自己辯護，說白了就是為自己喜好文辭找一個理由。即便是闡說忠孝，也當用力於文辭，使之有傳播與交流的效用。文人的作用就在於有效地運用文辭，在借助文才傳播道理的過程中，說粗實之語的人、深山田父，均不與焉。王世貞批評《詩經》之疵，認為「人而無儀，不死何為」等詩句「用意太粗」[42]，也是在反對粗實之語，強調修辭之重要性。

由上可知，與德行、儒家之道相比較，王世貞曾有意突出文才的重要性。他將修辭與粗語對應，將「才」視為區分文人與非文人（田父、傖父）的標準。這意味著並不是人人都能作文，也不是人人都能成為文人。為了給予王世貞以充分合理的定位，我們將其與唐順之的觀念作一對比。

唐順之重視儒家之道，後期更是鄙薄文辭、沉溺心學。嘉靖二十四年（1545），唐順之致信陳昌積，為其「有可以一變至道之資力，而僅用之於文」感到可惜[43]，同時自罪於「文

---

[40] 《弇州山人續稿》卷一九〇〈答鄔孚如舍人〉，《四庫提要著錄叢書》，集部第 122 冊，頁 613。

[41] 《弇州山人續稿》卷一九〇〈答鄔孚如舍人〉，《四庫提要著錄叢書》，集部第 122 冊，頁 613。

[42] 《藝苑卮言校注》卷一，頁 43。

[43] 唐順之：《唐荊川先生集》卷五〈與陳兩湖主事〉，《叢書集成續

士」雕蟲篆刻之好。一般說來，注重文辭是文人身分的首要表現，理學家（以及一些古文家）對文人的批評立足於此。唐順之之鄙棄雕蟲之文士，卻試圖從另一個角度去挖掘文人、作家的內核。他在〈與陳兩湖主事〉中說到：「乃知千古作家，別自有正法眼藏在，蓋其首尾節奏天然之度，自不可差，而得意於筆墨蹊徑之外，則惟神解者而後可以語此。」[44]後來又在寫給茅坤的書信中表達了同樣的看法：「只就文章家論之。雖其繩墨佈置奇正轉折，自有專門法師，至於中間一段精神命脈骨髓，則非洗滌心源，獨立物表，具今古隻眼者，不足以與此。」[45]其所云「正法眼藏」「精神命脈骨髓」超越了「文法」，成為作家、文章家創作的內在價值，這也是唐順之「本色論」的核心。文章以有本色為最上，那麼文人則當以本色為鵠的。所以他在寫給蔡克廉的書信中，給予文人以較為理想化的界定：「自古文人，雖其立腳淺淺，然各自有一段精神不可磨滅。開口道得幾句千古說不出的語話，是以能與世長久。惟其精神亦盡於言語文字之間，而不暇乎其他，是以謂之文人。」[46]唐順之此言目的不在於以文士自任，而是表明自己的文章不夠格，以拒絕為自己刻文。不過他對文人的認定與前述

編》（臺北：新文豐出版公司，1989 年），第 144 冊，頁 277。

[44] 《唐荊川先生集》卷五〈與陳兩湖主事書〉，《叢書集成續編》，第 144 冊，頁 277。

[45] 《唐荊川先生集》卷七〈答茅鹿門主事〉，《叢書集成續編》，第 144 冊，頁 295。

[46] 《唐荊川先生集》卷七〈答蔡可泉〉，《叢書集成續編》，第 144 冊，頁 300。

「作家」「文章家」同一思致,是文章「本色論」的人格化表達。

關於唐順之的本色論,左東嶺先生指出:道、風格、法則等外在因素都被他置之度外,「作家的自我心靈成了最高的權威。這是對『法』的否定或曰超越,是對形式的忽略或曰顛覆」[47],這與典型唐宋派以道衡文的方式有別。然而,唐順之強調內在精神的多樣性,並不意味著儒家之「道」在他心裡被完全去除。他推崇「文人」之精神,接著說自己的文章未能如古人「闡理道而裨世教」[48]。質言之,唐順之深受陽明心學影響,其「文人論」一方面充分重視自我心靈、精神的重要性,頗有「我手寫我心」的意味;另一方面仍有世教理道橫亙其中,尚未完全降落到個人性格與感情上。[49]此外,明代的心學自王陽明始,主張向內心尋求道理。經王學左派的闡揚,「百姓日用即為道」「人人可以成堯舜」等成為消弭等級、身分界限的理論支撐,而情與欲作為人類共通的內核被充分強調。這觸發了中晚明的重情思潮和個性解放,導致了文學領域內重視主體的心與情,相對忽視文才的現象。我們可以將其看作心學主張在文學領域的映射。在至情說中,「情」成了文學的絕對

---

[47] 左東嶺:《王學與中晚明士人心態》(北京:人民文學出版社,2000年),頁461。

[48] 《唐荊川先生集》卷七〈答蔡可泉〉,《叢書集成續編》,第144冊,頁300。

[49] 羅宗強先生就指出:「唐順之、王慎中的情論與本色論,都帶著道德修持的手段在內,與他們的明道與經世致用觀念是一致的。」(羅宗強:《明代文學思想史》,北京:中華書局,2013年,頁445)。

主導。因為情之共通性（人人有情）的存在和被強調，文學及其文人之邊界便有消弭的危險。如黃宗羲所說：「凡情之至者，其文未有不至者也，則天地間街談巷語、邪許呻吟，無一非文，而游女、田夫、波臣、戍客，無一非文人也。」[50]這與王世貞的觀點截然對立。王世貞敬服王守仁，但對才情的重視與王學左派以至重情說的發展基本不在一條路線上。總而言之，唐順之試圖從自我精神的角度提升文人的價值，卻犧牲了文人文學的純粹性。至情說過於強調情對文的主導，消弭了文人與儈父的差別。王世貞強調才情，是對文人屬性的合理認識，以及對文人身分邊界的有效維護。

三、王世貞的文人共同體意識及其與政治之關係

不論是辯駁「文人無用」，還是唷歎「文人無行」，都可以說是在為最廣泛的文人群體說話。不過，王世貞的回應超出了一般的泛泛之談和套路化表述，其身分認知也未停留在泛化的文人群體身上。根據《弇州山人四部稿》（不包括《文章九命》）及《續稿》，王世貞從世用、際遇等角度，對以下同時代的士人冠以文人之名：李攀龍、宗臣、張九一、徐中行、汪道昆、吳國倫、屠隆、張佳胤、魏允中、李維楨、王世懋、陳宗虞、顧孟林、丁應泰。顯而易見，絕大多數都是後七子群體中的人物。儘管王世貞未完全將「文人」所指限定在後七子群

---

[50] 黃宗羲：〈明文案序上〉，《黃宗羲全集》（杭州：浙江古籍出版社，2005年），第10冊，頁19。

體中——《文章九命》就是如此,但他當是有意在「文人」身分的框架下建立與同道友人的身分認同,從而體現出較為明確的共同體意識。

對此,王世貞與魏允中之間的一段故事值得稱述。萬曆十一年(1583),王世貞將趙用賢、李維楨、屠隆、魏允中、胡應麟列為「末五子」,作〈末五子篇〉。他致信魏允中,附上該詩作。哪知魏允中卻斷然拒絕五子之名,並回贈一詩:「雙闕天高袞鉞輕,孤蹤聊付二王評。全身已自隨鴻逝,憂國猶煩問鳳鳴。零露滿原秋草盡,長江無限暮潮平。五君詠得終何事,浪博人間豎子名。」[51]尾聯表達得直接了當,不願位於末五子之列。面對魏允中的回絕,王世貞倒是很寬容。他說:「僕近有五子篇擬,魏懋權似不欲以文士名也。」[52]在寫給魏允中的信中也說:「向草五子篇,覺猶以文士名兄,宜兄之不我肯也。」[53]作為後七子核心的王世貞,向來有結盟的意識。而後七子是以文事結合而成的群體,「文人」是他們相互認同

---

[51] 魏允中:《魏仲子集》卷四〈寄鳳洲先生〉,《原國立北平圖書館甲庫善本叢書》(北京:國家圖書館出版社,2013年),第845冊,頁570。按:王世貞有詩〈僕近有五子篇擬,魏懋權似不欲以文士名也,用贈長兄韻答我。因再成一章,倚韻見志,僕亦且謝筆硯矣〉,其韻與魏允中〈寄鳳洲先生〉全同,參以詩歌內容,可知〈寄鳳洲先生〉乃魏允中答王世貞〈末五子篇〉之作。

[52] 《弇州山人續稿》卷一六〈僕近有五子篇擬,魏懋權似不欲以文士名也,用贈長兄韻答我。因再成一章,倚韻見志,僕亦且謝筆硯矣〉,《四庫提要著錄叢書》,集部第120冊,頁297。

[53] 《弇州山人續稿》卷二○三〈魏司勳懋權〉,《四庫提要著錄叢書》,集部第122冊,頁731。

並向外宣稱的基本身分。以此推之,在王世貞的關係網絡中,非但「末五子」以「文士」為名,「五子」「後五子」「廣五子」「續五子」「重紀五子」等等,均被視為與自己一體的「文士」群。

考察王世貞等人身處的環境,則會發現其「文人」群體意識的形成與加固,並不純粹是文學內部的作用。大致而言,「文人無用」的觀念可追溯到漢代以前,並在經世致用的儒家理念主導下不斷發揮。「文人無行」的話題自南北朝始,就蘊含著不能用於世、遭致人生禍敗的理論傾向,對文人蹇運的哀歎,對文人不通儒道的批判,均可歸結到世用上來。故「世用」問題是「文人」諸多負面批評的關鍵所在,它已然觸及古代士人最為敏感的神經。王世貞曾說自己「有雕蟲之好,且好稱說循吏業」[54],渴望仕進之心不言自明。如此便可理解,在文人世用、德行、際遇、儒學四個方面中,王世貞對世用的記載最多,對「文人無用」的反應也最為強烈。因此,王世貞的「文人」群體意識須從「世用」即政治角度切入分析。在古代政治史上,士人結黨的現象實屬多見,黨派之間的互相攻擊一定程度上能夠加固本黨派的群體認同感。後七子中人多有結黨的性格,不同的是,他們以文事相交,非政治派別,卻又深陷政治鬥爭當中。其「文人」群體意識在政治場域下就有了較為特別的形成機理。

嚴嵩是對後七子人生影響最大的政治人物,他們之間既有

---

[54] 《弇州山人續稿》卷二〇四〈唐滁州〉,《四庫提要著錄叢書》,集部第122冊,頁742。

文學層面的矛盾,又有政治層面的衝突[55]。政治層面的衝突當然是最劇烈、最直接的,但我們更關注以下問題:政治因素和文學因素如何關聯,以達成嚴嵩對後七子的壓制。儘管已執國柄的嚴嵩最終未能像楊士奇那樣將文柄攬於手中,但身為內閣首輔,其文學話語權和文壇地位也是相當重要的。嘉靖二十九年(1550)嚴嵩七十歲生日時,張居正作〈壽嚴少師三十韻〉,其中「已屬經綸手,兼司風雅權」一句雖有奉承之意[56],卻非毫無根據的虛妄之語。《藝苑卮言》記載:「(刑部詩社)吟詠時流布人間,或稱『七子』或『八子』,吾曹實未嘗相標榜也。而分宜氏當國,自謂得旁采風雅,權讒者間之,眈眈虎視,俱不免矣。」[57]王世懋〈徐方伯子與傳〉說到:「相嵩者貪而忮,亦自負能詩,謂諸郎皆輕薄子,敢出乃公上。相繼外補,或斥逐。」[58]從中能感知到嚴嵩借用國柄來左右文壇,甚至操持文柄的意圖,這在他有意扶植、拉攏唐宋派的行為中表現得更明顯。換個角度看,後七子所受到的政治打壓也可能通過文學批評層面的因素表現出來。政治的對抗往往

---

[55] 關於嚴嵩與後七子的衝突,參見廖可斌:〈嚴嵩與嘉靖中後期文壇〉,載《詩稗鱗爪》(杭州:浙江大學出版社,1999年),頁187-194;孫學堂:〈論嚴嵩當國時期後七子的精神狀態〉,《南開學報》2016年第5期,頁72-80;葉曄:〈嚴嵩與明中葉上層文學秩序〉,《中華文史論叢》2018年第3期,頁157-160。

[56] 張居正:《張太岳文集》卷六〈壽嚴少師三十韻〉,《續修四庫全書》(上海:上海古籍出版社,2002年),第1345冊,頁646。

[57] 《藝苑卮言校注》卷七,頁356。

[58] 王世懋:《王奉常集》卷一四〈徐方伯子與傳〉,《四庫全書存目叢書》,集部第133冊,頁359。

伴隨著語言的攻防，比如王世貞對嚴嵩時有譏刺之語，嚴嵩也稱其為「惡少年」[59]、「輕薄少年」[60]。就後七子一方來說，他們入仕之初結社唱和，視當世無人的姿態已遭致「狂傲」「輕薄」的批評。在政治對抗中，其一貫的狂放之態極易成為對立者攻擊的口實，文人「輕薄」「無行」「無用」等「污名」也就隨之被當作語言攻擊的武器。後來王世貞也承認自己「負輕薄文士名」[61]。作為內閣首輔，嚴嵩有更強大的手段來對付後七子，這種輿論實在算不上什麼。然而，對後七子來說，在政治衝擊之外橫加一層輿論衝擊，其壓力不可小覷。「文人無用」「文人無行」等傳統批評話語介入到政治對抗當中，一方面加強了後七子與「文人」身分的關聯，另一方面配合政治打壓，起到了強化後七子凝聚力和文人群體認同感的效果。[62]

---

[59] 何喬遠：《名山藏》卷八六〈王世貞〉，《續修四庫全書》，第427冊，頁430。

[60] 《弇州山人四部稿》卷一一九〈宗子相〉，《四庫提要著錄叢書》，集部第119冊，頁76。

[61] 《弇州山人續稿》卷一八三〈李仲吉〉，《四庫提要著錄叢書》，集部第122冊，頁540。另，張萱《西園聞見錄》記載：「（嚴嵩）因問近此建安七子者為誰，有一郎同在坐者，歷數某人某人，屈指至余曰德。分宜曰：『此江西人，亦會輕薄耶？』郎曰：『余曰德只作詩，不輕薄也。』分宜笑曰：『江西人果不會輕薄。』乃睨徐公曰：『爾吳人，能詩耶。』徐公曰：『不能。』分宜曰：『不能詩，亦省輕薄之名。』」（《西園聞見錄》卷一〇〇，《續修四庫全書》，第1170冊，頁316）從這條材料可以看出嚴嵩對後七子的批評所利用的就是文人輕薄無行的觀念。

[62] 吳國倫被貶一事或可作為輔證，嘉靖三十五年（1556）春，吳國倫

面對這些輿論，王世貞或可作言語上的攻防。但當面臨真正的政治打擊且無能為力時，之前的言語攻防也就轉換成對「文人」命運的哀歎。這在王忬從入獄到被殺的那幾年表現得很明顯。總之，王世貞的「文人」群體意識是在嚴嵩執政時期建立並加固的。嚴嵩倒臺後，後七子的境遇有所好轉，但也非一帆風順。王世貞致信張九一，說到：「邇來鼎革一新，某生啟事，藥物殆盡，然多采似籠爾。詳步雅語及性命二字，便得要官。此曹厭薄文士，以為無尺寸用，固宜未能拔足下驪黃之外。」[63]張居正柄政，推行改革，敦本務實，重用循吏。形成強調吏能、實幹的政治大環境，這既使文人無世用的輿論效果加劇，又在實踐層面對文人的仕途造成一定的打壓。王世貞也

作詩挽楊繼盛，得罪嚴嵩，謫江西按察司知事。王世貞致信李攀龍說：「足下知事近變耶？明卿坐儇薄謫，愈益沾沾自喜；徐生駕矣，子相岐走長安門。中外耳浮議籍籍，以足下與僕渠魁焉。」（《弇州山人四部稿》卷一一七〈李于鱗〉，《四庫提要著錄叢書》，集部第119冊，頁54-55）致信俞允文又說：「仲蔚知吳明卿謫耶？坐以談文章故。當事者幾一網盡，然謂僕乃其魁焉，所深恨。」（《弇州山人四部稿》卷一二七〈俞仲蔚〉，《四庫提要著錄叢書》，集部第119冊，頁154）另，張萱《西園聞見錄》記載嚴嵩的一段話：「（嚴傑、吳國倫）今皆不自重，坐失好官。嚴傑第不知事，吾觀吳國倫所作，平平耳，乃自誇蓋世無雙。何也？」（《西園聞見錄》卷一〇〇，《續修四庫全書》，第1170冊，頁316。）從這幾條材料可以看出，王世貞等人確被作為政治打壓和輿論攻擊的群體，為文和為人的狂傲、儇薄成為其中非常重要的因素，這必然使得王世貞等人的群體意識增強。

63 《弇州山人四部稿》卷一二一〈張助甫〉，《四庫提要著錄叢書》，集部第119冊，頁99。

曾說「江陵相當國,頗左抑文士」[64],「今廟堂之不右文士久矣」[65]。基於這一認知,王世貞時常在致友人的書信中稱讚對方能一洗「文人無用」之恥,王世懋、張佳胤等人的文章中也有這樣的言說方式,如王世懋致信張佳胤,說:「僕居常扼腕眾口謂操觚者豈辦作吏。見足下繼踵家兄,領天雄節,稍稍為向來文人吐氣。」[66]張佳胤致信張九一,認為王世貞、王世懋等友人將「洗文士無用之誚,是一快也」[67]。屠隆〈上汪宗伯〉專門反駁了「文人不善吏治」之言,致信丁應泰時,又說:「此後有譚文士無用者,野夫當舉足下,揶揄其面。」[68]李維楨〈張司馬集序〉贊張佳胤可為文士「吐氣生色」[69]。胡應麟〈報梅客生〉說:「世人譏薄文士,往往謂鉛刀亡取一割,自近日汪、張兩司馬稍稍破屈之。」[70]這種言說方式表面

---

[64] 《弇州山人續稿》卷一二七〈中順大夫江西承宣布政使司左布政使二谷侯公墓表〉,《四庫提要著錄叢書》,集部第 121 冊,頁 696。

[65] 《弇州山人續稿》卷一八〇〈張叔琦〉,《四庫提要著錄叢書》,集部第 122 冊,頁 510。

[66] 《王奉常集》卷三四〈與張肖甫〉,《四庫全書存目叢書》,集部第 133 冊,頁 550。

[67] 張佳胤:《居來先生集》卷五八〈復張助甫中丞〉,《四庫全書存目叢書補編》(濟南:齊魯書社,2001 年),第 51 冊,頁 669。

[68] 屠隆:《棲真館集》卷一七〈與丁元甫明府〉,《屠隆集》(杭州:浙江古籍出版社,2012 年),第 6 冊,頁 328。

[69] 李維楨:《大泌山房集》卷一一〈張司馬集序〉,《四庫全書存目叢書》,集部第 150 冊,頁 529。

[70] 胡應麟:《少室山房集》卷一一七〈報梅客生〉,《景印文淵閣四庫全書》,第 1290 冊,頁 854。按,屠隆、胡應麟都有不少關於文人身分的批評,其中包括對文人無行、文人無用的反駁。此處從略。

上是友人之間的互相吹捧,實則是王世貞等人在政治環境和輿論壓力下,通過文人世用的話題不斷表示對方是自己人,由此維護著他們之間的身分認同。

此外,屠隆的經歷值得一提。因彈劾而被罷官後,屠隆心中耿耿。他致信陸光祖、王世貞,都說到海內皮相之士將自己看作「文墨豎儒」「狂生」[71],仇家與忌者「必欲文致成就我為浮薄文士而後已」[72]。這些言論表明由罷官而引發的社會輿論已經將文人世用與「文人無行」緊密聯繫在一起,並給屠隆造成了相當大的壓力。他在寫給王祖嫡的書信中大吐苦水,對「文人無行」的言論予以激烈反駁:「世亦有無行文人,豈謂文人必無行耶?」[73]他另作有〈文行〉一篇,列舉大量的事例以反駁「文人無行」之說[74]。由此可見屠隆儘管遭受各種批評,其文人身分立場卻是極為明確、堅定的。對文人德行的態度,王世貞與屠隆有所不同,王世貞「相如勝卦丹」一語更弄得屠隆憤憤不平,但從身分立場的角度視之,這已是文人共同

關於胡應麟的文人批評,可參考中嶋隆藏:〈明代後期の文人批評——胡應麟と顧炎武〉,中嶋隆藏:《中國の文人像》(東京都:研文出版,2006年),頁61-70。

[71] 《棲真館集》卷一五〈與陸與繩司寇〉,《屠隆集》,第5冊,頁284。

[72] 《棲真館集》卷一五〈與王元美司馬〉,《屠隆集》,第5冊,頁282。

[73] 《棲真館集》卷一五〈答王胤昌太史〉,《屠隆集》,第5冊,頁301。

[74] 屠隆:《鴻苞集》卷一七〈文行〉,《屠隆集》,第8冊,頁424-425。

體下的內部矛盾了。

　　受政治環境及傳統觀念的作用,「文人無用」等話題會不斷發酵,同樣,後七子的言論反制也會得到一定的擴散與延續。與王世貞、屠隆等人相識的士人,如梅鼎祚、梅守箕、蔡獻臣、王穉登等都曾重複同樣的話題,對「文人無用」之說頗有微詞。以至公安派的袁中道也有「誰道文人不習吏」之語[75]。由此形成晚明相對立的兩股輿論風潮。陳懿典說:「世每嗤文士為鼇悅,無益殿最。而詞人又自誇為麟鳳之不可少。」[76]後七子之一的宗臣就有以文章之士比靈鳥、麒麟之言(見李攀龍〈送宗子相序〉)。謝肇淛也說:「今之人謂文人必不習吏,而過之者又謂文人必習吏。」[77]僅從文學批評的角度來看,雙方的爭論並沒有為「文人無用」的批評話題增加新的內涵,然而,我們卻能通過後七子觀察到一幅特別的圖景。在這裡,「文人無用」「文人無行」不是停留在文學批評層面的理論話題,它們成為社會輿論,進入政治場域,切實地與這批重視文學本位的士人發生作用,並強化了王世貞等人的「文人」群體認同感,使其對文人污名的強烈反應具有了根植於嘉靖萬曆特定政治土壤的獨特意涵。

---

[75] 袁中道:《珂雪齋集》卷三〈長歌送謝在杭司理之東昌〉(上海:上海古籍出版社,1989年),上冊,頁111。

[76] 陳懿典:《陳學士先生初集》卷三〈螢囊閣集序〉,《四庫禁毀書叢刊》,集部第78冊,頁687。

[77] 謝肇淛:《小草齋文集》卷四〈李季宣詩序〉,《四庫全書存目叢書》,集部第175冊,頁660。

四、王世貞文人身分認同的文學史意義

「文人」與其他社會身分的不同之處在於,它作為「文章創作者」,其身分認同直接關乎認同者的文學觀念,而古代文學觀念又時常受到政治、儒學的深度影響。也就是說,「文人」遭受的諸多負面批評和標籤主要源於政治、儒學場域下,古人對文章創作行為及創作傾向的價值判斷。王世貞的身分自任以及對文人「污名」的辯駁,在以自己文學觀念為支撐的同時,也與明代文學思想產生密切關聯。當我們把王世貞的身分認同置於這個大背景中去考慮時,其意義應能得到更清晰的認識。

「文」「道」關係是古代文學的核心論題,也是解讀文人身分批評極為重要的線索。中唐的古文運動就已標舉「文以明道」的創作主張,宋代理學的發展進一步強化「道主文從」「道本文末」的觀念,創作無關乎儒道的閒篇章,重視修辭,文辭豔麗虛浮等逐漸成為古人對「文人」的成見。士人回避,甚至否定自己文人身分的情況也就時常出現。處於元明之際的宋濂明確表示不願為文人,入明之後,他對「文」與「道」的態度表現得更加決然,「越來越靠近保守的理學門徒們的文學主張」[78]。方孝孺也說:「僕所以畏文士之名而避之者,欲明斯道以為文,而反招俗之陋也。」[79]這都是理學影響下「文」

---

[78] 廖可斌:〈論宋濂前後期思想的變化及其他〉,《中國文學研究》1995 年第 3 期,頁 48。

[79] 方孝孺:《遜志齋集》(寧波:寧波出版社,2000 年),卷一〇〈與鄭叔度八首〉(其三),頁 316。

「道」觀念與身分認同方式的延續。

　　明代初期,理學被確立為官方意識形態,它所統屬的文學價值觀佔據了絕對的話語優勢。從政治格局上看,這種價值觀具有居高臨下的姿態,通過文官培養制度、科舉制度等途徑不斷由中央向下層和地方滲透。理學、政事、文章合一——從身分角度視之,即儒者、官員、文人三者合一——隨之成為官方意識主導下的理想人格範型。臺閣文臣作為明前期文壇權柄的執掌者,不論是實踐層面還是理論主張層面,都力圖展現並宣揚理學、政事、文章合一的形態。在這三者之中,文章的附屬地位顯而易見。「道主文從」「重道輕文」等觀念也使得臺閣文臣不會以偏重文辭的「文人」名世。前七子群體的出現,以郎署身分奪取文柄的同時,打破了臺閣文學主導下理學、政事、文章合一的局面。重氣節,反對理學及虛偽化的道德,未必意味著反對官方意識下的文道觀,前七子中人就不乏重視理道,強調「道主文從」的論述。然而,前七子的復古思想確已顯現出向重視「文」這一方向滑動的跡象[80]。羅宗強先生在比較明代兩次復古運動的差異時,指出「第一次文學復古常提及道的問題。第二次文學復古,則並道亦不提。」[81]其實非但不提「道」,王世貞以文壇巨擘之地位強調修辭,重視文才,並以之為「文人」身分的基礎,建立自我的「文人」身分認同和「文人」群體意識,這一系列言行都表明後七子在重「文」的

---

[80] 關於李夢陽及前七子在明代學術思想史上的意義,參見張德建:〈論「血氣義氣」與「文章氣節」——以李夢陽為中心〉,《蘭州大學學報》2018 年第 6 期,頁 52-56。
[81] 《明代文學思想史》,頁 859。

方向上比起前七子更進了一步,從明代復古序列來講,後七子達成了從重道向重文的轉移。王世貞「代表了士學中『文』與『道』選擇的分離」[82],這在中晚明文學思想史上,自是不可輕忽的重要變化。不過,描述出這一變化並非我們的最終目的,思想分化所帶來的不同觀念的衝突更值得關注,從中或能深入把握王世貞文學觀念、身分認同的時代內涵和意義。

嚴格說來,王世貞等人並不反對傳統儒學觀念,重視修辭也不代表欣賞華美的辭藻和綺麗、空洞的文風。他反對的是「道」「理」對「文」的強力規訓,以及對文辭的忽視。其中一些重修辭的言論主要是針對唐宋派而發的。但這一態度,以及重文辭的言行足以帶來輕忽理道的印象。朱載堉致信李維楨,就說到:「國朝薛、胡談道術,李、何摛文賦,雖云各持,尚未相姍。逮李于鱗、王元美二子者出,始有重文輕儒之成心。」[83]這一評論可代表當時不少人對李、王的態度,更可照見後七子所處時代不可忽視的「道主文從」的理論氛圍。經過長期的思想滲透,「道主文從」「重道輕文」的觀念已經根植於大多數士人心中,明中後期臺閣文柄旁落,個性解放思潮下官方意識的控制力有所減弱,但傳統的文道觀並不因此而式微。嘉靖萬曆時期,「道主文從」「重道輕文」依然是臺閣文學觀念的底色,郎署、地方官員、士人群體中也充斥著此種正統的文學思想。其中包括與王世貞關係密切之人。如王世懋與

---

[82] 李思涯:《胡應麟文學思想研究》(北京:中國社會科學出版社,2012年),頁44。

[83] 《大泌山房集》卷一二〈夢古齋稿略序〉,《四庫全書存目叢書》,集部第150冊,頁543-544。

其兄相比,更重視儒學思想,在他人生的前、中期尚有為文人鳴不平之論,後期則對文士有所批判。以至於感歎文人不通於道德,不是真正的知文者,甚而批評李夢陽在政事方面無足稱,僅僅以文章之士自名[84]。再如魏允中,他拒絕進入王世貞所構建的「文人」網絡,其原因有多個方面。首先,於萬曆八年(1580)中進士之後,魏允中多表現出鄙薄文辭、看重世用的態度。王世貞〈魏考功懋權哀辭〉也提到了這一點。其次,他秉持文以明道的主張:「道尤文章之本,不復古道,而復古文,抑末耳。」[85]主張復古道,反對單純從形式上復古文,他的〈答王少岩書〉〈答宋公子書〉可以看作是對王世貞將其列為「末五子」的間接回答。這與王世貞的「重文」觀念,以及對「文人」的身分認同截然相反。魏允中拒絕將自己列入王世貞「末五子」之列,從表面上看,是魏允中對抗著文壇盟主的召喚,實際上卻意味著王世貞的文學觀念遭到以魏允中為代表的,重事功、重道德,居於價值主流且不願以「文人」自任的士人群體的抵制。

面對強大的理學話語權,「文人」身分須作一正向轉換,並向官方意識靠攏,才可能提升認同感。如徐中行代蔡汝楠作〈何大復碑記〉,就是通過揭示文章能夠經緯兩儀、潤色洪業、主文譎諫,來反駁「文士鮮行」「文章不得與節義齒列」

---

[84] 《王奉常集》卷七〈廉峰楊先生游閩集序〉,《四庫全書存目叢書》,集部第 133 冊,頁 285。

[85] 《魏仲子集》卷七〈答宋公子書〉,《原國立北平圖書館甲庫善本叢書》,第 845 冊,頁 617。

的言論[86]。同樣，被王世貞列為「末五子」的李維楨鄙薄雕蟲之技，但又諷刺崇尚名理的宋儒「理不足則畫鬼魅以自欺，學不足則薄雕蟲小技以自高」[87]。看似前後矛盾的言論正反映出論者欲提升文章經世致用的價值，以此重構文人身分。對於「文人無用」之說，李維楨與王世貞持有同樣的態度。然而，李維楨主張理學、政事、文章合一，以主體的多重能力與複合型身分代替單一的文士、儒者概念。他讚揚屠中孚「合儒林文苑為一」[88]，於〈芝雲社稿序〉中重申「儒林文苑合為一家」[89]。李維楨曾入翰林，他的上述主張更具有臺閣色彩，而與李、王異轍。

可以想見，王世貞等人的復古運動及觀念所受到的正統文學價值觀的衝擊是相當大的，王世貞晚年自悔雕蟲，也不得不說有這一層外在因素的影響。從重修辭、重文才的立場出發，站在王世貞對立面的，不僅僅是具有卑衍之弊的唐宋派文風，還有根深蒂固的、隸屬官方意識形態的文道觀念。傳統的「道

---

[86] 徐中行：《天目集》卷一四〈何大復碑記（代作）〉，《續修四庫全書》，第1349冊，頁734。

[87] 《大泌山房集》卷一二〈于于亭集序〉，《四庫全書存目叢書》，集部第150冊，頁562。

[88] 《大泌山房集》卷一三〈屠德胤集序〉，《四庫全書存目叢書》，集部第150冊，頁572。

[89] 《大泌山房集》卷二六〈芝雲社稿序〉，《四庫全書存目叢書》，集部第151冊，頁71。另，如鍾惺〈南州草序〉指出：「然謂文士為無用，而欲專以無文矯之，此亦不足以服文士之心。」（鍾惺：《隱秀軒集》，《四庫禁毀書叢刊》，集部第48冊，頁302）主張以經世之文代替文人之文，其實走也是文儒合一的思路。

主文從」觀念以及「復古道」的思想所要解決的往往是道德倫理和政治改革方面的大問題，故而具有一種居高臨下的姿態。而後七子的文學復古主要就文學內部進行，不涉及政治革新、儒道弘揚層面的問題，從客觀上說，確實更具「文人」質性。以「文人」的身分逆迎傳統的文道觀，試圖佔據文壇核心和文學話語權，並進入官僚體系和理學場域，這必然帶來不通理道（文人無行）和不習吏事（文人無用）的批評。因此，後七子標舉復古，重視修辭，確實需要相當大的勇氣。

將此勇氣簡單地歸結於李攀龍、王世貞等人的狂傲作風，尚屬皮相之論。狂者的個性施之於外，是激烈的言辭、傲放的行為；見之於內，則是對自我本心的肯認。後者得到明代心學家的反覆闡說和發揮，已然成為狂者人格的思想基礎。王畿〈與陽和張子問答〉稱讚「行不掩言」的狂者，就是因其具有賢者「自信本心，是是非非一毫不從人轉換」的人格精神[90]。樊獻科評論宗臣「意氣多激昂，不能諧俗，獨自信其心，淡然忘毀譽也。」[91]「自信其心」這一評語放在李攀龍、王世貞等人身上也是合適的，對他們來說，狂傲的言行和自信本心的精神兼而有之。不過，心學主要是在思想層面激發了此種人格，心學之外，榜樣的樹立和士風的薰染是「自信其心」的精神得以散播的重要因素。比如，同舉復古旗幟的文壇前輩李夢陽

---

[90] 王畿：《龍溪王先生全集》卷五〈與陽和張子問答〉，《四庫全書存目叢書》，集部第 98 冊，頁 349。

[91] 樊獻科：〈子相文選序〉，宗臣：《子相文選》，《四庫全書存目叢書》，集部第 126 冊，頁 452。

「狂直」的性格對後七子的影響就值得重視。再如，王世貞「寧為有瑕璧，勿作無瑕石」一語就出自明初頗負狂名的解縉[92]，我們雖不能僅憑這一句就將解縉與王世貞的個性強行關聯，但從中確能看到「自信其心」的精神在士人之間的傳延。王世貞文集中還有類似的表述，如〈徐汝思詩集序〉論及詩歌復古的問題時說：「寧玉而瑕，毋石而璠。」[93]〈宗子相集序〉〈明中憲大夫福建提刑按察司提學副使方城宗君墓誌銘〉提到宗臣在詩文創作上「寧瑕無礛」「寧瑕而璧」的態度[94]。此種取捨所蘊含的不隨俗論、跟從本心的自主人格，才是後七子不顧浮議、力倡復古的內在支撐。由此還可看到，張揚自我的主體精神滲透了文學師法路徑的選擇、創作態度的堅持、文人身分的認同等層面，比起通過強調氣節、真情、性靈來展現明代士人主體精神的一貫路數，這更能凸顯明代個性思潮在拓展士人言行和精神空間上的作用。

上述思路可以繼續用來觀察明代文學。明代士風和心學思

---

[92] 楊士奇〈前朝列大夫交阯布政司右參議解公墓碣銘〉記載解縉：「教學者恆曰：『寧為有瑕玉，勿作無瑕石。』」（楊士奇：《東里文集》，北京：中華書局，1998 年，頁 257。）

[93] 《弇州山人四部稿》卷六五〈徐汝思詩集序〉，《四庫提要著錄叢書》，集部第 118 冊，頁 135。另外，張佳胤〈魏順甫雲山堂集序〉也有「寧玉而瑕，毋石而璠」一語（見《居來先生集》卷三五，《四庫全書存目叢書補編》第 51 冊，頁 414）。

[94] 《弇州山人四部稿》卷六五〈宗子相集序〉，《四庫提要著錄叢書》，集部第 118 冊，頁 133。《弇州山人四部稿》卷八六〈明中憲大夫福建提刑按察司提學副使方城宗君墓誌銘〉，《四庫提要著錄叢書》，集部第 118 冊，頁 364。

想在很大程度上促發了重情、重性靈的文學思潮，情與理的對抗成為明代文學和文學理論發展史上一條甚為顯豁的脈絡。然需注意，理學主導下的文學觀主要有兩個表現：一、通過「理道」來鉗制個人真實情欲的表達；二、強調「理道」在文學創作中絕對重要的地位。因此，對理學主導下的文學觀的反駁會從「以情反理」和「重文輕道」這兩個方向上展開。明前期，重視文辭的觀念多被官方話語壓制，或潛藏於創作實踐當中，難以得到價值方面的伸張；明中後期，李夢陽、楊慎，以及以祝允明為代表的吳中士人在「重文」的理論路向上有所推進，但又容易被重情、重性靈的思潮所掩蓋。王世貞等人的理論主張及身分認同則突顯了明代文學思想史上「重文」的思想脈絡，不但激化了「文」與「道」的衝突，還使得「重文」與「重情」「重性靈」的潛在矛盾也浮現出來。從「重文」的角度來看，「重情」「重性靈」與傳統理學文學觀均從文章思想價值角度立論，強調主體精神在學文、作文中的關鍵作用。它們在相互對立的表像下，遵循著一以貫之的文學批評邏輯。唐順之本色論，李贄「童心常存，則道理不行，聞見不立，無時不文，無人不文，無一樣創制體格文字而非文者」的言論[95]，即與理學家「道盛文自生」的觀念同一思致，所強調的都是主體精神的主導地位，這與「重文」思想的取向明顯不同。晚明士人批評前後七子模擬，所蘊含的正是「重理道」「重情」思想與「重文」思想的對立。

---

[95] 李贄：《焚書》卷三〈童心說〉，張建業：《李贄全集注》（北京：社會科學文獻出版社，2010年），第1冊，頁276-277。

「重文」與「重情」「重理道」等思想因矛盾而帶來的碰撞、調適與融合，深刻影響著彼時的文壇格局及發展態勢。一方面，晚明部分士人盡力調適「文」與「道」之間的矛盾，如李維楨那樣重新主張文儒合一的人格範型，再如科舉制藝的書籍既要指示具體的學文路徑，又要貫徹官方意識，也往往兼重二者。這些舉措都蘊含著「以道約文」的路向，進而向官方、正統文學觀靠攏。另一方面，王世貞等人遭受的「文人無用」「文人無行」的批評說明這樣的文學觀和身分認同意識不適合在理學和政治場域展開，也不符合官方意識下士人培養的要求。「重文」思想因疏遠官方意識，強調適性，又與「重情」「重性靈」思想有融合的可能。因此它們在與官方意識衝突之後，其勢下潛，體現出向下的，疏離理學、政治場域的傾向，在走向地方，走入市井、山林的士人那裡得到發揮，形成一種有學識、重文才、具個性的「文人」風貌。晚明吳中文人華淑在〈題文章九命後〉中說到：「貧賤愁苦，天地之清氣也，清與清合，故文士往往輒逢之；富貴榮顯，天地之濁氣也，濁與清別，故文士往往輒違之……彼肥皮厚肉，坐擁富貴者，類皆聲銷氣沉，寒煙衰草其歸滅沒。獨文人詩士，其流風餘韻，尚與山川花月相映不已。」[96]此論雖非獨創，卻可代表王世貞的「文人」身分意識和文學觀念在晚明地方及中下層人士中的推揚與流衍。由此視之，在重情、性靈論已占上風的中晚明文學史上，「重文」思想依然關乎明代文學流派的更替演進，中央

---

[96] 華淑：〈題文章九命後〉，華淑《閒情小品》，中國國家圖書館藏明萬曆間刻本，第 3 冊，頁 13b。

與地方文學的對峙、交流、互動,以及明代文壇的某些發展動向,仍舊是值得考掘和深究的潛在的脈絡。

(作者為江南大學人文學院副教授)

一件南明烈士遺物的流轉——
考訂詩對抒情、節義的收編

葉倬瑋

一、前言

　　本文要談的是一個最典型的例子，能夠概知在繁華盛世的乾嘉時期，京城名流雅集之詩酒唱和，如何為皇清文物之光助長聲威。

　　本文談的也是一個最不典型的例子，在創作以物為中心的考訂詩時，詩人性情本應後退至最邊緣，以免干預物的中心位置[1]。但一件南明烈士遺物納入考訂詩時，卻讓部分詩人寫出了越界的考訂詩。

　　本文談的更是文學史上一段不願被記起的時間，當我們以

---

[1] 關於翁方綱的金石考訂詩，及其與詠物詩之分別，參見葉倬瑋：〈文物之光下的話語建構與不朽追求——論翁方綱的金石詩〉，《政大中文學報》第28期。唐芸芸亦說明過翁氏考訂入詩的特點（參見唐芸芸：《翁方綱詩學研究》，北京：中華書局，2018年，頁221-241）。

抒情精神（lyricism）作為中國文學的榮光時[2]，回頭卻發現曾經有百年之久，中國詩壇被這些「死氣滿紙」「了無性情」的考訂詩佔據[3]。文學史書寫者幾乎都對之用力抨擊，與之割蓆唯恐不及[4]。

　　到底，文學是在什麼情況下「被需要」？文學在「被需要」時又能喚發出什麼力量？本文將借相傳是南明殉節文人鄺露的遺物——「天風吹夜泉」硯，其在清詩及文人圈子的出現

---

[2] 陳世驤著，陳國球、楊彥妮譯：〈論中國抒情傳統——一九七一年美國亞洲研究學會比較文學討論群組致辭〉，陳國球：《抒情中國論》（香港：香港三聯書店，2013 年），頁 14-25。

[3] 洪亮吉有云「最喜客談金石例，略嫌公少性情詩」（洪亮吉：《北江詩話》卷一，北京：人民文學出版社，1998 年，頁 15），袁枚云「天涯有客號詅癡，誤把抄書當作詩。抄到鍾嶸詩品日，該他知道性靈時」（袁枚：《隨園詩話》卷五，北京：人民文學出版社，1982 年，頁 146）。

[4] 這種貶抑情況相當普遍。錢鍾書《談藝錄》早對翁方綱之詩有嚴厲批評。胡雲翼以文學美感為標準重寫文學史時，亦指清代詩人喜歡雕琢刻畫，在形式上賣弄才華，是時代的流行病（參見胡雲翼：《新著中國文學史》，新北：漢京文化事業公司，1983 年，頁 246-251）。朱則杰《清詩史》沒有專章論考訂詩，只在翁方綱一節評論了翁氏寫詩每每夾以考據，以學問為詩，認為翁是借這類詩發明義理、顯示學問（參見朱則杰：《清詩史》，南京：江蘇古籍出版社，2000 年，頁 238）。嚴迪昌認為翁方綱的詩艱澀板滯、靈動全無，影響到後來的同光體，是詩之一厄（參見嚴迪昌：《清詩史》，北京：人民文學出版社，2011 年，下冊，頁 654）。劉世南也批評翁方綱的詩，指他不能吸收前代近代的詩人優點，雖有真詩，但太少。劉氏也有指出當時也有人為翁方綱這類喝采，並說這類反映了承平盛世士大夫怡於金石書畫的雅趣，影響一直延續到清末民初（參見劉世南：《清詩流派史》，臺北：文津出版社，1995 年，頁 347-355）。

與流傳，嘗試回答以上提問。

二、盛世皇都精英雅集王昶家

乾隆四十一年十二月三十日除夕（1777年），隨軍平定大小金川（今四川金川縣、小金縣）升任吏部員外郎的王昶，剛從京城教子胡同搬家到爛麪胡同（今北京爛漫胡同），這晚召開了一次名為「消寒小集」的雅集。名流翁方綱、朱筠、程晉芳、陸錫熊、洪樸，剛中進士不久的許寶善，寓居北京但尚無功名的吳省蘭、吳蔚光、陸德燦、胡梅、張彤和黃景仁，都參與了這次雅集。這晚，王昶拿出了一個硯，說它隨己征戍十年，起草文書報表都賴此硯。此硯長四寸六分，寬二寸七分，鐫「天風吹夜泉」，五字用大、小篆、八分、行、草五體，旁又有楷書「湛若」及「明福洞主」小印。湛若是明末名士鄺露的字，他曾任南明中書舍人，出使廣州時清兵攻至，鄺露率民眾死守十月，城破，不逃不食，抱琴而死。相傳鄺露有二琴，一名南風、一名綠綺臺，後者在清初的筆記屢有記載，王士禛也有「海雪畸人死抱琴」之句[5]，鄺露之節義和綠綺臺琴在清代已是二而一的文學符號（literary symbol）。王昶拿出稱聲是鄺露的「天風吹夜泉」硯，自然滿座驚歎；分韻賦詩自是不免，王昶、吳蔚光和黃景仁都即席寫了詩，成為當時佳話。

---

[5] 王士禛：〈戲倣元遺山論詩絕句三十二首〉第二十八「海雪畸人死抱琴，朱絃疎越有遺音。九疑淚竹娥皇廟，字字離騷屈宋心」（周興陸編：《漁洋精華錄彙評》卷二，濟南：齊魯書社，2007年，頁184）。

當時京城的名流雅集，多由名公主持，邀請同好到名公家裡做客，就古玩、字畫、珍本書冊，賞玩再三，然後吃飯，飲酒分韻賦詩，盡興而歸。王昶的蒲褐山房、翁方綱的寶蘇齋、朱筠的笥河齋都是京城文人雅集之地。就在此次雅集的兩個月前，翁方綱曾致信朱筠，提到王昶歸來後雅集的招待標準，主張凡事從簡，「枯吟小集，以簡樸為宜」，備餐「隨意自辦」[6]。信中語氣似在說明這種名公主持的雅集本來就甚奢侈。乾嘉時期考據之風盛，名公財力和網絡都有利其搜羅珍玩古物，而他們在公事餘暇亦愛訪碑，除了收集大量拓本外，也喜歡將訪碑和考據心得編寫成冊，如翁方綱任廣東學政時就撰了《粵東金石考》、朱筠做安徽學政時亦有《安徽金石志》、王昶也將歷來訪碑成果編成《金石萃編》等。這些從各地得來的珍拓，成為雅集常見的賞玩對象。這種以賞玩文物為主的文人雅集，讓京中名士建立了常規而又緊密的關係網，例如四庫館開館時期，雅集參與者就多有在館中供職者，而同籍貫或進士同年者亦喜歡一同參與雅集。一些寒士，為了進入雅集，或者製造雅集機會，就努力搜羅奇器名畫文物，拿到名公家裡，讓名公召開雅集以襄其事；也有擅畫文士，親自作畫，讓名公鑑賞。所以，在乾嘉詩文集中常見這類題詠之作[7]。與會者無分貴

---

[6] 此信寫於十月二日，見沈津輯：《翁方綱題跋手札集錄》（桂林：廣西師範大學出版社，2002 年），頁 510。

[7] 如張塤就曾攜董其昌書《杜詩卷》過翁方綱之詩境小軒，與翁方綱、陳崇本、程晉芳等人暢觀此卷。李威於乾隆三十九年入京後，曾繪《鳥岩圖》，至四十二年始中進士，他將此圖出於朱筠、翁方綱等人，促成了一次雅集，專詠他的《鳥岩圖》。

賤，分韻賦詩。這些詩不是歌雅集之盛或者嘆相聚短暫之悲，而是以所賞玩之物為對象來寫的，故在諸人集中，常找到同題之作。這種雅集正是考訂詩大量出產的背景；加上後學士子對前賢考訂詩的追和，就形成了考訂詩近一百年的興盛。關於考訂詩的特點，下文會再談。本文需要在這裡指出，雅集的形式和成員結構，使其具有明顯的文化權力特點；這不單體現在炫耀財力和收藏品上，也使雅集成為新晉後學向前輩巨公展示才華的場域[8]。例如此次雅集，王昶是主人，翁方綱和朱筠也是輪替的雅集主人，程晉芳雖然較遲進士，但已是成名多時的詩人，許寶善乾隆二十五年庚辰科二甲進士，陸錫熊是《四庫》總纂官，吳省蘭在一年前才入四庫館當分校官，然後下一年於戊戌科中二甲進士。洪朴雖和程晉芳同年恩榜進士，但洪雅集時只有31歲，但二人都是安徽歙縣人。至於陸德燦、黃景仁、張彤和胡梅，其時皆未有功名，前三者曾為《四庫》謄錄生，張彤按現存文獻推斷與會時可能還不到二十歲[9]。主人王昶，與許寶善、陸錫熊、吳省蘭、吳蔚光都是江蘇人，黃景仁則是朱筠任安徽學政時的門客及學生。雅集老少咸集，長輩晚輩如何討論切磋，已無記載。但他們雅集時所寫的考訂詩卻是

---

[8] 梁啟超：《清代學術概論》（北京：東方出版社，1996年），頁58。尚小明曾述幕府的普遍造成許多學術交流的機會，參見尚小明：《學人游幕與清代學術》（增訂本）（北京：東方出版社，2018年），頁293。

[9] 江慶柏按《浙西張氏合集》訂其生卒年為1760-1816，參見江慶柏編著：《清代人物生卒年表》（北京：人民文學出版社，2005年），頁376。

重要的文字紀錄,而這又是長輩或主持分派的任務。所以,即使年輕詩人如黃景仁進京參與雅集前從沒有寫過這類詩,他也需要「應命」寫作的,如〈漢吉羊洗歌在程魚門編修齋頭作〉、〈王述菴先生招集蒲褐山房觀劉貫道蘭亭禊飲圖作歌〉、〈集吳香亭太常齋見所藏孫雪居董香光書畫合冊作歌〉等考訂詩便在雅集時作。前輩名公可以憑這些作品去「鑑別」這些晚輩的才能,如翁方綱在黃景仁病死後,替其編《悔存詩鈔》,幾乎全收錄黃在京所作的考訂詩,又在序中追敘「予初識仲則於吾里朱竹君學使坐上,讀其詩大奇之,自此仲則時以其詩來質」[10],黃景仁之師朱筠亦有「妙才黃仲則」之句[11]。

這些考訂詩有頗一致的寫作程式。雅集經過、考訂之物的特徵和歷史、物主的特點和生平等,如雅集主人王昶這次寫的詩:

表一:王昶《消寒小集分賦鄺湛若硯四十韻》詩句大意

詩句	大意
先生昔空居,長物竟何有。生平嗜陶泓,再拜盟石友。	鄺露其人
茲硯更溫如,嘉品實無耦。材為端溪良,質乃下巖首。	硯的特徵
朝洗暨夜吟,十年恆著手。自賦從軍行,西南共巡狩。嶺雪高入雲,江瘴濃于酒。草檄兼飛書,	王昶以硯隨軍十年

---

[10] 翁方綱:〈悔存詩鈔序〉,黃景仁著、翁方綱選:《悔存詩鈔》,清嘉慶刻本。

[11] 包世臣〈胡眉峰詩序〉記「筠河為風雅宗,天下名流出門下。然常曰『妙才黃仲則,奇才胡眉峰』,故都下言詩,必推黃胡」。包世臣:《小倦遊閣集》卷九正集九,清小倦遊閣鈔本。

羣蠻隨指噾。萬里幸歸來，堅貞共无咎。	
安排侶楮墨，拂拭淨塵垢。維時屆嘉平，霜飇刮窗牖。張鐙暮開筵，捧出陳座右。	雅集盛況
其理潤而栗，其色蒼且黝。天風吹夜泉，五字等蝌蚪。曰明福洞主，小印細堪剖。	硯的特點
坐客爭摩挲，歎賞豈容口。	賞硯者反應
畸人緬海雪，滄桑遭不偶。于書得藏真，護惜倍瓊玖。于琴得綠綺，鄭重踰圭卣。與此寶成三，勒銘志不朽。	書、琴、硯三寶之說
巾笥互提攜，蠻徼伴奔走。想當綴文時，蛟龍動蚴蟉。是硯亦浮筠，六書別跟肘。暨乎游鬼門，土伯雄血拇。挾此硯與俱，作書紀凶醜。至其侍雲軿，倈儽遍林藪。端惟寶硯功，軍符列紛糾。劫灰蕩南溟，厄運逼陽九。從容遂舍生，浩氣拂星斗。	鄺露事跡
琴書靡孑遺，潛璞誰所守。精靈本不沬，冎使資覆瓿。堅剛謝鬢缺，完好存樸厚。龍尾與鳳咮，眎此瞠乎後。	硯之流落
玉蟾如有知，清淚定迸瀏。層冰凍檐牙，落月挂欂柳。笑譚氣成虹，感激賀堆阜。	物情
祕同張伯匜，重比太公缶。懸知餘澤存，取用敢或苟。應以寫嶠雅，千古並垂久。[12]	硯之珍貴

　　王昶是硯的主人、亦是是次雅集的主持，這首詩就如雅集紀錄，也如硯之考訂報告，記述了硯的外部特徵、價值，及原主人鄺露的事跡等。除王昶的詩外，現今還能找到黃景仁和吳蔚光此次雅集分賦的作品。黃和吳兩位後進的作品，都運用相似的寫作程式，只是次序上稍有不同而已，黃詩是「雅集情況

---

[12] 王昶：《春融堂集》卷一五〈消寒小集分賦鄺湛若硯四十韻〉，《清代詩文集彙編》（上海：上海古籍出版社，2010 年），第 358 冊，頁 178-179。

—硯之特徵—王昶以硯隨軍十年—酈露事跡—王昶事跡—琴」[13]，吳詩是「雅集情況—硯之特徵—酈露事跡—王昶以硯隨軍十年—感嘆」[14]。對硯之描寫、事蹟之考察，和對主人王昶、雅集的歌頌是這些未有功名的「上舍」對前輩名公的尊重，也展現著對文治盛世的認同感。特別在這一年二月，兩金川平定，三月二日，王昶隨軍凱旋歸來，從噶喇依回京路上，「皆設戲棚燈彩以志凱樂」，自成都至西安、臨潼，沿路官吏設宴款待。乾隆帝更親自前往黃新莊勞師，然後在四月二十九日始正式入城[15]。這一段凱旋路足足走了近兩個月。除了論功行賞外，乾隆為表嘉惠士林至意，旨令直隸該年增加大學、中學及小學名額[16]。這時，大量文士迎道以詩賦進獻，以表賀意，黃景仁和趙希璜也在獻賦之列。四月，皇帝又賞賜獻詩者，並召試列一等進士及舉人、二等舉人和貢監生者，皆有賜賞。黃景仁、吳蔚光正列二等監生，獲賜緞二匹[17]。更重要的是在五月的另一次恩賞，讓召試二等之舉人、貢、監生員，願意效力四庫全書者，准其參與謄錄，黃景仁、陸德燦和張彤也成功進入

---

[13] 黃景仁著，李國章校點：《兩當軒集》（上海：上海古籍出版社，2013年），卷一二，頁307-308。

[14] 吳蔚光：《素脩堂詩集》卷七，《清代詩文集彙編》，第405冊，頁667。

[15] 嚴榮：《清王述庵先生昶年譜》，《新編中國名人年譜集成》第四輯（臺北：臺灣商務印書館，1978年），頁37-39。

[16] 《高宗純皇帝實錄》，《清實錄》（北京：中華書局，1986年），第21冊，頁453。

[17] 《高宗純皇帝實錄》，《清實錄》，第21冊，頁519。

四庫館任謄錄生[18]。

一位遠征九年凱旋歸來的名士（王）、兩名博古通今統領文壇的巨匠（翁、朱）、加上位居四庫全書總纂官的（陸）、及詩名早著的翰林院編修兼四庫總目協勘官（程）、與數名積極尋找仕宦機會、甫入四庫供職的後進才子，共同賞玩一件隨軍見證不朽殊功的「天風吹夜泉」硯……寫下「精瑩研石不盈尺，墨瀋洒遍天南雲。歸來論功爵不次，研乎與汝同策勛」、「高堂樺燭光滿筵，金猊獸炭噓紫煙。颯然寒氣入裘帽，忽聞天風吹夜泉」、「參軍幕府報天子，萬里掃定西南陲」等詩句。這一切都昭示著皇清盛世的文治武功，程式化的雅集和詩歌也體現著井然合度的秩序，構組出詩酒風流文物之光的盛清圖景。

也許這是真象。也許不。

三、怪奇與越軌：幾種質疑

（一）「天風吹夜泉」硯的來歷

首先，考據家或會質疑鄺硯的來歷。明末清初的筆記和題詠，跟鄺露有關的器物就有綠綺臺琴、和他所著的《赤雅》及《嶠雅》。雖然，鄺露考試時以五種字體謄寫卷子，被認為不尊重而黜落，這個顯示鄺露奇行的故事，在清代廣為流傳。而鄺露曾到廣西任雲鷰孃書記五年，將少數民族的風土人情寫成

---

[18] 黃明理：〈文津閣《四庫全書》影本所載謄錄生員資訊〉，《東亞漢學研究》第 7 號，頁 337-342。

《赤雅》，此書因其實錄價值，在鄺露詩文集被禁燬的時期，能夠收入《四庫全書》之中。也就是說，鄺露和他的傳說對這次雅集的參與者並不陌生。可是，筆者嘗試尋找明末至這次雅集之間的筆記和詩文集，暫未發現「天風吹夜泉」硯的記載。該硯第一次「重現」人間，正在此次「消寒小集」。考訂詩的其一特點是標題很長，或者附有小序，詳細交代作詩緣起，王昶作為端出「天風吹夜泉」硯的第一人，他在詩序說：

> 湛若名露，漁洋所謂「海雪畸人死抱琴」者也。工諸體書，學使者以「恭寬信敏惠」發題，湛若制藝五比，用大小篆八分行草分書之。嘗七命入廣西，尋鬼門舊蹟，又為猺女執兵符者雲靉孃書記，歸撰《赤雅》一編以紀其事。家舊藏真墨蹟，又蓄二琴，一曰：南風，宋理宗宮中物，一曰綠綺臺，唐武德年製。其詩名《嶠雅》，手自開雕，甚工。今硯長四寸六分，寬二寸有七，鐫「天風吹夜泉」五字，分書。又「湛若」二字，楷書。又「明福洞主」小印，皆勒在左側。[19]

小序交代此硯有字有名有印，又附有當時耳熟能詳的「硯主」事跡，是相當合符標準的考訂詩小序。可是，王昶是怎樣得到此硯呢？他在詩中竟然沒有交代，該詩只講述了他在隨軍過程中如何使用此硯。對於一件新曝光的寶物，這種考訂上的

---

19 《春融堂集》卷一五〈消寒小集分賦鄺湛若硯四十韻〉，《清代詩文集彙編》，第 358 冊，頁 178。

缺漏是很奇怪的。在這次雅集後，屬和者很多，其中王昶的後輩、曾在四庫館任分校官的溫汝適，就有「鄭學齋中積文史，購書得硯矜名都」句[20]，似在說明王昶是在購書中偶然得到此硯。溫汝適詩題稱王昶作「王通政」，王昶在乾隆四十三年（1778年）由通政副使升任大理寺卿，故此詩最遲的寫作時間應是雅集後一年。雅集後，有相當多的詩歌提到此硯，所述之版本自然來自於王昶之建構。

更有趣的是此硯之名「天風吹夜泉」，竟然跟乾隆時期一樁文字獄案有關。乾隆四十年（1775年）閏十月，乾隆發現晚明詩人金堡《徧行堂集》中「多悖謬字句」，於是追究為該集作序及出資刊行之高綱，但高氏已逝，於是乾隆下旨緝辦高綱子孫，並從其孫高秉家中抄到《皇明實紀》、《喜逢春傳奇》等有「不法字句」的書籍。除了銷燬印板外，也繼續下旨命各地方志必須刪去金堡之記載[21]。金堡明亡後出家，號釋澹歸，曾寓韶州、南雄之寺廟。這樁文字獄發生後，甚至有人進言要燬掉寺中出自金堡的碑記、石刻，金堡的作品自然遭禁[22]。然而話說回來，金堡有一首詩名〈題硯〉，云：

---

20 溫汝適：《攜雪齋集·攜雪齋詩鈔》卷一〈王蘭泉通政所藏酈海雪天風吹夜泉硯歌〉，《清代詩文集彙編》，第441冊，頁444-445。
21 廖銘德：〈《徧行堂集》文字獄案考略〉，《韶關學院學報》2010年第7期，頁34-35。
22 中國第一歷史檔案館編：《纂修四庫全書檔案》（上海：上海古籍出版社，1997年）有「寄諭高晉等查繳《徧行堂集》《皇明實紀》《喜逢春傳奇》書版」「寄諭李侍堯等查繳《皇明實紀》《徧行堂集》並椎碎澹歸碑石」等上諭，時為乾隆四十年（1775年）。

> 寒巖一片石，春柳幾絲烟。靜者意相得，天風吹夜泉。[23]

這是筆者找到王昶之前，「天風吹夜泉」的唯一記載，而其亦是一首關於硯的詩，作者不是殉節義士鄺露，而是抗清而後出家的晚明遺民金堡。文字獄案後三十年，即嘉慶七年（1802年），王昶仿朱彝尊《詞綜》而編選的《明詞綜》，收錄了名叫「今釋」的兩首詞〈小重山〉及〈八聲甘州〉，作者就是金堡。故此，兩種可能情況是：一、王昶的「天風吹夜泉」硯，可能是他因個人對金堡的某種情感而製造出來，並且親自將它與鄺露之傳說連接起來；二、金堡得到此硯[24]，以硯銘「天風吹夜泉」創作了〈題硯〉一詩，然後該硯輾轉流落到王昶之手，王昶的版本其實是可信的。

即使我們相信「天風吹夜泉」確是鄺硯，假如認識到雅集之前發生過什麼大事，我們也會對這次雅集感到驚異。

（二）乾隆對殉節諸臣和貳臣的處理及鄺露的「官方」評價

乾隆之時，滿清入關已久，反清復明已非流行話語；在盛朝下如何收編文人，使為己所用，以支撐乾隆一朝諸種重大文

---

[23] 金堡：《徧行堂集》卷四〇，《四庫禁燬書叢刊》（北京：北京出版社，1997年），第 128 冊，頁 130。

[24] 金堡於惠州豐湖傷詠綠綺臺琴時，有句「我從止師聞湛若，跌宕四筵風雨落。又從德公見綠綺，扁舟搖曳西湖水」，可知金堡和鄺露應沒有直接交往。金堡：《徧行堂集》卷三一〈綠綺臺歌〉，《四庫禁燬書叢刊》，第 127 冊，頁 661。

化舉措。我們試將乾隆四十、四十一年對明朝遺民、貳臣的訊息處理羅列如下：

乾隆四十年、四十一年，三度諭旨，纂修《欽定勝朝殉節諸臣錄》，四十一年十一月初八書成；

乾隆四十一年丙申十一月十六日，高宗頒諭，就銷燬圖書進行「區別甄覈」，主要針對明季士人集子；

同年，十二月一日，銷燬沈德潛《國朝詩別裁集》板片；

同年，十二月三日，高宗頒諭，命國史館編纂《明季貳臣傳》；

同年，十二月十三日，高宗頒諭，褒獎禁書盡職的江西巡撫海成，嚴詞斥責「不實力查辦」的江浙督撫[25]。

朝廷主要是用收編和禁燬方法處理明季士人的敏感詩文。《欽定勝朝殉節諸臣錄》的編纂動機是表旌為明朝抗清殉節的人物，由大臣到布衣近四千人之多。很明顯，乾隆欲透過官方權力，論定殉節的定義及範圍，分忠辨奸。因為，這份名單是經過嚴格審定，書前附有乾隆的諭旨，其中第一道諭旨就有以下文字：

> 凡明季盡節諸臣既能為國抒忠，優獎實同一視。至錢謙益之自詡清流，靦顏降附；及金堡、屈大均等之倖生畏死，詭託緇流：均屬喪心無恥！若輩果能死節，則今日亦當在予旌之列。乃既不能捐命，而猶假語言文字以自

---

[25] 以上俱見《高宗純皇帝實錄》，《清實錄》，第21冊，頁683-685、693-694、702、703。

圖掩飾其偷生,是必當明斥其進退無據之非,以隱殛其冥漠不靈之魄。一褒一貶,袞鉞昭然。使天下萬世共知朕准情理而公好惡,以是植綱常即以是示彰癉。[26]

好個「准情理而公好惡」、「植綱常即以是示彰癉」,就將錢謙益、金堡、屈大均等人套上了打壓的合理性。果然書成之後不到十天,就下旨查禁部分明季士人集子,錢、金等人自然在列。乾隆對錢、金等人極其憎惡,乾隆二十三年,沈德潛《國朝詩別裁集》選成,次年刊刻;後來沈以此選獻於乾隆,並求賜序。乾隆閱後覺得沈德潛選入錢謙益、屈大均等人大有問題,於是命南書房審查刪改後重刻。這個版本稱為《欽定國朝詩別裁集》,將錢、屈等 18 名貳臣或遺民的詩歌全部刪去,並下令將初版的印板燬去,禁止此版本的流通。同時又開始《貳臣傳》的編纂,將降清明臣的傳記從《明史》抽出,另立一門甲乙兩編,以「為萬世臣子植綱常,即以是示彰癉」,錢謙益自然因為「狂吠之語刊入集中」、「可鄙可恥」而編入乙編[27]。接二連三的動作,為禁燬圖書開列了清單,加上乾隆對禁書有功巡撫的嘉獎和辦事不力者的訓斥,證明乾隆對於明季知識分子可能傳遞出某些訊息是相當神經過敏的。

《四庫》收鄺露《赤雅》於史部「地理類」,只因此書是罕有的記載廣西小數民族風土人情的筆記。然四庫館臣撰寫之提要也非常謹慎的:

---

[26] 舒赫德等:《欽定勝朝殉節諸臣錄》(臺北:大通書局,1987年),頁8。

[27] 《高宗純皇帝實錄》,《清實錄》,第19冊,頁155-156。

明鄺露撰。露字湛若，南海人。鈕琇《觚賸》載其為諸生應歲試時，題為「文行忠信」，乃四比立格，以真草隸篆四體書之，坐是被斥。蓋亦放誕之士。
王士禎《池北偶談》又載其少游金陵，客阮大鋮之門，嘗為大鋮作集序，大鋮亦為露作集序。其人殊不足重，迨國朝順治初，王師入粵，露義不改節，竟抱平生所寶古琴，不食而死。士禎詩所謂「南海畸人死抱琴」者，即為露作。其志節乃為世所稱。然露先托契閹兒，所作《嶠雅》，屢稱大鋮為石巢夫子，實貽譏於名教。後雖晚蓋，僅足自贖，固不能與黃淳耀等皦然日月爭光也。是書乃露游廣西之時，遍歷岑、藍、胡、侯、盤五姓土司，因為猺女云韠娘留掌書記。歸而述所見聞，所記山川物產皆詞藻簡雅，序次典核，不在范成大《桂海虞衡志》下，可稱佳本。惟中間敘岑氏猺女被服名目，溪峒中必無此綺麗。露蓋摭古事以文飾之。又敘狸狸一條，大不近情。敘木客一條，既稱為秦時採木之人，何以能作律詩？所稱〈細雨詩〉「劍閣鈴逾動，長門燭更深」一聯，何以能用漢、唐故事？是則附會塗飾，不免文士之積習矣。[28]

提要的演繹方法頗耐人尋味，其所採用的雖來自各種筆記，但明顯偏重批評鄺露的人品：「放誕之士」「其人殊不足重」是館臣的論斷，對他和阮大鋮的關係極力詮釋成附閹惡行，並用

---

[28] 鄺露：《赤雅》，《景印文淵閣四庫全書》，第594冊，頁337-338。

另一死節之士黃淳耀來對比,以進一步否定鄺露。即使對《赤雅》肯定,然亦不忘挑出敘事毛病,以證其有「文士之積習」。如此下重筆,似乎意在推翻鄺露「其志節乃為世所稱」的評價。然而,對鄺露之鞭撻是必然之舉,為何要寫上「其志節乃為世所稱」此句?是因其為不得不回應之論?還是為鄺露存留一筆屬於世人的評價?翻查《四庫》書成後軍機處進呈之禁燬書目,鄺露《嶠雅》毫不意外地在應燬之列,書名下書禁燬之由:

> 查《嶠雅》,明鄺露撰,中多空白,以文義核之,皆指斥之詞。露雖於大兵入粵時抱琴死節,然在明末受業于阮大鋮之門,最相契厚,為其狎客亦最久。其詩中所稱「石巢先生」,即大鋮也。其死與明末逆案諸人之死相似,僅足自蓋其愆,未便因此而存其詩,應請銷燬。再,此書卷首挖去卷數,似非完本,應行令該撫再查。[29]

論調大致上和《赤雅》提要一樣,以鄺露曾和阮大鋮交好而成禁燬主因,否定其人格。至於詩集「中多空白,以文義核之,皆指斥之詞」云云,只是欲加之罪,《嶠雅》中雖有激越的歌頌抗清英雄之詩歌,如〈二臣詠〉、〈趙夫人歌〉,但他

---

[29] 當時軍機處分十年奏進全燬書目,本則所引為第四次進呈之禁燬書目,禁燬原因和資料在姚氏本都被刪去,僅餘書目。商務印書館出版之《清代禁燬書目(補遺)》將吳氏小殘卷齋所藏傳抄足本補錄(參見姚覲元編:《清代禁燬書目(補遺)》,北京:商務印書館 1957 年,頁 221)。

始終在廣州城陷時已死節，比起乾隆深痛惡絕的降清貳臣錢謙益，他的詩歌造成的影響力實在相差不可以道里計；但竟還要因疑其不是完本，而令巡撫再追查。明晃晃列在《嶠雅》之右側的，正是金堡的《夢蝶庵詩》及《臨清來去集》，但查禁之原因只有一句「係金堡撰，應請銷燬」，金堡乃文字獄案主，自然不必再交代禁燬原因。故此，「鄺露」在當時已然成為一個敏感人物，他的「危險性」在於其人，在於他對普世軌範的反叛，在於他面對民族大義時的決斷，在於他那富有象徵意味的死，在於他歿後被煉化成一個極具視覺衝擊力的文人符號，代表著對建制拒絕、對民族執著的節義。有論者整理清初至民國對鄺露的記載和文學書寫，指出其「抱琴而死」的形象得力於清初屈大均《廣東新語》對薛始亨《鄺秘書傳》的細節補充，「抱琴殉國」故事亦有利宣傳人物的節烈精神。這版本得到張岱和查繼佐的細節化處理，後來王士禛「海雪畸人抱琴死」詩句，更成為鄺露形象的經典描述[30]。筆者認為，化成符號的「鄺露」，比起鄺露的詩文更具力量。「鄺露」的所指（signified）固然是其人其事所歸納之節義，但這概念關涉的聯想卻讓人不得不動容。尤其是屈大均。他得見鄺露遺琴綠綺臺，與釋今釋（即金堡）在惠州豐湖、與明遺民一起吟詠綠綺臺，二人寫下〈綠綺琴〉和〈綠綺臺歌〉，對寄於琴上的忠魂作出纏綿悱惻的傷悼，不啻是另一副具有強大衝擊力的文人圖景。加上金堡《徧行堂集》文字獄案，「抱琴而死」的「鄺

---

[30] 丁蕾：〈「海雪畸人抱琴死」——明末至民國年間鄺露形象的演化與流傳〉，《學術研究》2008 年第 11 期，頁 107-112。

露」能夠召喚的反抗意識實在過分的多,已然具備遭清廷禁燬的資格。所以,即使鄺露「節志乃為世所稱」,但也不入收錄近四千名殉節臣民的《欽定勝朝殉節諸臣錄》,也就表明「鄺露」屬於無法收編之列;亦即是說,屈大均、金堡等人才是乾隆朝禁制鄺露的主因。

話說回來,乾隆雷厲風行地整肅晚明意識的同一個月(乾隆四十一年十二月),這班大清名公、四庫館員竟然在皇都賞玩吟詠鄺露的「遺物」,難道就不怕招禍嗎?

(三)造像:以硯換琴與「鄺露」的收編

鄺露「抱琴而死」已成文人烈士的象徵,綠綺臺琴雖不原屬鄺露,但也因鄺之殉節而成為與鄺露紐帶的符號。前文曾言及,「抱琴而死」之「所指」(signified)涉及的聯想,使「鄺露」成為乾隆朝的敏感人物,其書需要禁燬,其人也被排除在《諸臣錄》收編之列。我們可以將清初屈大均、釋今釋等人對鄺露的詠嘆看成是「造像」行為(iconizing),「它」所應對的是造像者的心理和情感需要,能夠以象徵方式將豐富含義鎔鑄成簡單的符號。這自然跟互文性(intertextuality)的多寡相關,但它替代了綠綺臺琴的原義(它本來是明武宗御琴、唐武德年製),發揮其特強的黏著力:任何歌詠都自然將歌詠者跌入文人烈士的象徵漩渦,「琴」這個「實物」(object)的流傳,就如文人烈士的屍體,彈撫賞詠之間完成無窮無盡的還魂儀式,而這象徵又愈如磐石般,成為文學/文化傳統中不可撼動的符號,如屈原之於愛國殉義、廣陵散之於浩然不屈、紅豆之於相思惦念等等。「鄺露」假如一直自然流傳,勢必遭

到更毀滅性的封殺。「鄺露」能夠在乾隆一朝留下一點踪跡，筆者認為，必須感謝王昶及其「消寒小集」。因為，他們從根本上改變了這個象徵的所指。

上文曾引述王昶於雅集時寫的考訂詩。他沒有隱諱鄺露有綠綺臺琴和以身殉國，但就大量增入琴以外的訊息，將琴描述成琴、書、硯三寶之一（由「畸人緬海雪」到「勒銘志不朽」）；大量訊息輸入到原有之符號，大大沖淡了既有的象徵意涵。更需留意的是，王昶為「天風吹夜泉」硯建構了一段隨軍十年、為國效命的事跡（由「朝洗暨夜吟」到「堅貞共無咎」），而且再以此硯潤色了鄺露在廣西瑤族流落五年的歷史（由「巾笥互提攜」到「浩氣拂星斗」），使兩段「故事」並列，前者是乾隆自鳴得意的武功（後來成為乾隆「十全武功」之一），後者寫出了受官方「四庫全書」認可的《赤雅》，二者難道不是「經國之大業」和「不朽之盛事」嗎？加上，乾隆時期綠綺琴蹤跡渺然[31]，但「天風吹夜泉」硯卻赫然在目，可以摩挲把玩細賞其肌理。乾隆及以前對綠綺臺琴的詠賞，對物的特徵都寫得極簡略，這些詩只是借物為中介、過渡到引發的情緒書寫。然而，王昶在詩中對硯的外在特徵描寫，雖然是考訂詩必然具備的寫法，但物之詳細刻劃，就成功取代綠綺琴、成為鄺露「遺下」的「最實在」物件，有資格進佔「鄺露」符號的中心。而且，隨軍征伐的事跡，讓「天風吹夜泉」硯代替

---

[31] 丁蕾指陳曇自稱於嘉慶十一年（1806年）在市集購得綠綺臺琴（參見丁蕾：〈「海雪畸人抱琴死」──明末至民國年間鄺露形象的演化與流傳〉，《學術研究》2008年第11期，頁111）。

「酈露」完成了懺悔，它和新主王昶的「效忠」無疑演繹了文化精英甘心為盛朝所用的「忠義」。加上，後進黃景仁和吳蔚光的詩歌，也跟隨著王昶詩的腳印，極力描寫「天風吹夜泉」硯的兩段事跡，附和著將節義傷悼變成輝煌書寫的新書寫方式。

也許需要留意一個細節。翁方綱參與了這場「消寒小集」，他有沒有即席寫詩，並不知道（詩集未見）。但他拓印了硯上的銘文，回到家後，將之與自己在廣州任學政訪碑時在光孝寺拓得的「洗研池」八分書合裝一軸，然後寫成一詩，題為〈述菴通政招同魚門耳山稷堂竹橋仲則集蒲褐山房觀所藏酈湛若研側八分書天風吹夜泉湛若下有明福洞主印予拓其文與廣州光孝寺湛若八分洗硯池三字合裝為軸題此〉。翁方綱《粵東金石略》有記載光孝寺東禪室後的洗研池字跡[32]。此詩末句「此石此字誰前因，訊爾山房蒲褐人」似對該硯的來歷有所質疑，所以才需「訊爾山房蒲褐人」。但翁方綱將硯、池「合璧」，等於為這來歷不明的「天風吹夜泉」硯提供一條旁證，使讀者不再置疑。有趣的是，翁方綱幾次主動將硯、池合裝的卷軸送給友人及後輩，使相關的詩歌屢屢出現，例如乾隆四十三年（1778 年），翁方綱又拿出此軸給黃景仁賞玩，黃亦寫了〈丙申冬于王述菴通政齋見酈湛若八分銘天風吹夜泉研為作歌今翁覃谿先生復出酈書洗研池三字搨本與研銘合裝屬題池在廣州光孝寺酈讀書處也先生視學廣東曾訪之〉一詩，中有「輕

---

[32] 「寺東禪室後池上有酈湛若八分書『洗硯池』三大字，旁題『酈露』二字，草書」（翁方綱著，歐廣勇、伍慶祿補註：《粵東金石略補註》，廣州：廣東人民出版社，2012 年，頁 29）。

勻麝煤搨蟬翼，載以星軺返京國。忽然一夜天風吹，此研此書成合璧」之句[33]。乾隆四十五年（1780年），翁氏又給蔣士銓鑑賞拓本，蔣寫了〈湛若洗硯池銘拓本庚子〉詩，讚嘆了兩幅拓本[34]。同年，又以此軸要求後進吳錫麒作詩，吳於是有〈題鄺湛若硯銘並洗硯池字拓本〉之作[35]。不久，又將鄺硯拓本與其他幾幅字畫合裝，贈給將要出都的伊東綬，並賦詩四首[36]。拓本的特點是可以複製傳遞，王昶、翁方綱等人為「鄺露」重新造像的工夫，賴之以得到合法性和奪人眼球的關注。的確，王昶和翁方綱非常成功，自此以後，提到「鄺硯」的詩歌和文章，都未見質疑其真確性；「鄺硯」及其隨軍征討的事跡也成了文人詠及此硯必然提及的內容。

我們無法得知當晚雅集，諸位老少談了什麼。但他們在當時及之後所做的事，成功地爭取了鄺露及綠綺臺進入文學文本的許可證，在屈大均、金堡等人歌頌鄺露的詩篇需要禁燬之時，這一奇招無疑是義舉。也許他們太過熟悉朝廷知識控制的方法，也充分掌握文物考訂在盛朝的意義，所以才援用這種方

---

[33] 《兩當軒集》卷一三，頁325。

[34] 蔣士銓：《忠雅堂文集》卷二五〈湛若洗硯池銘拓本〉，《清代詩文集彙編》，第356冊，頁673。

[35] 吳錫麒〈題鄺湛若硯銘並洗硯池題字拓本〉，題下小注云：「硯側鐫『天風吹夜泉』五字，下有『明福洞主』印，今藏王蘭泉廷尉處。洗硯池在粵東光孝寺，翁覃溪學士使粵，拓其字以歸，與銘合裝成軸，索題。」（吳錫麒：《有正味齋集》卷五，《清代詩文集彙編》，第415冊，頁45）

[36] 翁方綱：《復初齋集外詩》卷二四〈墨卿將出都以所裝硯屏屬題即以贈行四首〉，《清代詩文集彙編》，第382冊，頁614。

法,將「鄺露」重新包裝。不過,這僅是筆者的推斷而已,是否有道理,則留待方家評斷。

物之流落需要緣分,「天風吹夜泉」硯在此次雅集後有著更多的故事。乾隆一朝,此硯都在王昶府中。按沈學淵的一篇詩序稱,此硯後來由書法家梁同書(1723-1815)得到[37]。道光八年(1828),梁同書的孫子梁紹基為了延請馮登府(1783-1841)為其父撰寫傳記,將此硯作資送了給馮。馮得到後視為珍寶,要效「消寒小集」,作出了雅集的邀請。他們詩酒唱詠,寫了許多關於此硯的詩篇。馮登府曾與阮元游,是學問淵博、著作等身的學者,他將此次雅集的詩歌編成一集出版,題為《石經閣鄺硯酬唱集》(此書現藏北京國家圖書館古籍善本室)。他們雅集之時,清廷對晚明節義的嚴控已經放鬆,鄺露的詩文集《嶠雅》可以私印出版,綠綺臺琴和鄺露的詩文也可以見諸詩文總集[38]。不過,以「鄺硯」為中心的一再雅集,就使它在「鄺露」符號的地位更牢不可破,從這意義上看,「鄺露」符號的意涵豐富了,節義的程度淡化了,這符號的影響力也大不如前了,直到清末民初,「鄺露」的節義意義

---

[37] 沈學淵:《桂留山房詩集》卷一一〈鄺湛若硯歌為柳東太史作并原序〉,《清代詩文集彙編》,第 560 冊,頁 212。

[38] 如溫汝能編《粵東詩海》收鄺露《嶠雅》中 177 首詩、道光年間又有鄺氏後人的恬淡山堂刻本、咸豐年間又有鄺氏後人的綺錯樓箋注本,更名《海雪集箋》;光緒年間又有國學保存會據順治海雪堂刊本鉛印流行等。詳參吳天任:《鄺中秘湛若年譜》,香港至樂樓叢書,1991 年,頁 111-112。

才再一次被標舉[39]，但這已不是本文的討論範圍了。

四、考訂詩對抒情和節義的處理

　　本文並未滿足於現象的描述和雅集意圖的推敲，我們還需要注意這些符號寄寓的載體——詩歌，尤其是王昶等人挪用的特殊詩體考訂詩。這種詩體在乾嘉道三朝大盛一百年，但卻遭現代的文學史評斷為了無性情，不值一觀。筆者在另一文中曾研究這種詩和詠物詩的根本區別，是性情的退卻、以物為不可動搖的書寫中心，它是以「寫物」代替「詠物」，以適應文物光耀的盛清時代[40]。應當指出，屈大均等人對鄺露和綠綺琴的詠唱是「詠物」；這種詩的寫作原則和抒情特點，學者已有相當深入的剖析，本文不必重覆論述[41]。跟鄺硯相關的詩歌看

---

[39] 丁蕾的文章便有談這問題，認為晚清民初革命黨人將鄺露塑造成反滿英雄，清遺民則認為鄺露是個忠心不事二主的忠臣（參見丁蕾：〈「海雪畸人抱琴死」——明末至民國年間鄺露形象的演化與流傳〉，《學術研究》2008 年第 11 期，頁 112）。

[40] 葉倬瑋：〈文物之光下的話語建構與不朽追求——論翁方綱的金石詩〉，《政大中文學報》第 28 期，頁 103-140。

[41] 林淑貞：〈寓意、符號與敘寫技巧——論寓言詩與敘事詩、賦比興之交疊與分歧〉，《興大中文學報》第 20 期，頁 21-62。亦參林淑貞：《中國詠物詩「托物言志」析論》（臺北：萬卷樓圖書公司，2002 年）；于志鵬：《宋前詠物詩發展史》（濟南：山東人民出版社，2013 年）；劉利俠：《清初詠物詩研究》（新北：花木蘭文化事業公司，2013 年）；嚴志雄：〈體物、記憶與遺民情境——屈大均一六五九年詠梅詩探究〉，《中國文哲研究集刊》第 21 期，頁 43-88。

來,始作俑者王昶寫的是典型的考訂詩。這種詩最重要是考訂過程及發現,即如上一節所述,王昶的詩敘述了「鄺硯」的兩段隨軍事跡,也描寫了硯的大小、色澤和銘刻。詩歌語言是客觀的、陳述的,這不代表不修飾,而是考訂詩的寫作不以抒情,也不以詩藝探求為目的,所以文學修辭有相當的克制。考訂詩的深,在於學術養分,不是修辭;考訂詩的實,在於考訂的步步實地,不能過多想像性的文學描寫。所以,雖然無法驗證鄺露當年有沒有將「天風吹夜泉」硯攜帶到廣西,但王昶的詩寫這段故事時,都是硯主與硯共同描寫的:

> 朝洗暨夜吟,十年恆著手。自賦從軍行,西南共巡撫。
> 嶺雪高入雲,江瘴濃于酒。草檄兼飛書,羣蠻隨指嗾。
> 萬里幸歸來,堅貞共无咎。

詩歌訊息密集,圍繞硯之作用和大功,對於硯以外的環境,有描寫,但沒有過多的渲染,情感色彩不強。再如該詩收結寫硯之價值:

> 祕同張伯匜,重比太公缶。懸知餘澤存,取用敢或苟。
> 應以寫嶠雅,千古並垂久。

也是考訂常見的評鑑的方式,張伯匜和太公缶都是周代的銅器,王昶將它們與鄺硯比擬,表示其貴重。而末句提到《嶠雅》,還說「千古並垂久」,這確有點敏感了,但也說明鄺硯的用途與價值,乃一貫考訂詩的寫法。將此詩與譚宗浚(1800-

1871）的〈鄺湛若天風吹夜泉硯歌〉對比，考訂詩的特點就更突出：

> 書君懸針垂露之奇篆，寫君離鸞別鶴之悲吟。忠魂縹緲去已久，但有貞瑉一片知君心。當年此石誠非偶，瀋鬱春雲落君手。用之愈久德愈全，合伴書窗為益友。鴉咋嶺，鬼門關，孑然書劍來猺蠻。山魈猙獰伏洞裡，巨蟒睒睗懸林間。硯乎辛苦定同歷，幸不棄置埋榛菅。不然軍中時草檄，擲筆懸空飛霹靂。丹心耿耿長不磨，願與東南支半壁。頹城一角陰雲愁，日影慘淡悲清秋。奇才豈僅屈宋並，毅魄直同張許遊。片石猶存豈君意，悔不烽塵遭破碎。硯池點點浮青痕，尚似憂時賈生淚。橋亭字，墨妙碑，此硯與之應並垂。忽憶舊時好琴癖，畫有同嗜安能一一搜剔全無遺。我來摩挲看款識，閒對遺蹤思往事。洗處曾來虞苑游，捧時定合青琴侍。君今騎鶴歸太虛。硯亦轉徒經燕吳，願祈六丁下攝取，永鎮朱明洞府神仙都。[42]

這是詠物詩。借物起興，盡力渲染「鄺硯」經歷的險惡境地，也借硯之流落抒發詩人（譚宗浚）的個人感興。引文著重號所標，乃詩中的文學渲染和抒情筆墨，這些書寫將「鄺硯」當成詩人抒情的觸媒及中介，詩人藉此發思古之幽情，傷古人之渺

---

[42] 譚宗浚：《荔村草堂詩鈔》卷四〈鄺湛若天風吹夜泉硯歌〉，《清代詩文集彙編》，第763冊，頁43。

然。比讀二詩後，考訂詩與詠物詩的分別是很明顯的，考訂詩需要維護「物」（書寫對象）作為詩歌中心位置，借物抒情、借古諷今等詠物常見的寫法會削弱「物」的位置，使詩人性情取而代之進佔詩歌的中心位置。所以，考訂詩很容易給讀者枯燥乏味、了無性情、填塞學問的感覺；王昶以考訂詩寫「酈硯」，將酈露之節義處理成「酈硯」之背景資料之一，而未見詠嘆延伸，這樣，感發抒情就變成事象故實，纏綿悱惻之力在這種格局下無從舒展，自然無法發揮朝廷所忌諱之民族節義宣傳。從這意義上說，王昶利用考訂詩將「酈露」收編了、將其敏感性改變了。若單獨讀這首考訂詩，而忽略本文上一節所述的突兀情況，很容易將此詩理解成一首普通的文物考訂詩歌，用以炫耀學問，潤色皇清盛世。

乾隆時期，王昶、翁方綱、黃易等人，都是金石家兼考訂詩的重要作者，翁方綱二十多歲時已開始寫作考訂詩，是乾隆一朝產量最多的考訂詩作者之一。他在詩歌體裁選擇上偏好七古，自由的詩體有利掙脫詩律的限制，抒寫其考訂心得，讓「物」（書寫對象）成為詩歌之中心。「消寒小集」時翁方綱已 44 歲，他已經創作了大量的考訂詩，考訂詩的寫作法則他早已得心應手。然而，這一次他的作品，即上一節引述的詩歌，卻竟然不是典型的考訂詩。該詩是他在合裝「天風吹夜泉」硯銘拓本與光孝寺洗硯池拓本後寫的，若以常規寫法，應該以此二物為中心，然後黏著與之相關之人和事，並闡明二拓本合裝之價值。但此詩卻云：

吾聞異人精氣在天地，化松千尺芝九莖。羚羊峽石帶潮

水，墨花倒瀉海可傾。二琴遺響落何處，九疑瀟湘莽洞庭。詩人憑弔徒爾耳，天風夜泉誰為聽。我昔粵城陰，訪君滌硯處。尺鼇珠翻一泉注，最近房融筆授軒。想倚蕭梁訶子樹，怪哉三字鬱鬱蛟龍躚，瘦著苔垣不飛去。夜寒呵凍池有津，大雪置酒呼比鄰，雲旗慘淡怳惚歌舞出。此石此字誰前因，訊爾山房蒲褐人。[43]

此詩形態上是考訂詩，但卻先以鄺露為書寫對象的。首句「異人」和詩中之「君」都可以指鄺露，或者鄺露精魂（「異人精氣」）。而「羚羊峽石帶潮水，墨花倒瀉海可傾。二琴遺響落何處，九疑瀟湘莽洞庭」，也是陳列鄺露有洗硯池遺跡、也有不知所終的「二琴」遺物，二者是並置關係。下一句更需留意，「詩人憑弔徒爾耳，天風夜泉誰為聽」，乾隆以前憑弔鄺露而又和聽琴共時的，文獻可考的只有屈大均、金堡那次後來觸動清廷敏感神經的一次，憑弔地點在惠州豐湖。「天風夜泉誰為聽」，「鄺硯」之名給翁方綱轉化成自然音響或者琴曲，連繫兩句之前的「二琴遺響落何處」。這兩句的虛寫，巧妙地暗引惠州豐湖的憑弔事件，又變化以模糊其敏感性。接下來的七句，才是對洗硯池的描寫。換言之，鄺硯作為考訂詩的主要對象之一，此詩只有一句「此石此字誰前因」之「此石」勉強充數，和名不副實的硯名援用；其他詩句都是鄺露（或鄺露精

---

[43] 《復初齋集外詩》卷一一〈述菴通政招同魚門耳山稷堂竹橋仲則集蒲褐山房觀所藏鄺湛若研側八分書天風吹夜泉湛若下有明福洞主印予拓其文與廣州光孝寺湛若八分洗硯池三字合裝為軸題此〉，《清代詩文集彙編》，第382冊，頁464-465。

魂）及洗硯池的書寫。身為考訂詩的殿堂人物，怎麼會寫出這樣不標準的考訂詩呢？加上，本詩的抒情色彩甚濃，「何處」「徒爾耳」「誰為聽」連續出現，結合首句「異人」「化松千尺芝九莖」之不朽，及「二琴遺響落何處」的意象，化成不朽精魂漸失所寄的悲哀。於是，跨越數句洗硯池環境考訂後，在「置酒呼比鄰」的雅集，「雲旗慘淡悅惚歌舞出」，精神恍惚的詩人彷彿看到「異人」精魂重臨人間躍動眼前。然後詩歌就以一句疑問作結。筆者認為，翁方綱是以考訂詩之形，抒憑弔鄺露之實，他其實在進行越界寫作（trespassing writing），在自己有份建立的指標裡，滲入不被允許的元素；而因為詩歌以寫硯和池為名，可以「合法地」留在考訂詩的園地，而不至成詠物詩、或者詠史詩。

　　翁方綱將硯名變化成自然音響或琴曲，可以理解成符號的短暫變形。只要在這首詩的範圍內，「天風吹夜泉」就能由一件物（硯）過渡到另一件物（琴），自然召喚後者包含的一切記憶和含義；而當「天風吹夜泉」離開詩歌的界域，就自然重新歸屬於本來之物（硯）。當時，鄺露「抱琴而死」的符號如此敏感，這一著符號變形確是巧妙，也就提示了讀者，「鑑賞」此硯的焦點在「人」（鄺露）不在「物」（硯）。不過這一妙著，卻非翁方綱原創。在現在留存的「消寒小集」吟詠作品中，有黃景仁的一首七古：

王蘭泉先生齋頭消寒夜集觀鄺湛若天風吹夜泉硯作歌銘
八分書下小行楷鐫鄺湛若三字并明福洞主小印
門鑰收魚漏停箭，通政高齋夜張讌。燭輝沈沈酒氣濃，

半酣示客端溪研。潤結雲腴細裊絲,紫蒸玉暈光凝片。
有銘有印了不疑,明福洞主之所遺。我公得此走萬里,
從征十載軍中攜。雷硠電夐奪不去,蠻烟惡溪沐浴之。
開縢發匣起光怪,傳觀四座羣嗟咨。研乎酹汝樽中酒,
似汝遭逢信希有。昔伴西山義士家,今歸東觀名儒手。
當時海雪稱畸人,棄家亡命走鬼門。摩挲銅柱度藤峽,
經過桂管窺五屯。藍胡侯槃雄四姓,花面蠻姬更驍勁。
天女天魔舞隊奇,阿夷阿等歌妝豔。鄺生翩翩書記才,
陸離瑰詭相輝映。是日猺獞屢跳梁,生入虎穴覘覆藏。
記成赤雅將有用,研乎辛苦曾同嘗。一身終殉家國難,
片石空留姓氏香。何如我公佐熙代,嵩華森稜見風概。
天子命佐征南軍,讀書長歔貔狨隊。馳檄纔清驃國烽,
回軍又撤旄牛寨。詩就常分豹略餘,書成總出山經外。
想當草疏還飛文,軍聲如雷寂不聞。精瑩研石不盈尺,
墨瀋灑遍天南雲。歸來論功爵不次,研乎與汝同策勳。
公之英名動明主,四海傾心屬公輔。會看一片墨池陰,
不日化作蒼生雨。我生萬事嗟蹉跎,廿年人墨交相磨。
書生報國徒詑語,我不如研何其多!傳聞同時有綠綺,
身後售歸錦衣子。即今把玩知誰人,何年劍合延津水。
惜哉見研不見琴,購得我欲傾千金。持將獻公操一曲,
颯颯天風泉夜音。[44]

黃景仁此詩極盡歌頌之能事,也是考訂詩的形態。他在處理敏

---

[44] 《兩當軒集》卷一二,頁307-308。

感訊息時很聰明，活用了並置及對照手法，將「西山義士」與「東觀名儒」並置，以交代硯主身分。而寫到「一身終殉家國難，片石空留姓氏香」，並沒有再加發揮，然後馬上以「何如我公佐熙代，嵩華森稜見風概」作出「義士」不如「名儒」的判斷。之後就盛讚該硯如何輔助「名儒」達成不世之功業。詩的後段夾入四句詩人感興「我生萬事嗟蹉跎，廿年人墨交相磨。書生報國徒誑語，我不如研何其多」，表述後進士子對報國期望之熱切。黃景仁赴京，一心謀求仕宦機會，這幾句當包含他個人願望。他借題發揮以表示忠誠，也是當時與會後進的共同聲音吧。吳蔚光當時寫的詩，末處也有「有材弗為識者用，匹如棄擲沙礫時」，還複沓多一次以示強調。這種名物考訂與盛朝忠奮，常見諸考訂詩，組成一種歌頌盛世的格調，唱出文物之光、士林歸心的詩篇。這是為何清代在國力最盛、考據學最熱之時期，考訂詩同時佔據詩壇中心。然而，話說回來，黃景仁此詩的結尾也是饒有心思的。一般來說，借考訂名物而生的感嘆，多在詩的末句，也多是簡單一兩句，以防詩歌由考訂文物流向抒情詠物。但黃景仁此詩在四句嘆息之後，卻引入了綠漪臺琴的故事，並表示假如覓得此琴，定必彈奏一曲「颯颯天風泉夜音」。然最引人入勝是寫琴不知流落何方時，黃景仁援用了《晉書‧張華傳》典故，故事是雙劍出土，劍主張華和雷煥先後死亡後，一劍不知所終；雷煥兒子持劍路經延平津，劍突然入水，然後陡見二巨龍從水飛出盤旋。這故事包含著「物主」、「遺物」、「回歸」的元素，問題是前二元素跟綠漪臺琴吻合，但說「回歸」則到底「回歸」到誰人手中？琴不同劍，劍是雙龍所寄之神物，但琴所寄者何？這不正是當

時已成穩定符號之鄺露精魂嗎?如此,等於在表示希望鄺露能回歸其所應有的位置。黃景仁詩歌末句的彈奏,可以理解是一種「回歸的儀式」、或者「招魂的儀式」,而他所調用的,正是這首詩的書寫對象——硯的名稱。遵從考訂詩寫作法則,以相關之事作結,但卻巧構了一次符號短暫變形。比較翁方綱詩的倣效,黃景仁的「原創」更為深刻。它表面上是歌功頌德的考訂詩,但卻內藏弔慰精魂的哀音。對於一個離鄉別井,夢想仕宦,但連進士也未考上的年輕詩人,假如當晚雅集是暗中弔唁精魂之會,老少咸集討論著鄺露事跡、文學,與清廷官方對鄺露詩文禁燬之舉措,他會有何感慨?敏感的詩人,詩情一發不可收拾。就在席散後,黃從爛麵胡同回家路上,經過法源寺,寫下了〈丙申除夕〉三首短詩:

> 闌珊燈火鳳城隈,自擁氍爐引凍醅。銀筯怕翻商陸火,消殘心字不勝灰。
> 一歲似風吹劍上,百憂如影墮燈前。車聲已有朝天客,不及嵇康好晏眠。
> 痛飲呼盧病未能,鮮衣炫服態堪憎。今宵未免深閨夢,一閒輸它退院僧。[45]

原來,剛才的雅集氣氛確很熱烈,王昶也拿出富豪級的招待。孤身赴京的寒士黃仲則,廁身如此雅集不啻又是一種對照,提醒自己只是個「消殘心字不勝灰」的落魄窮士。大概剛

---

45 《兩當軒集》卷一二,頁307-308。

才席上吟詩，吟到「何年劍合延津水」時心情受到劇烈的觸動，於是續有「一歲似風吹劍上」之句，然後「百憂如影墮燈前」之嘆。也許詩人在想，能做一個像嵇康那樣無視俗世軌範的名士，像酈露的前半生那樣，才符合自己的性情？但「鮮衣炫服」卻是難以釋懷啊！默默看著眼前的法源寺，詩人想到退院的僧人，感到自愧不如。當時，一些上京求仕的窮士子，會寓居法源寺讀書，同時尋求結交名公的機會，黃之朋友趙希璜和余鵬翀都曾寓於此，而黃景仁的居所「寓齋」正在法源寺對面[46]。乾隆四十六年（1781）二月，黃景仁移寓法源寺，之後扶病到西安投奔畢沅，回來後再次寓居法源寺。這位多愁的窮苦詩人，一生未成進士，也未真正仕宦。他在京師屢屢考試失敗，後來言行愈來愈離經叛道，甚至日與伶人為伍。難道他在挫敗之間，讓其名士特質「回歸」到這一副殘軀？

法源寺，本名憫忠寺，是唐太宗紀念遠征高麗的陣亡將士而建的。北宋靖康二年（1127），金人俘徽欽二帝，欽宗被押北上路經燕京，曾羈押在此寺。捐軀烈士、遺民情結，黃景仁寓居的是如此一座具有糾纏不清意義的寺廟。人事遇合，信是有緣？

話題也許扯遠了，但此例也能旁證，考訂詩看似僵固的形式，是能夠暗藏抒情；詩人的精構，只要援入外部訊息，還是可以作出一定程度的「解碼」。當然，「解碼」還需依賴考訂之法。考訂詩如七巧板之一塊拼圖，它能以不同方式拼合不同

---

[46] 許雋超：《黃仲則年譜新編》，復旦大學研究生院博士後論文，2006 年，頁 152。

拼圖，詮釋出考訂內容以外的更多意義，包括寫詩的人的遭際和情感。

五、結論

本文演示所引之考訂詩的可能性閱讀，事實上，本文無法就此證實這些詩歌是否必然存在本文之解讀，也無法斷言所引述之材料之間有著必然關係；即使能證實，但王昶、翁方綱這些屬於清廷文化權力的中心人物，為何要作出這樣大膽的嘗試？他們的動機究竟是什麼？本文無法提供有實據的答覆。然而，即使本文對於這些詩歌的可能性閱讀全然錯誤，也無法推翻考訂詩有收編敏感訊息和歌頌盛朝的作用。王昶、黃景仁等人的考訂詩，將鄺露處理成考訂的資料，也誘發了後續更多關於「鄺露」的考訂詩寫作；這些續作有些仍寫在戒嚴之時，但已不再敏感，這無疑是跟詩歌的表達形式相關。原來詩歌的知識化、去抒情化，會使詩歌變成了「物」（object）、變成了工具、變成了可以處理「資料」的「容器」。沒錯，這種詩是不討好的，以翁方綱為例，袁枚、洪亮吉曾置批評，及清末也有欲買其詩集供插架之用也難的說法[47]，甚至將今人的文學史評斷一併考慮，都證實考訂詩確實遠離讀者預期的詩歌趣味。

---

[47] 劉聲木：「百餘年來，翁氏之集，名雖行世，試問何人取而誦讀則效？聊供插架之用。《復初齋詩集》流傳益罕，欲供插架而未能，豈非不行於世之明驗乎。文章乃千古之公物，公是公非，自有定評，決非一二人以私意所能擾亂也。」劉聲木：《萇楚齋隨筆》卷三（北京：中華書局，1998年），頁53。

但我們不能忘記，這些評價都站在詩歌傳統的立場，以高姿態去審判這種詩之異類。正如本文開首所言，我們可以將此異類驅逐出境，維持傳統之精純——即使這種精純也是一種建構。一如曾幾何時，論者對齊梁宮體詩、兩宋之性理詩深痛惡絕一樣。聞一多為「宮體詩」進入詩歌傳統成功「正名」[48]，近人的跨際研究為性理詩闡析了文學以外的價值，也從解釋其如何被攻擊而堅實了我們所信奉的詩歌傳統。如此，我們對這詩歌傳統就更具信心，也較易歸納出所認許的詩歌本質，如抒情、如詩教。但是，我們會否在不斷重複演練中、不知不覺地擬出了一張「評估表」，只需完成各項「是」／「否」選項，就完成了評斷詩歌價值的「手續」？本文對於考訂詩的研究，是另闢蹊徑的一種嘗試。筆者試圖先進入詩歌撰寫的歷史語境，細察可能相關的各種人和事的線索，然後從詩人的需要，去析述考訂詩的意義。這是一種由文學的外緣走到內緣的方法，依此，不必首先將既定的詩歌本質高懸明堂，當然也不必刻意排斥這些本質。一切都由乎詩人需要（by needs），而不是依循傳統（follow a tradition）。

從這方法看，因為外緣限制，沈德潛「以詩存人」的理念無法在《國朝詩別裁集》得到貫徹，但考訂詩處理「酈露」時卻成功做到。乾嘉以後關於「酈露」的詩漸漸由考訂詩變回詠物詩，也可以從外緣之改變去理解。

考訂詩將「人」化成「物」，為「人」建設了朝廷許可的

---

[48] 聞一多：〈宮體詩的自贖〉，《唐詩雜論》（太原：山西古籍出版社，2001年），頁 8-16。

強力「保護罩」，使「人」得以合法傳遞。但這「保護罩」是否強大到連乾隆痛恨的錢謙益、屈大均都可以合法處理？若考察王昶、翁方綱諸人有沒有將這些「貳臣」寫進考訂詩，當能進一步明瞭其限界。

最後，本文想以由乎詩人需要作結。前一節曾述及黃景仁「消寒小集」賦寫的考訂詩，席散後不能釋懷的鬱抑，及後來寓居法源寺和離經叛道。「消寒小集」兩年後，黃景仁在翁方綱家裡看到硯、池拓本合裝後寫下的考訂詩，全詩大半是考訂詩標準寫法，但結尾是：

> 嗚呼！畸人身後仍有神，遺蹟解付千秋人。泠泠哀玉扣之若我應，欲問二琴無復存。我詩再鼓筆不振，點畫空以指爪捫。倘分一滴池中潤，墨花怒捲垂天雲。[49]

他再一次扣問二琴的所在，對於鄭露這個「畸人」，他是以知己自居的。末句用《莊子・逍遙遊》「鵬之背，不知其幾千里也；怒而飛，其翼若垂天之雲」，詩成後，詩人以指劃空之儀式，當能讓畸人鄭露如鵬衝天、終得逍遙乎？黃景仁對鄭露有畸人間之共感，他在現實仕進亦極不如意，當他著手創作需要限囿性情的考訂詩時，等於進行一次自我遊說、甚或催眠的儀式：他需要寫這種詩以進入京城文圈，即使他從來不寫這種詩[50]；他需要以這詩體寫鄭露，因為他要保存這個畸人；他

---

[49] 《兩當軒集》卷一三，頁324-325。

[50] 黃景仁進京前沒有寫過考訂詩。他的第一首考訂詩作品是〈翁覃溪先生以先文節公像屬題像李晞古筆藏夏吧彭春衣侍講家此先生屬山

需要這種詩,需要從多重壓抑中找到釋放性情的方法。

　　王昶、翁方綱、朱筠等人寫考訂詩,想必也有其需要和故事。

　　一件晚明烈士遺物的流轉,讓我們看到考訂詩收編抒情與節義時更多的故事。

(作者為香港教育大學文學及文化學系副教授)

　　陰朱蘭圍臨本也〉(《兩當軒集》卷一二,頁 300-301),乃進京第二年由翁方綱命題而作的。

版本改易與時局新變：
《藏園詩鈔》朝鮮活字本割補改易實物研究

羅琴

　　近年來，版本學界對原刻翻刻、初印後印的研究投入了更多的關注，其中郭立暄《中國古籍原刻翻刻與初印後印研究》研究尤為系統、深入[1]，至此版本研究從平面流變進入立體模式階段。不管是原刻與翻刻的差異，還是初印與後印的差異，版本很多時候都處在變化狀態，而帶來這種變化的，有文學、歷史、政治、經濟、個人境遇等各方面的原因。在清末，有一部不起眼的詩集——游智開《藏園詩鈔》，可以為版本改易提供鮮活精詳的範例。其光緒九年朝鮮活字本的各部印本，體現了對同一批印本的不同修改；而它的各個時期的中國刻本，則體現了原刻翻刻的巨大差異。本文著重研究光緒九年朝鮮活字本幾部印本的改易，並借此一窺清末政治、經濟、外交、社會

---

[1] 郭立暄：《中國古籍原刻翻刻與初印後印研究》（上海：中西書局，2015年）。

各方面的變遷。

一、《藏園詩鈔》朝鮮活字本改易始末

游智開（1816-1900），原名淳世，字子代，號藏園，湖南寶慶府新化人。咸豐元年（1851）年三十六歲中舉，歷任和州、無為州、泗州、深州、灤州等地知州、永平府知府、永定河道、四川按察使、廣東布政使、廣東巡撫、廣西布政使。游智開在李鴻章授意下，同光十餘年間在永平府、永定河道任上接待朝鮮使臣，幫助朝鮮使團派工匠來華學習軍械、促進朝美天津談判舉行，讓朝鮮達到聯合西方抵抗日俄的目的，從而保障中國東北之平安。朝鮮使臣卞元圭出於感激，光緒九年在朝鮮以傳統刷印方式活字排印游智開的《藏園詩鈔》一卷，並寄回百部給游氏[2]。卞元圭，字大始，號吉雲，朝鮮人，祖籍草溪。光緒間出使清廷，與游智開定交。

面對異邦刷印的詩集，游氏高興之餘，深悔當日之遽出詩稿以示遠邦，開始在朝鮮印本上進行刪改。因而《藏園詩鈔》光緒九年朝鮮活字本雖為同一次活字排印，但因為刷印完成之後又有加工，於是有原本、刪改本、刪改增補本之別。

---

[2] 關於《藏園詩鈔》光緒九年朝鮮活字本的刷印背景、刷印迴流始末，參見羅琴：〈書籍與外交：從朝鮮活字本《藏園詩鈔》看晚清中朝外交〉，《韓國研究論叢》第三十七輯（北京：社會科學出版社，2019年6月），頁29-44。

（一）近似原本：國圖本

完全未經修改的原本，承蒙朴現圭教授告知，在韓國仍有流傳。幾乎未經刪改的原本，筆者經眼一部，藏中國國家圖書館（簡稱國圖本或國圖九年本）。國圖本外封為藍色皮紙，題簽云「藏園詩鈔／卞鍾獻署籤」，次內封鎸「藏園詩鈔」，次牌記「光緒九年仲夏／吉雲館活字印」，次「光緒癸未（九年，1883）端陽節朝鮮卞元圭撰」序，次正文。此本為朝鮮本原裝樣式，單股粗線，五眼裝訂，朝鮮皮紙，木活字排印。開本 31×20.4cm，內框 21.9×14.1cm。魚尾上方鎸「藏園詩鈔」，下方刻葉碼。卷端第一行刻「藏園詩鈔」，第二行刻「古今體詩」，第四行有游智開署名。每半葉十行，每行大字二十一字。避「玄」「寧」等清諱。正文起〈皎皎明月〉，終〈登石景山〉。國圖本最大的意義不僅在於朝鮮原裝，而且在於其文字基本未經刪改。

（二）刪改本：上博本、湘圖本、川圖本

光緒十年春永定河道署中，游氏在光緒九年朝鮮活字本原本上刪去詩數十首，並用朱竹圖案藏園信箋加印游氏跋文，此即上海博物館藏光緒九年朝鮮活字印十年割補改易本（簡稱上博本或者上博十年本）。湖南省圖藏本（簡稱湘圖本或者湘圖十年本）、四川省圖書館藏本（簡稱川圖本）與上博本改易相同，但無朱竹信箋加印跋文。湘圖本外封墨筆書「游曰敏捐存」。游曰敏，民國時新化人，民國二十一年（1932）曾被公推為新化城關一校校長，當為游智開同宗後輩或者直系後代。

《藏園詩鈔》上博本游氏跋云：

> 歸國日，攜余舊稿去。今歲書來，謂索觀者眾，因用活字板印刷多部以應，並寄來百本。余深悔當日之遽出以示遠邦也，因刪去數十首，所存若干，猶不敢自信云。光緒十年春新化游智開識於永定河道署，時年六十九歲。[3]

可知光緒十年春，游氏已經將上博本刪去數十首詩，湘圖本刪改同上博本。又光緒十一年傅鍾麟為《藏園詩鈔》所作跋云：

> 今業益進，心益虛。即前葉重加刪汰，益以後作及前漏編者，都為一帙。……光緒乙酉嘉平年愚弟山陰傅鍾麟頓首拜跋。[4]

也提及游氏對詩稿「重加刪汰，益以後作及前漏編者」一事。總之，游氏刪改詩集，不管是從現存實物上還是文獻記載上，都可印證。

游智開不僅自己改詩，而且也請人幫忙改詩，比如史夢蘭〈上游觀察〉：

---

[3] 游智開：《藏園詩鈔》，光緒九年（1883）朝鮮活字印十年（1884）割補改易本（上博本）。

[4] 《藏園詩鈔》，清光緒十二年（1886）刻本。

《藏園詩鈔》恭讀一過，見其醞釀深厚，取徑絕高，於唐賢之外，絕不下窺一步，闖入宋元蹊徑。以之付梓，公諸同好，洵足為騷壇表率。暇時尚擬作一後序，附傳不朽。[5]

知史氏對游氏詩歌多有讚譽，認為其宗唐不宗宋，並答應為游氏作序。史夢蘭又有〈復游觀察〉云：

前屬刪定《詩鈔》，並云舊作已自芟去廿餘首，蘭反覆尋繹，終未見有必當芟削之處。豈文章千古事，得失祇許寸心知耶。宣尼引詩，恆出所刪之內，斷章取義，一時各有意見。尊集詩既不多，似亦不必過芟，或存或逸，聽之後人可也。〈贈鄭雪堂〉古詩一首下有序兩行，乃本題之後來事，似不得與〈贈杜生〉〈見婁傭〉同例，蘭意改作小字雙行註於題下，如〈獨游石臼坨〉題下數字，何如？[6]

據史氏所述，游氏囑史夢蘭刪定《藏園詩鈔》，並云已將光緒九年朝鮮活字本刪去二十餘首。史氏復書以為游氏集詩既不多，似亦不必過芟。並提出〈贈鄭雪堂〉序具體刪改意見。

---

[5] 史夢蘭：《爾爾書屋文鈔》卷上，清光緒十七年（1891）止園刻本。

[6] 《爾爾書屋文鈔》卷上。

（三）刪改增補本

光緒十年夏，游氏繼續在光緒九年朝鮮印本原本上刪改《藏園詩鈔》，並於夏天作跋一篇，且將近作抄錄附於朝鮮本之後，是為光緒九年印十年刪改增補本（簡稱上圖本，又稱上圖十年本）。上圖本比之湘圖本，後附游氏跋文略有差異，且上圖本後補鈔近作（起自〈李太傅座間即事〉，終於〈趙子昂畫馬〉），以後的光緒十二年刻本即以上圖本為基礎刊刻。

上圖本游跋：

> 今歲書來，謂索觀者眾，爰用活字版刷印多部以應，並寄來百本。其中應刪者甚多，深悔當之遽出以示遠邦也。茲將近作附後，將來不識又刪若干耳。光緒十年夏游智開識。[7]

提及增補詩歌事。又光緒十二年刻本後附游氏跋文：

> ……茲將近作附後，將來不識又刪若干。時甲申冬游智識。

光緒十一年傅鍾麟為《藏園詩鈔》所作跋：

> 即前蒿重加刪汰，益以後作及前漏編者，都為一帙。……

---

[7] 《藏園詩鈔》，光緒九年（1883）朝鮮活字印十年（1884）刪改增補本（上圖本）。

光緒乙酉嘉平年愚弟山陰傅鍾麟頓首拜跋。[8]

亦提及游氏對詩稿「重加刪汰，益以後作及前漏編者」一事，可與上圖本互證。

上圖本呈現了三種刊印狀態，包括朝鮮活字本的樣貌（朝鮮活字、朝鮮本五眼裝訂、朝鮮皮紙）、光緒十年游氏在原書上割補改易甚至大開天窗的樣貌（活字、長纖維皮紙、空白行格紙）、光緒十年游氏補鈔之樣貌（中國竹紙、鈔本、與活字本合訂一冊）。

由此，《藏園詩鈔》朝鮮活字本有了九年印原本（國圖本勉強算）、九年印十年刪改本（湘圖本、川圖本、上博本）、九年印十年刪改增補本（上圖本）之別。

二、從朝鮮活字本原本到湘圖十年本改易方式探析

對比國圖、湘圖本[9]，國圖本幾乎沒被割補過，而湘圖本堪稱「滿目瘡痍」。

（一）從光緒九年朝鮮原本到國圖九年本改易方式

國圖九年本雖然與卞元圭的初印未修改本相差不大，但仍

---

[8] 《藏園詩鈔》，光緒十二年（1886）刻本。
[9] 活字印本刪改，湘圖本與上博本、上圖本基本一致，為行文方便，僅以湘圖本為例。上圖本後面的手抄增補部分，本文暫時不重點論述，如有需要時，僅簡單提及。

有少數地方可見修改痕跡。初印完全未修改本，筆者雖未經眼，但可以從國圖九年本推之。從初印未修改原本到國圖九年本，大概有以下幾種類型的少量改易。

1、覆蓋原句替換為新字句

國圖九年本個別字句原本覆蓋以修改後的內容，一般只涉及幾個字，所用紙也是長纖維皮紙，這部分修改與湘圖本、上博本、上圖本一致。

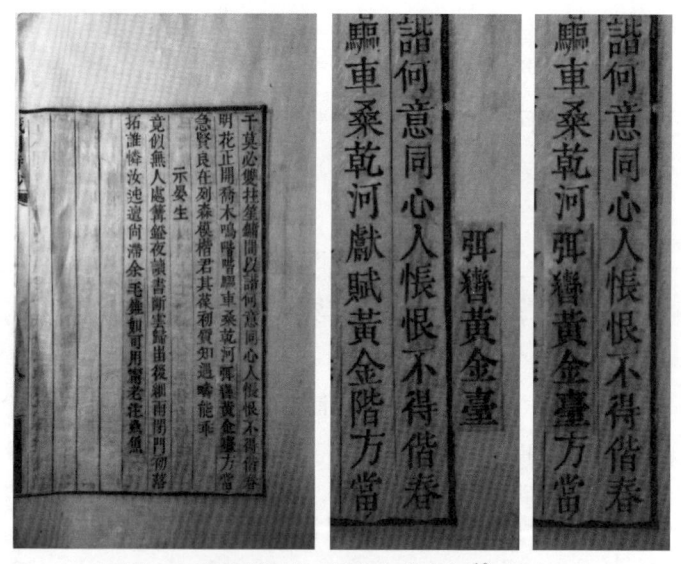

圖一：湘圖十年本〈送彭七北上〉[10]（左）
圖二：湘圖十年本〈送彭七北上〉底層原貌（中）
圖三：湘圖十年本〈送彭七北上〉覆蓋後樣貌（右）

---

[10] 此處改易內容及方式，湘圖本完全同國圖本，因條件所限，以湘圖本書影代國圖本。圖一至三情況類似，下不再單獨說明。

如〈送彭七北上〉之「獻賦黃金階」句為國圖九年底部文字,其上另覆蓋新紙替換為「弭轡黃金臺」。此詩作於游氏在永定河道任上。「獻賦」,古人有獻賦干謁之傳統,較為直白;「弭轡」指止轡不行,相對含蓄。「黃金臺」用燕昭王築黃金臺求賢典故。

又如〈恭承〉「左吳娃而右越艷兮,歌舞其樂未央。冠蓋苕蕘若雲起兮,出入乎許史金張」之「苕蕘」,國圖九年本底層文字原作此,後上層覆蓋替換為「岧嶤」。「岧嶤」,形容高峻、高聳。「苕蕘」,傳說中的鬼物。「苕蕘」當為朝鮮本原排印之誤,後被修正。

2、割掉原句補以空白行格紙

國圖九年本有兩處,原書文字被挖掉,補以白色空行格紙。葉二十九下、三十上〈孝婦行〉最末部分:

> 白髮蕭疏今老矣,同郡相望,孝婦孝女。嗟嗟男兒,寧愧爾婦女。……

「……」兩行,原文字被割掉,國圖九年本補以兩行空白格紙。

又如〈贈鄭雪堂〉序:

> 雪堂名國鴻,鎮筸人。好讀書,工楷法。道光中,官寶慶副將,□□□□□□□□□□,官寶慶副將。

「□□□□□□□□□□□□」十二字,國圖九年本被割除,

補以白色行格紙。

3、割掉原詩替換為新改內容

割除原詩,再覆蓋上新改內容,在國圖九年本中僅見〈左恪靖侯會李太傅於天津,太傅招智陪飲,詩以紀之〉一處,刪改舉隅一節將詳述,此處從略。

4、大量詩題下鈐紅色「刪」字

〈黃陵廟〉〈過亡弟墓〉〈新婚曲〉〈贈鄭雪堂〉〈僷人歌〉〈送友人之任河南〉〈南叟〉〈曉過洞庭〉〈和州送別〉〈泗州僧寺〉〈金陵舟次留別〉〈臨榆道中即景〉〈碣石篇〉〈長新店〉〈摩山四詠為朝鮮李橘山作〉十五題詩歌,國圖九年本詩題下鈐紅色「刪」字,在湘圖、上博、上圖十年本中,這些詩歌幾乎全部(〈木棉詞〉三首除外)被刪割、補以白色行格紙。

國圖九年本少量改易詩句、更正排印錯誤、部分詩題鈐「刪」字且絕大部分在湘圖本中得到執行,可知國圖九年本的改易應當為游氏本人所為,時間在朝鮮本回流中國以後,即光緒十年春以後。國圖九年本,是現在可見的游氏對朝鮮九年活字原本改易的最早實物。從國圖九年本鈐「刪」字、上博、湘圖、上圖十年本不鈐「刪」字、但詩歌遵照國圖九年本指令刪除的現象看,國圖九年本是游氏改易回流中國的其他朝鮮印本的工作底本。

(二) 從國圖本到湘圖本改易方式

從國圖九年本到湘圖九年印十年刪改本,游智開對湘圖本進行了大規模改易,其改易程度往往讓初見湘圖本的人瞠目結

舌，因為幾乎滿篇是天窗和所補空白行格紙。

1、湘圖本未執行國圖本指令者

〈黃陵廟〉〈過亡弟墓〉等十五題詩歌，國圖九年本詩題下鈐紅色「刪」字，湘圖十年本或者保存詩題割掉詩歌正文、補以空白行格紙；或者詩題、正文均割掉，再補以空白行格紙。但〈木棉詞〉（三首），國圖九年本鈐「刪」字，而湘圖十年本並未執行，依舊完整保留此詩。此詩十二年本也收，但後來的二十一年本、二十五年本、二十六年本不收。可見游氏對此詩終究不滿意，後期的詩集中仍然遵從了國圖九年本刪除此題詩歌的建議。另〈東大道詞〉（其三）〈詠柳〉〈河干消夏〉國圖九年本未鈐「刪」字，但湘圖十年本仍然割掉詩歌正文、補以空白格紙。

2、覆蓋原句替換為新字句

湘圖十年本有部分詩歌個別字句被覆蓋，其上另貼以新改字句，所用紙張為長纖維皮紙。一般所改字句較少時，用這種辦法。如〈答友人〉詩題，湘圖本底層原如前，但其層被覆蓋為「寄裹唐十一朮兌」。這種改易方式，從原本到國圖本已經使用，此處不再贅述。

3、割除原詩正文替換為新修改內容

湘圖十年本中，保留原詩句、並于其上覆蓋以新內容的改易方式主要針對較短的個別字句修改，而遇到有大規模的修改，則採用割除原紙、再貼上新紙的辦法，貼上的新紙或者為改易後的新內容，或者為空白行格紙。這裡先看割除原詩以後替換為新修改內容的情況。

葉一下〈中夜〉國圖九年本原詩：

> 中夜起長嘆，吾生良獨難。抗言企古哲，恆怯乃自安。
> 滅燭坐前除，蟲語淒以寒。感茲益心悸，<u>援琴聊復彈</u>。
> 和歌豈無人，但苦調悲酸。曲罷歛長袂，清露滋庭蘭。

其中「燭坐前除」至「清露滋庭蘭」兩行湘圖十年本割補替換為：

> 燭坐前除，蟲語淒以寒。感茲益心悸，<u>時節空摧殘</u>。鳴琴屬幽響，清露滋庭蘭。

國圖九年本原詩重在敘述，以事情發展順序為線索，彈琴、曲罷，「但苦調悲酸」表現作者內心之艱難悲苦，因而雖有和歌者，卻害怕調子悲酸而不用。修改以後，原本的以彈琴為線索的敘述手法被打破，前面「中夜起長嘆」至「蟲語淒以寒」成為後文的鋪墊，自然引出「感茲益心悸，時節空摧殘」，作者轉向抒情，感歎自己空被時光摧殘而無所成就。接著自然而然引出琴聲幽怨、清露滋潤庭中蘭花，意境淒清。此詩作於道光二十年或稍後幾年，此時游氏二十五歲左右，在湖南新化，尚未中舉。寫作此詩之時，游氏尚不知自己中舉之晚，因而九年本悲哀程度比之十年本尚輕。等到游氏光緒十年修改此詩已經六十九歲，而且也已經歷了咸豐元年（1851）三十六歲中舉；經過多年幕僚生涯，到同治元年（1862）四十七歲時才勉強調安徽司鹽權；同治四年五十歲才攝和州知州。古人壽命短，許多人活不到五十歲就去世了，而游氏卻仕途遲遲沒有進展，所以當他嘗試修改早年詩作時，不由得發出「時節空摧殘」的感

歎，這樣的感歎恐是少不更事的青年是難以發出的。

圖四：國圖九年本〈中夜〉（左）　圖五：湘圖十年本〈中夜〉（右）

從國圖九年本到湘圖十年本，〈登雲麓宮〉〈懷魏中芸〉〈深州雜詠五首〉（其一其三其四小序）等也是割除原文、再替換為新修改內容的改易方式。

4、割除原詩補以空白格紙

除補以新修改內容外，湘圖十年本還會直接割除舊內容，補以空白行格紙張。前文已提及，不管是國圖九年本詩題下鈐紅色「刪」字的〈黃陵廟〉〈過亡弟墓〉等十四題詩歌（已排除掉〈木棉詞〉三首），還是國圖九年本未鈐「刪」字的〈東大道詞〉（其三）〈詠柳〉〈河干消夏〉，以上詩歌湘圖十年

本均割掉原詩,補以空白行格紙。如葉二下〈黃陵廟〉:

> 寒鴉撩亂古祠門,回首湖湘日欲曛。雲去蒼梧悲帝子,雨昏青草怨王孫。金支髣髴仙靈御,斑竹分明血淚痕。惆悵洞簫幽咽處,暮煙無際暗銷魂。

詩題「黃陵廟」,國圖九年本後有紅色鈐蓋「刪」字,正文「寒鴉撩亂古祠門」至「暮煙無際暗銷魂」八句:湘圖十年割掉三行,並補以空白行格紙。此詩作於道光二十年(1840)至咸豐元年(1851)游氏在湖南老家時,屬早年之作。黃陵廟,在湖南湘陰縣。

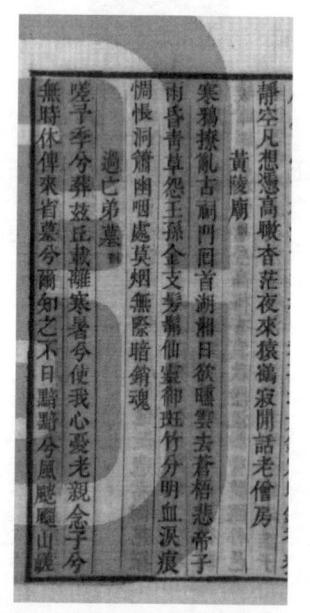

圖六:國圖九年本〈黃陵廟〉　　圖七:湘圖十年本〈黃陵廟〉

從國圖九年本到湘圖十年本的改易有延續性，而且也是基本按照國圖九年本上的刪改建議進行的，加之有游氏自己的文字證據，所以湘圖十年本的改易無疑也是出自游智開之手。通過以上分析，可知游氏對自己詩集的改易程度非常大，既有對個別字句的修正，也有對整首詩的刪改；改易方式也多種多樣，既有覆蓋原句替換為新字句，又有割掉原句補以空白格紙，還有割掉原詩替換為新改內容。

三、游智開改易詩歌舉隅

《藏園詩鈔》朝鮮活字本，如國圖九年本、湘圖九年印十年刪改本之間，不僅改易方式多種多樣，而且改易原因、改易內容也是非常豐富的，因篇幅所限，筆者僅舉其中與當時社會政治、時代發展聯繫較為緊密的幾個例子，以求管中窺豹，探討游氏刪改詩歌之原因。

（一）甲申易樞與詩歌修改

〈左恪靖侯會李太傅於天津，太傅招智陪飲，詩以紀之〉一詩前前後後被改了好幾次。國圖九年本、湘圖十年本、川圖十年本底層三行作：

溥天寰海際時清，賜爵同膺帶礪盟。平勃交歡安漢室，共和夾輔靖周京。坦懷屢下杯中物，妙手勻調座上羹。此會津門須記取，東南將相兩心傾。

國圖九年本上層割補替換三行作：

溥天寰海際時清，賜爵同膺帶礪盟。平勃交歡安漢室，唐家社稷重西平。坦懷屢下杯中物，妙手勻調座上羹。聞說相公還載酒，東南將相兩心傾。

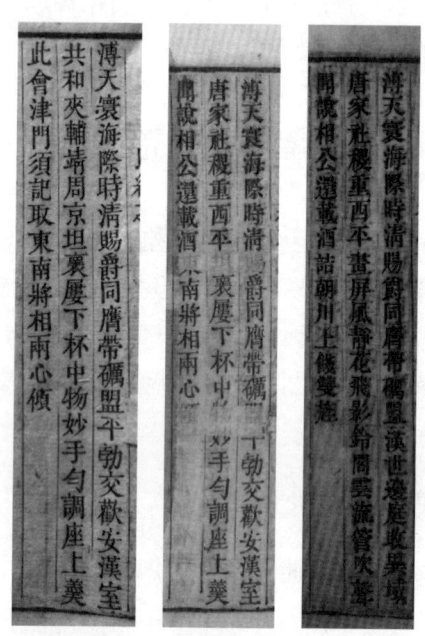

圖八：川圖十年本〈左恪靖侯〉詩底層文字（經軟件旋轉處理）[11]（左一）
　　圖九：國圖九年本〈左恪靖侯〉詩上層文字（左二）
　　圖十：湘圖十年本〈左恪靖侯〉詩上層文字（左三）

---

[11] 此詩湘圖本、川圖本、國圖本底層文字同，因條件所限，僅提供川圖本書影。

湘圖十年本上層割補替換三行作：

> 溥天寰海際時清，賜爵同膺帶礪盟。<u>漢世邊庭收異域，</u>
> <u>唐家社稷重西平</u>。畫屏風靜花飛影，<u>鈴閣雲流管吹聲</u>。
> <u>聞說相公還載酒，詰朝川上餞雙旌</u>。

　　左恪靖侯指左宗棠，李太傅指李鴻章。此詩作於光緒六年（1880），游氏在永定河道任上，常來往于天津與固安之間。本詩為應酬之作，最初版本主要是對李鴻章左宗棠二人之稱頌。國圖九年本底層文字首聯讚頌當時海晏河清，李左二人皆拜將封侯。此句各版本無變化。

　　頷聯部分，第一階段，國圖九年本下層文字作「平勃交歡安漢室，共和夾輔靖周京」，將李左二人比作安漢的陳平周勃、共和行政的周公召公，並以「交歡」形容二人關係和諧。應酬之作，多溢美之詞，當時的清廷在各國勢力瓜分下風雨飄搖，百姓苦不堪言，內憂外患，李左二人雖盡力維持，但一派亡國之勢，怎麼有資格和陳平、周勃、周公、召公相提並論。而且二人關係也並非所謂「交歡」「兩心傾」。

　　到第二階段，國圖九年本下層文字「共和夾輔靖周京」，被割補替換為上層文字「唐家社稷重西平」，從並舉李左二人為共和行政的周公召公，到替換後僅推重西平李氏，這裡代指李鴻章。共和句雖讚美了周召之功，但其背景卻是國人暴動，周厲王逃跑，君昏而臣賢，此句若被有心解讀，有諷刺皇帝與太后的政治風險，因此在下一階段被修改。

　　到第三階段，國圖九年本上層「平勃交歡安漢室」句，上

博十年本上層文字作「漢世邊庭收異域」，進一步不以李左二人比陳平周勃，而說漢朝有收復異域之功，而漢朝主要是向西北征伐匈奴之功，借以讚美左宗棠收復新疆之功。從對仗上來說，修改以後也更合適。陳平周勃平的是呂后家族的勢力，周公召公面對的是周厲王這種昏君的暴政。九年印十年刪改本後兩個層次的文本修改的時間在光緒十年春天和夏天，剛好在這年春天，慈禧將奕訢為首的軍機大臣全部免職，以進一步奪取權力，史稱「甲申易樞」。本詩在光緒九年朝鮮活字本裡有三個層次的文本，而在十年春刻本（天圖藏）直接被整首刪去，可見游氏在刻十年春本時，的確因為朝廷局勢的改變有所顧慮。這首詩歌在後來的十二年本中，又被重新收錄，所用版本為第三層次的文本，一是因為時局不再如十年春時那麼敏感，二是可能招來禍患的文字已經被修改。由此，完成了從國圖九年本底層文字「平勃交歡安漢室，共和夾輔靖周京」到「漢世邊庭收異域，唐家社稷重西平」的修改[12]。

---

[12] 本文首發於《域外漢籍研究》第十九輯（北京：中華書局，2020 年 4 月），其中對此句修改解讀有誤。誤將「西平」解讀為「平西」，以為此句指左宗棠的功績，認為游氏此詩從最開始左李雙星並舉到後面的修訂本裡只推重左宗棠一人，是因為光緒十年左宗棠收復新疆、平陝甘之功甚大，而李鴻章在東南沿海的經營遭遇了諸如馬尾海戰的重創，因此詩歌讚頌對象「從雙星到獨秀」。承蒙湖南大學嶽麓書院張曉川老師告知，以上分析的重大漏洞。「西平」應該指李氏郡望，「唐家社稷重西平」是在稱頌李鴻章，所以第三層次的文本仍是雙星並舉。而之所以把「平勃交歡安漢室，共和夾輔靖周京」最終改為「漢世邊庭收異域，唐家社稷重西平」，是因為顧慮到慈禧及甲申易樞，今特作修改。

頸聯部分，第一、二階段，國圖九年本僅有一層文字，作「坦懷屢下杯中物，妙手勻調座上羹」，是描寫席間酒水飲食，滿是人間煙火氣。到第三階段，湘圖十年本上層改作「畫屏風靜花飛影，鈴閣雲流管吹聲」，雖然也是描寫席間之事，但卻寫畫屏、花影、音樂，更在精神審美層面，相對清新脫俗。

尾聯部分，第一階段國圖九年本下層文字作「此會津門須記取，東南將相兩心傾」，請在座諸位記得，李左二相兩心相傾。以「此會津門須記取」銜接「東南將相兩心傾」，以表現李左二人關係和諧上，顯得太著痕跡、太過刻意，甚至有點說教之嫌。

第二階段，國圖九年本將下層文字「此會津門須記取」割補替換為上層文字「聞說相公還載酒」。從議論改成敘事性的「聞說相公還載酒」以後，可以自然銜接下一句，試想如果不是真心相待，誰願意觥籌交錯。

第三階段，國圖九年本上層「東南將相兩心傾」句，湘圖十年上層文字改作「詰朝川上餞雙旌」，前者寫李左將相之和，而非事實；後者寫他日清晨送別，不再強調二人之和諧，轉而從聚寫到散，更合實情，不顯刻意。

從國圖九年本底層文字、上層文字、上博十年本上層文字三本遞進修改過程可以看到政治時局的變化對詩歌修改的直接作用，也能看到游氏在紛繁錯綜、隨時變換的朝局中戰戰兢兢、謹小慎微的心理。

(二) 從枝蔓繁蕪到濃墨重彩描寫動亂

〈懷魏中芸〉國圖九年本作六行：

> 岑寂苦不樂，散懷步芳洲。莫雲碧無際，杳杳西天頭。
> 良友久未歸，關河阻且悠。憶當餞飲時，飛雪犯征裘。
> 中途寄高詠，朗澈鏗琳球。匪直丰格殊，至性誰與儔。
> 感茲意彌篤，永日增離愁。群盜蔓縱橫，客行慎良謀。
> 物候亦已新，溽暑行堪憂。芙蕖發修渚，南園開石榴。
> 夙約會言近，相將傾玉甌。

從「懷魏中芸」至「相將傾玉甌」，湘圖十年本割掉六行，補以四行文字兩行空白格紙：

> 岑寂苦不樂，散懷步芳洲。良友久不歸，杳杳天西頭。
> 引領望尺書，書來轉增愁。群盜蔓原野，殺人血如流。
> 卜云戒行李，迂道緣山陬。倭遲豈不艱，客途慎良謀。
> 三峽多猿嘯，陰雲壓湖樓。平安抵故園，朱苞開石榴。

從此詩在《藏園詩鈔》中的位置及前後詩歌創作時間看，此詩為游氏早年在湖南時的作品，創作時間在道光末至咸豐初。本詩國圖九年本重敘事，依次寫良友未歸、回憶當年冬日餞別、中途寄來詩歌，現在群盜縱橫，勸友人謹慎小心。如今物候已新，夏天已至，希望友人早日歸來相聚。十年本寫良友久不歸，收到書信卻增愁，接著作者花大量筆墨寫愁的原因：

局勢不穩，群盜殺人如麻，作者百般叮囑友人在外注意安全（「群盜蔓原野」至「客途慎良謀」六句均是）。接著以三峽猿啼、陰雲壓湖的淒清壓抑景色烘托情緒，最後期盼友人平安歸來。國圖九年本平鋪敘事，關注點太多，重點不突出，而湘圖十年本將筆墨集中在群盜殺人、勸客慎良謀上，有的放矢，重點聚焦，既寫出友人的處境，又寫出作者的擔憂。

咸豐元年至同治三年（1851-1864），太平天國之亂席捲全國，先從廣西爆發，第二年便自永安進入湖南境內，攻郴州、長沙，再沿長江進攻金陵。期間，湖南大量流民加入太平天國，於此同時，曾國藩等組建湘軍，清繳太平軍。據研究，太平天國之亂期間，全國大約有五千萬至一億人死去[13]，可見當時社會之混亂、戰爭之血腥。這首詩正是在這樣的背景下創作，經修改以後更能一定層度上反映當時社會之動蕩、人心之恐慌，詩歌由此更具現實批判性，且藝術性也得到提升。

（三）存節婦而刪妖姬

游智開雖然稱得上睜眼看世界之人，但畢竟是儒生出生，傳統道德觀念尤其是烈婦孝子觀念比較重，尤其是在成為一方官員以後，游氏更注重樹立自己的正統文人形象。葉四上國圖九年本收〈新婚曲〉：

夭桃花開二月天，飛飛紫燕雙聯翩。日高影絢迴廊綵，

---

[13] 參見葛劍雄等：《人口與中國的現代化：1850年以來》（上海：學林出版社，1999年）；曹樹基：《中國人口史》（上海：復旦大學出版社，2001年）。

風細香凝畫閣煙。畫閣迴廊曲復曲,東鄰兒女顏似玉。
記從少小字夫君,學繡鴛鴦三十六。鴛枕橫安翡翠牀,
朝來寶鏡開新妝。幾回軟語憐嬌妹,那忍牽裾別阿娘。
阿娘含淚心偏喜,鳳髻鸞釵親掠理。雜佩聲遲繡幕前,
華軒簇擁紅雲裡。珠作闌干玉作堂,青衣傳席生輝光。
瑤臺仙子原無偶,合嫁風流京兆郎。郎今十六儂十五,
芳春那解閒愁緒。銀釭對飲紫霞杯,宛轉低頭羞不語。
龜甲屏開十二樓,芙蓉帳暖下金鉤。人間天上雙星會,
修得今生到白頭。白頭伉儷人休妒,綢繆幸托連枝樹。
願卿執戟明光宮,鞍馬歸來塞衢路。

「新婚曲」三字後,國圖九年本鈐紅色「刪」字。正文「夭桃花開二月天」至「鞍馬歸來塞衢路」十一行,湘圖十年本割掉,補以空白行格紙。此詩作於早年在湖南時,當時游氏還是沒有功名的書生,到改易時,游氏已經是正四品官員,而且此詩集也是要在海外流傳的,涉及大國體面,這樣略顯香艷的詩歌與「官員」游智開正統嚴肅的形象不符,因此被刪。無獨有偶,葉三十二上國圖九年本〈長新店〉作:

妖姬送客長新店,手把冰綃淚如線。歌兒送客長新店,
離筵日莫增悲戀。問君何時再相見,鳳城二月雙飛燕。
翩翩白馬少年郎,今朝送客過良鄉。客言長安樂未央,
我今歸慰倚閭望。銜杯未飲心黯傷,宛轉難忍傾衷腸。
橐中賸有千金裝,願與少年還故鄉。

「長新店」後，國圖九年本鈐蓋紅字「刪」。「妖姬送客長新店」至「願與少年還故鄉」，湘圖十年本割掉五行，補以空白行格紙。「長新店」，即長辛店，在今北京丰台區永定河西岸。「妖姬送客長新店」「歌兒送客長新店」，恐失於輕浮而被刪。

就算早期游氏未入仕途時能寫〈新婚曲〉這樣活潑輕快的詩歌，但當他官居高位以後，作為傳統士大夫的自覺，也會把這樣的詩歌刪去，以符合他朝廷大員的身分。而〈長新店〉這樣略顯輕浮的詩歌，就更不能留存了。

與此相反，《藏園詩鈔》中存了不少讚頌孝子烈婦的詩歌，如同治五年在安徽和州知州任上作〈和州柯貞婦〉、直隸永平知府任上作〈阿爺〉（讚頌孝子曹紹遠千里尋父）、〈曹紹遠詩〉（六首），這些詩都是游氏在任上極力表彰的當地節婦孝子，而且不管是朝鮮活字本中的國圖本還是湘圖本、上博本、上圖本，以及後來重刻的光緒十二年本、二十一年本、二十五年本、二十六年本，這些詩都被保留。史夢蘭幫游智開修《永平府志》時，曾作〈上游太守〉云：

> 存前收到《新志》，未及詳閱，今粗繙一過，見《列女傳》補遺太多，每卷皆有，未免煩碎。且有一二行不能成傳者，當初立表之義，原以詳略分表傳，非以表傳分輕重。茲以毫無事蹟者列之傳中，殊屬自亂其例。現函諭手民，將此門暫緩刷印，俟改補齊整再辦。[14]

---

[14] 《爾爾書屋文鈔》卷上。

今光緒五年本《永平府志》，卷六十八、六十九、七十為《列女傳》，每卷均有補遺[15]。游氏太過提倡節婦孝子思想，以至於史夢蘭都抱怨《永平府志》的《列女傳》部分補遺太多。

四、小結

游智開收到異國所印的個人文集，除了高興以外，游氏更覺得「深悔」，認為交付詩集時太過倉促，他對其中一些詩歌並不滿意，因此開始對詩集進行了大規模的改易。

游氏對朝鮮印本的改易大概分三步：首先，選其中一部作為工作底本（國圖本），在上面標出刪改意見（如國圖本上所鈐紅色「刪」字）；其次，按照工作底本刪改下元圭寄回的其他印本（如湘圖本、川圖本、上博本、上圖本），並在部分印本上加印改易始末（如上博本最末所貼朱竹圖案信箋所印序）；再次，在部分印本後補鈔自己的新詩（如上圖本）。游氏的改易方式則包括了覆蓋原句替換為新字句、割掉原句補以空白行格紙、割掉原詩替換為新改內容、另紙集中抄補新詩等。

游氏所改易的原因也是多種多樣的，如為更正朝鮮排印本錯字而改；為增強詩歌的藝術性、現實批判性而改（如從枝蔓繁蕪的敘述改到集中文筆寫太平天國給社會帶來的動盪）；為反映儒家正統思想修正個人形象而改（如存節婦孝子而刪略顯輕浮之詩）；因政治時局的轉變而改（如因甲申易樞而刪改容

---

[15] 游智開編纂：《永平府志》，清光緒五年刻本（上圖藏本）。

易讓人聯想到慈禧專權的詩句）。從《藏園詩鈔》的版本改易，可以看到清末社會、政治、文化方面的變遷。

（作者為湖南大學岳麓書院副教授，本文首發於《域外漢籍研究集刊》第十九輯，中華書局 2020 年 4 月版，頁 475-492，本次收錄有修改）

論吳昌綬、張祖廉之
生平交誼及詩詞唱和——
以《松鄰書札》《城東唱和詞》爲中心

佘筠珺

一、前言

　　吳昌綬（1868-1924），字伯宛，號甘遯、印丞，晚號松鄰，「自少喜爲斠訂之學，比歲又專意盡搜宋金元詞人別集。」[1]以出版《仁和吳氏雙照樓景刊宋元本詞》聞名於世。今日四大詞籍叢刻的研究[2]，獨吳昌綬所受的關注較少，如曾

1　吳昌綬：《松鄰遺集》卷四〈唐樓勞氏三君傳〉，《清代詩文集彙編》（上海：上海古籍出版社，2010年），第782冊，頁194。後文僅標示頁碼，不另註。
2　吳熊和指出毛晉《宋六十名家詞》、王鵬運《四印齋所刻詞》、吳昌綬《雙照樓景刊宋元明本詞》、朱祖謀《彊村叢書》爲詞籍四大叢刻，見〈《彊村叢書》與詞籍校勘（代序）〉，朱孝臧輯校編撰，夏敬觀手校評點：《彊村叢書附遺書》（上海：上海古籍出版社，1989年），第1冊，頁1-2。

大興《詞學的星空：20 世紀詞學名家傳》失收吳昌綬小傳[3]，魏新河《詞學圖錄》收集古今詞學書影亦無任何詞條[4]。相關討論著重其身為藏書家的成果，而非詞學家的貢獻，如《辛亥以來藏書紀事詩》提到吳昌綬的刊刻題跋收集不完全[5]，而柳向春主要研究其題跋[6]。彭玉平曾以王國維（1877-1927）保留的信函考訂王、吳二人詞緣[7]，又佘筠珺指出這批書札約作於辛亥（1911）前後王、吳同在北京的時期[8]，雖呈現吳昌綬在北京的生活圖景，卻是側面從王國維的交游考而及於吳昌綬。

近年書札研究成為新趨向，書札內容固然珍貴，花箋、鈐印亦是審美鑑賞的對象。相傳民國年間吳昌綬的信箋樣式別緻，成為時人藏品。鄭逸梅〈張彥雲的娟鏡樓〉指出：

---

[3] 曾大興：《詞學的星空：20 世紀詞學名家傳》（石家莊：河北人民出版社，2009 年）。

[4] 魏新河編：《詞學圖錄》（合肥：黃山書社，2011 年），未收吳昌綬相關資料。

[5] 倫明：《辛亥以來藏書紀事詩》（上海：上海古籍出版社，1999 年），頁 31，第四十「吳昌綬」之詩云：「定公文集廿四卷，子苾詞鈔數十家。一書悻悻君何偏，仕宦文章總夢華。」小記指出：「歿後有人醵資刻其遺集，欠選擇，題跋亦多漏收，不足傳君也。」

[6] 柳向春：〈紅藍印本系列之三《松鄰遺集》提要〉，收入李德強編：《清代詩學文獻整理與研究》（上海：上海大學出版社，2016 年），頁 228-236。

[7] 彭玉平：〈吳昌綬《宋金元詞集見存卷目》與王國維《詞錄》〉〈王國維與吳昌綬〉，載《王國維詞學與學緣研究》（北京：中華書局，2015 年），頁 202-209、739-754。

[8] 佘筠珺：〈王國維早期研治詞學歷程考述——兼論東洋文庫所藏鈔校本詞籍之價值〉，《臺大中文學報》第 60 期（2018 年 3 月），頁 147-192。

伯宛離世，他把伯宛的遺札及詩詞，斥資為刊《松鄰書札》二集。辭采風華，別具韻趣，且箋紙又極古雅，我什襲珍藏。[9]

張祖廉（1873-1926），字彥雲，嘉善人，光緒二十九年（1903）進士，善填詞，齋名娟鏡樓。宣統元年（1909）起居北京，民國時期官至隴海鐵路督辦，著有《娟鏡樓詞》《八識田齋散文》，刊刻鄉先賢遺集《娟鏡樓叢書》。吳昌綬歿後，張祖廉結集吳氏昔日寫寄之書札百餘通，以其字號「松鄰」名之，刻成《松鄰書札》兩冊[10]。同書〈張彥雲與吳伯宛之生死交誼〉又云：

彥雲刊集之餘，復檢筐笥所庋之遺札，並選取詩詞諸篇什影印行世，顏之曰《松鄰書札》，以餉海內之知伯宛者。伯宛行書極嫵媚，用「俠嘉夜室啟事箋」，什九商量文史，考證金石，不作世俗語，尤為可貴。[11]

這些遺札經過張祖廉有意識地選擇去取，所呈現的內容以

---

[9] 鄭逸梅：《鄭逸梅選集》（哈爾濱：黑龍江人民出版社，2001年），第4卷，頁287。

[10] 《松鄰書札》原本線裝二冊，無頁碼，本文將上冊編為59函，下冊編45函，下文僅標函數，不贅注。《松鄰書札》流傳不廣，中國國家圖書館、上海圖書館藏有《松鄰書札》石印本，臺北市立圖書館藏藝文印書館黑白重印本，箋紙印花與墨筆相混，以致若干文字無法辨認。本文參吳昌綬：《松鄰書札》（臺北：藝文印書館，1976年）。

[11] 《鄭逸梅選集》，第6卷，頁245。

文史、金石、詩詞唱和為主。中國國家圖書館另藏《吳昌綬書札》30通[12]，亦是吳昌綬寫給張祖廉之書，應是張祖廉未編選至《松鄰書札》之作。吳、張為年少之交，《松鄰書札》時間跨度涵蓋二人於吳中、北京的交游互動，少論及時人時事。此外，吳昌綬遺稿的整理共有兩階段：張祖廉在其謝世隔年民國十四年（1925）除了出版《松鄰書札》，還有二人在蘇州所作的《城東唱和詞》。其女吳蕊圓又於民國十八年（1929）整理遺文、詩詞為《松鄰遺集》十卷，由傅增湘（1872-1949）、章鈺（1864-1934）協助出版，然因版權糾紛，僅刊印紅印本數十部，流傳不廣[13]。

本文將以《松鄰書札》為中心，探究吳昌綬的詞學行跡、詩詞造詣，凸顯書札稿本作為文本的價值。一方面藉由書札來考索《城東唱和詞》、《松鄰遺集》兩部刻本所佚失的訊息，

---

[12] 這30通書札集成一冊，題名《吳昌綬書札》，中國國家圖書館藏稿本，善本書號04618。

[13] 葉景葵〈《松鄰遺書》題跋〉云：「印臣先生故後、友人章式之、傅沅叔、邵伯絅等搜集遺文，交式之擔任編輯。輯成交琉璃廠文楷齋刊刻。文楷刻成，而刻資無人擔任，擱置數年，文楷甚窘。壬癸（1932-1933）間，葵入都，伯絅告葵曰：『文楷急於結帳，只須付四百元。便可印刷數十部。』葵允出二百元，分得紅印二十部……。迨沅叔回京，甚怒文楷之專擅，不許再印。文楷乃以原板改作他用。葵攜二十部出京，同好分索，讓去十九部，只剩此一冊矣。」又《吳伯宛先生遺墨》題跋亦敘此說，復增益云：「《遺集》卷帙無多，因先生文稿，隨手散佚，未曾匯寫，故搜集至難。又編定者為章式之同年，以謹嚴為主，淘汰不少假借，式之親為余言之。」（葉景葵：《卷盦書跋》，上海：上海古籍出版社，1957年，頁164-165）

包括增刪詩詞字句、創作背景詳略、唱和組詞的序列等,由此分析吳昌綬從嗜好文藝的少年、篤於蒐羅善本的盛年,一至親歷國變的晚景,二十餘年間心境的轉變;另一方面,也將討論《松鄰書札》的型態,以及關於碑拓、古籍的內容,指出吳昌綬在金石蒐羅、文史出版的成就,勾勒其作為詞學文獻學者的形象。

二、《城東唱和詞》《松鄰書札》中的蘇州時期(1896-1899)

吳昌綬於光緒三十三年(1907)至北京,張祖廉亦在宣統元年(1909)北上,二人從蘇州到北京,比鄰而居二十餘年,因緣極深。蘇州時期,彼此賡酬而成《城東唱和詞》,收錄光緒二十四年(1898)、二十五年(1899)之唱和詞 28 首,多為節序、同仁集會之作。

(一)吳昌綬、張祖廉的蘇州交游始末

徐珂(1869-1928)《清稗類鈔・吳印丞影刊古本詞》指出:

> 仁和吳昌綬,字印丞,善屬文。初為諸侯賓客,嘗佐呂尚書海寰、吳侍郎重憙幕。以少時隨宦吳中,習公牘,章奏箋啟,故尤工也。[14]

---

[14] 徐珂:〈吳印丞影刊古本詞〉,《清稗類鈔》(北京:中華書局,1984 年),頁 4306。

吳昌綬少時隨父遊宦吳中，擅寫應用文書，先後入呂海寰（1843-1927）、吳重熹（1838-1918）之幕。張祖廉〈吳伯宛書札敘〉指出：

> 余與伯宛同贄於錢塘陳氏。甲午（1894）、乙未（1895）間，余居里門，欲移家吳下，因就伯宛商賃廡之計。時伯宛佐歸安吳糧儲之幕，長於吏事，以其暇則跌宕文史，流連尊酒，神情疎雋，儕輩固莫能尚也。[15]

吳、張為姻親，光緒二十二年（1896）張祖廉移居蘇州，鄰近吳家。其時吳昌綬已風流有俊聲，精通文史，為歸安吳承璐（1833-1898，廣安）幕僚。翁同龢（1830-1904）亦譽其穎慧，《翁文恭公日記》光緒二十三年（1897）10月1日說：「一等一名吳昌綬，號印臣，一其父江蘇知縣，故伊常住蘇州。在吳廣安處辦筆墨，沈仲復之姨甥也。極聰明而微露，年三十。」[16]

張祖廉《城東唱和詞》跋云：

> 光緒戊戌（1898），伯宛應禮部試，行次天津，不果入闈。於是客居天津者九閱月，是歲仲冬方歸吳門。伯宛所居，去予寓不過數十武，過從甚密，兩家僮僕持牋札往還，殆無虛日。時或分題鬥韻，互為長短句，以推襟

---

[15] 吳昌綬：〈吳伯宛書札敘〉，《松鄰書札》卷首，線裝無編頁。
[16] 翁同龢：《翁文恭公日記》，《續修四庫全書》，第574冊，頁422。

送抱，賡唱迭和。[17]

光緒二十四年（1898）春吳昌綬北上赴舉，或因戊戌變法之故，未應會試，寓居天津九個月，後歸蘇州，與張祖廉時以長短句分題唱和。〈吳伯宛書札敘〉亦云：

> 是冬歸蘇州，僦屋去敝廬甚邇，互為長短句，以資唱予之樂，伯宛皆手自迻錄，命《城東唱和詞》者。（《松鄰書札》卷首）

吳昌綬手錄唱和之作為《城東唱和詞》，並擬刊刻，據《松鄰書札》上冊第 10 函指出：

> 《城東唱和集》乞審誤字並增入近詞，先乞黃山賜題，或詩或文，即當付刻。以識合併之雅，工拙可不計，將附驥以傳。

黃山為閔爾昌（1872-1948，葆之），數次參與城東唱和。《城東唱和詞》有三篇序，最早即是閔爾昌在光緒二十五年（1899）9月的序，其云：

> 《城東唱和詞》者，二君總其近著而為一集者也。伯宛

---

[17] 吳昌綬、張祖廉撰：《城東唱和詞》，《民國詞集叢刊》（北京：國家圖書館出版社，2016年），第5冊，頁131。後文出自《城東唱和詞》者，於引文後標註頁碼，不另註。

> 以客冬歸自京師，僑寓去彥雲尺咫，風朝月夕，過從遂密。感時撫事，吟唱更迭，蓋不一載，而卷表之富則盈寸矣。（《城東唱和詞》，頁 89-90）

《城東唱和詞》收錄內容為吳、張二人光緒二十四年（1898）至二十五年（1899）不到一年間在蘇州「分題鬥韻」「賡唱迭和」的長短句。光緒二十五年（1899）雖已整理成冊，然至吳昌綬歿後，民國十四年（1925）才由張祖廉出版，並請曹秉章（1864-1937）、徐珂作序。

此外，吳、張二人自蘇州時期即先後輯錄、刊刻鄉先賢遺著，其中用力最勤者為龔自珍（1792-1841）詩文集、年譜的補遺，蒐羅歷時二十餘年。吳昌綬《定盦先生年譜》連載數則跋語，記述刊行始末，云：

> 先生以道光庚子（1840）八月遊吳中，越六十年，今光緒庚子（1900）八月，昌綬在吳中為先生纂年譜竟，殆有夙因，非偶然也。記之。（《松鄰遺集》，頁 192）

又補記：

> 光緒甲辰（1904）之冬，北海鄭文焯叔父校過。[18]

---

[18] 龔自珍：《龔自珍全集》（上海：上海人民出版社，1975 年），頁 628。

後記又增：

> 年譜寫定，凡屢易稾，越八年。丁未（1907）歲，始畀工墨版，攜來京師。續有所得，未遑改補，陽湖呂幼舲前輩錄示尤勤，條繫於後，以竢來賢案訂。甘遯邨萌記。[19]

吳昌綬於光緒二十六年（1900）完成《定盦先生年譜》，光緒三十年（1904）在上海請鄭文焯為校年譜，光緒三十三年（1907）寫書製版，並攜至北京。宣統元年（1909）出版《精刊龔定盦全集》7 冊（上海國學扶輪社出版），包括《定盦文集》、《續集》、《補編》、《拾遺》、詩詞等，第 7 冊即為《定盦先生年譜》。關於吳昌綬蒐羅《精刊龔定盦全集》的過程，可由張祖廉《定盦先生年譜外紀·序》得知，其云：

> 丙申（1896）至己亥（1899）四稔之間，與吳子伯宛同寓蘇州，伯宛時出定盦先生蕘篇賸稿，賞析奇疑，且將續程蒲孫未竟之志而為年譜。伯宛尋亦別去。庚子（1900）冬陳丈仲彥避京津寇氛，將家來蘇，過從甚密，暇以其尊人小鐵先生札記、羽琌逸事相眎……忽忽十年，無復措意。比宣統己酉（1909）再入都門，而伯宛裏所編纂先生年譜已剞劂功竟，紙貴一時矣。祖廉以伯宛年譜付槧，未及相聞，致頻歲裒積所得者，曾不能

---

[19] 《龔自珍全集》，頁 628。

> 為蹄涔之助,心竊滋憾,因就伯宛商榷,而有年譜補遺之作。[20]

這則資料足以證明吳、張二人同寓蘇州 4 年,其時吳昌綬已著手編訂龔自珍年譜,光緒二十五年(1899)吳昌綬離開蘇州,此後十年,吳、張二人往來並不密切,直至宣統元年(1909)張祖廉至北京與吳昌綬再會時,《精刊龔定盦全集》已付梓。而這十年之間,張祖廉也斷續收集龔自珍相關文獻,與吳昌綬商量後,決定由張祖廉續作《定盦先生年譜外紀》,其自序云:

> 昔年吳中翰昌綬所寫贈,尋又刻入自編年譜後記中。今中翰見祖廉《年譜外紀》纂竣,願削《年譜後記》而並魏槃仲跋語、戴文節畫絮、吳石華手札三條,併入《外紀》。其餘顧潤蕡、光律元、王定甫、王仲瞿所敘各事,與《年譜外紀》體例不甚胗合,遂從闕,如讀者審之。祖廉又識。[21]

吳昌綬將蒐集之文獻交給張祖廉併入《年譜外紀》,《外紀》

---

[20] 張祖廉編:《定盦先生年譜外紀》自序,《娟靜樓叢刻》,上章涒歎之歲嘉善張氏用聚珍倣宋版斠印,京都大學人文科學研究所藏本。

[21] 張祖廉編:《娟靜樓叢刻》,丁帙,頁 21b。

多處引用吳昌綬所編年譜[22]，張祖廉所刻《娟靜樓叢刻》自序寫於民國十年（1921）2月，丙帙為《定盦遺著》、丁帙為《定盦先生年譜外紀》。加上《松鄰書札》有多函關於龔自珍文集的討論[23]，可見龔定庵年譜的編纂，為吳、張二人由吳中乃至入都門，二十餘年間重要的牽繫。

（二）《城東唱和詞》的文字之樂

《松鄰書札》數見吳昌綬請張祖廉改詞，如上冊第 5 函云：

> 「感春詞」改本，法眼視之何如，轉捩處多不靈，此眼高手低且心神不聚也。必請我公按拍，一為正定。至其傷時感春之哀，自謂不讓稼軒矣。

「改本」「轉捩處多不靈」「按拍」「正定」等語，說明兩人反覆推敲用字下語，務求轉折處自然流暢。此函所說「感春詞」，即是〈摸魚兒‧己亥（1899）清明吳門春感〉，詞云：

> 媼春愁、萬重花海，俊游能幾孤負。含淒獨倚危樓望，無數斜陽烟柳。人去後。祇社燕、歸來對語還依舊。落紅消瘦。怕夢雨常飄，輕陰尚殢，風起一池皺。　　繁

---

[22] 張祖廉編：《定盦先生年譜外紀》，《娟靜樓叢刻》，頁 3b、10b、11a、16a。

[23] 如吳昌綬《松鄰書札》第 6 函「定公遺詞承勘定」、第 7 函「定公少作五篇」。

華夢，打疊金尊翠袖。情懷空自儽儽。平原草色黏天長，算到將離時候。芳訊驟。看枝上、酸心梅子青于豆。催殘宮漏。賸蜨戀餘香，鵑嗁賸血，何日綠章奏。（《城東唱和詞》，頁 115-116）

詞中運用傳統送春詞的慣用意象，上片從春盛寫到落花時節，「無數斜陽煙柳」「落紅消瘦」化用稼軒〈摸魚兒〉（更能消）之「何況落紅無數」「斜陽正在，煙柳斷腸處」[24]。下片轉入繁華如夢、傷離意緒，情景交融，深闇詞體的語言調性，結句引用李賀《綠章封事》的典故[25]，大有不平之意。《城東唱和詞》為「感時撫事之作」，由寫作時間推斷，或與戊戌六君子有關。《鶴林玉露》評稼軒〈摸魚兒〉：「使在漢唐時，甯不賈種豆種桃之禍哉。」[26]吳昌綬於書札第 5 函云「感時傷春之哀，自謂不讓稼軒」，寄寓風雨如晦之慨。而張祖廉和詞之小序云「伯宛示感春詞，倚稼軒韻和之」，雖依稼軒韻回贈，然只據尋常春恨遣辭，不涉絲毫時事忌諱，或有顧全好友安危、為免其罹禍之用意。詞云：

颭晴絲，小欄閒凭，乳鴿花外嗁去。闤闠城下春波繞，

---

[24] 辛棄疾著，鄭騫校注，林玫儀整理：《稼軒詞校注》（臺北：臺灣大學出版中心，2013 年），頁 104。

[25] 李賀著，王琦等注：《李賀詩歌集注》卷一〈綠章封事〉（上海：上海古籍出版社，1977 年），頁 58-59。

[26] 羅大經撰，王瑞來點校：《鶴林玉露》卷一〈辛幼安詞〉（北京：中華書局，1983 年），頁 1。

山色更無重數。樓上住。又再見、銷魂楊柳津亭路。冰絃細語。怨漲綠鴛枝,墜紅鴛甃,門巷漸飛絮。　　蛾眉好,已被青春屢誤。如今遲暮誰妒。鮫珠淚溼迴文錦,宛轉舊情誰訴。雙鶩舞。休更蹴、殘英滿苑皆成土。幽懷漫苦。正露酒分盃,烟堤繫舫,十里卷簾處。
（《城東唱和詞》,頁 116-117）

張祖廉和詞迭出新意,以蘇州地景「閶闔城下春波繞」「銷魂楊柳津亭路」回應吳昌綬「吳門春感」題,在限題唱和的諸多限制下,發揮極多的創意巧思。上片從開闊的春城盛景轉入門巷深靜的春歸消息,下片人我雙寫,以美人遲暮、遊子艤船寫春恨。兩相映照,吳昌綬的感春詞情緒哀婉,感性較多,而張祖廉和詞更勝一籌,言情手法變化多端、跌宕起伏,二人皆填詞能手。

其時兩人尚未被紛擾俗務纏擾,往來書札有較多詞學觀點的討論。吳昌綬於同函書信附上沈義父《樂府指迷》一冊,認為此書「議論甚精」,云:

提要所糾一條,鄙見意其不善措辭耳,其實與近人改字之說相類似,所舉詞藻,當時尚不厭其陳腐。猶迦陵四六為後人學壞,不宜厚責古人。沈伯時與夢窗遊,宜其宗旨不誤。益以《詞源》《詞旨》,宋人法眼盡在是矣。（《松鄰書札》,第5函）

此函指出兩點意見:其一,《四庫全書總目》提要「塗飾」之

說未得其情[27]。南宋當世,沈義父「玉筯」「綠雲」等代字,既婉曲「不直說破」[28],且具有新意,後人襲用遂多,始流於陳腐而顯得塗飾。如近代陳維崧(1626-1682)四六體,被後起之模擬者學壞。第二,《樂府指迷》是沈義父與吳夢窗交游時所作,因此立下的論詞標準極有識見,該書與《詞源》《詞旨》合觀,足以盡顯「宋人法眼」。吳昌綬一方面標舉吳夢窗的詞學地位,一方面強調《樂府指迷》的價值。

(三)吳中生活記事舉隅

《城東唱和詞》以填詞來記錄吳中生活,如吳、張二人平日喜收集古物、同題共作以歌詠奇物。張祖廉據厲鶚《樊榭山房集》、馮氏金石索拓本詠「魏帳構銅」,又以〈慶宮春〉詠「漢齊安宮行燭盤」[29]。吳昌綬亦詠「前蜀妝鏡」[30],又〈清平樂〉題「以二十四節書蒨分貽彥雲,縢以小詞」,張祖廉和答「伯宛以賤蒨刻二十四節故事者見餉,並侑一詞,即酬原

---

[27] 《樂府指迷》提要:「其意欲避鄙俗,而不知轉成塗飾,亦非確論。」(《四庫全書總目》卷一九九,北京:中華書局,1995 年,頁 1826)
[28] 〈語句須用代字〉:「鍊句下語,最是緊要,如說『桃』,不可直說破『桃』。……『玉筯雙垂』,便是『淚』了,不必更說『淚』。如『綠雲繚繞』,隱然『髻髮』。」(沈義父著,蔡嵩雲箋釋:《樂府指迷箋釋》,臺北:木鐸出版社,1982 年版,頁 61)
[29] 吳昌綬、張祖廉撰:《城東唱和詞》,頁 105。
[30] 吳昌綬《松鄰書札》上冊第 20 函述及蜀妝鏡,云:「蜀鏡詞勉呈大教,今日是否照前題,希示教。公既有《詞林正韻》晚翠軒小本,祈暫假一用。」

調」[31]，足見二人尚異好奇，以賦詠為樂。

1、藏書遭竊

《城東唱和詞》中以吳昌綬藏書遭竊的這組詞最為詼諧。吳昌綬藏書曾有兩次佚失，有詩記云：

> 故物漫搜元氏譜，輕裝未返米家船。重經兵火摧殘劫，緬想官私簿錄年。[32]

「輕裝未返」句自注：「丁酉（1897）北行，有書數千卷，留歸安吳布政所。布政歿，為一殘客胠竊殆盡，中多舊帙，嘆恨不已。」「重經兵火」句自注：「今歲北事起，存都門者未及載歸，所失亦不少。」光緒二十三年（1897）吳昌綬北上赴試，將藏書寄存幕主吳承璐處，吳承璐卒，藏書被幕客掠去。不久逢庚子（1900）拳亂，藏書又損。前度散書，見張祖廉《沁園春》小序：「伯宛曩佐吳布政幕，嘯詠一室，插架甚富。丁酉（1897）入都，封庋而去。越歲歸來，書為署賓所略，僅有存者。比聞料檢殘袠，詞以慰之。」詞云：

> 戢疊牙籤，手校丹黃，圖書燦然。記標題甲乙，親裝玡押，紛綸庚子，雅拜瑤編。班史尋瓠，楚騷賸酒，官燭飄紅夜未眠。殷勤語，遍香蟫粉蠹，暫謝纏綿。　　詩

---

[31] 《城東唱和詞》，頁 123。
[32] 《松鄰遺集》卷五〈莫君楚生（1865-1929，莫棠）以吾家繡谷老人《藥園詩薰》見示，用族祖甌亭翁於京師重獲瓶花齋舊藏《丁卯集》得長律三首韻酬之〉其二，頁 197。

囊僅伴春船,旋小別、嫏環又一年。悵珠名記事,篋書徒誦,金留屈戍,廚畫能仙。鶴怨琴孤,魚愁龠冷,誰為謨觴助俸錢。王郎笑,道尚餘舊物,何止青氈。
（《城東唱和詞》,頁 120）

上片極寫吳昌綬的書痴形象。首韻著眼於收集眾多藏書、手校之圖書朱墨燦然。次記諸書編次井然、藏印精美,護書之情、典藏之博,令人嘆為觀止。接著出以詼諧語,所藏之史冊如葫蘆中得到班固《漢書》序傳真本,珍而秘之[33];所藏之楚騷如媵妾侍酒,終日陶然[34]。吳昌綬勉力辭謝書衣蠹魚的殷勤纏綿,在書齋中孜矻不眠。轉入下片記述遺失藏書始末,因故須與眾藏書小別近一年,忍痛寄存在天帝藏書之「嫏環」。可惜還未得到《開元天寶遺事》傳聞之記事珠[35],藏書就失竊了。書櫥雖拴上金鎖,卻像《名畫記》載顧愷之將名畫寄存桓玄,無故遺失卻辯稱「妙畫通神,變化飛去,猶人之登仙也」[36]。

---

[33] 〈蕭琛傳〉云:「始琛在宣城,有北僧南度,惟齎一葫蘆,中有漢書序傳。僧曰:『三輔舊老相傳,以為班固真本。』」（姚察、謝炅,魏徵、姚思廉合撰:《梁書》卷二六,臺北:鼎文書局,1980年,頁 397）

[34] 《世說新語・任誕》云:「王孝伯言:『名士不必須奇才。但使常得無事,痛飲酒,熟讀《離騷》,便可稱名士。』」（劉義慶著,劉孝標注,余嘉錫箋疏,周祖謨等整理:《世說新語箋疏》卷下,臺北:華正書局,1984 年,頁 764）

[35] 王仁裕:《開元天寶遺事》（北京:中華書局,2006 年）,卷上,頁 14。

[36] 《世說新語箋疏》卷下之上〈巧藝〉第 7 則注引《續晉陽秋》,頁 719。

又如《北山移文》所謂「蕙帳空兮夜鶴怨」「琴歌既斷,酒賦無續」[37],主人離去後,故物遭冷落,書櫥魚鎖已冷。「謨觚」用馮贄《記事珠》典:「嵩高山下有石室名謨觚,內有仙書無數,方回讀書於內。」[38]呼應「珠名記事」,猶言買書的錢始終不夠,有誰能為此再添俸錢,頗有自嘲之意。最後以王獻之對入室盜物者之語「偷兒,青氈我家舊物,可特置之」[39],慰以瀟灑語態釋懷。下片連下數則典故,寫遺失書籍的恨恨,生動地描繪吳昌綬和藏書分別的心境轉折,機趣橫生。

吳昌綬讀此「驚采絕豔」之詞後「破涕為笑」,其云:

> 僕前歲北行,有書數千卷,留歸安吳布政所,其明年,布政殁。書為一殘客肱竊殆盡,歸來料檢畸零,歎惋不置,以詞見慰。驚采絕豔,令人破涕為笑,依調賦此。(《城東唱和詞》,頁 121-122)

並賦詞:

> 浪跡年來,故物飄蕭,予懷惘然。似良朋別久,樹雲遙憶,佳人嫁了,茵溷空憐。宦俸分餘,客游載返,鄭重

---

[37] 蕭統編:《文選》卷四三〈北山移文〉(上海:上海古籍出版社,1986 年),頁 1959-1960。

[38] 陶珽編:《說郛續》卷二一〈記事珠・玉女進食〉,明末宛委山堂本,頁 1b。

[39] 房玄齡等撰:《晉書》卷八〇〈王獻之〉(臺北:鼎文書局,1980 年),頁 2105。

丹黃甲乙編。重檢校，訝長恩遇崇，脈望登僊。　也知過眼雲煙，柰文字、偏留不盡緣。便桐焦鸞下，容收斷爐，花飛陌上，賸拾零鈿。舊燕相依，枯蟬獨守，玉碎翻教讓瓦全。傳韻事，有新詞慰藉，好句蟬嫣。
（《城東唱和詞》，頁 122）

詞中寫漂泊歸來，要點檢藏書時，驚覺藏書頓失，落寞之情如同摯友久別、心上佳人他嫁，失神落魄。下片雖自我寬慰人間一切如過眼雲煙，勿多掛懷，然而與文字的「不盡緣」，令其充滿不甘之情，立誓蒐羅劫後餘下的剩簡零篇。箇中悵然懊喪，因得好友佳詞一首，破涕為笑，也算是一樁韻事。事實上，吳昌綬在光緒二十四年（1898）頓失藏書後，仍不懈地尋訪古籍。此後至上海謀事，大量蒐集詞集，光緒三十年（1904）結識朱祖謀，相約紹繼王鵬運（1849-1904）刻詞之志。光緒三十一年（1905）在上海入吳重熹幕，提供《山左人詞》續編的詞集《釣月詞》[40]。光緒三十二年（1906）刊行知見之《宋金元詞集見存卷目》百餘部，立下以宋元詞集善本為主的藏書、刻詞方向。

2、薦白石道人畫像

吳昌綬諸人於光緒二十五年（1899）人日薦請姜夔，追和白石〈一萼紅〉（古城陰）以祭獻。關於此事緣起，吳昌綬於

---

[40] 吳重熹致繆荃孫第 18 函：「奉惠示并劉孔詞一冊，時代相懸，須再輯幾種，作為續集。茲又得王景文《雪山詞》一種，吳印臣輯趙立之《釣月詞》，均可補入《山左人詞》內。」（顧廷龍編校：《藝風堂友朋書札》，上海：上海古籍出版社，1981 年，頁 613）

集中附錄一篇〈人日薦白石道人倡和詞序〉，云：

> 雙照樓主戊戌（1898）仲冬南還吳中，失職惘惘，杜門養疴。長水詞人賃廡東郭，因卜鄰焉。蕭條家具，楊處士移居之圖；飄忽景光，張外史新年之詠。篋藏白石老仙石刻畫象，遂以己亥（1899）人日具酒脯薦之。（《城東唱和詞》，頁 112-115；《松鄰遺集》，頁 192）

此序開篇自稱「雙照樓主」，因謀事不成，自天津歸返蘇州，頗為失意。光緒二十五年（1899）元月初七，配合時節，以所藏白石道人畫像，舉行薦胙。與長水詞人張祖廉等同人，各自題寫所和白石詞。同序又云：

> 白石嘗以是日登長沙定王臺，賦〈一萼紅〉詞。依均屬和，以當迎送神之曲，三獻既終，邀客共酌，流連懽語，不覺盡日。退維聚散離合之感，追憶跌宕姚冶之樂，元髪一素，誰能少年青春，代謝頓成陳迹。又況神州陸沉，中原腥蕆。新亭名士，攀長條而汯然；漢臯美人，抗瓊琚而寡和。得毋寄聲要渺，託思浩茫，借遣有涯之生，冥索無言之契乎！
> 嗟夫，南去北來，累人何事湘雲楚水，極目傷心，歎時序之侵尋，惜舊游之凋落。〈暗香〉〈疏影〉，空餘恢復之思；芳草綠陰，未了人間之事。新腔自度，么絃獨張，裛餘芬于履綦，驚知己于山水。……同集諸子，各

乞題記。良會未易,還期秉燭以遊;詞儔倘來,相與焚香而拜。(《城東唱和詞》,頁113-115)

宋孝宗淳熙十三年(1186)人日,姜白石客居湖南長沙別駕蕭德藻之觀政堂,興之所至,命駕出遊,「登定王臺,亂湘流入麓山」,曾醉吟〈一萼紅〉。此序指姜白石倚聲寄歌,寓託神州陸沉之悲,〈一萼紅〉寫南去北來的漂泊無定,〈暗香〉〈疏影〉有恢復之志。吳昌綬諸人撫今追昔,擬想姜夔當年,依韻唱和〈一萼紅〉作為迎送神曲,先薦餔醢,次三獻酒,焚香拜禱,盼望詞仙降臨。薦祭儀式完成後,終日飲酒盡歡。詞文如吳昌綬〈一萼紅‧己亥(1899)人日同人集城東厪廬薦白石老僊畫象,用白石登長沙定王臺均〉,云:

> 黯輕陰。漸芳時腕晚,華髮不勝簪。窮巷春孤,閒門晝永,閭井聊共浮沉。笑人比、梅花更瘦,向雪裏、招手下仙禽。紅萼攜來,素雲擁處,欹羽初臨。　容易湖山尊俎,賸吟邊月色,照徹愁心。英氣都銷,幽懷暗寫,前度佳約誰尋。願長逐、鴟夷引去,慕高躅、還勝鑄黃金。試問為懽幾何,莫放杯深。(《城東唱和詞》,頁110-111)

此詞上片先寫自身中年交迫、寂寥索落。後詠畫中瘦癯的白石老仙,翩然降臨人間之姿。下片連續化用白石成句,如「容易湖山尊俎」脫胎於〈法曲獻仙音〉「湖山盡入樽俎」,「賸吟邊月色」化自〈暗香〉「舊時月色,算幾番照我,梅邊吹

笛」,「英氣都銷」轉化〈翠樓吟〉「仗酒祓清愁,花銷英氣」,「願長逐、鴟夷引去」出自〈石湖仙〉「須信石湖仙,似鴟夷翩然引去」[41]。詞中直以白石語勾勒其月下醉吟、花邊寫愁的詞仙隱者形象。而張祖廉〈和白石韻,同伯宛作〉云:

> 步落陰。正參差吹罷,一笑集朋簪。酒戶旗降,歌筵夢冷,忍聽懽事銷沉。認畫裏、詞仙無恙,奏神絃、飛下舊胎禽。桂醑盈觴,蘭肴薦鼎,疑有人臨。　　為問定王臺畔,儘蕪荒樹老,月盪波心。耆舊襄陽,英才吳會,最淒涼處重尋。共贏得、詞人作謚,趁春來、簫譜檢泥金。記取傳柑節近,絳蠟宵深。(《城東唱和詞》,頁 111-112)

上片寫此次諸子雅集的籌畫,一有人倡議,隨即備好歌筵酒席,取出詞仙畫像,透過迎神獻祭的菜餚、樂音等儀式,煞有介事地薦請白石老仙降臨。下片轉寫今昔之慨,追想白石當年舊遊故地,只剩天地無聲的荒蕪。如同今日此人此會不常有,當記取這樁異想天開的薦胙趣事。張祖廉的構思往往有多重轉折,別具意趣。

中國國家圖書館藏一冊《吳昌綬書札》,收錄 30 通寫給張祖廉的信,第 22 函寫於初二,討論薦白石老僊一事,可知此事乃預先籌畫,云:

---

41 姜夔著,夏承燾箋校:《姜白石詞編年箋校》(上海:上海古籍出版社,1998 年),頁 102、48、18、23。

> 新春起來過晚,亦復嬾。……初四薦白石老僊,或亦無聊中一快事。(如研字未送,祈改初七,為是可和長沙定王臺韻。)不知研裔已愈否?如其不來亦無妨。天氣殊未佳,新歲景象乃爾,恐非吉朕。昨日當有恩榜之旨,可為我公飛騰頌也。

此年新春天候不佳,薦白石老僊一事令吳昌綬感到愉快。薦禱原訂初四,然因表弟沈研裔(1874-1945)微恙[42],負責寫的字尚未送達,因此改成初七人日之時,亦與姜白石人日所作之〈一萼紅〉韻應景。吳昌綬在北京致王國維書信第5函云:

> 《昌平山水記》求付一觀。初十午後彥雲及舍表弟沈研裔約作廠肆之遊。弟當于兩鐘至清秘閣南線鋪,不識我公能得往否?[43]

此信提及邀張、沈二人前赴琉璃廠一遊,可知當年於蘇州城薦白石老人的諸人,包括張祖廉、表弟沈研裔,日後都前往北京發展,與吳昌綬有所往來。

---

[42] 〈松鄰輓詞〉:「印臣表兄大人靈鑒:『篇翰富平生,篋笥詠歌,任昉故人成已事;往還如少日,輿茵連綴,杜陵表弟愴他鄉。』表弟沈瑞麟拜輓。」(《中國歷史人物別傳集》,北京:線裝書局,2003年,第80冊,頁566)

[43] 馬奔騰輯注:《王國維未刊往來書信集》(北京:清華大學出版社,2010年),頁179。

三、《松鄰遺集》《松鄰書札》中的
    北京時期（1907-1924）

　　光緒二十六年（1900）前後，吳昌綬離開蘇州至上海，與朱祖謀、鄭文焯往來密切。光緒三十三年（1907）前往北京，關於上京的決定，於致吳士鑑第 3 函有詳盡的說明，云：

> 屢體多病，索居南中，久無志進取。仲飴丈強之北來。（前年冬來京師，書卷什物尚未攜至，旅泊一廛，亦殊偪隘也）俾佐路務，京張為華人自辦，尚易措手。每日出門兩小時，略為摒擋，歸則優然蜷臥。訖未到閣供職，亦尠賓從往來，僅三數同志蒐集古書為娛，大隱京門，殆同廢物。（《家松鄰舍人遺札》第 3 函）[44]

　　吳昌綬在幕主吳重憙（仲飴）的勉勵下，以內閣中書被借調至京張鐵路謀事[45]，舉家遷至北京，平日以蒐集古書為娛。張祖廉稍後在宣統元年（1909）北上，曾追憶二人從蘇州至北京近廿年間的創作變化，云：

---

[44] 吳昌綬，吳士鑑編：《家松鄰舍人遺札》，中國國家圖書館藏本，信箋合訂，無頁碼，此依次編函。《遺札》書籤下有「乙丑（1925）十月綱齋識」，為民國十四年（1925）吳士鑑自編，距吳昌綬過世僅一年。

[45] 孫寶瑄《忘山廬日記》光緒三十四年（1908）二月十二日記載：「吳印臣過，印臣在京張路局借差。」（《續修四庫全書》，第 582 冊，頁 36）

迫宣統己酉（1909）以還，予與伯宛同客京師，雖亦效疇昔之所為唱和，而憂樂抑騷，詞或較工，然其俯仰今昔，則有不能自勝者。（《城東唱和詞》，頁131）

吳、張二人北京居所甚近，時相唱和，填詞較之蘇州時期更整練、雅麗，然而時勢所迫，心境大異於前，吳昌綬以前清遺老自居，語態添了老練和滄桑，對於時局絕望，有難以支持之處，不忍心也無法再呈現昔日《城東唱和詞》的文字之樂。

（一）〈梅祖盦雜詩〉等所呈現的張祖廉

吳蕊圓所整理之《松鄰遺集》並未收錄《城東唱和詞》之詞作，然從《遺集》所收〈憶舊游‧秋夕津門客館，憶去歲別南中時情事，悵然有作，用清真韻〉（恨蛩喧暗砌）等題來看，由於津門之作早於《城東唱和詞》，可知《松鄰遺集》亦收錄吳昌綬早歲的作品。《松鄰遺集》中與張祖廉相關的詩有3首，詞作14首，足見二人喜以填詞交流。

《松鄰遺集》收錄一組特殊的交游組詩〈梅祖盦雜詩〉41首，猶如吳昌綬之「諸友小傳」，歷述平生交游往來，並自箋小注，包括：朱祖謀、鄭文焯、張祖廉、呂景端、王式通、董康、施紹常、金紹城、丁惠康、唐耆年等師友知交，藉此展示生命各階段的遇合和關懷。吳昌綬過世後，這組詩於民國十五年（1926）以紅印本刊行，版心下方刻「寒匏簃」，書名頁由寶熙題署「丙寅（1926）二月」。然據卷端首題之下有「丁未（1907）十二月」，知〈梅祖盦雜詩〉為吳昌綬剛從上海赴北京時的整理集結。第一首云：

鳳城西畔近移家，十載前游感夢華。鏡檻書牀新位置，
典衣商略買梅花。（《松鄰遺集》卷五，頁 199）

這首詩作於光緒三十三年（1907）年 12 月剛至北京（鳳城）
不久，回憶上次入都門是以「第六人領順天鄉薦」的身分到訪
[46]，此番則搬遷至北京展開全新的生活。組詩首憶在上海與朱
祖謀、鄭文焯之情誼，〈梅祖盦雜詩〉其三云：

野鶴閒漚意不凡，緘情和淚寄江南。一秋魂夢樵風墅，
片語機鋒無著盦。居海上五年，歸安朱侍郎祖謀、北海鄭中書
文焯，情欵最深密，遠別黯然。（《松鄰遺集》卷五，頁
199）

由小注可知吳昌綬居上海 5 年。詩中鑲嵌鄭文焯「大鶴山人」
別號、「樵風別墅」居所，又嵌朱祖謀之號「漚尹」、齋名
「無著盦」。吳昌綬北上後，想念與鄭、朱二人時相過訪、機
鋒相對的上海歲月，每月皆寄信給朱祖謀，保持密切聯繫。吳
致張之《吳昌綬書札》第 23 函有：「昨函談及小坡、古微有
一小詩，祈　削正。」請張祖廉削正之詩，應即是〈梅祖盦雜

---

[46] 張祖廉〈吳伯宛書札敘〉云：「丁丑（1877）秋試，余報罷，伯宛
以第六人領順天鄉薦。」揚之水考證：「光緒三年（1877）歲在丁
丑（其時昌綬尚在髫齡），據法式善《清秘述聞》，丁丑年（1877）
無鄉試，吳氏實係丁酉科（光緒二十三年，1897）順天鄉試第六名
舉人。」（參揚之水：〈文字偏留不盡緣〉，載《無計花間住》，
上海：上海人民出版社，2011 年，頁 81）

詩〉其三。吳、張二人在蘇州便認識鄭文焯,《城東唱和詞》首闋〈瑤華〉詞序云:

> 香田手藝蘭菊,有同心並蒂之異,石芝崦主寫圖,屬題此解。(《城東唱和詞》,頁95)

〈石芝崦主〉即鄭文焯,此詞背景為鄭文焯寫蘭菊圖,由張祖廉題詞、吳昌綬和詞。〈梅祖盦雜詩〉其四即是對摯友張祖廉的描述,詩云:

> 鏡裡娟容想黛顰,薛家銘議畫區珍。銷魂絕代張公子,眉匠鴛湖第一人。嘉善張大令祖廉得湖州薛仰峰製妝鏡,背鏨思娟小印,署所居為娟鏡樓。(《松鄰遺集》卷五,頁199)

詩中小注陳述張祖廉「娟鏡樓」之所由,而據江印舸表示:

> 嘉善自清末以來,以詞名於當世者,首推張祖廉。祖廉字彥雲,久居京師中,光緒二十九年(1903)經濟特科進士,官隴海鐵路督辦。平生交友頗廣,與杭人吳昌綬(伯宛)情誼尤篤。當時湖州薛仰峰妝鏡背鏨有「思娟」小影(印),因顏其書齋曰「娟鏡樓」,其所著《娟鏡樓詞》即為其友吳伯宛所校刊。[47]

---

[47] 顧國華編:《文壇雜憶全編》第2卷〈張祖廉〉(上海:上海書店出版社,2015年),頁67。

張祖廉以詞聞名，與吳昌綬交篤，吳曾為其校刊《娟鏡樓詞》，今未見。二人年少在蘇州便喜收集金石古物，張祖廉取得明代製鏡家族薛氏所作銅鏡，鏡背鏨「思娟」小印，因名其所居為「娟鏡樓」。

從《松鄰書札》的紀年可知，光緒三十二年（1906）11月吳昌綬在上海，為賦「題娟鏡樓圖」，云：

> 彥雲先生命題娟鏡樓圖，為賦〈高陽臺〉並摭故事，以資佐證。（《松鄰書札》下冊第 28 函）

所作〈高陽臺・題彥雲娟鏡樓圖〉云：

> 銀篆雙鉤，銅華十湅，秋眸凝注澄鮮。方寸相思，遙憐彼美娟娟。小名檢斠妝樓記，問誰家、人月同圓。展冰箋。翠沁苔斑，粉拭香綿。　明妝管領溪山勝，有芝崦畫本，點筆清妍。一握珍貽，三生留贈情緣。南湖舊譜天香曲，共苔娘、影事流傳。倚吟邊。自撥張爐，細寫談箋。（《松鄰遺集》卷十，頁 229）

詞中「芝崦畫本」點出「娟鏡樓圖」或為「石芝崦主」即鄭文焯所畫。首韻先讚賞銅鏡題字之寫製工巧，持鏡撫玩端詳，則鏡面清澄，能映入美人形象。次韻寫樓主持鏡思忖，遙想銅鏡主人娟娟，究竟是誰的心上人，兩人應曾共月嬋娟，在綠草如茵、苔痕青翠間，坐擁溪山勝景。下片指張祖廉將鏡背小印「思娟」合稱，作為書齋名「娟鏡樓」之由來，請石芝崦主鄭

文焯的畫筆寫出樓外好景。詞中以厲鶚（1692-1752）居杭州南湖時譜寫〈天香詞〉詠薛鏡、與亡姬朱氏情事等故實[48]，呼應娟鏡樓所蘊藏的一段情緣。今日吳、張二人於寓宅中倚調吟詞、細寫談箋，一世交誼亦如銅鏡之歷久彌新。此詞今昔交錯，層次複雜，記述明代「思娟」鑄鏡情事、張祖廉得鏡命名、請鄭文焯畫樓寫圖、厲鶚與苕姬隱於南湖、吳昌綬在張宅唱和等事，鏡名、樓名、人名處處切題，既用本朝典，又融會友人生活實景，前呼後應，渾然一體。

（二）吳昌綬在北京的政治際遇

張祖廉在〈吳伯宛書札敘〉云：

> 其後伯宛援例得內閣中書，余於是時入學部，兩人者所居又甚邇，凡賞析奇疑，走牋札以相問答者，不逾月而多如束筍焉。……同居京師者十五六年。（《松鄰書札》卷首）

由同居京師十五、六年推知，吳昌綬到北京以後的時間，張祖

---

[48] 厲鶚〈天香・薛鏡〉：「幾對淺渦梨暈，笑臨秋水。」寫攬鏡美人，其〈悼亡姬〉序：「姬人朱氏，烏程人。姿性明秀，生十有七年矣。」烏程有苕水，故稱苕娘，如〈初秋有感〉云：「驚心棖觸傷心候，正是苕姬秋病初。」〈悼亡姬〉其十二：「舊隱南湖淥水旁，穩雙棲處轉思量。」追憶二人隱於南湖之景。詩詞分見厲鶚著，董兆熊注，陳九思點校：《樊榭山房集》（上海：上海古籍出版社，1992 年），頁 1645、1041、1067、1050。

廉幾乎與之相始終。二人「走牋札以相問答」「不逾月而多如束筍」，往來書札數百通，平生交游瑣談、疑義相析之樂、寄贈唱和之作，無所不談。徐珂《城東唱和詞》序云：

> 歲乙丑（1925）張彥雲學部來滬，出吳伯宛舍人書札數十通以眎，謂將刊布之，俾海內之思慕伯宛者，如見其人焉。予深嘆彥雲之能不死其友也。既而彥雲還京師，以《城東倡和詞》寄予，則光緒戊戌（1898）僑吳賡酬之作，具在是編。蓋欲以伯宛之詞與天下相見。（《城東唱和詞》，頁85）

民國十三年（1924）吳昌綬謝世，張祖廉志在不死其友，著手編輯《松鄰書札》，並帶到上海給徐珂看，回北京後寄《城東唱和詞》請徐珂寫序，二書於民國十四年（1925）刊行。

吳、張二人生逢清末民初時局詭變之際，政治立場對個人際遇有重大的影響。吳昌綬與清史館纂修《清史稿》之館臣、鐵路交通系的僚友交好，民國三年（1914）清史館成立，聘吳昌綬協修《清史稿》，吳昌綬致繆荃孫第78函云：

> 史館於十九日以協修見聘，悉出吾師栽植。……式之（章鈺）亦在京，謂次老之意甚殷，同館諸公辱愛顧尤摯，數日內必到館謁晤。綬十年塵轍，今乘間謝事，仍有堅意相留者，反似妓女之愈嫁愈紅，此大不可。風湧潮狂，情形複雜，未能為師一一道之。……綬未詣館，

同人已預以交通一志相蘄許，下懷亦甚欣然。[49]

吳昌綬撰修《交通志》，同時纂修《后妃傳》，歿後將《后妃傳》之稿本交給他人，其《松鄰叢書》亦曾出版一部分當時收集的材料[50]。

張祖廉亦交通系要員，約在民國三年（1914）任職於隴海鐵路。民國四年（1915）6月袁世凱欲稱帝，剷除打壓交通系之政治勢力，發生「五路大參案」，總結十大罪狀，張祖廉、葉昌熾（1849-1917）、葉恭綽（1881-1968）都受到牽連，以貪汙之名登報，因民意沸騰，始暫緩處分[51]，風波過後，葉恭綽官復原職，吳昌綬所屬京綏鐵路雖未受到波及，審度局勢，便自行辭職，其致繆荃孫第70函，云：

---

[49] 《藝風堂友朋書札》，頁890。
[50] 致繆荃孫函74，提及編修之事云：「《董后傳》樣本二冊奉覽，如能向盛借本，補其缺字，寄下修版，更妙。現將御制行狀，亦付寫刻，合為一冊。清代類此者，殊不多觀，師錄入順治史料甚佳。綬《后妃事輯》十二冊，日有增加，意在詳盡，如御制集皆須擇錄，日後亦自成一書也。」（《藝風堂友朋書札》，頁886）另著有《清帝系后妃皇子皇女四考》，有民國六年（1917）鉛印本，《松鄰叢書》甲集收有清世祖撰、金之俊奉勅撰傳〈孝獻莊和至德宣仁溫惠端敬皇后行狀〉、紹英〈大清孝定景皇后事畧〉二種。
[51] 其時交通次長葉恭綽被停職，津浦鐵路局局長趙慶華被立即予以撤差，京漢鐵路局局長關賡麟、京綏鐵路局局長關冕鈞均離職聽審。五路大參始末，參姚磊：《梁士詒與交通系的形成和發展（1906-1916）》，華東師範大學歷史系中國近現代史領域碩士論文，2011年5月，頁53-54。

在此間風潮,想早有聞。敝路幸無指摘,只關伯珩去差。綬久懷退志,只以同好有年,勉留至此,今乘便,即自行辭職。昨日之事,暫留交替,約一月內可竣事,敝寓亦即覓屋遷移。……鄙意頗願分史館微糈,兼可為吾師作驛遞。姑聽諸公辦去,倘果有頭緒,尚賴吾師一言方妥,容再密陳。目下綬以無過而離路事,閒住數月,原亦不妨,不過對於外觀,博一空名亦好。(《藝風堂友朋書札》,頁883)

路事風波過後,吳昌綬或如葉恭綽所言,擔任隴海鐵路秘書,與張祖廉在同一單位,生活收入尚可[52],直到民國九年(1920),由董康(1867-1947)推薦到司法院當秘書。張祖廉則在鐵路局待到吳昌綬去世後[53]。

清末外憂內患、國事陵夷,民國軍閥各擁勢力、時局動盪。吳昌綬等人遭遇改朝換代、親交離散的國難,不禁感慨一

---

[52] 葉景葵《吳伯宛先生遺墨》題跋云:「伯宛先生任隴海鐵路秘書時,屢於謙敘中接談,而未得請益之機會。其時收入尚豐,因喜購故籍及金石精本,整理刊印,不惜重貲。……民國六(1917)、七年(1918)間,將嫁女蕊圓,檢出所藏明刊及舊抄善本四十種。」(陳先行、郭立暄編著:《上海圖書館善本題跋輯錄附版本考》,上海:上海辭書出版社,2017年,頁754)是知吳昌綬曾任職隴海鐵路,時間當在民國六年(1917)以前即任職。

[53] 參《申報》1916年5月23日15544號,第2版,「北京電報」記施肇曾生病,請隴海督辦事保張祖廉、章祜分代職務。其後到民國十一年(1922),張祖廉始替施肇曾為隴海鐵路督辦。蓋張祖廉任清末弼德院,易代不久後,即入交通局任職。

切皆空負。諸人同遊北京天壽山之明十三陵而有和詠,吳昌綬〈和彥雲與沈淇泉、沈幼彥、張幼運同遊明陵詩韻〉詩云:

> 平生濟勝憂無具,天壽山陵想像中。惘惘十年游跡負,匆匆一代霸圖空。銅仙漫霣前朝淚,石馬猶嘶故國風。此去討春寒未減,夜杯歸酹酒鱗紅。(《松鄰遺集》,頁206)

此詩借詠懷明陵以思前朝,傳達漂泊之感、故國盛世成空之憾。又〈讀閔黃山〈蘇州喜晤彥雲賦贈〉之作,依韻和之〉云:

> 馬足關河類轉蓬,南來行李逐賓鴻。故人異地相思久,名士新亭寄慨同。懷袖置書三歲在,畫圖題句一篇工。西風買醉吳趨市,長劍宵吟氣吐虹。
> 投閒容易鬢毛蒼,歌哭中年敢諱狂。學道自稱天隱子,療貧羞乞鬼遺方。居鄰蘿薜三間屋,夢遶蓮花二頃莊。眼底浮雲紛變態,與君叉手謝名場。(《松鄰遺集》,頁198)

昔日蘇州城中熱衷於文字賦詠的少年,各如轉蓬飄零異地,故地喜遇,賦詩以表離思之念,如古詩「置書懷袖中,三歲字不滅」,珍重情誼。亂世中為求自保,必須「中年諱狂」,隱匿胸中經濟天下的遠志,無法發揮長才,只能袖手旁觀。明知投閒置散徒耗年光,歌哭買醉、夜中舞劍是最後的出路。詩中流

露出吳昌綬諸子在中年以後,身處大時代的壓抑和無奈。

(三)丙辰年(1916)〈壽樓春〉友朋唱和之哀樂

《松鄰遺集》卷十收錄 6 首〈壽樓春〉,詞序提到「娟鏡樓主人」「山荷」各兩次,所指皆是張祖廉[54]。參照《松鄰書札》後集第 36 函至第 40 函,亦收錄五首〈壽樓春〉,兩者詞序略有差別,而書札提供了更多的訊息,包括:信函所署時間、附記。由於詞序較之詞作更能展示創作背景、緣起,下文依次羅列《松鄰書札》詞序、附記,輔以《松鄰遺集》,以明始末。《松鄰書札‧壽樓春》其一為:

> 〈壽樓春‧湘篛詞人賦贈蝶生,娟鏡樓主人和之垂示,依韻奉酬〉(含春嬌蜂黃)。「蝶交則粉褪,蜂交則黃褪。宋人語也,附記。」丙辰(1916)初夏　昌綬

《遺集》詞序與《書札》同。〈壽樓春〉作於丙辰(1916)初夏,緣起於湘篛詞人贈詞給蝶生,張祖廉唱和一首,並使吳昌綬依韻奉酬。由於受贈者號「蝶生」,吳昌綬以此為發想,首韻改以「蜂黃」入題,於信末自注宋人「蝶交則粉褪,蜂交則黃褪」之說。如周邦彥〈滿江紅〉:「蝶粉蜂黃都褪了。」[55] 用「蝶粉蜂黃」比擬女子閨房情事。然由於《遺集》未收「附

---

[54] 吳昌綬《松鄰書札》每稱張祖廉為「山荷詞兄」「山荷道兄」或「彥兄」。

[55] 周邦彥:〈滿江紅〉,孫虹校注:《清真集校注》(北京:中華書局,2002 年),頁 279。

記」,加上各詞次序被打亂,這層意思在《遺集》中難以讀出。今日諸子所作皆不存,僅能就吳昌綬書札、和作推敲始末,這組唱和詞旨在「有懷吳門舊燕」,詞云:

> 含春嬌蜂黃。覷鬟偏燭底頰、笑箏旁。為道芳華沉怨,泊離他鄉。悲風遠、流波長。鬲指腔、新聲伊涼。有俊侶靈和,經行舊曲,腸斷杜韋娘。　蘭茞思,飄嶷湘。況濛陰絮亂,顫繫花狂。誰與藏鶯棲燕,斛塵珠量。歌妙子,懷稠桑。夢錦韂、前懽銷亡。又棖觸閒愁,重尋玉觴脂唾香。(《松鄰遺集》,頁230)

此詞上片追憶兩情投合,彈箏和鳴、共譜新腔,可惜風波湧起,中道分袂,觸處傷情。下片繾綣於前塵舊夢,極寫春愁相思。昔日偷藏鶯燕、量珠買妾,今春睹物思人,徒存一片傷離意緒。

其二為:

> 〈壽樓春・娟鏡主人和韻見示,再賦奉呈,並乞湘篆諸君同作〉(傾螺杯鵝黃)。丙辰(1916)重午前二日仁和吳昌綬

《松鄰遺集》詞序作:

> 春園蝶禊後,花事垂盡。舊雨忽來,仍以此調賦贈,贈湘篆、茗理,繼之言愁,欲愁不自知,迴腸盪氣,一至

於此也。（頁230）

由於《書札》末韻「祇閒憶吳天，飄簾棗花沉水香」，後添「夢」一小字，參照《遺集》末韻作「祇閒夢吳天」，可見吳昌綬反覆斟酌用字，寄予張祖廉改訂，而《遺集》將「憶」改為「夢」，知《遺集》所收為後作，而吳昌綬在謄錄時，重新加了《遺集》這一段詞序，補述唱和主題所詠為春日偶遇故人，因時序侵尋，湧生一段閒愁。

其三為：

〈壽樓春‧師湘篋意，代擬淞濱寄答之作〉（縈秋心流黃）。「尚欠長辛送別一首，容徐思之。心如眢井，此生無復有文字之樂，目光亦頓減，夜不能作細書，苦矣。」山荷詞長　昌綬

此詞為擬作，旨在寄答遠人。由附記「尚欠長辛送別一首」，可知此次收到兩首和詞。吳昌綬自述「心如眢井，此生無復有文字之樂」，甚為淒涼。宣統三年（1911）10月，吳昌綬在北京往來多年的文宴之友離散各地，羅振玉、王國維、董康避居日本，繆荃孫南返，兵馬倥傯，相邀到琉璃廠查訪古籍、談論金石的情景不復再。[56]吳昌綬的生活條件和健康亦大不如前，視力衰弱，不能作細書，頗為此苦。

---

[56] 參余筠珺：〈王國維早期研治詞學歷程考述——兼論東洋文庫所藏鈔校本詞籍之價值〉，頁154-159。

其四為:

〈壽樓春・補和娟鏡主人長辛店送別韻〉(含梅酸金黃)。

《遺集》詞序同,無小注。詞作背景為驛站送別,以「征塗」「天各涯」「臨分」等情境貫串[57]。其五為:

〈壽樓春・頃來屢以此調,與山荷、湘筠、茗葱酬和,有懷吳門舊燕,輒復繼聲〉(慚衰顏梔黃)。「此詞不惡,但用字太多,有類《演雅》,然不忍棄也。質之山荷、湘筠,鑒吾自知之明。」又云:「第一次得三首,第二次五首,此第三次也,不另出手眼和之。」丙辰(1916)重午後二日　昌綏

《遺集》小序同。吳昌綬自評此詞「用字太多」,詞作用字穠麗[58]。這封書札還原了〈壽樓春〉唱和組詞的創作緣起,同詠

---

[57] 〈壽樓春・補和娟鏡主人長辛店送別之作〉:「含梅酸金黃。送春陰島畔,曉月橋旁。忍話驚塵燕市,撇波鱸鄉。新病起、征塗長。瑩雪容、單襟酥涼。祇煙驛傳音,風輪碾夢,渾似喚嬌娘。　嗟刖玉,同吟湘。惹吳兒腸斷,楚客歌狂。莫漫杯傾影亂,斗深愁量。思遠柳,羅敷桑。天各涯、絹零珠亡。有一樣纏綿,臨分客裝蓮瓣香。」(《松鄰遺集》,頁230)

[58] 〈壽樓春・頃來屢以此調,與山荷、湘筠、茗葱酬和,有懷吳門舊燕,輒復繼聲〉:「慚衰顏梔黃。聽鹽聲鵲外,蜜語蜂旁。猶記揉雲梨夢,膩脂葺鄉。軟寶瑟、如人長。鳳城南、秋衾宵涼。恨卸朵

者有伯宛（吳昌綬）、山荷（張祖廉）、湘篆（諸以仁）、茗柯（章鈺）等 4 人，和詞往返共 3 次，如吳昌綬所說「第一次得三首、第二次得五首」，此第 3 次，以後不再續和。推測第三次後不再繼續唱和，因此主題又回到詞序所說「有懷吳門舊燕」，即第一首所詠之去妾。《松鄰書札》署明 3 次時間：丙辰（1916）年初夏、重午前兩日、重午後兩日，應即是這組詞的創作時間，約一個多月。吳昌綬三次的和詞至少有 9 首，若 4 人合集，當有數十首。

《松鄰遺集》中尚有一首未見於《松鄰書札》，詞序為：

〈壽樓春‧山荷寓齋夜集，座有南來粲者，言迫重午，行將歸去。客自長沙還，得奐彬近訊，又聽朱生琵琶數曲，輒依前韻，雜綴成篇，皆本事也〉

由「迫重午」知此為吳昌綬第二次唱和所作的 5 首之一，詞云：

頻修蛾宮黃。乍湔裙花外，密座簾旁。撲面京華塵土，祝儂還鄉。歸裝近、搴條長。漫霑襟、酒痕波涼。有倦客侵尋，相憐身世，瀟雨唱吳娘。　雙梅影，懷三湘。共十年一覺，杜牧清狂。漾曳春情無限，海深難鬢花，凝冰淚酒，輕別踏搖娘。　嗟漂泊，浮江湘。贈回文錦字，年少疏狂。誰遣蕉抽心卷，藕連絲量。悲弱絮，懷猗桑。問空梁、燕泥存七。誤石上三生，吳宮廡廊春草香。」（《松鄰遺集》，頁 230）

> 量。琵琶悵，彈滄桑。萬古愁、休論興亡。盼天際羅
> 雲，遙緘玉璫心字香。（《松鄰遺集》，頁 230）

此詞寫以琵琶曲送別座客，或許是「長辛店送別」前的別宴。《松鄰遺集》有詩〈題〈壽樓春〉詞卷後〉一首，云：

> 閒愛嬌雲倚畫屏，樓中人去酒微醒。琵琶並入滄桑怨，
> 弔夢歌離不忍聽。（《松鄰遺集》，頁 211）

諸人創作緣起於有人懷去姬之情，此組夏日唱和詞或曾抄寫成冊，故在詞卷後題詩。經由上述，《松鄰遺集》各首〈壽樓春〉去脈絡化，未能依時間先後排序，難以明其次第、始末，若輔以《松鄰書札》之附記、時間，即能清楚地展示出吳昌綬、張祖廉等人唱和的情景，從中亦流露出吳昌綬身世零落之感。

四、《松鄰書札》的出版型態與關懷主題

清末民初的書札出版物，如《名賢書札》《常熟翁相國手札》《惜抱軒手札》等書[59]，在新的印刷型態突破以往的限制後，刊行書畫墨跡多為保留名人手跡，作為供人鑑賞與臨摹的

---

[59] 例如郭慶藩編《名賢書札》牌記「城廣百宋齋藏本光緒乙酉（1885）仲冬之月上海同文書局石印」；《常熟翁相國手札》有光緒三十四年（1908）有正書局石印本；《惜抱軒手札》有民國二十五年（1936）的石印本。

翰墨選編。如張祖廉替友人印行《松鄰書札》手跡出版,還是比較罕見的情況,正如徐珂所云:「俾海內之思慕伯宛者,如見其人焉。」[60]書札手跡保留了寫作者的靈光,為了一兩件事而通信,具有寫寄特定對象的私密性,並留存了「物」的型態,除非特殊情況,否則不會變成出版品存在。此外,書札所記的背景脈絡較詩詞詳細,前述《松鄰書札》之〈壽樓春〉組詞即是極為珍貴的稿本。由於吳昌綬的書札信箋雅緻,民國年間屢被引為文壇佳話,如鄭逸梅說吳昌綬「作札精美,箋紙又很講究,有俠嘉夜室啟事、雙照樓詞翰。他和娟鏡樓主張祖廉為莫逆交」[61]。下文將就其書札形態略作說明。

(一) 從箋紙到石印本

清末民初的出版物,出現所謂的石印本。石印技術能忠實保存手跡的軟字進行影印,美中不足之處是只能以黑白呈現,無法將花箋、印記等多層次的色澤還原。當時雖然已有日本珂羅版技術,不過價格高昂,非一般人可措手。《松鄰書札》為民國十四年(1925)刊行的石印本,經過黑白處理,原件的形態不易辨識。不過,紙箋的特色還是隱約可見,有時用「俠嘉夜室啟事」格紙,如上冊前 3 函格紙邊欄左下有「俠嘉夜室啟事」字樣,有時僅以一般格紙或有欄線之紙箋書寫。花箋的式樣頗多,有金石拓本、花草彩箋等圖樣,例如第 9 函背景為半瓦殘磚圖,亦有「富貴」字,第 14 函有「樂未央／宜酒食／

---

[60] 吳昌綬、張祖廉撰:《城東唱和詞・敘》,頁85。
[61] 原出鄭逸梅:《珍聞與雅玩》,轉引自張春田編:《文房漫錄》(北京:三聯書店,2013年),頁63。

長久富」拓印字樣。又如第 26 函為白蘿蔔、玉米，第 27 函為松樹，末題署「松高白鶴眠　素筠女士寫」。下冊第 26 函為梅花圖，左下有「顰耆」二字下鈐有「榮寶／造牋」。

吳昌綬喜金石書畫，於刊印裝裱有其品味與要求[62]，刻書對用紙、印色亦十分要求。例如晚年專力刊刻宋金元人詞集，遠託刻工武昌陶子麟為之，其致繆荃孫書札云：

> 陶子麟所刻太標緻（此吳諺），已成一派，無可獻疑。但得如尊刻四種，再加以厚紙濃墨，必較沈著，未知然否？（《藝風堂友朋書札》第 44 函，頁 869）

> 武昌詞版既來……。已向南中定購佳紙，大約極早須初夏始可付印。（《藝風堂友朋書札》第 73 函，頁 884）

吳昌綬對詩詞之紙牋、鈐印亦有考究，所作詩詞集中在《松鄰書札》下冊第 19 函之後，落款鈐印如：

第 25、28 函，用「甘遯」白文長方印。
第 26 函，用「梅祖／盦」方印。
第 32 函，用「甘遯／邨居」白文方印。
第 35、42、45、48 函，用「筋力／將朽」方印。
第 36、40、41、43、48 函，用「伯宛」方印。
第 37、38 函，用「詞山」白文長方印。

---

[62] 如中國國家圖書館藏《吳昌綬書札》第 8 函云：「前稿奉繳，嗣後印請用一色紙，鄙作亦專用闊狹紅格。（前兩詞當弟寫）以歸一律。」交代裝裱詞作之注意事項。

第 44、46 函,用「松△△」方印。

第 47 函,用「松鄰」橢圓印。

除梅祖盦、松鄰、伯宛、甘遯等居室、字號,「筋力／將朽」亦可感其暮年之嘆。

(二)《松鄰書札》的內容

張祖廉在當代編選與自己切身相關的信件,應有多層顧慮,如中國國圖尚有 30 通未收入《松鄰書札》,今合為《吳昌綬書札》。是知《松鄰書札》經過一定的選擇,乃編者想要突出在世人面前的形貌。此外,吳昌綬於圖籍、金石頗感興趣,且多留意於詩詞。如孫寶瑄在光緒三十四年(1908)日記載:「(吳印臣)人極博雅,工詩詞,嗜金石。」[63]除了與張祖廉的唱和詩詞,《松鄰書札》強調吳昌綬平日之雅好,大抵有兩個方面:

1、碑拓古文物的發現

吳、張在蘇州時期便喜收藏金石古物,《松鄰書札》經常流露鑑賞拓本之喜悅,如:

> 欣賞齋攜雜拓本來,收得□開。……新歲無憀中第一快事。(上冊,第 4 函)

或是同好間交流、鑑賞,從拓印、用墨來分辨源流真偽,如:

---

[63]《忘山廬日記》,頁 36。

> 太清八印,乞以素紙印依二分見示。……敬匡二鏡拓本奉鑒,尚有數鏡未拓,然不奇。(下冊,第33函)
>
> 蒙示印拓,質之叔蘊(羅振玉),亦謂蒙古篆文,與鄙見正合。漢印實無此製,精神形式全不相類。(下冊,第4函)
>
> 近獲天章雲漢墨,意謂極佳,分一定奉鑒。清華齋是否貢品,公能知其源流否?(下冊,第6函)
>
> 近獲魏熙平間《志》,文與書皆精絕,陝西新出土,有人以五百金得之京師,祇十紙,每紙五金。公曾聞否?(下冊,第1函)
>
> 新得《楊胤志》甚精,有暇盍來一閱。(下冊,第5函) [64]

吳、張二人經常同閱新得拓本,從「知其源流否」「公曾問否」,可知張祖廉深具鑑賞眼力,且留心出土文物的消息,有疑也會請教羅振玉(1866-1940)等專家。兩人也以金石古物為題唱和,如下冊第27函,云:

---

[64] 致繆荃孫第2函,云:「陝西新出《楊胤志》,想已見之。前出《楊胤志》,考之乃胤從子也。」(《藝風堂友朋書札》,頁856)該函云新歲,且言新得《酒邊詞》,末署初六日,蓋在宣統三年(1911)初。

偶題此《志》，手書一幅在蓺風處。錄請山荷先生正和，拋甎引玉，知必有佳製也。

該函提到董康得到唐〈何簡墓志〉，為其妻隴西辛氏所撰。吳昌綬以為「婦人為夫志墓，在昔罕聞」。為此作二首絕句，並邀張祖廉酬和[65]。

中國國圖藏《家松鄰舍人遺札》吳昌綬致吳士鑑第 29 函曾指出他對於金石書畫的態度，云：

> 尊論金石書畫與鄙恉正同，惟奔走衣食，不能如公之嫥心壹志耳。轉徙不恆，所藏亦多散失。今書亟盡在南中，古微（朱祖謀）為我庋置，然亦無佳本。平生搜羅碑拓與人異趣，意在盡得寓目，不願徒費重貲，爭區區數字多寡。且如舊本孤拓，前人業既攷訂流布，何當為我自藏。總之，此雖嗜好，實學問中事，非賞鑒家事。公主張斯說，吾道不孤矣。

珍稀文物雖令藏家愛不釋手，擁有與否並不措意，吳昌綬自許收藏為「學問中事，非賞鑒家事」，志在增長學問。其識見與

---

[65] 《梅祖盦續詩》其八（《松鄰遺集》，頁 203）。又，吳昌綬致繆荃孫第6函，云：「此志自可定為辛氏書，惟原石有蓋有花紋，志石四周並有著翅之天女象，是直與歐洲刻畫相類。授經（董康）置而不拓，殊可惜。綬未見此石，前日授兄談及，已促其速為補拓，尚可增詩數首。」同時有〈天香〉詞唱和，所談亦在宣統三年（1911）初。

氣度也反映在校訂、刊刻古籍，吳昌綬經常提供善本給朱祖謀、王國維等同好，由此留下諸多宋元詞精校善本，終能成就保存文化大業。

2、古籍善本的搜羅、校訂、出版

《松鄰書札》常有關於古籍的討論，或分享書肆新購得之善本，或談及新見版本之良窳，並商討校勘、刊行、序跋之事。如從書札中得知吳昌綬最早刊印的出版物為《李翰林集》，該書在請繕工謄寫後，邀張祖廉為之校閱，並論及版本，云：

> 穆匠送《李集》三卷來□□□（按：此處墨字與印花混，無法辨識）矣。（第六、第九先已校付）拜求校正，覆核此本是宋時十卷初祖，繆氏所據雖亦係宋本，文已併為六卷，不及此本之古，擬詳為跋尾也。（上冊，第9函）

當時所得《李翰林集》底本取自宋本，宋本另有一康熙五十六年（1717）吳門繆曰芑雙泉草堂覆宋蜀刊本，吳昌綬判定所得之本來源更早。其云：

> 《李集》寫畢送核，乞校一二卷付之，因懸手待刻也。此是樂史原本，未經改併，特不知明代委刻之元大為何許人？版出王氏，即文恪子姓耶？所避宋諱顯然從宋本出，擬詳為跋尾記之。（上冊，第10函）

此函提供更詳細的訊息,當時收得一明刊本為「元大」刊本,由避諱判斷底本出於宋。「元大」乃指陸元大,另刊有《花間集》《陸士衡文集》等書。《李翰林集》今存正德十四年(1519)家塾刊本,卷首有樂史〈李翰林別集序〉,末有袁翼正德己卯年(1519)跋語,云:「予家故有淳熙間刻本,今歸之元大,元大因重刻之。」[66]又,吳昌綬〈景明正德仿宋本花間集跋〉云:

> 袁翼刻淳熙本《李翰林別集》亦稱得於元大,王惕甫《淵雅堂集》引顧元慶《夷白齋詩話》:「陸子元,洞庭涵村世家,性疏懶,好遠遊。晚歲業書,浮湛吳市,嘗刻漫稾中有寄予云……此則元大乃書賈之能詩者。」周弘祖《古今書刻》蘇州府有《花間集》,當即是本。陸其清《佳趣堂書目》:「《花間集》十卷,震澤王氏刻。」案《李翰林別集》版在怡老園,豈此刻後來歸王氏歟?(《松鄰遺集》,頁 184)

吳昌綬深諳目錄之學,故將《花間集》《李翰林集》一併討論,此跋所述即第 10 函「版出王氏」之說。在與張祖廉商討、校勘後,於光緒二十五年(1899)刊行,卷末牌記「姑蘇金閶大街都亭橋東金陵留雲閣穆子美書刊」,即第 9 函之「穆匠」。從附錄之「吳昌綬光緒己亥(1899)八月跋」,知第

---

[66] 參李白《李翰林集》,明正德十四年(1519)陸元大刊本,中國國家圖書館藏,善本書號 02182。

9、10 兩函寫於該年 8 月之前。吳昌綬早期行跡不明，書札保留了他刊刻《李翰林集》的重要資料。

吳昌綬另一本重要的出版物是吳焯《繡谷亭薰習錄》，收於其所出版之《松鄰叢書》乙編。吳昌綬在稿本跋語云：

> 昌綬年十四省試還杭州，得舊鈔一帙，首題「繡谷亭書錄」，朱筆抹去，夾籤曰「繡谷亭薰習錄八冊」，……後見同郡《丁氏書目》頗引《薰習錄》語，疑其別有鈔傳之本。昨歲在都，吾友伯夔京卿購八千卷樓遺籍，有《薰習錄》二冊，紙墨行款悉同，迺知綬所獲者即清吟閣散出之首帙，惜當日未遑持示松老證成其說。……綬書尚在南中，他日攜來，當并贈伯夔，為延津之合。末記所見，先希諟正。宣統庚戌（1910）二月，仁和吳昌綬。

相關內容又見〈徑山游草跋〉，云：

> 於杭州故家廢簏搜得《繡谷亭薰習錄》首冊經部易類百餘葉，丁氏嘉惠堂書散出，又獲集部二冊，此先生藏書目錄槀本未刊者。曾在瞿氏清吟閣，經亂殘佚。宣統初，昌綬刻於京師。（《松鄰遺集》，頁 182）

光緒八年（1882）吳昌綬在杭州舊家得《繡谷亭薰習錄》舊鈔首帙，為吳焯未刊之經部藏書目錄，此零本由瞿氏清吟閣散出。宣統元年（1909）袁思亮（1879-1933，伯夔）得丁氏嘉

惠堂散出之《繡谷亭薰習錄》集部二冊，吳昌綬遞藏並擬刊刻。《松鄰書札》云：

> 《繡谷書錄》補鈔一目奉覽，丁序略為移改，已妥。拙序幸賜削寫入卷首，末尾數行亦求誌正。（上冊，第49函）

> 繡谷書錄序目核定，幸賜下以便傳寫。（上冊，第50函）

函請張祖廉改訂其序後付梓，期間去信王國維說明寫樣定版等刊刻進度，云：

> 《薰習錄》已成大半，惟刻詞須另定版式，乞籌之。（第42函）

> 《薰習錄》首冊居然寄到，已寫樣匯付刊工。（第43函）[67]

吳昌綬致繆荃孫第72函亦有記載：

> 《繡谷薰習錄》，去冬亂中，授經為代印百部，殊草

---

[67] 《王國維未刊往來書信集》，頁193。

草。茲寄上十部，乞分致海上同人。[68]

《繡谷薰習錄》在宣統三年（1911）刊行，請董康印製百部，辛亥革命期間，繆荃孫返回南方，吳昌綬將書寄到上海。此外，《松鄰書札》上冊第 29 函提及《勞氏碎金》印行之事、第 32 函所云《麐楥詞》樣本的修正、第 52 函《麐楥詞》印就、第 34 函云《天下同文》重裝本等，諸書悉為雙照樓於宣統年間在北京時籌劃刊印，可見吳、張二人蒐羅、出版善本古籍之志。

五、結語

依前文所述，略為概括吳昌綬交游簡歷：

一、**蘇州時期**　和張祖廉往來最密切。光緒二十二年（1896）張祖廉移家蘇州，與吳昌綬為鄰。吳昌綬當時已頗有名氣，光緒二十四年（1898）赴舉未果，寓居天津 9 個月。吳、張二人同在蘇州 4 年餘，友朋間時相唱和而有《城東唱和詞》，並協力編寫鄉先賢《龔自珍年譜》。

二、**上海時期**　光緒二十六年（1900）後，吳昌綬前往上海謀事，入吳重熹幕，和朱祖謀、鄭文焯論詞唱和，蒐羅詞集善本。

三、**北京時期**　光緒三十三年（1907）吳昌綬至北京，在京張路局任職，與董康、王國維互動頻繁。宣統元年

---

[68] 《藝風堂友朋書札》，頁 885。

（1909）張祖廉至北京學部，兩人居處極近，書札時相往來，同在北京十五、六年，延續在南方的興趣，持續編刊鄉先賢文集、大量談論金石善本。

四、民國北京時期　和繆荃孫通信極多，陸續刊刻《仁和吳氏雙照樓景刊宋元本詞》。清史館成立後，編修《交通志》。民國四年（1915）袁世凱整肅鐵路局勢力，發生五路大參案，吳昌綬從鐵路局辭職。

本文以《松鄰書札》《城東唱和詞》為中心，結合詩詞創作與書札，勾勒吳昌綬與張祖廉早期蘇州生涯、後期北京交往的細節。吳昌綬畢生交誼最厚者為張祖廉，歿後由張祖廉出版百餘通吳氏寄給張氏的書札，題為《松鄰書札》，反映了兩人交往的點滴。《松鄰書札》補足吳昌綬研究中較為人忽視的一部分，特別是早年的生平行實，透過書札研究，也對二人詩詞寫作背景與內涵提供多一層認識，例如詩詞文字的修改、作品的保留與裝裱等，呈現更多生活實感。

光緒二十二年（1896）起，吳、張在蘇州相鄰而居，當時吳昌綬游吳承璐幕，北上赴舉，因戊戌變法未能應考，留居天津9個月，回蘇州後，發現藏書遭竊，在藏書遺失的無奈中，與張祖廉相互解嘲，留下文字間的不盡之緣，《城東唱和詞》即是這一時期作品的集結，集中反映吳、張二人早期詞作的唱和情況，同題競技、鬥韻改詞，於閒暇時舉行薦白石道人等活動。與此同時，吳昌綬積極收集鄉先賢龔自珍遺文、編纂年譜，在宣統元年（1909）集結成《精刊龔定盦全集》。《松鄰書札》亦紀錄吳昌綬早期刊行書籍的情況、鑑定金石碑拓的樂趣，如光緒年間刊行的《李翰林集》，張祖廉也襄助參與，致

力於考究善本書籍的版本源流。

　　蘇州分別後,吳昌綬前往上海,著力收集詞籍資料,編列《宋金元人詞見存卷目》。時任吳重憙幕僚,後由其推薦前赴北京,借差到京張路局任職。不久,張祖廉也來到北京,兩人再度會遇,吳昌綬將搜集之龔自珍資料,交由張祖廉完成最後的補綴。當時敦煌文獻、陝西新出土墓志屢有發現,兩人從金石、文房到書稿編輯、出版序跋無一不談。北京時期的唱和詩詞主要收入《松鄰遺集》,創作愈趨老練成熟。對勘《松鄰書札》和《松鄰遺集》中所呈現的〈壽樓春〉唱和組詞,書札更為完整呈現刻本所佚失的訊息,包括字詞修改、典故聯想、創作背景等,由此可見稿本的價值。進入民國後,二人各有忙碌的事務,但聯繫不曾斷絕,唱和之作則多了老病身世、時局動盪的無奈感慨。今中國國圖另有《吳昌綬書札》30 通,皆是寫給張祖廉的信,可知張祖廉編選《松鄰書札》經過一定程度的去取,意在留存摯友醉心古籍金石的博學形象,志在不死其友。

(作者為臺灣大學中國文學系副教授)

國家圖書館出版品預行編目資料

觀念的輪廓：中國文學之新詮釋青年學者會議論文集

龔宗傑主編. – 初版. – 臺北市：臺灣學生，2025.05
面；公分

ISBN 978-957-15-1965-4 (平裝)

1. 中國文學 2. 文學評論 3. 研究考訂 4. 文集

820.7　　　　　　　　　　　　　　　114003849

觀念的輪廓：中國文學之新詮釋青年學者會議論文集

主　編　者	龔宗傑
出　版　者	臺灣學生書局有限公司
發　行　人	楊雲龍
發　行　所	臺灣學生書局有限公司
地　　　址	臺北市和平東路一段 75 巷 11 號
劃 撥 帳 號	00024668
電　　　話	(02)23928185
傳　　　眞	(02)23928105
E - m a i l	student.book@msa.hinet.net
網　　　址	www.studentbook.com.tw
登記證字號	行政院新聞局局版北市業字第玖捌壹號
定　　　價	新臺幣五五〇元
出 版 日 期	二〇二五年五月初版
I S B N	978-957-15-1965-4

82077　　　　　有著作權・侵害必究